Lindeni

Jules Wake

S láskou z Ríma

Preložila Tamara Chovanová

Lindeni

Tine Mundyovej,
ktorá vie, čo je v živote dôležité.

Kapitola 1

„Starká, čo robíš?"

Lisa prekročila kopu obrusov a posteľnej bielizne, ktorá pokrývala dlážku starkinej malej obývačky. Bývala o pár ulíc ďalej a Lisa k nej zašla na čaj takmer každý deň po práci – niežeby jej starká prejavovala vďaku, no vždy sa posťažovala, keď Lisa jeden deň neprišla.

„Čo podľa teba robím? Myslíš, že som pozvala kráľovnú na čaj?" Prebehla okolo nej ako malé dynamo s veľkým čiernym vrecom na odpadky v ruke. Merala ledva meter tridsať, tvár mala skrčenú, telo scvrknuté, takže koža akoby jej bola o dve čísla väčšia. „Triedim bielizeň."

„Znova?" Lisa zdesene pokrútila hlavou, pozerala na kopu obrúskov rozličných farieb a veľkostí, čipkových dečiek a vyblednutých obliečok na vankúše, väčšinu z toho nikdy predtým nevidela.

„Kedy niečo z toho použijem? Je to len kopa haraburdia zaberajúca miesto a priťahujúca mole. Na svetri mám dieru."

Starká to nepovedala nahlas, ale Lisa vedela, čo jej chodí po rozume: „Nemladnem."

„Starká, ešte máš pred sebou dlhé roky." Jej stará mama bola neskrotný prírodný živel. Už dovŕšila osemdesiatpäť rokov a rozum mala ostrý ako britva. Stále mala všetkých päť pokope.

„Možno hovoríš pravdu, ale toto všetko aj tak nepotrebujem," posmešne zvraštila ústa. „Ušetrí ti to námahu, keď zomriem."

„Nemám rada, keď hovoríš o smrti."

„Netáraj hlúposti. A teraz mi pomôž s tamtou škatuľou."

„Hádam si ju nezniesla z podkrovia celkom sama?" spýtala sa Lisa neveriacky.

„Pravdaže som ju zniesla. Kto iný by to urobil? Myslíš, že sa tu zastavil Superman?" Starká znechutene pokrútila hlavou.

„Kde ju chceš mať?"

„Nechcem ju. Vyhodím ju. Je v nej kopa kníh tvojho starkého. Nikomu nie sú na nič. Ale ak ich chceš, poslúž si."

Lisa zdvihla starú kartónovú škatuľu, oprela si bradu o najvrchnejšiu vrstvu kníh, aby sa nezošmykla na dlážku, a niesla ju k jedálenskému stolu. Keď ju tam chcela položiť, spodok povolil a na dlážku sa vysypal vodopád kníh v tvrdej väzbe. Krehký papier sa zatrepotal a stránky lietali ako krídla holubov vypustených na slobodu, tvrdé hrany kníh jej narážali do píšťal.

„Vidíš, čo robíš!" Starká tľoskla jazykom a vsala vzduch cez zuby.

„Neboj sa, ja všetko pozbieram. Nechceme predsa, aby si si zničila chrbát, nie?"

„Ja mám chrbát v poriadku, slečinka," odsekla starká, ako vždy nechcela si priznať nijakú slabosť ani vŕzgajúce kĺby. „Ale kým upraceš, dám variť vodu." Odšuchtala sa do kuchyne a nechala Lisu, aby uložila knihy na stole. Väčšina z nich bola stará, písmo také drobné a tesne natlačené, že sa ťažko čítalo, a papier zažltnutý, plesnivý. Žiadneho z tých autorov nepoznala a nevedela si predstaviť, že by tie knihy v takomto stave niekto chcel.

Keď sa zohla po posledné dve knihy, zatriasli sa jej v rukách a vypadla z nich objemná hnedá obálka strčená medzi ne. Hoci jej mama zomrela, keď mala Lisa sedem rokov, okamžite spoznala jej výrazne zaoblené písmo na obálke. *Pre Vittoria.* Slová vybledli, koncové *a* bolo takmer neviditeľné, ale boli výrazne dva razy podčiarknuté, takže Lisa ich inštinktívne vnímala ako príkaz.

Zamračila sa, pohrávala sa s obálkou, poťažkala ju v ruke. Meno Vittorio vyvolávalo prchavé spomienky, ktoré vždy odtancovali, keď ich chcela zachytiť.

Prečo má starká túto obálku? Vittorio, jej otec – hoci si nezaslúžil to označenie –, odišiel niekoľko rokov pred maminou smrťou. Je táto obálka jej posledné želanie? Lisa sa na mamu veľmi nepamätala, vedela len to, že bola dlho chorá. Keď mala Lisa sedem rokov, zrejme bolo ohľaduplnejšie nevysvetľovať jej liečbu, po ktorej bola jej mama bojujúca s rakovinou ochabnutá a malátna.

Niekedy si spomínala – možno zle – na čosi v súvislosti s otcom. Nosil ju na pleciach, hojdal vysoko na hojdačke, a keď sedela na poníkovi na kolotoči, on bežal zarovno s ňou a kýval rukami, ale to sa nezhodovalo s tým, čo o ňom hovorila starká. Zháčila sa, keď cítila, ako zaťala sánku. Aký otec opustí svoju dcéru a nepríde po ňu ani po smrti jej matky? Jeho škoda. Vďakabohu, že mala starkú.

Keď obracala obálku v ruke, morálna otázka, či má právo otvoriť ju, sa vyriešila, keď sa obálka sama otvorila. Vypadli z nej dve fotografie, alebo im možno trochu pomohla, keď obálkou potriasla. Usmieval sa na ňu pekný muž so slnečnými okuliarmi, s rukou okolo Lisinej matky, očividne tehotnej. Lisa skúmala tú fotku, v hrdle jej navrela hrča. Mala málo maminých fotiek, lebo mnohé sa stratili, keď došlo k záplave v starkinej kúpeľni a strop v obývačke sa preboril. Dalo sa zachrániť len zopár fotiek, ale starká urobila to, čo pre ňu bolo typické, a všetky vyhodila. Nebola sentimentálna.

Takže Lisa nemala nijaké otcove fotky. Obrátila fotografiu na druhú stranu a potvrdilo sa to. *Ja a Vittorio, Rím.* Skúmala tú snímku, ale nebola veľmi vydarená a s okuliarmi na nose a s tvárou v tieni veľmi nevidela, ako vyzeral. Ohrnula peru. Vedela, aký bol. Nezodpovedný, sebecký, bezcitný.

Na druhej fotke, ktorá bola dosť rozmazaná a rozostrená, bol ten istý muž pred nejakým domom, usúdila, že kdesi v Taliansku. Obrátila ju na druhú stranu.

Vittorio a jeho rodinný dom. Via del Mattonato 32, Rím, 001.

„Čo to tam máš?"

Lisa sa strhla a takmer si strčila obálku za chrbát.

„Našla som v obálke toto."

Starká pozrela na fotku.

„Je to…?" Lisa sa zarazila. Starká vždy odmietala o ňom hovoriť, ale teraz možno niečo povie.

Starká podráždene zafunela. „Áno, to je tvoj otec. Zmizol a nechal tvoju chuderu mamu s dieťaťom na rukách. Niežeby nám chýbal. Poradili sme si aj bez neho."

Lisa zvedavo skúmala fotku. Prvý raz videla svojho otca. Nechcela byť naňho zvedavá. Chcela byť ľahostajná, tak ako on bol ľahostajný k nej, keď ako šesťročná, osemročná, jedenásťročná tajne dúfala, že jedného dňa sa zjaví a bude jej otcom.

„Ten chlap bol sukničkár. Nenapraviteľný rímsky doby-
vateľ.“ Starká si odfrkla.

„Pochádzal z Ríma?“

„Pravdaže pochádzal z Ríma. Bol to ukážkový Riman.“

„Bol oveľa vyšší, než som si myslela.“ Úmyselne hovorila
chladno.

„Všetci džokeji nie sú trpaslíci. Bol veľmi chudý, ako tvo-
ja mama. Tí dvaja sa našli, boli ako špáradlá.“

Lisina mama pracovala v miestnej dostihovej stajni, maji-
teľom bol sir Robert Harding a ona preňho vybavovala admi-
nistratívu zahrnujúcu registráciu koní na dostihy, účtovala
poplatky za ustajnenie a vyplácala džokejov, a tak sa zozná-
mila s Vittoriom Vettesom, ktorý bol džokejom ich stajne na
plný úväzok.

Lisa rada chodila do stajne, bola to vzácna udalosť, hoci
tam nemohla byť veľmi často. Manželka sira Roberta po ne-
hode ochrnula, takže zostala na vozíčku a nemohla mať deti.
Lisine návštevy boli možné, iba keď bola lady Mary preč.

„Po ňom máš tie hrčovité kolená.“ Starká si znova typic-
ky opovržlivo odfrkla. Zmenila to na hotové umenie, bola
to zmes mlčanlivého nesúhlasu a majestátnej nadradenosti.

Lisa pozrela na svoje nohy a usmiala sa nad typickou
prostorekosťou starkej.

„A čo je toto?“ Lisa vybrala škatuľku a starká zošpúlila pery.

Čierna škatuľka jej spočívala v dlani ako Pandorina skrin-
ka a Lisa mala nejasnú predtuchu. Keď ju otvorí, už to nebude
môcť odčiniť.

Lisa pozrela na starkú, z jej chudej, zhrbenej postavy vy-
žarovalo napätie, ale nič nepovedala.

Keď sa Lisa obtrela prstami o viečko škatuľky, kútikom oka
zbadala, ako sa starká strhla, ale to jej nezabránilo otvoriť ju.

„Ach!"

Starkej sa zatriasla koža na hrdle.

Lisa sa špičkou prsta dotkla prsteňa vykladaného perličkami a rovnako drobnými rubínmi okolo diamantu veľkosti hrášku. Bol malý, ale významný.

„To je krása!" A podľa jej skromnej mienky bol cenný, hoci sa v šperkoch veľmi nevyznala. Prinajmenšom bol starý. Tmavomodrý zamat v škatuľke po okrajoch vybledol a elegantné písmo na saténe na viečku prezrádzalo zašlé časy.

Starká si znova odfrkla. „Hm, podľa všetkého patril jeho starej matke."

„Otcovej starej matke?"

„Áno. Dal ho tvojej mame." Tie slová z nej vyšli neochotne, ako keď sa chudák lúči s poslednými pencami. „Keď sa zasnúbili."

„Takže to bol…" zmätená Lisa sa pokúšala odhadnúť výraz v prenikavých očiach starkej, ale nič neprezradili, „… mamin snubný prsteň."

„Zrejme."

„Ach!" Zmocnil sa jej pocit zrady a zároveň sa jej to dotklo, takže videnie mala trochu rozmazané. Nevedela, čo povedať. Prečo jej stará mama nedala ten prsteň? Nechcela mama, aby ho dostala?

„Nepozeraj tak na mňa," vyprskla starká. „Chcela ho vrátiť Vittoriovi. Vraj je to rodinné dedičstvo a mal by ho dostať. Nezdalo sa jej správne, aby si ho nechala."

Takže preto s tým starká robila tajnosti. „Prečo si mu ho nevrátila?"

Starká len mykla plecom. „Nikdy som sa k tomu nedostala."

Lisa nedokázala skryť prekvapenie a inštinktívne odsúdenie, ktoré sa jej zmocnilo pri priznaní starkej.

„Nepozeraj tak na mňa, slečinka. Nemala som veľa voľného času. Musela som sa starať o teba a o dom, mala som zamestnanie. Bola s tým kopa roboty. A potom život išiel ďalej a celkom som na to zabudla."

Lisy sa zmocnil pocit viny. Pre starkú zrejme nebolo ľahké, keď jej zomrelo jediné dieťa a zrazu sa stala náhradnou matkou malého nešťastného dievčaťa.

Lisa pozrela na prsteň a stará mama prehnane vzdychla.

„A ktohovie, kde je teraz. Nenechal adresu."

„Ale nemali by sme si ho nechať, ak... mama chcela, aby sa mu vrátil." Keď vyslovila tie slová nahlas, pocítila bolestné pichnutie. Prečo mama nechcela, aby ten prsteň dostala ona?

„Pokojne vyhľadaj toho hnusáka, ak chceš. Urob, ako myslíš, ale podľa mňa si ho môžeš nechať. Ja ho nepotrebujem. Tak čo, vezmeš ma do supermarketu alebo nie?"

Lisa zaklapla viečko na škatuľke a vrátila ju aj s fotkami do obálky. Podľa zaťatej sánky starkej usúdila, že debata sa skončila. Netušila, čo urobí, ale strčila si obálku do kabelky.

„Vieš, nemám na to celý deň."

Lisa potlačila úsmev nad tou iróniou. Starká celé dni háčkovala štvorce na deky, ktoré posielali do Afriky, starala sa o georgíny, s takmer posvätným zápalom lúštila krížovky v *Daily Mirror* a nekonečne dlho klebetila a popíjala čaj so svojou najlepšou priateľkou od vedľa, s Laurou. Návšteva supermarketu nevyhnutne trvala dva razy dlhšie, než mala, lebo si nevšímala iných kupujúcich, ktorí sa pokúšali vziať veci z poličiek, prezerala všetky cenovky a vyťukávala ceny na kalkulačke, aby sa uistila, že za svoje peniaze dostane, čo jej patrí.

„Ak chceš, môžeš si nechať niektorý obrus, inak ich dám charite. Môžeš ich tam odniesť namiesto mňa. A môžeš si vziať aj škatuľu so sušienkami, ktorú som našla. Je to pozostatok vianočného košíka sira Roberta. Bohvie, prečo s nimi stále chodí."

Lisa mala podozrenie, že keď jeho manželka, pripútaná na vozíček, v posledných mesiacoch rýchlo chradla, zrejme sa cítil dosť osamelo. Pri svojej každoročnej návšteve vždy rád prijal šálku čaju.

Starká zašermovala škatuľou s lineckými koláčikmi. „Nemôžem mu povedať, že polovicu jeho košíka rozdám. Je to pre mňa priveľmi nóbl."

Starká nemala rada nóbl jedlo. Ona a Lisa odjakživa jedli hlavne mäso a zeleninu.

„Tvoja mama je dvadsať rokov nebohá. Sir Robert to s tou sentimentálnosťou na môj vkus preháňa."

Lise sa vždy zdali tie košíky veľmi štedré, hoci sa jej uľavilo, že starká netrvala na tom, aby zjedli všetok ich čudný a úžasný obsah.

„Ďakujem. Nie sú po záruke?" Lisa pozrela na dátum spotreby. „Tie bonbóny, čo si mi dala minule, boli dva roky po záruke."

„Nezmysel. To nič neznamená."

Lisa sa v duchu striasla. Pravidelne kontrolovala obsah chladničky starej mamy. Jesť u nej bolo z hľadiska dátumu spotreby ako ruská ruleta.

Počkala, kým si starká obliekla nadmerne veľký mohérový kabát, v ktorom vyzerala ako mamutie mláďa a ktorý zrejme pochádzal z rovnakého obdobia.

„Nezabudni dať do auta tie škatule."

Keď odchádzali do supermarketu na okraji mesta, Lisino auto vyzeralo ako bazár na kolesách a obálka v kabelke jej ťažila myseľ.

Kapitola 2

Bol to jednoduchý plán. Jasný a efektívny. Dnu a von. Skončiť v práci, zaviezť sa do baru, vyzdvihnúť Sienu, keď sa jej skončí šichta, odviezť ju domov a urobiť si dámsku jazdu, vypiť pár pohárov prosecca a zaľahnúť v hosťovskej izbe.

Lisa kopla do vyfučanej pneumatiky na svojom vernom, ale v poslednom čase trochu upadajúcom Mini Cooperi.

„Au!" Takže pneumatika nebola až taká mäkká.

Nechcela nechať auto na vidieckej ceste, a tak knísavo prešlo posledného pol kilometra až sem. Keď bolo v bezpečí na parkovisku pri bare, necítila sa taká bezmocná.

„Potrebuješ pomoc?" spýtal sa malátny hlas spoza jej chrbta.

Lisa zatvorila oči a zaťala prsty, takže nechty sa jej zaryli do dlaní. Nemal tu byť v tomto čase. V utorky nebýval v bare pred pol ôsmou. Naplánovala si to tak, aby sa s ním nestretla.

Nevedela, ako sa jej podarilo potlačiť nutkanie zaškrípať zubami alebo nahlas zavrčať. Deväťdesiatdeväť celých, deväť desatín percenta jej bytosti by mu najradšej povedalo, aby sa dal vypchať, ale, žiaľ, ešte tu bola tá hlúpa desatina percenta, ktorá priznávala, že zrejme potrebuje pomoc. Hoci bola pripravená pustiť sa do hocičoho a dostala sa tak ďaleko, že vytiahla chatrný hever, ktorý vyzeral, že by nedokázal zdvihnúť ani škatuľu od topánok, nieto auto, tie čierne skrutky na aute vyzerali nad jej sily.

Rýchlo vrhla pohľad na Willovu vysokú, štíhlu postavu. A to bola veľká chyba. Uvedomila si, že jeho štíhle telo vytvára falošnú predstavu a pod oblečením sa skrývajú silné svaly a také vypracované brucho, aké nikdy nevidela. Ten chlap mal tehličky. Slová jej zamreli v hrdle a stála tam ako korunovaná hlupaňa.

„Počujem dobre? Áno, Will, ďakujem, to by bolo super? Alebo: Odpáľ, ja to zvládnem aj sama?" Jeho falošná fistula jej pripomenula, prečo si tak dala záležať, aby sa vyhla jemu aj jeho obrovskému egu a prehnanému komplexu nadradenosti.

Už pristúpil k zadnej časti Mini Coopera. „Páni, aké staré je toto auto? Máš rezervu?"

Nasadila odhodlaný výraz, nevšímala si ho a čupla si ku kolesu, aby strčila pod auto hever a pokrútila rúčkou, akoby vedela, čo robí, a naoko veselo povedala: „Bez problémov to zvládnem. A ak s tým bude problém, môžem zavolať automechanika."

Keď vybral rezervu, zahundral si popod nos čosi ako: „S tebou je vždy problém."

Nič viac nepovedal, len ju odstrčil nabok.

„Ďakujem," zamrmlala, keď sa pustil do práce, kľakol si na asfalt, mokrý po nedávnom daždi, a so sklonenou hlavou dvíhal auto. Bol jeden z tých dní, keď sa počasie nevedelo rozhodnúť, či bude pršať alebo svietiť slnko.

„Prišla si za Sienou?"

„Áno," odvetila stručne a zazerala na jeho blonďavý chvost, ktorý mu visel na šiji. Dospelí muži by nemali mať vlasy ako surfisti, nemali by byť sexi. Will nebol sexi. Nebol ani milý. No vynorila sa jej spomienka, ako sa tie dlhé vlasy obtreli o jej pokožku, keď ich mal rozpustené, a bytostne si ich uvedomovala. Dlhé vlasy pomáhali vytvárať dojem nenútenosti, hoci Will nebol nenútený, iba k ženám sa správal nonšalantne.

Prestúpila z nohy na nohu a strčila ruky do vreciek. V žalúdku cítila šteklenie a stuhla, veľmi dúfala, že to nevidieť. Doparoma, nech už to šteklenie prejde. K Willovi nič necítila.

Naoko bezstarostne sa poobzerala dookola po zelených kopcoch obkolesujúcich dedinu v údolí, rady domov sa ťahali popri stuhe potoka tečúceho do rieky Ouzel. Vzdychla si, ten výhľad ju upokojoval. Bar bol napriek majiteľovi jej obľúbeným miestom. Tá impozantná masívna budova z tehál a dreva na kraji zelenej plochy tam stála niekoľko storočí a strážila obyvateľov.

„Môžeš ísť dnu, ak chceš." Will už zdvihol auto. „Siene sa pomaly končí šichta."

Hoci prišla za Sienou, nezdalo sa jej správne nechať Willa na mokrom parkovisku, keď jej robí láskavosť, hoci bol posledný človek na svete, s ktorým chcela tráviť čas.

„Môžem ti nejako pomôcť?" spýtala sa a nepodarilo sa jej potlačiť vzdych. Bolo ťažké prekonať dobré spôsoby, ku ktorým ju celý život viedli.

Pobavene na ňu pozrel.

A znova...

Obrátila sa mu chrbtom a skúmala tiché parkovisko. O necelú hodinu bude v bare rušno. Napriek všetkým Willovým nedostatkom, a bolo ich viac než dosť, vedel viesť úspešný podnik. Ľudia k nemu chodili zoširoka-ďaleka, aby sa tam najedli.

„Počula som, že sa chystáš otvoriť novú reštauráciu. To bude fajn."

Zdvihol obočie a hneď oľutovala, že otvorila ústa.

„Len spoločensky konverzujem. Mala by som zlý pocit, keby som ťa tu nechala, keď si sa galantne podujal opraviť mi auto." Zachvela sa, uvedomila si, že je sviežo. Tento rok sa leto neponáhľalo prísť.

„Čakal som na správne miesto."

„Miesto, miesto, miesto," opakovala, hoci nič nevedela o správnych miestach. Ulica v neďalekom meste, na ktorej stál jej radový dom, sa určite nedostane do televízneho programu o vytúžených lokalitách.

„Je to dôležité, ale konečne som našiel skvelé miesto. Je to stará budova pošty na High Street."

„Vážne? Mne sa zdá trochu špinavá."

„Keď skončím, už nebude špinavá." Willovo tiché, sebaisté vyhlásenie nebolo chválenkárstvo. Keď žili v tejto dedine ako tínedžerky, do tohto baru chodievali starí muži, ktorí pri jednom krígli piva hrali nekonečné dominové maratóny. Will ten bar úplne zmenil.

„Hm." Nevedela si to predstaviť. „Aké jedlá budeš podávať?"

„Pravé talianske. Chceš pre mňa robiť?"

„Nie, ďakujem…" Hoci nemalo zmysel tváriť sa nadradene, tie peniaze by sa jej hodili, ako pedagogická asistentka bola platená len za odpracované hodiny počas školského roka. „Možno cez prázdniny, ale som iba polovičná Talianka, takže zrejme nie som dosť autentická," dodala.

„Nie som prieberčivý," bezstarostne pokrčil plecami. „Čašníčka ako čašníčka."

„Akoby sme to nevedeli," vyprskla Lisa. Odfrkla si a zamierila do baru, Will si môže poradiť aj sám.

„Čau, Lisa." Siena odhodila utierku a vyšla spoza pultu, aby Lisu rýchlo objala. „Tuším si dosť naštvaná."

„Defekt." Lisa prevrátila oči. „Stalo sa mi to cestou sem." A natrafila na najmenej obľúbeného človeka na svete.

„Dofrasa! Chceš niekomu zavolať?" Siena pokrčila plecami šarmantne ako pravá Francúzka. Hoci bola Angličanka, väčšinu života strávila vo Francúzsku, kde žila v blahobyte. Lisa sa usmiala. Nevedela si predstaviť, že by sa Siena čo len pokúsila vymeniť pneumatiku.

„Will sa na to podujal," Lisa sa na priateľku šibalsky usmiala.

„Vážne?" Siena zdvihla elegantne klenuté obočie a jedným vrzom sa jej podarilo vyjadriť prekvapenie aj nenápadné pobavenie.

„Výnimočne môže byť užitočný." Lisa si odložila kabelku na barovú stoličku a vysadla na druhú. „Je dosť možné, že tu zostaneme chvíľu trčať. Mám takú chuť na drink, až by som vraždila. Nemáš nič proti tomu, že sa tu zdržíme?"

„Nie, mne to vyhovuje," Siena si utrela ruky do utierky. „Ak bude Will dobre naladený, môžeš dostať pár drinkov na účet podniku."

Lisa pochybovala, že aj Pollyanna, stelesnenie nevyliečiteľného optimizmu, by si vedela zachovať dobrú náladu po výmene pneumatiky.

„Daj mi päť minút, aby som upratala kuchyňu, a pripojím sa k tebe. Marcus ti naleje drink, však?" Siena zakričala na strapatého barmana veľkého ako medveď ukladajúceho poháre do umývačky pod pultom. „Buď taký dobrý a nalej mi to, čo vždy."

„Čau, Lisa. Ako sa máš? Čo to bude?" Marcus hovoril s milým edinburským prízvukom, ktorého sa Lisa nevedela nasýtiť. Ten prízvuk jej pripomínal mamu, ktorá vyrástla v Škótsku. Spomínala si, ako ju tam mama v útlom detstve vzala a prekvapilo ju, že nevidela ani jedného muža v kilte. Nemal to byť národný kostým?

Bola napoly Škótka a napoly Talianka, ale za celé roky takmer vôbec neodišla z Bedfordshiru. Mala by to čím skôr napraviť.

„Džin tonik, prosím."

„Vidím, že Siena ťa vyškolila. Ktorý džin chceš? Dorothy Parker, Bombay Sapphire, Hendrick's?"

„Hendrick's s uhorkou," Lisa sa naňho uškrnula. „Obľúbila som si ho, hoci by som si mala dať pozor, lebo u Sieny budeme piť prosecco a ráno šoférujem, tak to nesmiem prehnať. Veziem starkú na kontrolu do nemocnice."

„Ako sa má tá tvoja dračica?"

„Bojuje. Je k tomu doktorovi hrozne hrubá."

„V tom veku na to má právo."

„Nie, v tom veku by mala vedieť, čo sa patrí. Doktor Gupta hovorí dokonale po anglicky, ale starká tvrdí, že mu nerozumie ani slovo."

„Je Angličan?"

„Nie," zachichotala sa Lisa. „Má najvýraznejší severoírsky prízvuk, aký som kedy počula. Vyrastal v Belfaste. Starká mu naschvál robí naprotiveň, doktor je očividne Brit napriek menu a farbe pokožky."

„Tvoja starká je zrejme iná generácia."

„Moja mama sa vydala za Taliana, tak by som si myslela, že si na to zvykla, ale je to neospravedlniteľné. Starká sa správa hrubo."

Asi o polhodinu vošiel do baru Will, utieral si čierne ruky. „Hotovo! Vymenil som ti gumu. Mala by si tú druhú vziať do servisu, či sa nedá opraviť, alebo kúp novú."

„Ďakujem... veľmi pekne." Urobila grimasu. Áno, vedela, že to musí urobiť, ale ak kúpi novú pneumatiku, minie všetky peniaze na horšie časy, ktoré si našetrila.

Keď Siena vykrivila ústa, Lisa si uvedomila, ako to vyzeralo. „Som ti... veľmi vďačná. Ehm... môžem ti kúpiť drink?"

Will pozrel na bar a pobavene sa uškrnul.

„No dobre, je to tvoj podnik," povedala. „Bolo to gesto."

Uškrnul sa na ňu bez náznaku hanby... hanbil sa vôbec niekedy?

Keď už chcela odvrátiť pohľad, spýtal sa: „Vieš čo?"

Zamračila sa.

„Pri výmene gumy človek vysmädne. Dám si pivo." Typické, že sa správal protikladne.

Žmurkol na Sienu a dodal: „Rád si dám *Májovú svadbu*."

Siena sa usmiala, oprela sa na stoličke a nevzrušene pokrčila plecami ako pravá Francúzka. „Hovor si, čo chceš, je to pivo, ktoré sa Jasonovi najlepšie predáva." Jej výraz hovoril za všetko. Bola veľmi hrdá na svojho priateľa Jasona, ktorý si založil úspešný malý pivovar v bývalej stodole v zadnej časti baru.

„Nemôžem uveriť, že tak nazval pivo. Mal to byť žart."

Will štuchol do Sieny. „Tak to vyzerá, keď sa chlap zaľúbi. Zhnijú mu mozgové bunky. Je tuším po uši zaľúbený! Alebo skôr po kozy."

21

Siena si odpila z džinu. „Vysmievaj sa, koľko chceš. Sme veľmi šťastní a ty... len žiarliš.“

„Žiarlim... jasné...“ Will sa uškrnul, ale keď sa uškŕňal na Sienu, bol to milý úsmev. „Ver, čomu chceš, miláčik.“

„Budem,“ odbila ho Siena nonšalantne ako vždy.

Lisa zachytila Marcusov pohľad a objednala Willovi drink. „Nech sa páči.“

„Ďakujem. A určite si kúp rezervu.“

„Človek by si myslel, že ti na tom záleží,“ Lisa sa bezočivo usmiala. Nebolo by dobre, keby Will vedel, ako ju provokuje.

„Nie, len nechcem, aby ti nejaký chudák polhodinu odmontúval koleso a potom zistil, že nemáš rezervu.“

Vždy našiel odpoveď.

Našťastie si odpil z piva a odišiel sa porozprávať s Marcusom, takže Lisa sa mohla zhovárať so Sienou bez obáv, že im do rozhovoru bude zasahovať Will, ako mal vo zvyku.

„Už znova máš na tvári ten výraz... akože nenávidím Willa,“ poznamenala Siena s tajomným výrazom dobromyseľnej čarodejnice.

„Nie, nemám. Pozri,“ Lisa nasadila šťastný úsmev, zdvihla pohár a odpila si. „Tento džin mi chutí čoraz viac.“

Siena si nevšímala jej pokus o zmenu témy. „Veru máš. Namojveru, vy dvaja sa haštieríte ako brat a sestra. Nemala by si dopustiť, aby sa ti dostal pod kožu.“ Prísne pozrela na Lisu. „Robí to úmyselne, lebo na to reaguješ. Nevšímaj si ho. Je celkom ako nejaký pochabý školák na ihrisku.“

Lisa si masírovala stuhnutý sval na pravom pleci. „Viem, je somár.“

Nevšímať si ho bolo ľahšie povedať, ako uskutočniť. Robil, čo sa dalo, aby ju vytočil. Premkla ju ľútosť. Kedysi sa zábavne doberali ako priatelia, robili si zo seba psinu, ale po jednej zle odhadnutej noci prešli za dvadsaťštyri hodín od psiny ku škodoradosti. Keby sa dal vrátiť čas, nikdy by ho nepobozkala.

„Lisa, Lisa, Lisa,“ niesol sa barom Giovanniho spevavý taliansky prízvuk, keď sa jej prihováral so širokým úsmevom na tvári, ktorá bola na jeho škodu až priveľmi pekná. „*Bellissima.* Vyzeráš úžasne, *bellissima.*“

Preháňal, veď prišla rovno z práce. Celý deň stála na nohách a učila bandu démonov vyciciavajúcich energiu, známych ako deti v mladšom školskom veku. Bolo toho na ňu veľa, ale Giovanniho poklona pohladila jej ego, najmä vo Willovej prítomnosti.

„Ahoj, Giovanni, ako sa máš?“ pozdravila ho s úsmevom. Tuho ju objal a pobozkal na obe líca.

„Som rád, keď príde vaše britské leto. Mám problémy s tým nekonečným dažďom.“

Zdvihol nohy a ukázal mokré manžety na nohaviciach, očividne si ich zamočil. „Všade samé moluky.“

„Mláky,“ opravila ho Lisa a potlačila smiech, keď videla roztrpčený výraz v jeho hnedých očiach. „Dúfajme, že čoskoro príde leto. Mal by si si uvedomiť, že vďaka tomuto dažďu je táto krajina taká zelená a príjemná.“ Kývla hlavou ku skleným dverám. Kopec bol pokrytý zelenou prikrývkou a stromy guľaté ako zrelá brokolica.

„Hm,“ zamrmlal Giovanni, nezdalo sa, že by ho presvedčila, ale potom sa na ňu usmial ako model. „Môžem ti kúpiť drink? Zdržíš sa chvíľu?“ Keď videla jeho nádejný výraz, zaváhala.

„Prepáč, dnes nie.“

Tvár mu povädla, tak rýchlo dodala: „Zastavila som sa po Sienu, keď tu Jason nie je. Len čo dopijeme tieto drinky, ideme k nej.“ Lisa žmurkla. „Uvarí mi večeru.“

„Aha!" Giovanni na ňu pozrel ako smutné šteniatko. „Chýba mi mamina kuchyňa. Domáca kuchyňa. A ženská spoločnosť."

Lisa sa zasmiala a štuchla ho do ramena. „Prepáč, kamarát, dámska jazda. A nepozeraj tak na mňa. Veď tu stále jedávaš. Nedopusť, aby ťa Al počul. Vyskúšal by na tebe jednu z tých svojich špeciálnych zmesí." Giovanni býval v byte nad barom a jedával s ostatným personálom vrátane kuchára Ala, ktorý mal chvíle gastronomickej geniálnosti pretkané nevšednými tvorivými zábleskami kulinárskeho šialenstva.

Giovanni sa striasol. „Ešte vždy sa spamätávam z toho cviklového rôsolu s hovädzím na reďkovkách." Rýchlo pozrel smerom ku kuchyni, potom sa k nej naklonil a so smiechom zašepkal: „Vďakabohu, že Will otvorí poriadnu reštauráciu so skutočným jedlom."

„Áno, má veľké plány," povedala Siena, keď sa vrátila z toaliet, odstrčila ho nabok a usadila sa k stolu. „Hoci Al je mrzutý, že sa tam neuplatní."

Giovanni sa na ňu žiarivo usmial, i keď Siena tak pôsobila na väčšinu mužov. „A som za to veľmi vďačná. Minule navrhol, že upečie pizzu kedgeree."

„Prosím ťa, nič mi nehovor…" Giovanni škodoradostne prikyvoval. „Údená makrela a varené vajcia."

„Fuj!" zvolali Siena a Lisa.

„Ach, dámy, musím ísť." Giovanni sa uškrnul, keď Will zakričal: „Švihaj sem a neflirtuj s pomocnicami."

„Šéf volá." S tým odišiel a mával rukami, aby upokojil Willa, ale ten iba viac zazeral.

„Hrozne ma bolia nohy. Možno ma budeš musieť odniesť k autu, Lisa."

„Ani náhodou," odvetila Lisa. „Dnes som mala hodinu s drobcami. Videla si tie stoličky pre prvákov? Mám zničené stehná, čo som celý deň čupela. Už aby boli prázdniny."

„Závidím ti tých šesť týždňov voľna."

Lisa zvraštila tvár. „Nežartuj. Dúfala som, že Will mi dá zopár dní práce." Bolestne vzdychla a rýchlo pozrela ponad Sienino plece. „Keď to musí byť... Páni, ten je hrozne podráždený."

„Voči mne nie je." Siena na ňu kradmo prenikavo pozrela, ale Lisa si to nevšímala.

„Predpokladám, že sa budem musieť ponižovať, ale zišlo by sa mi zopár libier navyše. Myslela som si, že budem môcť ísť na dovolenku, ale teraz sa zdá, že musím kúpiť pneumatiku."

Keď Lisa videla Sienin pobavený výraz, štuchla ju do rebier. „Netvár sa tak."

„Musíš byť zúfalá," doberala si ju Siena.

„To teda som, ver tomu." Posunula na stole podložku pod pohár. „Očividne je to lepší džob, chápeš. Okrem toho sa mi tu páči." Bar lákal svojím vychýreným jedálnym lístkom ľudí zo širokého okolia. „A väčšina personálu je milá. V podstate všetci okrem jedného."

Siena nepovedala ani slovo, len sa pokojne usmiala a štrngla pohárom o Lisin pohár. „Salut."

„Na zdravie."

„Čo mám podľa teba robiť?"

Lisa sedela pri Sieninom kuchynskom stole, v ruke mala otvorenú škatuľku s prsteňom.

„Nechaj si ho." Siena jej vzala prsteň z ruky a tancovala s ním po kuchyni, držala ho vo svetle, aby diamant žiaril.

„Vážne?" Lisa sa vystrela.

„Nie naozaj." Siena súcitne vykrivila pery. „Je nádherný. Má veľa karátov."

Samozrejme, Siena sa v tom vyznala.

„Je pravý?"

Siena prikývla. „Určite."

Lisa Siene všetko vysvetlila, a hoci sa nečudovala, že mama ho neodkázala jej, Siena jej rýchlo stisla ruku. „Možno tvoja mama mala pocit, že keď sa rozišli, mal by sa vrátiť jeho rodine."

Lise navrela v hrdle hrča. Ona je predsa jeho rodina. Jeho dcéra. Hoci na to očividne zabudol. Zmocnil sa jej hnev a zdvihla bradu. „Ja som jeho rodina a rada by som mu to pripomenula."

Možno na ňu zabudol, ale – zaťala zuby – keď zomrie starká, otec bude jej jediná rodina. Naskočili jej zimomriavky. Starká má pred sebou veľa rokov, toho sa ešte nemusí báť.

Siene zneznel výraz v tvári. „Ktovie? Tvoja mama si možno myslela, že keď po jej smrti dostane prsteň, príde si po teba. Vie, že zomrela?"

„Si hrozne milá, Siena," vzdychla Lisa. „Nemal o mňa záujem. Bol na pohrebe. Starká ho nemala veľmi rada, ale oznámila mu to. Tak prišiel a hneď po obrade odišiel." Nadýchla sa a usilovala sa, aby sa jej netriasol hlas, potláčala bolesť. Odišiel bez nej.

„Ale," povedala Siena a so žalostným úsmevom jej vrátila prsteň, „myslím, že si si odpovedala na svoju otázku, n'est ce pas?"

Lisa stisla ústa. Bolo by to správne. Môže urobiť to, čo je správne, hoci jej otec to neurobil. Pri pomyslení, že sa zachová morálne, sa nešťastne usmiala. Áno, mala by prsteň vrátiť a povedať otcovi, čo si o ňom myslí. Nepotrebuje ho, nič od neho nechce.

Poklopkala po fotografii. „Môže dostať ten prsteň, ja ho nechcem. Ale najprv ho musím vypátrať. Táto fotka má veľa rokov. Ten dom tam možno už nestojí."

„Mala by si ísť do Ríma a zistiť to."

Lisa obrátila hlavu a zagánila na Sienu.

„Ach, prečo som na to nepomyslela?" zatiahla sarkasticky. „Sadnem na lietadlo a odskočím si do Ríma. Aká som len hlúpa!" Lisa prevrátila oči a pokrútila hlavou, jemnejšie dodala: „Zabudla som, že kedysi si patrila k medzinárodnej smotánke. Žiaľ, pre nás bežných smrteľníkov to nie je také jednoduché, pokiaľ nemáš k dispozícii lietadlo, ktoré by som si mohla požičať. A netúžim stretnúť sa s otcom, len mu chcem vrátiť prsteň."

„No dobre, to nebol najlepší nápad," priznala Siena a chápavo ako vždy pokrčila plecami. „Ale mohla by si zistiť podľa zoznamu voličov, či tam Vetteseovci ešte vždy bývajú. Aspoň ja by som to urobila."

Lisa nemyslela tak ďaleko dopredu. Ak mala byť úprimná, dúfala, že sa otec nebude dať vypátrať. Keby sa niekedy dostala tak ďaleko, mala by mu dosť čo povedať. Takže zbabelo dúfala, že ho nenájde.

„Skvelý nápad," zdvihla pohár prosecca a štrngla si so Sienou.

„Môžeš požiadať o pomoc Giovanniho. Môže ti všetko preložiť a vysvetliť, ako ho nájsť."

„Geniálne." Siena si nevšimla, že to neznelo práve nadšene.

„Viem," povedala Siena trochu pyšne, absurdne šťastne sa usmievala.

„Kedy sa vráti Jason?"

„Zajtra večer." Siena sa zachichotala. „Nedávno som sa s ním rozprávala. Bol veľmi uhundraný."

„Viem si predstaviť. Nezdá sa mi ako milovník oblekov."
Sienin priateľ Jason nosil stále džínsy, hoci musela uznať, že
mu sedeli dobre. Šiel na sever navštíviť Sieninu sestru Laurie
a jej priateľa a musel ísť na skúšku obleku, čomu sa niekoľko
mesiacov vyhýbal.

„Musí mať aj kravatu." Siena sa usilovala zachovať vážnu
tvár. „Myslím, že to mu ani nenapadlo, keď ho Cam požia-
dal, aby bol jeho družbom."

„A čo ty? Si pripravená byť družičkou?"

Siena si odfrkla. „Všetko som vybavila. Na budúci týždeň
idem navštíviť Laurie a absolvujem poslednú skúšku šiat."
Pokrčila plecami. „Aspoň si to hovorím. Laurie všetko orga-
nizuje sama, chcem jej byť morálnou oporou. Som jej jediná
rodina, ktorú tu má." V hlase jej znel smútok.

Lisa si vždy myslela, že Sienina matka musí byť dosť
chladná, ak rozdelila sestry, keď sa rozišla s Lauriným otcom
a vzala Sienu so sebou do Francúzska. Napokon sa dali do-
kopy vďaka záhrobnej manipulácii ich strýka Milesa, ktorý
rozhodol, že Laurie musela ísť v drahom Ferrari na cestu cez
celú Európu v spoločnosti „úžasne krásneho Cama" – aspoň
podľa Sieny –, ktorý potom požiadal Laurie o ruku. Svadba
sa mala konať koncom leta.

Siena sa predklonila a položila ruku na Lisino predlaktie.
„Už kvôli sebe by si sa mala pokúsiť vypátrať svojho otca.
Možno má ten príbeh aj druhú stránku."

Lisa na ňu zagánila. „Určite má, ale pre mňa to nič ne-
znamená. Opustil mňa aj moju mamu. Nič mu nedlhujem,
iba tento prsteň."

Kapitola 3

Lisa skúmala plagáty v čakárni. Čakali tak dlho, že by ich vedela odriekať naspamäť od slova do slova. Hlava ju trochu bolela, čo ju hnevalo, lebo odmietla dopiť fľašu prosecca, keď so Sienou pozerali *Bridesmaids*. Starká sa hniezdila vedľa nej a hlasno vzdychala, aby ju recepčná počula.

„Mohla by som zomrieť, kým ma prijme ten chlap," tľoskla.

„Strata času. Mala by som sa starať o georgíny. A smrteľne túžim po šálke čaju."

„Chceš, aby som ti priniesla čaj? Už to isto dlho nepotrvá."

„Hm, to si hovorila aj pred hodinou. Ak som dostala termín na pol desiatu, mali by ma vziať o pol desiatej, nie keď si ten poondiaty doktor zmyslí." Mávla lístkom, na ktorom bol termín vyšetrenia a ktorým mávala v ruke, odkedy prišli, ako matador plášťom. Všetky oči v nabitej čakárni sa upreli na ne.

Lisa zaškrípala zubami, najradšej by sa prepadla pod zem.

„Doktor je zaneprázdnený. Určite ťa čoskoro zavolá."

„Hm, on na to možno má celý deň, ale ja nie. Dám mu ešte päť minút a odchádzame."

Lisa v duchu veľmi pomaly rátala do desať, potom sa čo najpokojnejšie spýtala: „Chceš, aby som sa informovala, ako dlho to ešte potrvá?"

Sekretárka pri náprotivnom okne mala sklonenú hlavu, vybavovala papierovanie, vyhýbala sa pohľadom ľudí, hoci musela počuť každé starkino slovo. Rozumná žena. Na popudlivých pacientov bola zrejme zvyknutá.

„Aký to má zmysel? Aj tak nikdy nepovedia pravdu," zafrflala stará a sarkasticky pozrela na hodinky na vetchom zápästí.

„Pani Whitakerová," povedal starkej obľúbený nepriateľ doktor Gupta s írskym prízvukom. Vysoký, aristokratický muž s orlím nosom a tmavou pokožkou pripomínal Lise starovekého kráľa a stará pri ňom vyzerala ako otravný teriér poskakujúci okolo jeho členkov, s ktorým mal vždy strpenie a znášal ho s majestátnou dôstojnosťou.

„Už bolo načase, dofrasa!" Keď ľudia v čakárni počuli ostrý, hašterivý hlas starkej, všetci na ňu upreli pohľad.

Doktor Gupta sa usmial, tváril sa úplne bezvýrazne. Chudák, zrejme bol na to zvyknutý.

„Chceš, aby som šla dnu s tebou?" ponúkla sa Lisa. Mala by tam ísť. Cítila sa za starkú zodpovedná, hoci vedela, čo jej povie.

„Prečo by som to chcela, dofrasa? Som dosť stará, aby som ti bola starou matkou."

Lisa sa čo najvážnejšie usmiala. „Si moja stará matka."

„Presne tak." Stará zagánila na Lisu, vzala si kabelku a so zdvihnutou hlavou ako majestátny pštros zamierila k doktorovi, ten, chvalabohu, chápavo pozrel na Lisu.

Zvädnuto sa oprela na stoličke. Toto kolo vyhrala stará. Mohla byť celá žeravá a tváriť sa, že je tvrdá ako kameň, ale už nebola najmladšia a nestarala sa o seba poriadne – krvný tlak mala vysoký, neužívala tabletky, odmietala prestať soliť jedlá a trvala na svojich obľúbených pečených jedlách, ako aj na rybe s hranolčekmi, ktorú si dávala každý piatok. A doktor nevedel o tajnom balíčku cigariet Benson and Hedges, ktorý mala odložený v skrinke na sviatočné dni.

Lisa robila, čo sa dalo, ale už ani sama nevedela, koľko ráz ju starká obvinila, že je policajtka. Starká zastávala názor, že keď umrie, umrie, na čo mala právo, ale vystavovala sa riziku.

Lisa zamračene hľadela na šedivý erárny koberec. A keď starká umrie, čo potom? Nechcela sa ľutovať, väčšinou na to odmietala myslieť, ale keď starká odíde... Lisa zostane sama. V Glasgowe mala nejakých druhostupňových príbuzných o celú generáciu starších, tí už mali svoje rodiny a žili stovky kilometrov od nej. Boli to jej pokrvní príbuzní, nič viac.

Pri tom pomyslení Lise zvieralo hruď. Ale starkej zostáva ešte veľa rokov... ak sa bude držať doktorových rád.

Keď doktor Gupta vyšiel von, tváril sa prísne a starká bola bledá ako stena.

Lisa vyskočila. „Všetko v poriadku?"

Doktor Gupta začal krútiť hlavou, ale starká naňho pozrela ako bazilišok. „Nič mi nie je. Len som stará a nervózna. Kopa nezmyslov."

„Nezabudnite si vybrať lieky na ten recept a užívajte ich," dodal doktor prísne a pozrel na Lisu. Tvár mu trochu znežnela. „Musí brať lieky pravidelne, nie jednu-dve tabletky z času na čas," vzdychol si.

„Ona sa správa urážlivo," starká si odfrkla a zošpúlila ústa, „a ja som ešte neotrčila kopytá."

„Len užívajte tie lieky, pani Whitakerová." Doktor Gupta prísne stisol tenké pery.

Lisa chápala, že je frustrovaný. Mohol by mať celú kopu lekárskych titulov a skautských odznakov, starká by aj tak bola najmúdrejšia.

„Môžeme ísť domov, Lisa? Nepáči sa mi ten zápach. Je to pach nemocnice, starých ľudí a mačacích šťaniek."

Starká zamierila k dverám, a keď Lisa vykročila za ňou, doktor jej položil ruku na rameno. „Dozrite na to, aby užívala tie tabletky. Hrozí jej mozgová porážka, a hoci by nemusela byť fatálna, vážne by poznačila jej život. Poznáte príznaky porážky? Viete, čo robiť, keby ju dostala?"

Lisa bez slova pokrútila hlavou, srdce jej zovrel strach.

Doktor kývol hlavou na recepčnú. „Vezmite si nejaké letáky."

„Ďakujem."

„Pamätajte, čím rýchlejšie pri porážke konáte, tým lepšie."

Kapitola 4

„Lisa, *bellissima*," Giovanni posunul ruku po stole a chytil jej ruku, „si veľmi tichá. Všetko v poriadku?"

Potlačila nutkanie vytrhnúť si ruku a povedala: „Prepáč," silene sa usmiala, vecne mu stisla ruku a vyslobodila si ju. Mala odložiť tento večer. „Len sa bojím o starkú."

Ani nehovoriac o tom, ako sa bála, že Giovanni si to vysvetlil zle. Keď si s ním dohodla stretnutie v bare, dúfala, že mu objasní, ako sa mýli, a keď budú obklopení ľuďmi, ktorých obaja poznajú, nebude sa na to dívať romanticky. Žiaľ, trval na tom, aby sa šli najesť do reštaurácie.

Možno nebol najlepší nápad, že sem prišli po starkinej rannej návšteve nemocnice. Ten prekliaty Google jej prezradil viac informácií, než chcela vedieť, a tie jej teraz chodili po rozume spolu so sivým svetelným kruhom depresie a nerozhodnosti.

Mdlo sa naňho usmiala. „Prepáč, dnes nie som najlepšia spoločníčka."

Predklonil sa ponad stôl, zdvihol jej bradu, vážne tmavé oči veľmi nežne upieral do jej očí. Keby mala Lisa inú náladu, zachichotala by sa. Giovanni bol milý, ale bral sa veľmi vážne. Vnímal sa ako ochranca a bol veľmi galantný, čo bolo v dnešných časoch pekné a mala by mu to dať najavo. Bola to príjemná zmena.

„Ty si vždy skvelá spoločníčka, *bellissima*. Tvoj úsmev rozžiari celú miestnosť."

Lise sa zvlnili pery. Iba vďaka tomu talianskemu prízvuku mu tolerovala také prehnané komplimenty.

„Potrebujem tvoju pomoc, ale mám obavy o starkú." Napriek doktorovým radám jej dovolila jesť tresku s hranolčekmi s jej dobrou priateľkou Laurou. Tie dve hlasno kvákali ako staré bosorky, plánovali maratón romantických komédií. Odkedy objavili Netflix, stali sa závislé od piatkových filmov a Lisa nechápala ich posadnutosť druhou sériou *Perníkového tatka*. Keď starká rozmýšľala, či sa jej podarí vysadiť medzi georgíny marihuanu, Lisa sa modlila, aby to bol len zvrátený zmysel pre humor, nie vážny prostriedok na privyrobenie k penzii.

Giovanni opatrne prikývol. Starká bez váhania dávala najavo svoju nespokojnosť, pokiaľ išlo oňho. Našťastie mal zdravý taliansky rešpekt pred všetkým, čo sa týkalo „rodiny", a netrápilo ho to na rozdiel od Willa, ktorý starkú nemal rád a ona nemala rada jeho. Starká zo zásady nemala rada mužov a Giovanniho dvojnásobne, lebo bol Talian.

„Je chorá?"

„Nie, ale bude, ak neposlúchne doktora."

Giovanni sa usmial. „Moja *nonna* je rovnaká. To je ich generácia... prežili vojnu a myslia si, že sú nezničiteľné. Sú z tvrdého kameňa. Z mramoru."

Lisa v to dúfala.

Vystrela sa s jedálnym lístkom v ruke. „Čo si dáš?"

Giovanni si vzdychol a zatváril sa pochmúrne. „Neviem. Ťažko si vybrať.“

Kto by si bol myslel, že Talian bude mať vášnivo rád čínu?

Lisu to nesmierne pobavilo.

„Kačku? Tá je dobrá s palacinkami a so sladkou omáčkou.“ Tvár sa mu rozjasnila, ale vzápätí mu povädla. „Áno, ale tých palaciniek nikdy nie je dosť.“

Lisa sa zasmiala. „Vždy môžeš požiadať, aby ti priniesli viac.“

„Áno, môžem, však?“ Opätoval jej úsmev, už znova sa tváril šťastne.

Odpila si z vína a usúdila, že bude najlepšie vrhnúť sa do toho, inak bude musieť celý večer znášať Giovanniho flirtovanie.

„Chcela som ťa požiadať o pomoc.“

„Áno, rád ti pomôžem.“

Lisa pokrútila hlavou, jeho nadšenie ju pobavilo. „Ale ešte nevieš, o čo ide.“

„Pre krásnu dámu urobím čokoľvek.“

„Potrebujem... nájsť svojho otca.“

„Aha, áno, *signora* Vetteseho.“ Len čo Giovanni počul to talianske priezvisko, cítil sa s ňou spriaznený.

„Myslím, že je v Ríme.“

„Nevieš to?“

Pokrútila hlavou, usilovala sa tváriť nonšalantne. Nikdy nehovorila o týchto záležitostiach. „Bol džokej. Keď som mala dva roky, opustil moju mamu – neviem prečo – a šiel pracovať do dostihovej stajne na severe Anglicka. Keď mama zomrela, starká sa s ním spojila a prišiel na pohreb.“ Sťažka preglgla. Bolelo to. Nezostal, nevzal ju so sebou. „Po pohrebe sa vrátil do Talianska a starkej sa viac neozval.“

35

Giovanni sa tváril súcitne, ale nič nepovedal.

„Potrebujem… ho vypátrať." Druhý raz za posledné dva dni rozprávala o starej fotografii, ktorá by jej mohla pomôcť pri pátraní, ale z neznámeho dôvodu sa nezmienila o prsteni.

„Trochu som gúglila, ale veľa som sa nedozvedela. Možno preto, lebo nie som v Taliansku. Myslím, že keby som bola v tvojej rodnej krajine, dozvedela by som sa viac. Okrem toho nerozprávam po taliansky."

„Rada by si išla do Talianska?" Vystrel sa, v očiach sa mu blysol náhly záujem.

„Nie," zasmiala sa na jeho chlapčenskom nadšení. „To si nemôžem dovoliť. Ale ty sa tam onedlho chystáš, tak som rozmýšľala, či by si mi nemohol pomôcť. Trochu popátrať na internete, keď už tam budeš."

Giovanni sa zatváril sklamane, potom pokrčil plecami. „To pre mňa nebude problém, ale myslím, že by bolo lepšie, keby si šla do Talianska sama."

Tváril sa bezvýrazne, potom sa rozžiaril. „Onedlho budeš mať v škole prázdniny. Vtedy by si mohla ísť do Talianska so mnou."

„To je od teba veľmi milé, ale…"

„Nie," vystrel sa, akoby ho niečo ohromilo. „Musíš ísť so mnou!" S náhlym zápalom dodal: „Mám tam priateľov, ktorí v Ríme pracujú pre vládu. Budú niekoho poznať v *Commissione Elettorale Comunale*. To je mestský volebný výbor."

„Ja…" Lisa sa usilovala prijať to pozitívne. Úprimne povedané, dala by si odťať aj pravú ruku, aby mohla ísť do Ríma. Kamkoľvek. No v skutočnosti len snívala, nemohla si to dovoliť.

„Áno," Giovanni sa tváril, akoby sa mu podaril veľký objav, „musíš ísť do Ríma. Nájdeme tvojho otca a ukážem ti Večné mesto."

„Nemôžem." Aj keď by chcela.

„Prečo nie? Musíš. Máš veľmi dobrý dôvod."

„To je možno pravda, ale ja nemám veľmi dobrý bankový účet."

Giovanni sa tváril bezvýrazne.

„Nemôžem si to dovoliť."

Mala však kreditnú kartu. Mohla by ňou zaplatiť letenku, a peniaze minúť na auto a lacný hotel. Keby bolo najhoršie, môže si kúpiť bicykel.

Giovanni sa zamračil, potom sa zoširoka usmial. „Bellissima, moji rodičia majú v Ríme veľký apartmán s mnohými izbami." Chytil ju za ruku. „Môžem ti ukázať všetky pamiatky – Colosseo, Fontanu di Trevi, San Pietro, Piazza Di Spagna."

Lisa sa strhla. „Prestaň!" Zmocnilo sa jej veľké pokušenie. Rada by videla všetky tie miesta.

„Lisa, Lisa," Giovanni sa zoširoka usmial a vystrel sa. Lisa si ho takmer vedela predstaviť s mečom v ruke. „Ja to pre teba rád urobím. Rodina je dôležitá. Spolu nájdeme tvojho otca. Okrem toho aj tak budem v Taliansku celý mesiac."

„To je od teba láskavé, ale…" Neodvážila sa mu povedať, že nechce nadviazať vzťah s otcom. Len mu chcela vrátiť prsteň. A povedať mu, že mu ho dáva rada. To by sa jej naozaj páčilo. Dať mu jasne najavo, že sa má dobre aj bez neho.

A stráviť týždeň v Ríme, to by bolo úžasné.

„Povedz mi, kedy chceš ísť. Môžem ťa čakať na letisku."

Lisa zaváhala. „A čo tvoji rodičia? Nebude im prekážať, že majú v byte neznámu osobu?"

Giovanni sa pobavene zasmial. „Nijaký poriadny Riman nezostáva v lete v meste. Moji rodičia navštívia *nonnu*. Má dom ďaleko na sever od mesta. V Ríme je priveľmi horúco a je tam priveľa turistov." Pri posledných slovách sa Giovannimu zastrela tvár.

„Ale aj ja budem turistka," zažartovala.

„Krásna turistka."

Bolo to veľmi lákavé. „Mohla by som sa pozrieť na letenky." Zrejme budú veľmi drahé.

Kapitola 5

Willove kroky sa ozývali v prázdnej miestnosti, z drevenej podlahy stúpali kúdoly prachu. Zrazu sa zvrtol, naklonil hlavu nabok. Áno, pec na pizzu bude v tamtom rohu, pred ňou bude priestor na servírovanie otvorený do reštaurácie, takže návštevníci budú vidieť plamene a pizze, ktoré budú kuchári nakladať veľkou drevenou lopatou do pece a vykladať ich z nej. Niežeby podávali iba pizzu. Budú ponúkať rozličné druhy pravého talianskeho jedla.

Prikývol si, prešiel k protiľahlej stene a dotkol sa starej opadávajúcej omietky, jediným svedectvom dejín toho domu boli tmavé obdĺžniky, kde kedysi viseli obrazy. Keď sa prstami dotkol steny, omietka sa zosypala. Strhol sa. Dofrasa, na tomto dome bude treba vážne zapracovať.

Zbláznil sa? Vzal si toto na starosť, keď sa baru tak darilo? Toto bola nová výzva, a keď to naštartuje, jeho otec možno konečne uzná, že aj keď Will nie je bankár alebo poisťovací agent, je úspešný biznismen.

Nevšímal si trúsiacu sa omietku a ukázal: „Na tejto stene budú police od zeme po strop plné kuchárskych kníh." Tie nápady nosil dlho v hlave, ľahko si ich vedel predstaviť. „Už som poveril Sienu, aby pátrala v antikvariátoch a bazároch po talianskych kuchárskych knihách." A bude tam môcť uložiť aj svoju zbierku, mal niekoľko stoviek kuchárskych kníh.

„Dobre," Giovanni prižmúril oči na holú stenu a prikývol. „Bude si to vyžadovať kopu práce."

Will si nevšímal jeho poznámku. Akoby to nevedel. A koľko to bude stáť! V posledných dňoch sa mu snívalo o excelových tabuľkách a projektoch.

„A tu," ukázal, „budú boxy a stoly pre šiestich až ôsmich. Vzadu vytvoríme zimnú záhradu a tam budú menšie, intímnejšie stolíky pre dvojice."

„To bude skvelé!" Giovanni nadšene prikyvoval. Will si vzdychol, takmer závidel tomu mladému mužovi jeho naivnosť. Pevne veril, že to naozaj bude skvelé, inak mu otec bude píliť uši. Výnimočne by ho potešilo, keby otec povedal: „Výborne!" A nie: „Prečo si opustil poriadne zamestnanie a poskakuješ pri pulte?" Alebo: „Kedy sa prestaneš hrať na majiteľa baru?"

Giovanni netušil, o čo tu ide. Bol priveľmi naivný, neskúsený. Pochádzal z privilegovanej rodiny, kde všetko bolo tvrdo vybojované.

Pre Willa bolo otvorenie druhej reštaurácie hazardom. Špekuloval, že nahromadí majetok, keď si mohol jednoducho držať bar a nenamáhať sa.

Ešte dobre, že Giovanni nebol taký bystrý. Will mal vízie a plány, zatiaľ čo Giovanni mal zdravú dávku nadšenia, ako aj skúseností s obsluhou zákazníkov. Pôvodne ho Will prijal, lebo chcel urobiť láskavosť otcovi, ktorý poznal Giovanniho otca. Ten túžil, aby si jeho syn našiel miesto, kde sa naučí lepšie po anglicky.

To vyhovovalo všetkým zainteresovaným, lebo Giovanni nebol taký rozmaznaný, ako Will predpokladal, a bol ochotný robiť čokoľvek, len aby mal pokoj od pozorných očí rodiny. A ukázalo sa, že je prekvapujúco pracovitý.

„Toto bude skutočná talianska *trattoria*, všetko bude pochádzať od spoľahlivých dodávateľov. Nadviazal som kontakt so spoločnosťou, ktorá sprostredkuje dovoz priamo z Talianska. Bolo by skvelé, keby som tam mohol zájsť. Mohli by mi dohodnúť nejaké stretnutia." Will sa odmlčal. „Možno navštívim Rím. Nepredpokladám, že mi môžeš poskytnúť ubytovanie."

Giovannimu sa mihli na tvári rozličné emócie.

„Je to problém?" Will cítil, ako sa mu potia dlane, keď tak nehorázne klamal.

„Nie, nie." Giovanni preglgol, statočne vytrčil bradu a mužne vyhlásil: „Bez problémov, šéfko."

Will prikývol, necítil sa ani trochu previnilo. No dobre, možno počul Giovanniho, ako hovorí Siene, že u nich bude bývať Lisa a že si rezervovala letenky. Zhodou okolností tie lety vyhovovali aj jemu. Nič to však neznamenalo. Rezervovala si najlacnejšie letenky. On takisto.

„Nijaké strachy," Will sa naňho formálne usmial. „Nepokazím ti zábavu."

Giovanni vyzeral neisto, ale očividne to pochopil, lebo sa tváril ako trucovitý školák. „Lisa je moja priateľka a chcem jej pomôcť."

„Jasné." Videl Giovanniho, ako ju pozoruje v bare. Mladistvé vzplanutie. Chudák chlapec nemá šancu. Ak niekto žije celý život so starkou, ktorá má prísne názory na opačné pohlavie, to každého odradí. Lisa túžila po záväzku asi tak ako Will.

Kedysi si myslel, že ju pozná lepšie než ktokoľvek iný. V podstate spolu vyrastali, kým neodišiel na univerzitu a potom začal pracovať. Keď sa vrátil, uvedomil si, že čosi sa zmenilo. Celé mesiace sa obchádzali, zachovávali odstup až do toho hlúpeho večera. Teraz ho Lisa nenávidí a to mu vyhovuje.

„Budem sa vám vyhýbať." Širokým oblúkom. Nechcel, aby mu vylepila. „Len by som sa rád pár nocí niekde vyspal. Inak budem celý čas tráviť s dodávateľmi. Preto ťa o to žiadam. Každý groš, ktorý ušetrím na hoteloch, môžem investovať tu." Ukázal na elektrické káble visiace z diery v strope. „Postačí mi aj pohovka. Ani nebudeš vedieť, že som tam. Sľubujem."

Will sa usiloval zachovať pokoj a nevšímať si sklamanie na Giovanniho tvári. No dobre, je hajzlík. Zneužíva svoje postavenie šéfa. Lisa bude zúriť. Ale keď to musí byť... Ak má byť tento podnik úspešný, potrebuje všetok kapitál, ktorý dostane do rúk, každú pencu, ktorú ušetrí inde, môže investovať tu.

Veľmi ho prekvapilo, keď počul, že sa ubytuje u tohto Taliana. Bolo mu ukradnuté, s kým Lisa chodí, ale Giovanni sa mu nezdal... dosť dobrý boli silné slová. Giovanni mu pripadal ako mamičkin maznáčik... alebo je to príhodný stereotyp? Lisa potrebovala niekoho, kto má viac elánu, kto nie je nemastný-neslaný.

„Kúsok od Ríma som našiel miesto, kde produkujú *guanciale*. To sa mi dokonale hodí na *amatricianu*. Okrem toho som našiel dve farmy, kde vyrábajú olivový olej a syr *pecorino*. Chcem ich vyskúšať. A, samozrejme, cestoviny. Chcem podávať *bucatini* a *paccheri* namiesto obyčajných špagiet a *penne*."

„*Si, si*," prikyvoval Giovanni. „Angličania si myslia, že poznajú cestoviny, ale nie je to tak." Nadšene šermoval rukami. „Dobre, môžeš u nás bývať."

Zamkli zanedbanú budovu a nasadli do Willovho Golfu, aby sa zviezli do baru, ktorý sa zatváral, keď Will zaparkoval a zaželal Giovannimu dobrú noc.

Na dvore za barom vládlo ticho, posledných pár zákazníkov jemne presvedčili, aby sa pobrali domov. Will mal rád túto večernú hodinu. Keď človek vedie bar, nemôže si veľmi vyberať spoločnosť, no len čo všetci odišli, vychutnával si osamelosť a súkromie svojho bytu ďaleko od izieb personálu nad barom. Kým si odomykal vchodové dvere, nevedel sa zbaviť mierneho pocitu viny pri spomienke na Giovanniho rozladený výraz. Rázne zatlačil výčitky do úzadia. V Taliansku bude od Lisy zachovávať zdravý odstup ako vždy. Aj keby o ňu mal záujem, dostalo sa mu jasného varovania. A dobre mu tak. On, vlastne oni dvaja nepestovali blízke vzťahy. Nemal na to čas ani sklony. Bolo s tým priveľa trápenia a mrzutostí.

Tak prečo ju nemôže prestať dráždiť? Nevedel sa ubrániť, aby sa z nej nepokúsil vymámiť reakciu. Bolo predsa dosť iných žien. Viac ako dosť. Ona mu však z nejakého dôvodu nedala pokoj, stále ho trápila.

Plecom zatvoril dvere a zamieril do kuchyne spojenej s jedálňou. Tam ho okamžite prenasledovala predstava Lisy, ako sedí pri jeho jedálenskom stole so slaninovým sendvičom v ruke a smeje sa.

Jedna noc. Urobil by najlepšie, keby na ňu zabudol.

Kapitola 6

Keď auto dorazilo na šialene rušné parkovisko, bolel ju členok od toho, čo neprestajne poklopkávala nohou, lebo taxík dlho šiel slimačím tempom hore kopcom. Pritom úzkostlivo pozerala na hodinky. Pas, mobil. Otvorila tašku. Áno, bolo to tam, tak ako vtedy, keď taxík odbočil na výjazd z diaľnice M1 smerom na Luton. Zatiahla zips. Remeň tašky mala prehodený cez hlavu. Potľapkala ju. Všetko bolo v bezpečí.

Lisa náhlivo vystúpila z taxíka a čakala, nohou znova poklopkávala, lebo taxikárovi trvalo celú večnosť, kým otvoril kufor auta. Rýchlo sa mu poďakovala, chytila rúčku svojho kufra a bola rada, že aj iní ľudia idú jej smerom. Ťahala kufor a sledovala dve dievčatá, ktoré očividne vedeli, čo robia, preto išla za nimi k terminálu.

Vďakabohu, že jej Giovanni poradil, aby sa zaregistrovala online. Dlhé rady ľudí, ktorí sa chceli zaregistrovať na mieste, sa hadili dookola a vyzerali hrozne. Silno zovrela mobil, nechcelo sa jej veriť, že keď niekomu ukáže svoju aplikáciu, dostane sa do lietadla. Čo keby mobil stratila alebo sa vybila batéria, čo sa jej ľahko mohlo stať?

Prehrabala sa v taške a vybrala igelitové vrecko s toaletnými potrebami, aby ho zriadenci zröntgenovali, a keď zdvihla pohľad, kútikom oka zazrela na druhej strane obrovskej haly blond hlavu s krátkym a hrubým chvostom. Vyzeral celkom ako Willov chvost. Ten muž bol dosť vysoký, aby to bol on, a kráčal rovnako sebaisto.

Stisla pery. Takýto výlet nebol pre Willa, pána Svetaznalého, o nič stresujúcejší ako nákup v obchode. Ten určite ani raz nekontroloval, či má so sebou mobil alebo pas, a už vôbec nie každú polhodinu.

„Všetko vyložte na tácku, slečna," vyštekol na ňu prehnane uhundraný ochrankár. Prečo sa vždy tvária tak nahnevane? Vážne? Líca mala celé červené, keď nervózne kládla na sivú plastovú tácku dvojročný mobil a trápnu zbierku mejkapu. Vyzerala ako hrozba? Keď zdvihla pohľad, Willov dvojník tam už nebol.

V odletovej hale si vedela poradiť, lebo výnimočne tam bolo dosť tabúľ s odletmi všetkých lietadiel, teda vôbec nehrozilo, že zmešká svoj let, ba čo viac, hala vyzerala ako nákupné stredisko. Boots, Monsoon, WH Smith, pri pohľade na tie známe názvy sa jej hneď dýchalo ľahšie. Hoci prišla oveľa neskôr, ako plánovala, stále mala polhodinu do odletu a ešte neohlásili číslo jej brány. Mala dosť času, aby si vybrala turistického sprievodcu, ktorého bude čítať počas letu, a aby si prezrela parfumy oslobodené od cla. Ona to zvládne. Bude jej samej v lietadle dobre. Len musí rovnomerne dýchať. Sústrediť sa na minútu za minútou.

Doparoma! Prečo do Ríma letia dve lietadlá s dvadsaťminútovým odstupom? A prečo sa pozerala na nesprávny let? Číslo jej brány ohlásili pred desiatimi minútami! Uff! Ten hrozný kufor, ktorý sa jej zdal predtým taký geniálny, zrazu akoby mal vlastný rozum a nechcel sa dať ťahať, keď náhlivo robila slalom pomedzi ostatných cestujúcich, ktorí smerovali tou istou širokou chodbou. Tá prekliata rároha sa stále prevracala. Pod pazuchami cítila spotené fľaky. Tie pravidlá na letisku boli hrozné, ochrankárom sa zdal jej dezodorant priveľmi veľký a skonfiškovali jej ho. Ďalších pár hodín bude sedieť vedľa niekoho celá rozhorúčená a bude z nej raziť pot. Trápne!

Keď konečne dorazila k bráne, odľahlo jej, že hoci prišla posledná, ešte vždy bolo pred ňou niekoľko ľudí.

Šikovná, rozžiarená dáma s dokonale lesklým rúžom, ktorá sedela za pultom, zrejme dostala výcvik ako nindža, lebo zachytila Lisin mobil, prv než padol na dlážku a rozbil sa na tisíc márnych, nepoužiteľných kúskov.

Keď Lisa prišla k svojmu sedadlu pri okne, nastal veľký zmätok, lebo žena v strednom veku, ktorá mala sedadlo vedľa nej, neohrabane vstala, aby ju pustila. Lisa bola celá rozhorúčená, rozrušená, veľmi nervózna a vykoľajená. Nebola sama sebou. V batožinovom priestore nad hlavou nebolo voľné miesto, začala ho teda zúfalo hľadať, kým neprišla letuška, ktorá ju s falošným úsmevom na tvári zachránila, no vtedy už jej suseda toľko frfľala a tľoskala jazykom, že Lisa by najradšej zomrela.

Keby presne také čosi neurobila starká, možno by bola v pokušení skríknuť: „Dajte mi pokoj, dofrasa! Prvý raz v živote letím sama!"

Klesla na sedadlo a na každom úde cítila kvapky potu, potom chytila bezpečnostný pás a silno si ho pripla. Prepánajána, prečo si rezervovala miesto pri okne? Ďalšia začiatočnícka chyba. Ale bude to ľahké, nebude pozerať von.

Dočerta! Sprievodcu nechala v batožinovom priestore a teraz si jej suseda, žiaľ, oblečená v tvídovom kostýme, ktorý smrdel ako mokrý pes, znova sadla. Lisa sa určite neodváži požiadať ju, aby znova vstala. Bude musieť vystačiť s letákom, ktorý jej dal doktor v nemocnici, aj keď ho prečítala niekoľko ráz. Sťažka preglgla, zaliala ju horúčosť. Toto bola nočná mora. Nebude plakať! Toto mala byť dovolenka spojená s istým poslaním. Dobrodružstvo. Pri tom pomyslení jej z úst unikol smiech a pripomínalo jej to skôr Tolkiena ako Lisu Vetteseovú. Aspoň nebude musieť bojovať s hordami Orcov a zlých čarodejníkov, hoci jej nepriateľsky naladená suseda by ich určite donútila utekať kadeľahšie.

Bude to jednoduché. Giovanni ju bude čakať na letisku. Veľmi sa usilovala znova cítiť vzrušenie, čo sa jej zmocnilo pri pomyslení na všetky pamiatky, ktoré doteraz poznala iba z počutia.

Márne. Keď kapitán požiadal cestujúcich, aby si pripli bezpečnostné pásy, údy mala stuhnuté a pri každom nádychu mala pocit, akoby sa jej hrudný kôš zmenil na kamenný sarkofág.

Kútikom oka si všimla, že letuška sa rozpráva s tvídovou kráľovnou. Nadýchla sa. A znova. Zrazu jej suseda zmizla a na jej sedadlo si sadol ktosi iný. Potom sa lietadlo pohlo, pomaly sa šinulo po odletovej dráhe. Zatvorila oči. Dýchaj! Nie je to nič vážne.

Otvorila oči. Vedľa svojich stehien uvidela stehná vo vyblednutých džínsoch.

„Čau, Lisa, je neuveriteľné, že ťa tu vidím. Zaujímavé čítanie?"

„Will!" Tak prudko sa vystrela, až si tresla hlavu o opierku. „Dofrasa, čo ty tu robíš?"

Zdvihol obočie, ten strojený výraz v nej okamžite vyvolal obrannú reakciu. Dočerta, prečo nevie byť pri Willovi mrazivo ľahostajná? Zlostilo ju, že u nej vždy vyvolá takúto reakciu.

„Možno tomu neuveríš, ale letím do Ríma."

„Ha-ha, veľmi vtipné. Mala som na mysli..." Čo mala na mysli? Samozrejme, že letí do Ríma, tam mierilo toto lietadlo.

Lisa sa podozrievavo zamračila. „Prečo ideš do Ríma?"

Willovi sa šibalsky zablyslo v očiach a Lise skrúcalo žalúdok. Nie, prosím, nie.

„Giovanni ma pozval."

Žalúdok sa jej stiahol ako fučiaci balón a chvíľu si myslela, že sa povracia, potom zatúžila z celej sily udrieť Willa na solar. Kŕčovito zaťala päste.

Stačilo, že mala obavy, ako strávi čas s Giovannim, ale keď sa do toho zamiešal Will, rozbúšilo sa jej srdce. Nemala chuť balansovať.

„Neboj sa, nemám v úmysle robiť tretieho. Budem sa venovať serióznemu biznisu. Nadviažem kontakt s dodávateľmi. To, že Giovanni má voľnú izbu, som si nemohol dať ujsť. Je to dokonale načasované."

„Dokonale?" zatiahla neveriacky vysokým hlasom. Will si to určite nemyslí. Alebo je až taký hlúpy? „A len zhodou okolností letíš tým istým lietadlom ako ja?"

„Dávalo to zmysel. Giovanni musí ísť na letisko iba raz."

„A kedy si sa rozhodol?" A prečo jej Giovanni nič nepovedal?

„Na poslednú chvíľu. Podarilo sa mi dohodnúť si v Taliansku nejaké stretnutia. Ako hovorím, nemohol som si to dať ujsť." Všimla si, že sa vyhol odpovedi na jej otázku. Bol slizký ako had.

„Stretnutia?" Lisa naňho pozrela, na starostlivo upravenej tvári sa zračila strojená nevinnosť a nonšalantnosť. Ha!

To sotva. No nebola taká domýšľavá, aby si myslela, že to urobil, len aby ju naštval. Očividne bol veľmi egocentrický a ani mu nenapadlo, že sa možno vtiera.

„Áno, kým vy dvaja holúbkovia budete obdivovať mesto, ja sa budem venovať obchodu, a kým vy budete romanticky večerať vo dvojici, ja budem ťahať rozumy z majiteľov miestnych reštaurácií." Prečo musí hovoriť tak povýšenecky ako nejaká stará teta?

Ten chlap, ktorý sa správal tak nadradene, bol od nej iba o dva roky starší a poznala ho od svojich ôsmich rokov. Mal by mať na pamäti, že si naňho spomína ako na školáka samá ruka, samá noha, oblečeného v predpísanej rovnošate, a to v krátkych sivých nohaviciach. Starká pracovala v ich rodine ako upratovačka, takže Lisa trávila mnohé prázdninové dni vo veľkej kuchyni na farme jeho rodičov. Keď boli starší, chodievali spolu do školy a čakali na autobusovej zastávke, aj keď on chodil do celkom inej školy. A hoci pekné namyslené dievčatá z tej školy sa veľmi usilovali upútať jeho pozornosť, on stále sedával s vnučkou ich upratovačky. Keď mala šestnásť, nastúpil na univerzitu a krátko nato sa starká rozhodla odsťahovať sa z dediny, keď prestala jazdiť autom.

„Áno, už sa teším, že si to užijem," úmyselne hovorila zastretým hlasom, nech si myslí, čo chce. Určite mu nepovie, že s Giovannim sú len priatelia.

Lietadlo sa pomaly obrátilo a pred nimi sa ťahala rozjazdová dráha, potom uvidela cez okienko šíru makadamovú plochu. Kolená mala ako z huspeniny a kŕčovito zovrela prstami opierku.

„Dosť ma prekvapilo, že si prijala Giovanniho ponuku," poznamenal Will konverzačne.

„Prečo?" spýtala sa ostro a rýchlo sa nadýchla, keď motory túrovali.

Will s pobaveným výrazom pokrčil plecami, najradšej by mu ho zmazala z tváre. Arogantný somár!

„Ísť s niekým na dovolenku je dosť záväzné. A ty nie si práve typ, ktorý sa rád viaže."

„To kto hovorí?" spýtala sa, prudko k nemu otočila hlavu a na pol ucha počúvala čoraz silnejšie zavýjanie motorov. Mala hrozný pocit, akoby sedela na chrbte dostihového koňa, ktorý sa rozbieha, a ona ho nevie zastaviť.

„Tuším ty. Povedala si mi, že netúžiš po vážnom vzťahu."

Zošpúlila pery a bola by radšej, keby mu v ten večer pred deviatimi mesiacmi povedala oveľa menej. Jej slová vychádzali z pudu sebazáchovy. Keby len mala dosť rozumu, aby sa ich držala.

Lietadlo zrýchľovalo. Letmo vyzrela cez okienko na stromy, ktoré sa za ním mihali. Lepšie sa oprela na sedadle, zbierala sily.

„Povedala si to dosť odhodlane," dodal Will so zlovestným úškrnom, v hlase mu znela výzva. Ženy ho stále prenasledovali, ale ona chcela byť iná. A nechcela byť od nikoho závislá. Myslela si, že našli spoločnú reč, lebo ani on netúžil po záväzku. Páni, naozaj nie! Už stratila prehľad, s koľkými ženami chodil za posledných sedem mesiacov. Nie, to nebola pravda. Chodil s Izzie, asistentkou veterinára, s Cordeliou, interiérovou dizajnérkou, s dvoma Charlottami, s Evou, Oliviou, Theou, Martinou, Ellou a Dorou, čo bolo domácke meno Isadory, ktorá presne zodpovedala typu spôsobných, vzdelaných žien s vplyvnými príbuznými, aké Willovi vyhovovali. Ona bola anomália. Hoci, pravdupovediac, správal sa k nej rovnako zle ako k nim.

Nemala by sa sťažovať. Každý vedel, aký je Will. Mala si stáť za svojím a nepoddať sa očarujúcej chémii, ktorá medzi nimi vládla. Keď mala pätnásť, boli priatelia. Keď mala dvadsať a Will sa vrátil z univerzity, čosi sa zmenilo, čo zrejme súviselo s tým, že už nebol chlapec. Našťastie odišiel do mesta a robil niečo ako jeho otec. A potom sa vrátil.

Keď začala pracovať v bare, akosi to medzi nimi zhustlo. Po tom, čo mu šesť mesiacov odolávala, vzdala sa, unavená z hrozne dlhých týždňov v práci, keď sa vracala domov a osamelo jedávala. Po dlhej šichte v bare, keď sa oňho veľa ráz obtrela, sa jej rozbúrili hormóny a pochabo ich nechala pôsobiť. Možno urobila prvý krok ona. Ešte vždy sa na seba hnevala, že si nedala pozor.

Spomienky sa vznášali ako chumáče hmly a prenikali cez bariéry, ktoré sa jej zvyčajne darilo udržať na mieste, až sa zmenili na rozvinuté obrazy a prinášali so sebou jeho horúčosť a chuť. Vybuchli jej v hlave, rozprúdili jej v tele adrenalín, až ju zalialo horúčkovité teplo.

Zaťala si päste pod nohami, ale márne, nevedela ho dostať z tej hlúpej hlavy. Horúčosť cítila aj medzi nohami, zatiaľ čo sa usilovala rozohnať nezmazateľnú vidinu jeho tela na svojom tele, spomienky na dotyky kože o kožu a na jeho ruky, ktorými jej nežne držal tvár, keď ju vášnivo bozkával, akoby chcel odstrániť všetky ostatné emócie.

Nečudo, že mal taký úspech u žien, bol úžasný. Podarilo sa mu vyvolať v nej pocit, akoby bola jediná žena, na ktorej mu záležalo. Alebo si to nahovárala, pretože bola osamelá? Nech to bolo akokoľvek, všetky obranné opatrenia, ktorými sa chránila pred zamilovaním, sa vyparili ako dym.

Mala si stáť za svojím. Najlepšie bolo zostať nezávislá. Tak ju nemôže nikto sklamať. A nedokázal jej, že je to pravda?

Zvraštila tvár, akoby cítila nablízku nepríjemný smrad, a možno tam aj bol. Willova prítomnosť ju netešila. Bol sukničkár, ktorý rýchlo prešiel k druhej žene, len čo dobyl prvú. Ona bola preňho výzvou, čosi ako nezdolaná hora, po ktorej chce vyliezť. A len čo ju zdolal, zaútočil na inú.

„Možno som našla správneho muža, s ktorým môžem nadviazať vzťah," vyprskla.

„Koho? Giovanniho?" odfrkol si Will. „On nie je pre teba ten pravý."

„Prečo?" nedokázala potlačiť pobúrenie. „Hoci netuším, čo to má s tebou spoločné." Ako sa Will opovažuje tvrdiť, že ju pozná a vie, kto je pre ňu ten pravý?

„Poznám ťa." Hoci sa chcela vyhnúť jeho úvahám, nepodarilo sa jej to. „Potrebuješ niekoho silnejšieho. Svetaskúsenejšieho. Niekoho, kto sa k tebe bude správať ako k seberovnej."

Lisa úmyselne nič nepovedala. To ho vylučovalo. Will bol neporovnateľne vyššia liga a vedel to. Hoci ju dvojnásobne rozčuľovalo, že zaklincoval dôvod, prečo sa usilovala odradiť Giovanniho od vytrvalého flirtovania, ale nech sa prepadne, ak to prizná nahlas, najmä teraz a pred ním.

„No tak, Giovanni je milý chalan, ale aj šteňa labradora je milé. Nie je citovo vyzretý. Okrem toho je to dobrý synáčik talianskej mamy. Nehľadá seberovnú babu, hľadá náhradu matky. Niekoho, kto sa oňho bude starať, hovoriť mu, aký je úžasný, a upratovať po ňom. Neviem si predstaviť, že by si sa s tým vyrovnala."

„A ty ma poznáš, čo?" podpichla ho Lisa, nevšímala si zúrivosť, ktorú vyvolal jeho bystrý postreh.

„A je to tu!" Will sa usmial a dotkol sa jej ruky. „Už ti je dobre?"

„Čože?" Ten nečakaný dotyk ju ohromil. Uvedomila si, že sa Willa od toho víkendu ani nedotkla. A on sa nedotkol jej. Prečo teraz? Od tej noci sa obaja veľmi usilovali navzájom sa vyhýbať.

Kývol hlavou k oknu a na polia pod nimi.

„Už sme bezpečne vzlietli." Predklonil sa a z vrecka na sedadle vylovil knihu.

S otvorenými ústami prekvapene hľadela na jeho sklonenú hlavu, ale nedal najavo, že si to všimol. Úplne ju to vykoľajilo. Žeby sa úmyselne usiloval odpútať jej pozornosť? Povedala mu to pri poháriku cointreau, ktoré kedysi spolu popíjali? Zapamätal si fakt, že sa bojí vzlietania a pristávania?

Odkedy sa ráno zobudila, bublala v nej úzkosť zo vzlietnutia, a teraz je vo výške niekoľko tisíc metrov a nepotí sa v panike. Namiesto toho sa venovala pocitom, ktoré v nej rozbúril Will.

Zahniezdila sa na sedadle, nechcela priznať, že bol milý. Will nebol milý. Bol darebák. Dvojtvárny klamár. Určite ju úmyselne nevodil za nos, aby jej pomohol. Will bežne vodil ľudí za nos.

Obrátil sa a všimol si, ako ho pozoruje.

„Čo je?" Oprel si taliansku kuchársku knihu o brucho, prstom si lenivo prechádzal po veľkej striebornej jazve na dlani ľavej ruky. Popáleniny patrili v kuchyni k riziku povolania, ale túto jazvu mal dlho. Často premýšľala, ako k nej prišiel.

„Tak aká bude tá talianska reštaurácia, ktorú chceš otvoriť? Nebudeš ponúkať pizzu a cestoviny ako každý iný?" Aj ona vedela podpichnúť, keď chcela.

Siena mala pravdu. Boli ako brat a sestra.

Will urobil pohŕdavú grimasu. A uvedomila si, že si odpovedala na otázku.

„No dobre, prečo potrebuješ ísť do Talianska?" Chcela vedieť, prečo teraz a prečo do Ríma.

Kývla hlavou na kuchársku knihu. „Nestačilo by rešeršovať na Googli?"

„Chcem, aby bola autentická. Aby ľudia cítili chuť Talianska, akú zakúsili na dovolenke. Na jedálnom lístku budú rozličné regionálne špeciality."

„Takže pri tomto výlete navštíviš rozličné kúty Tal...?" Nedopovedala, zrazu sa jej v hlave vynoril živý obraz, ako Will rozprával o svojej láske k talianskemu jedlu a na jej holom bruchu prstom kreslil mapu Talianska – Sienu, Pisu, Bolognu, potom ho rozptýlila oblasť Sicílie. Ten rozhovor nikdy neukončili. Do tváre jej stúpla horúčosť a bradavky sa nevhodne postavili do pozoru pri spomienke na jeho ruku, ktorá sa zakrádala čoraz nižšie.

Napočudovanie odvrátil pohľad. To sa na sebaistého Willa, ako ho poznala, nepodobalo.

„Samozrejme, nie, no v minulých rokoch som bol na... Sic... rozličných miestach a robil som si poznámky. Ale dávno som nebol v Ríme. Toto bola ideálna príležitosť."

Kapitola 7

„Vitajte v Ríme." Giovanni ju nadšene pobozkal na pery a vrhol tak trochu víťazoslávny pohľad na Willa. Lisa sa rýchlo nadýchla a takmer sa nahlas zasmiala, no mohlo by sa ho to dotknúť. Naozaj si Giovanni myslí, že má soka?

Zatlačila do úzadia pobavenie a sústredila sa na veselú rodinu, ktorá sa pri nich vynorila v príletovej hale. Všetci nadšene vykrikovali a vrhli sa na hnedookého anjelika, čo sa na nich usmieval, keď si ho podávali tety a strýkovia, ktorí ho prišli privítať. Lisy sa zmocnil zvláštny pocit, keď si ho napokon otecko vysadil na plecia. Z tej rodiny vyžaroval príval lásky a na chvíľu jej preblesklo hlavou, ako by sa cítila, keby bola súčasťou takej rodiny. Starká ju mala rada, ale nedávala najavo city.

Keď sa včera večer lúčila so starkou a prosila ju, aby užívala lieky a dávala si pozor, starká len čosi namrzene zafrflala, že Lisa zbytočne vyvádza. Vraj vyvádza! Keby tak vedela… Keď si prečítala tie nemožné letáky, ktoré jej doktor Gupta vtisol do ruky, zdesila sa a utvrdila sa v rozhodnutí ísť do Ríma. Teraz alebo nikdy. Keby sa starkej niečo sta-

lo, nemohla by od nej odísť a chcela vybaviť túto záležitosť
s otcom, prv než sa to stane. Lisa si nevšímala zbabelý šepot,
že bude oveľa jednoduchšie dať mu ten prsteň a odísť bez
obzretia, kým starká žije.

„Tak poďte. Auto je týmto smerom." Giovanni jej vzal
kufor a šikovne sa predieral rušným letiskom. Keď vyšli von,
zaplavila ich talianska horúčava, hoci už boli štyri hodiny,
slnko žiarilo, čo bol príjemný protiklad k sivému upršanému
dňu na Lutone, ktorý opustili pred pár hodinami. Hneď sa
jej pozdvihla nálada. Je v Ríme a Giovanni bol veľmi milý,
že ju pozval. Hoci Will v nej vyvolal pochybnosti, rozhodla
sa užiť si ďalšie dni a zabaviť sa.

Giovanniho romantické pokusy bude riešiť, až keď na to
dôjde. Willove predpovede prezrádzali len to, že je cynický.
Mladý Talian bol pekný, zábavný a čo bolo najdôležitejšie,
páčila sa mu. Možno by mu mala dať šancu, uvidí, ako sa to
bude vyvíjať, a nebude predpokladať, že Giovanni je stereo-
typný Talian.

Zastali pri malom ošarpanom Fiate 500, jedno bočné zr-
kadlo mu chýbalo. Autíčko vyzeralo, akoby zvádzalo boj pri
demolačnom derby a prehralo.

„To vážne?" zatiahol Will a pozrel na auto. „Je bezpečné?"

„Áno," uškrnul sa Giovanni. „Ako stvorené do rímskej
premávky." ·

„A čo batožina?" Will ukázal na svoj a Lisin kufor, potom
pozrel na malý kufor auta.

„Bez problémov." Giovanni vzal Lisin kufor a uložil ho
na zadné sedadlo, potom čakal, že Will urobí to isté.

Keď boli oba kufre vzadu, mohol sa vedľa nich natlačiť
iba jeden pasažier.

Giovanni otvoril dvere na strane šoféra a naznačil Willovi, aby si sadol dozadu. Will pozrel na svoje dlhé nohy. Giovanni sa uškrnul a otvoril dvere dokorán. Lisa sa takmer zasmiala.

„To nemyslíš vážne," Will zagánil.

„Nie je to ďaleko," Giovanni sa naňho veselo usmial.

Keď Will so znechuteným výrazom rezignovane nastúpil dozadu, Lisa potlačila úškrn.

Premávka bola presne taká chaotická, ako Lisa čakala. Autá bezstarostne prechádzali z jedného pruhu do druhého, nevšímali si trúbenie klaksónov, medzi nárazníkmi nechávali len malú medzeru. Držala si prsty pod stehnami a rozmýšľala, či by jej nebolo dobre vzadu. V lietadle sa cítila takmer lepšie. Giovanni jazdil trhane a podchvíľou prudko zabrzdil, až jej bolo zle, a nepáčilo sa jej ani to, že sa na ňu pri šoférovaní obracal a rozprával sa s ňou. V aute nebola klimatizácia, a keď Giovanni otvoril všetky okná, len čo zastali v zápche, do auta prenikli výfukové plyny.

„Toto je hlavná cesta do Ríma. Zvyčajne je oveľa rušnejšia," oznámil im Giovanni, keď prekvapujúco rýchlo prešiel z jedného pruhu do druhého, kde sa autá hýbali trošičku rýchlejšie. O dve sekundy sa preradil do pôvodného pruhu, ktorý sa začal hýbať rýchlejšie. Ustavičné preraďovanie a komentovanie jazdy iných vodičov Lise veľmi nepomohlo, cítila žalúdočnú nevoľnosť.

„Máme celý týždeň. Máš predstavu, ktoré miesta by si chcela navštíviť? Máme tu množstvo pamätihodností. Turistická sezóna je v plnom prúde." Uškrnul sa na Lisu a tá sa neisto usmiala. Bola by radšej, keby sledoval cestu a neobracal sa na ňu, ale bola mu vďačná, že nespomenul pátranie po jej otcovi.

Z nejakého dôvodu nechcela, aby Will vedel, prečo v skutočnosti prišla do Ríma.

Keď hľadela na domy pri ceste a ulice vedúce ďalej, nástojčivo si uvedomovala, že to môže byť beznádejné hľadanie. Doma sa jej to zdalo jednoduché. Teraz to videla z praktickej stránky a silno to na ňu zapôsobilo. Rím bol veľké mesto. Fotka aj adresa boli veľmi staré. V priebehu rokov sa mohlo všeličo stať.

„Ja... zrejme zvyčajné miesta." Mala v úmysle prečítať si v lietadle turistického sprievodcu, ale keď vedľa nej sedel Will, neurobila to. Človek, ktorý vie efektívne nakladať s časom, by si všetko naplánoval oveľa skôr. V skutočnosti sa cítila ako neskúsená školáčka na prvom výlete v cudzine. Hoci ju desilo, že letí sama, pripadala si dospelá a tak trochu odvážna. Will sa správal, akoby to bolo čosi jednoduché, ako skočiť na nemožný autobus.

Nasadila úsmev a sústredila sa na pamiatky okolo seba, hoci vyzerali dosť ošarpané, aj keď z času na čas prešli popod starobylý viadukt vedúci nad cestou. Keď sa blížili k mestu, budovy boli zaujímavejšie, zvláštne umiestnené vedľa seba. Pri modernom hranatom obchodnom dome s elektrospotrebičmi bol starobylý most, škárovanie pôsobilo, akoby tehly mohli každú chvíľu vypadnúť. Nad námestím sa vynímal obrovský kostol z bieleho mramoru, takže vyzeral ako parádna svadobná torta. Chodcov bolo čoraz viac, bezstarostne riskovali a pretláčali sa pomedzi autá, ktoré sa znova rozhýbali.

Hoci z toho trúbenia a výfukových plynov Lisu začala obchádzať bolesť hlavy, fascinoval ju ten dobrosrdečný chaos. Autá prechádzali na hlavné tepny z každej vedľajšej ulice ako prítoky rieky hroziacej, že sa vyleje z brehov. Šoféri dvíhali ruky do vzduchu, zúfalo energicky trúbili a Lise to pripadalo ako súťaž, kto zatrúbi hlasnejšie a dlhšie. Giovanni si nič nerobil z podvečernej kakofónie okolo nich, ruku mal vyloženú v otvorenom okne, pritom si poklopkával k hlasnej popovej hudbe z rádia. Ak mala byť férová, väčšina piesní bola anglická, ale príval bleskurýchlych talianskych slov jej pripomínal, že nie je v Leighton Buzzarde.

Zahniezdila sa na sedadle, najradšej by vystúpila a kráčala po uliciach vo vlahom vzduchu s podvečerným davom, ktorý vyzeral, akoby sa niekam ponáhľal. Ten pocit mesta v pohybe bol nákazlivý. Ide tá dvojica držiaca sa pod pazuchu domov a dá si na večeru cestoviny? Mieri ten príťažlivý muž s kufríkom na stretnutie s krásnou brunetkou, ktorá ho čaká v kaviarni pri dvojitom espresse? Lisa si vzdychla.

„Všetko v poriadku?" spýtal sa Giovanni. „Už sme takmer tam."

„Som v pohode. Tá premávka je vždy takáto?"

Búrlivo sa rozosmial. „Nie, teraz je dobrá. Nezabúdaj, že je turistická sezóna. V lete nikto nezostáva v Ríme, pokiaľ nemusí."

Giovanni prudko odbočil do vedľajšej uličky, fičal po tichej ceste, potom dramaticky spomalil, zahol za ďalší roh a so škripotom bŕzd zastal pred bránou. Keď rýchlo zatrúbil, pomaly, graciózne sa otvorila.

Prešli po krátkej ceste lemovanej zeleňou a Giovanni s rozmachom ukázal rukou na budovu stojacu medzi starobylým oblúkom akvaduktu.

„Páni! Tu je ten apartmán?" zhíkla Lisa. Pripomínalo jej to kraba alebo slimáka, ktorý sa usídlil v ulite niekoho iného.

„Veľmi pekné. Toto som nečakal," zamrmlal Will, vyliezol z auta a ponaťahoval sa. Lisa odvrátila pohľad od jeho brucha a tmavých blond chĺpkov nad pásom bedrových džínsov, podráždilo ju, ako nadšene reagovali jej hormóny. Odkedy jej velia?

„Nevedela som, že takéto čosi je možné." Keď myslela na tehly a cement, odpútalo to pozornosť od Willa. Plánovacie oddelenia u nich doma by nedovolili postaviť dom na dohľad od takého starobylého monumentu, a už vôbec nie využiť jeho múry ako súčasť stavby.

Will sa zasmial. „Vitaj v Taliansku. Myslím, že berú dejiny za pochodu, lebo tu je tak veľa pamiatok."

„*Si, si.*" Giovanni vytiahol zozadu jej kufor a odniesol ho k dverám, ktoré otvoril veľkým starodávnym kľúčom.

Vošli do tmavej, chladnej haly s vysokým stropom a čierno-bielou mramorovou dlažbou. Naľavo lemovalo široké schodište ozdobné železné zábradlie, schodište sa vinulo po dvoch stranách miestnosti, kamenné schody boli v strede vychodené, vyhladené po dlhých rokoch, čo po nich hore-dolu stúpali ľudské nohy.

„My sme na prvom poschodí," hrdo oznámil Giovanni a viedol ich hore.

Navrchu rovno oproti poslednému schodu boli dosť impozantné dvojkrídlové dvere s vyleštenými mosadznými guľami po oboch stranách.

Lisa si pripadala ako v *Pánovi prsteňov,* ani čo by prišla do nejakého paláca v Stredozemi. Giovanni otvoril obe krídla, odstúpil ako sir Walter Raleigh a pustil Lisu dnu.

Z tmavej haly vošli do svetla, ktoré sa na nich lialo z radu okien, na každom viseli dlhé vzdušné závesy zviazané hodvábnymi stuhami ako štíhle devy v šifónových šatách prepásaných v drieku.

„Paráda!" vzdychla Lisa, fascinovaná krásnou izbou, v ktorej sa snúbilo elegantné moderné pohodlie s dobovým čarom. Štýlové zamatové pohovky slivkovej farby stáli oproti sebe, medzi nimi na vyblednutom hodvábnom koberci sklený konferenčný stolík s pozláteným okrajom. Svetlosivá leňoška pri okne doslova prosila, aby sa na ňu niekto zvalil a oprel sa o mäkké čalúnenie, pritom si vychutnával výhľad na veľkú záhradu.

Lisa sa vyhla nábytku širokým oblúkom, aby nepodľahla nutkaniu ľahnúť si na leňošku a vyskúšať ju, a prešla k jedným z troch vysokých sklených dverí. Všetky viedli na balkóny, ten prostredný bol dvojnásobne väčší ako druhé dva a zmestil sa naň kaviarenský stolík a dve stoličky.

„Ach, to je nádhera!" vzdychla a naširoko sa usmiala.

Rovno oproti, krížom cez ulicu, stála rezidencia, dokonale situovaná uprostred krásne upravenej záhrady s kríkmi, ktoré Lisa nepoznala. Do veľkolepého vchodu do rezidencie viedli z oboch strán dve schodištia s krémovými zábradliami, ktoré sa stretávali pred impozantným vchodom ako dokonale pristrihnuté fúzy.

„Kto tam býva?" spýtala sa Lisa a obzrela sa ponad plece, ale buď ju Giovanni nepočul, alebo to nevedel, keďže zmizol s jej kufrom.

Will sa k nej na balkóne pripojil.

„Hm, veľmi pekné." Oprel sa o zábradlie a skúmal pozemky.

Čakala, že povie niečo múdre, ale zdalo sa, že je spokojný s tým, že sa kochá výhľadom.

V ovzduší sa vznášala vôňa ihličia a Lisa s pocitom spokojnosti nastavila tvár slnku. Možno to s Willom nebude také zlé.

„Zrejme by sme mali vypátrať, kde spíme. A aká bude cena ubytovania." Ledva potláčal úsmev a vrátil sa dnu.

Komu to chcela nahovoriť? S Willom to bude presne také zlé, ako si myslela.

Lisa sa rýchlo vybalila, spodnú bielizeň strčila do plytkých zásuviek v sivom nočnom stolíku, zopár šiat a nohavíc zavesila do skrine s okienkami zdobenými čipkou, tá skriňa určite mala nejaký nóbl názov. Džínsy sa jej lepili na nohy, a keď sa prezliekla do plantavých nohavíc a čistého ružového trička, vychutnávala si ich chlad.

Ďakujem, že si mi dovolila, aby som ti vyplienila skriňu. Nech žije bavlna!

Prestala písať esemesku Siene, potom dodala: *Vedela si, že sem prišiel aj Will?????!!!! Letel so mnou. V lietadle sedel vedľa mňa. Dal sa pozvať do Giovanniho domu. Najradšej by som ho zabila. Neviem nájsť smajlíka s nahnevanou tvárou.*

Prešla k nočnému stolíku a strčila nabíjačku do zásuvky. Batériu mala takmer celkom vybitú.

Keď pozrela na displej, prišla Sienina odpoveď.

Nieeee! Hovoril, že niekam ide, ale nepovedal kam! Teraz už viem, prečo bol úmyselne vyhýbavý. Očividne nezniesol pocit, že odchádzaš! Xxx

Lisa pri čítaní esemesky zvraštila tvár.

Ha! Jasné! Hovoril, že má kopu pracovných stretnutí, dúfajme, že sa mi nebude motať pod nohami. Ale bolo to od neho fakt drzé. Chudák Giovanni ho nemohol odmietnuť. Typický Will! Nemožný chlap!

Vytiahla otcovu fotku a dotkla sa lesklého papiera. Mala pocit, akoby niečo tajila, hoci nemala čo skrývať, ale strčila ju do svojho turistického sprievodcu a toho vložila do tašky. Keďže počula, ako sa v Ríme kradnú kabelky a vyčíňajú vreckári, škatuľku s prsteňom skryla medzi spodnú bielizeň.

Keď to vybavila, rozhliadla sa po izbe, opatrne si obzrela úzku posteľ pre jedného z orechového dreva s masívnym čelom a peľasťou, ktoré boli navrchu zatočené. Hoci miesta tam bolo málo, posteľ bola nevšedne krásna, svetlomodro-biela posteľná bielizeň a závesy boli zdobené čipkou, na strope ozdobná štukatúra. Ba čo viac, bola to jej izba, takže Will si môže strčiť tie narážky za klobúk.

Strekla na seba trochu voňavky a ľutovala, že jej skonfiškovali dezodorant. Bola pripravená ísť. Giovanni navrhol, aby o desať minút išli do miestneho baru, a keď nakukla do malej kuchynky a videla prázdnu chladničku, bolo jej jasné, že jedávať nebudú tu. V chladničke nebolo ani len pivo.

Will na ňu čakal na chodbe, zlostilo ju, ako sviežo pôsobí, vlasy mal vlhké.

„Ty si sa osprchoval?" spýtala sa obviňujúco a ľutovala, že nepreskúmala situáciu v kúpeľni.

„Jasné."

„Bola to rekordne krátka sprcha. Vybalil si sa vôbec?"

Will bezstarostne pokrčil plecami. „Nie."

„Typický chlap." Nazrela mu ponad plece do jeho izby, na dlážke sa ťahalo oblečenie k dverám na druhej strane – očividne vedúcim do kúpeľne.

„Bolo mi horúco. A Giovanni povedal..." Will pozrel na hodinky.

Prišli presne, no Giovanni sa ešte nevynoril zo svojej izby na druhej strane chodby. Lisa znova pozrela do Willovej izby.

„Pekná izba," poznamenala jedovato, neubránila sa tomu.

„Je v pohode. A čo tvoja?"

„Fajn," odvetila upäto. Prečo dostal lepšiu izbu? „Ako dlho tu zostaneš?"

Will sa usmial. „Už ma máš plné zuby?"

„Teba mám vždy plné zuby."

Usmial sa širšie, v očiach sa mu zračilo lenivé pobavenie, najradšej by mu vrazila do tých tehličiek na bruchu a zmazala mu úsmev z tej nemožne peknej tváre.

„Po dnešku ma už neuvidíš. Prvé stretnutie mám zajtra ráno. Idem navštíviť podnik kúsok od Ríma, kde vyrábajú pekelne dobrý syr, a potom mám rande s chlapíkom, ktorý vedie reštauráciu v Trastavere. Prišiel som sem pracovať."

To musela Willovi uznať. Tvrdo pracoval. Bolo preňho typické, že si všetko dôkladne zorganizoval, zatiaľ čo ona mala nejasný program a cieľ, ktorý netušila, ako dosiahne.

Giovanni konečne vyšiel zo svojej izby, jeho vodu po holení Hugo Boss zacítila aj na diaľku.

„Aha, tuším sme pripravení! Poďme!"

Kapitola 8

Vonku bolo v ten teplý večer božsky, na uliciach bolo rušnejšie. Srdce jej pookrialo, krok mala ľahký. Bola v Ríme! Pri obrubníkoch stáli jedno za druhým neznáme autá, natlačené nárazník na nárazníku, takže ulica pôsobila neuveriteľne úzko. Presvišťala okolo nich dvojica na skútri, šoférovi viala košeľa, za sebou mal dievča s kabelkou krížom cez hruď. Dievča gestikulovalo a obaja mali na hlavách staromódne ligotavé farebné prilby, ktoré Lise pripomínali bowlingové gule. Cestu im zablokovala staršia žena s načierno zafarbenými vlasmi ako dróty, zastala, aby nechala svojho psíka na vôdzke oňuchávať odkvapovú rúru.

Giovanni sa jej veselo prihovoril po taliansky a ona mu potľapkala rukou po pleci.

„Poznáš ju?" spýtala sa ho Lisa. To gesto sa jej zdalo typicky talianske, aj v tom veľkom meste sa ľudia poznajú, sú si blízki.

„Nie," zaškeril sa Giovanni. „Povedal som jej, aby sa poponáhľala, lebo jej ujde vlak."

Pozrel na hodinky a pridal do kroku. Odbočili na ďalšiu ulicu, kde bolo zopár obchodov. „Už sme takmer tam."

Lisu trochu sklamalo, keď ich viedol cez dvere malého, na prvý pohľad bezvýznamného baru. Tak si nepredstavovala svoj prvý večer v Ríme. Poobzerala sa dookola, ale zrejme ten podnik poznali len miestni a vedeli, že má úžasnú atmosféru a fantastické jedlo.

Rozhodne nezodpovedal predstave, ktorú mala v hlave dnes ráno, keď vyrazila na cestu a snívala o tom, že bude jesť vonku na terase a dívať sa, ako okolo nej beží svet. Toto nebola jej vysnívaná reštaurácia.

„Giovanni!" zvolal barman, len čo vošli dnu, vychrlil naňho príval talianskych slov a potom ho potľapkal po chrbte a s úškrnom obdivne pozrel na Lisu. Možno slovám nerozumela, ale chápala ich obsah. Akoby okato zdvihol palce, takže nemohla potlačiť úsmev.

„V Taliansku majú radi blondínky," zamrmlal jej Will do ucha. Bolo preňho typické, že jej pokazil dobrý dojem.

„Lisa, toto je Alberto."

„*Ciao*," okamžite sa zvodne usmial. „Vitaj u nás."

„Ďakujem, je tu krásne."

Zdalo sa jej, že v živote nevidela toľko fliaš v takom malom priestore. Vysokých štíhlych sklených fliaš s alkoholom rozličných prekvapujúcich farieb, ale aj menších bucľatých fliaš, ktorých tmavé sklo maskovalo obsah. Väčšina z nich bola taká zaprášená, až mala dojem, akoby tam boli od čias starého Ríma. Campari, Galliano, Sambuca, Limoncello, Strega, Grapa, Aperol, Fernet Branca. Najmenej polovicu z nich vôbec nepoznala, a už vôbec neochutnala.

Žiaľ, ponuka jedla nebola taká pestrá. Sklenená chladnička ponúkala mimoriadne smutný výber. Lisa pozrela na žalostne pôsobiace kúsky pizze s mozzerallou pripomínajúcou plast, na zopár obschnutých sendvičov, z ktorých vytŕčal zvädnutý šalát, a na osamelé neurčité pečivo, okolo ktorého zostali na papieri mastné fľaky.

Alberto zachytil jej pohľad a pokrčil plecami. „Zajtra je zatvorené, ale pitia máme dosť." Hrdo ukázal za seba.

„To teda áno," odvetila Lisa a rozmýšľala, či má nabrať odvahu a skúsiť niečo miestne, ibaže by nevedela, kde začať. Starká ju vychovala na jednoduchých jedlách a Lisa veľmi nepila. Nedávno pod Sieniným vplyvom prešla na džin.

Vtedy sa ozval Will. „Ja si dám Peroni. Lisa, čo ty? Giovanni?"

„To isté," odľahlo jej, hoci netušila, čo je Peroni. Giovanni nechal drinky na Willa a viedol ju k úzkemu baru, no vtedy ich zastavili hlasné výkriky.

„Gio!"

„*Ciao!*"

Lisa netušila, čo znamená tá paľba taliančiny, ale bolo jasné, že sa všetci tešia, že vidia Giovanniho. Vládla tam slávnostná atmosféra, ale nemyslela si, že ju vyvolal návrat márnotratného syna. Hoci množstvo neodbytných mladých mužov chcelo, aby ich predstavili Lise, potriasli jej ruku a doberali si Giovanniho, len napoly venovali pozornosť flirtovaniu s neznámou blondínkou.

Pobrala sa za Giovannim, ktorý sa predieral pomedzi husto natlačené stoly s umakartovým povrchom. Tento miestny podnik mal čaro školského bufetu a rovnakú atmosféru, klientelu tvorili väčšinou muži a všetci fascinovane hľadeli na veľkú televíznu obrazovku v kúte a na skupinu vzrušených futbalových odborníkov, ktorí boli stredobodom pozornosti.

Giovanni s hlavou otočenou k televízoru ich priviedol k stolíku, odtiahol si stoličku a sadol si.

„Je to *derby della Capitale*, Rím proti Laziu." Oči sa mu pobavene rozžiarili. „Životne dôležitý zápas! Dúfam, že nemáš nič proti. Tak už to v Taliansku chodí."

Lisa sa dobrosrdečne usmiala a pokrútila hlavou, hoci bola sklamaná. Takto si nepredstavovala svoj prvý večer v Ríme.

Giovanni bol však jej hostiteľ. Poskytol jej bezplatné ubytovanie a bude to len jeden večer. Okrem toho vedela nájsť dobré stránky aj v zlej situácii.

Sadla si oproti nemu a pobavilo ju, ako sa obetavo usiloval konverzovať s ňou, hoci ho rozptyľovala obrazovka nad jej hlavou.

Will priniesol orosené vysoké poháre so zlatým ležiakom. Skvelé, presne to, čo jej odporúčal lekár. Studené pivo.

Will otočil hlavu ako všetci muži k obrazovke – celkom ako magnetka kompasu na sever.

„Kto hrá?"

„Rím," Giovanni sa zaškeril a vzal si pivo, „proti Laziu."

„Aha," Will zdvihol pohár na prípitok a uprel pohľad na obrazovku.

„Ďakujem," aj Lisa si s nimi pripila, ale nikto si to nevšimol. Chlapi sú chlapi bez ohľadu na národnosť. Bolo to zbytočné gesto, nevenovali jej pozornosť.

Keď si odpila z piva, v žalúdku jej zaškvŕkalo a uvedomila si, že celý deň nejedla. Sama si za to mohla, lebo z nervozity vynechala pred letom raňajky a v lietadle sa rozhodla dopriať žalúdku oddych a šetrila si apetít na pravú chutnú taliansku pizzu alebo cestoviny, ktoré si dá večer. A s každým jasotom divákov sa vidina dobrého jedla strácala. Len čo sa zápas začal, hluk vzrástol.

Lisa pozorovala fascinovaného Giovanniho a Willa a myslela na to, čo by v tejto situácii povedala starká. Tá vždy bez zábran vyslovila, čo mala na jazyku. Lisa polovicu života zahládzala stopy parného valca a prehnane vyvažovala jej prostorekosť, akoby jej snaha nikoho neuraziť mohla napraviť jej renomé. Žiaľ, starká si myslela, že vek jej dáva právo povedať komukoľvek a kedykoľvek, čo si myslí. Niekedy to bolo hrozne trápne. Ako keď oznámila istej panej v lekárni pred dlhým radom ľudí, že zbytočne vyhadzuje peniaze, keď si chce kúpiť čapíky Preparation H. Podľa starkej bolo najlepšie liečiť hemoroidy jablčným octom, potom veľmi nahlas vysvetlila podrobný postup, ako treba navlhčiť vatu octom a priložiť ju na dané miesto. Hoci chudera zákazníčka sa usilovala stiahnuť do panciera a premeniť sa na korytnačku, starká pokračovala a spýtala sa jej, aké veľké sú jej hemoroidy, potom všetkým oznámila, že jej hemoroidy sú ako strapec hrozna.

V tejto chvíli si Lisa vedela predstaviť, že starká hovorí čosi ako: *Neletela som vyše tisíc kilometrov, aby som sa dívala na bandu preplatených chlapov, ako naháňajú kus kože po pokosenom trávniku.*

Lisa ticho vzdychla. Pozerala na drobné postavy kĺžuce sa na obrazovke. Naozaj jej to až tak prekáža? Nemala rada ľudí, ktorí sa rozčuľovali, keď si nepresadili svoje. Toto nebol koniec sveta. Má pivo. Je v Taliansku. Je teplo. Ale bola hladná, dofrasa, veľmi hladná. Stačila by jej aj tá obschnutá pizza.

Will na ňu pozrel, akoby počul jej vzdych, a krivo, cynicky sa na ňu usmial. Cíti s ňou, alebo je pobavený? Ťažko povedať.

Po dvoch góloch Ríma Will vstal a ponúkol sa, že kúpi druhú rundu piva. Giovanni nevedel odtrhnúť pohľad od obrazovky a zdvihol pohár.

„Idem s tebou.“ Chcela sa pozrieť na tú pizzu. Ak si dá jeden rez, vydrží do večere.

„Dofrasa!“ V chladničke nič nebolo. Lisa do nej pozerala, akoby dúfala, že nejakým zázrakom sa tam niečo zjaví.

„Dofrasa! A ešte raz dofrasa!“ Will vykrivil pery nadol. „Som hladný ako vlk. Dúfal som, že tu zostal aspoň kúsok tej pochybnej pizze.“

Lisa naňho prekvapene pozrela. „Musíš byť zúfalý.“

Ľútostivo na ňu pozrel. „Áno, ale nijaké strachy. Ja tu môžem nechať toho milovníka a pohľadať čosi pod zub, zatiaľ čo ty...“

„Ďakujem. Si fakt dobrák.“ Pozrela naňho. „To by si mi neurobil, však?“ Už len pri tom pomyslení jej zaškvŕkalo v žalúdku.

„Ha, prosím ťa. Veru by som to urobil. Prišiel som sem na púť za jedlom. V podstate preto, aby som sa najedol. Aby som doprial svojim chuťovým pohárikom pravé rímske špeciality. Nie aby som sedel v tomto pajzli a popíjal ležiak, aký môžem piť aj doma. Zato ty,“ podotkol pobavene, „si tu návšteva. Si zaviazaná svojmu hostiteľovi. To, že som sa sám pozval, mi dáva možnosť vypadnúť. Všimol som si, že ty si dostala najmenšiu izbu.“

„Veru,“ odula pery. „Ako je to možné? Mala som dostať tvoju izbu.“

„Lisa, Lisa, Lisa,“ Will pokrútil hlavou a zrazu jej svitlo, aká bola naivná.

„Ach!“

„Ach? No tak. Určite si uvedomuješ cenu bezplatnej dovolenky. Mám podozrenie, že mladý Giovanni predpokladá, že časom sa nasťahuješ do jeho spálne.“

Lisa naňho pozrela prižmúrenými očami. Tvárila sa pyšne a nadradene ako vždy. „Nie je oveľa mladší než ty a niektorí muži sú džentlmeni." Veľmi okato zmĺkla. „Prepáč, zabudla som... ty také čosi nepoznáš. Nemáš džentlmenské bunky."

Will sa uškrnul. „Potrebujem ich?" Pozrel na seba a Lisa sledovala jeho pohľad, neubránila sa tomu. Vo vyblednutom tričku s názvom skupiny, o ktorej nikdy nepočula, sa mu vynímali široké plecia a hrudník. Časom sa tričko spralo a teraz mu siahalo len po pás bedrových džínsov. Keď sa pohol, odhalili sa jeho štíhle boky, žiarivý okraj tyrkysových boxeriek a tmavé blond chĺpky, ktoré ju vždy vzrušili, keď ich zazrela.

„Som spokojný s tým, aký som."

Donútila sa znova mu pozrieť do tváre, a keď videla, ako mu svetlomodré oči tancujú, ani čo by presne vedel, na čo myslí, zaliala ju neželaná vlna horúčavy. Lisa stisla ústa, potláčala hlúpe búšenie srdca. Keby mu povedala, čo si o ňom myslí, vyzeralo by to, akoby jej na ňom záležalo, a veru jej nezáležalo, dofrasa.

„Dáš si ešte pivo?" spýtal sa.

„Áno, prosím si, ale budem potrebovať niečím to zajesť."

„Obávam sa, že Taliani jedávajú neskoro."

A nepotrpia si ani na chrumkavé slané maškrty, pomyslela si Lisa a skúmala zadnú časť baru, či nenájde niečo pod zub.

Will objednal tri Peroni a dal jej dva poháre, aby ich odniesla k stolu, potom druhý raz zaplatil účet. „Môžem to zaplatiť ja?" spýtala sa.

„Nie, to je v pohode."

Lisa kľučkovala k stolu, a keď prítomní zajasali, takmer odletela strecha. Očividne niekto strelil gól.

Odpila si z piva a vytiahla turistického sprievodcu Rímom, pričom z neho vypadla kôpka eurových bankoviek, ktoré jej dala starká a pritom nespokojne zafrflala: „Minulosť treba nechať minulosťou. Keby ten chlap bol chcel prsteň, mohol sa kedykoľvek ozvať a už by to urobil, nenechal by tvoju mamu na suchu."

Strčila peniaze do peňaženky, zdvihla sprievodcu a prstom prešla po okraji fotky zastrčenej medzi obálkou a prvou stranou. Keď jej Will hodil vrecko pistácií, odrazilo sa od knižky.

„Žiaľ, nič iné nemali."

„Ďakujem."

Prikývol a krivo sa na ňu usmial, takže jej skrúcalo žalúdok. Dofrasa, nechcela, aby k nej bol milý.

Po ďalšej polhodine sa Lisina trpezlivosť vyparila. Neutešoval ju ani pohľad na fontánu di Trevi, Panteón, Koloseum, Vatikán a Sixtínsku kaplnku, hoci všetky tie pamiatky plánovala navštíviť.

Túžila sa dozvedieť, či sa už Giovanni rozprával so svojím priateľom, čo mal prístup k zoznamu voličov, a zistil, či je tá adresa stále platná.

Zmocnila sa jej nevoľnosť, keď si uvedomila, že ak je platná, bude tam musieť zájsť. Skutočne zaklopať na cudzie dvere. Porozprávať sa s niekým, koho si nevedela ani predstaviť. Nebude sa môcť vyhovárať. Preboha, čo mu povie? „Nemám ti za čo ďakovať, otec." Nie, to znelo veľmi nahnevane, akoby jej na ňom záležalo.

„Chcem ti toto vrátiť. Nepotrebujem to. Ani teba."

Žiaľ, pochybovala, že by sa vedela zachovať tak povznesene a strčiť mu do ruky škatuľku. Aj keď si nacvičovala v hlave tie slová, cítila, ako nervózne chripí.

„Bez teba mi bolo celkom dobre."

Komu to chce nahovoriť? Zrejme sa skôr rozplače, než by sa vedela zachovať odosobnene. Zahniezdila sa na stoličke. Doma sa jej to zdalo také jednoduché. Bola to len vzdialená fantázia. Realita sa jej teraz veľmi nepáčila. Všetky možné predstavy v hlave sa zmenili na hrču hrôzy. Zrazu sa jej nezdalo, že je to dobrý nápad.

Keď zdvihla pohľad, uvedomila si, a) že ju Will pozoruje, b) že si obhrýzla necht do živého. Nasadila na tvár zamietavý výraz a odhodlane sa ponorila do čítania sprievodcu, akoby časť o nakupovaní obsahovala odpoveď na zmysel života.

Will nakoniec vstal, šiel na toaletu a Lisa chytila Giovanniho za lakeť.

„Rozprával si sa s tým priateľom?" spýtala sa ticho a pozorovala dvere v zadnej časti reštaurácie.

Giovanni zrazu vyzeral ako malý chlapec, ktorého pristihli pri lapajstve. „*Bellissima*, neboj sa. Máme na to celý týždeň."

„Viem, ale…"

„Zajtra Lucovi zavolám."

„Chceš povedať, že si sa s ním ešte nerozprával?" Mal na to dva týždne.

Giovanni pokrčil plecami. „Bol… na dovolenke." Znova zablúdil pohľadom k televízoru. „Zajtra sa vráti. Určite. Porozprávam sa s ním. A potom pôjdeme vyhľadať tvojho otca. No zajtra ti ukážem moje mesto."

Pred minútou by jej odľahlo, ale teraz bola podráždená. Asi tak vyzerajú protiklady.

Kapitola 9

„Kávu?“ spýtal sa Giovanni, viedol ich do kuchyne a vrazil do dverí.

„Máš nejaké jedlo?“ spýtala sa s nádejou.

Giovanni sa zatváril neprítomne, otvoril chladničku a strčil do dvoch pohárov.

„Nie.“ Pokrčil plecami a znova zatvoril chladničku. „Zajtra sa naraňajkujeme vonku.“

Na sporák položil mokka kanvičku, nešikovne do nej nasypal kávu a tá sa roztrúsila po dlážke ako železné piliny. „Hopla,“ zasmial sa a tackajúc sa ich chcel zmiesť prstami. Keď sa futbal skončil, Alberto vytiahol grapu. Lise stačil jeden glg toho žeravého nápoja. Giovanni si doprial výdatnú dávku.

Will ho odviedol ku stoličke. „Bude lepšie, ak si sadneš, kamarát.“

Lisa prehľadala zopár skriniek, kým našla lopatku a zmeták. Will to od nej vzal a pozametal. Keď skončil, Giovanni mal hlavu na stole a spal.

„Nikdy neznesie veľa,“ poznamenal Will a vysypal kávu do smetiaka. „Hoci grapa je ťažký kaliber. Šesťdesiatpercentný alkohol," pokrútil hlavou. „Pozrieme sa, čo sa tu dá nájsť. Môj žalúdok si myslí, že mám zaklapnutú záklopku."

Will prešiel ku chladničke, pozrel dnu, potom otvoril pár skriniek a skúmal chudobné poličky.

„No dobre, môžeš mi asistovať."

Lisa sa nemienila hádať.

Podal jej dve sklené nádoby z chladničky – artičoky, sušené paradajky a olivy.

„Vyber z každého pohára trochu a môžeme začať krájať, medzitým uvarím tieto cestoviny." Vybral vrecko cestovín nezvyčajného tvaru, aké Lisa nikdy predtým nevidela. Vzala jednu malú trubičku.

„*Reginelle*," vysvetlil jej Will a šikovne rýchlo krájal artičoky, zatiaľ čo ona bojovala s pohárom sušených paradajok. Vždy jej bolo záhadou, že ľudia sú ochotní jesť čosi, čo vyzerá ako uhynuté zviera.

„Hovoríš ako expert na cestoviny." Ako niekto, kto si myslí, že zožral všetku múdrosť sveta. Zagánila naňho, aby si nenamýšľal, že to bol kompliment, a keď sa jej konečne podarilo otvoriť pohár, obliala si tričko olejom.

„Zaúčam sa, ale je viac ako stoosemdesiat rozličných druhov cestovín."

„Prečo ich je tak veľa? Určite všetky chutia viac-menej rovnako." Pokrčila plecami, vybrala z pohára nechutne vyzerajúce sušené paradajky a usilovala sa na ne nedívať, keď ich začala krájať.

Will sa zatváril zhrozene. „Prestaň, ešte nás deportujú. Vraj všetky chutia rovnako!"

Lisa odvrátila pohľad, proti vlastnej vôli ju to zaujímalo.

„Tvoje vedomosti o jedle sú žalostne biedne. Existujú drobné cestoviny *stellette*, hviezdičky, ktoré sa používajú do

polievky." Odmlčal sa a ukázal nožom na posekané paradaj-
ky. „Sú menšie než toto."

Zvraštila nos, nebola si istá, či sa ich chce dotýkať.

„A potom existujú *tripolini* v tvare motýlikov, ktoré môžeš
mať v polievke alebo v šaláte. Rozličné cestoviny možno jesť
s omáčkami, ale druh cestovín závisí od hustoty omáčky. Ďalej
existujú plnené cestoviny ako *tortellini, capeletti* a *ravioli*, ale
v závislosti od veľkosti sa rozlišujú *ravioletti, raviolei* a *raviolo.*"

Šikovne schytil pokrájané paradajky a hodil ich s artičoka-
mi na prskajúci olej v panvici. Lise nespôsobne zaškvŕkalo v ža-
lúdku, do toho sa ozvalo tiché chrápanie. Giovanni bol úplne
mimo.

Konečne Will naložil cestoviny do veľkých misiek, parilo
sa z nich a omamne voňali. Hoci kúsky slizkých paradajok
a béžových artičok nevyzerali vábne a vedela, že olivy budú
horké, voňalo to celkom dobre. Môže tie kúsky vybrať nabok
a jesť len cestoviny.

Lisa vyhladovane zastonala. „Vonia to úžasne." O Willo-
vom kuchárskom umení sa nedalo pochybovať. Neuvedo-
mila si, že vie variť. V bare zamestnával ako kuchára dosť
excentrického Ala.

Lisa nešťastne pozrela na kuchynský stolík, na ktorom bol
zvalený Giovanni, a zamračila sa.

„Myslíš, že by sme ho mali zobudiť?"

„Nie," vyhlásil Will dôrazne. „Na balkóne je stolík. Ja sa
najem tam."

Otvoril zásuvku a vybral príbor. „Vezmi to a taniere. Ja
prinesiem ostatné."

S dvoma taniermi na predlaktí prešla cez salón na bal-
kón, pritom zúrivo žmurkala. Pripadala si ako v bare, keď
pracovala ako čašníčka a dobre spolu vychádzali.

Rýchlo nastrúhal smutný kúsok parmezánu, ktorý našiel vzadu v chladničke, naposledy pozrel na spiaceho Giovanniho a schytil fľašu červeného vína, ktoré zazrel v regáli. Celkom dobré *Montepulciano D'Abruzzo*. Dúfal, že Giovanniho rodičia ho nemali odložené na nejakú zvláštnu príležitosť. No ešte vždy ho môže nahradiť.

Zvonka prenikala dnu zlatá žiara. Z balkóna bol výhľad na záhradu a náprotivnú vilu. Starostlivo rozmiestnené svetlá zvýrazňovali kamenné balustrády a široké vázy pri vchode, ale aj štýlovo ostrihané kry a vysoké cyprusy. Pôsobilo to dosť romanticky, ak mal človek rád romantiku.

Will chvíľu postál, potom vyšiel na balkón a pozrel na Lisu. Trpezlivo sedela obrátená z profilu, husté blond vlasy jej padali na chrbát, hlavu nakláňala zboka nabok, pritom sa opájala pohľadom ako motýľ hľadajúci najlepší nektár v záhrade. Vážne a spokojne sedela na stoličke, na balkóne akoby bola doma. Takmer si vedel predstaviť, že tam naňho čaká, nezúri, že jej pokazil zábavu.

Keď si to uvedomil, nedokázal prekročiť prah. Realita akoby mu dala facku a zmocnila sa ho ľútosť. Na čo sa hrá, dofrasa? Bolo to od neho hlúpe a sebecké. Somár.

Dopekla, prečo sa rozhodol Lise prekaziť plány a prísť sem? Giovanni je pre ňu lepší. Nie, doriti. Giovanni pre ňu nebol ten pravý. Otázkou bolo – čo má Lisa za lubom? Will vedel, že Giovanni sa o ňu zaujímal už dlhé mesiace, ale neopätovala mu city.

Will dúfal, že naňho nepozrie, keď na ňu hľadel, a pripravil sa na dobre známe zrýchlenie tepu. Zaslúžila si čosi oveľa lepšie, niekoho, kto s ňou dlho vydrží. Hoci hovorila, že sa nechce viazať, vedel, že v živote niekoho potrebuje. Niekoho, kto na ňu dá pozor a bude jej oporou, keď starká zomrie.

Nepotrebuje muža, ktorý nie je dosť dobrý ani pre svoju nemožnú rodinu.

„Vyjdeš von, alebo zostaneš trčať vo dverách? Lebo každú chvíľu sa vykašlem na dobré spôsoby." Lisin podráždený výraz ho donútil, aby sa pohol.

Odkedy pri ňom dbá na dobré spôsoby? „Pusti sa do toho. Nechcem, aby si hladovala."

Kyslo sa naňho usmiala, vzala vidličku a skúmala jedlo, akoby sa bála, že na ňu niečo vyskočí a uhryzne ju.

„Všetko v poriadku?" pobavene sa díval, ako odstrčila artičoky nabok. „Dáš si pohár vína?" Položil na stolík fľašu a poháre.

„Mmm," zamrmlala s plnými ústami a so sklonenou hlavou sa hrbila nad tanierom, akoby sa bála, že jej ho niekto každú chvíľu uchmatne. Niežeby sa jej čudoval, aj sám mal pocit, akoby mu vybagrovali útroby.

Nalial do pohárov rubínové víno a ovoňal ho.

Podozrievavo naňho pozerala.

„Je to vychýrené víno."

„Ja sa v tom nevyznám, ty si gastronóm."

„Také slovo existuje?" Will sa na chvíľu zamyslel a dal si výdatný dúšok. „Páči sa mi to. Znie to ako odborník na gastro vesmír."

Znova naňho zagánila, čím ho ešte viac pobádala, aby si ju doberal. Spomínala na bezstarostné časy, keď boli priatelia a netrápilo ich, ako ich vety vyznejú z pohľadu toho druhého.

„Mne sa celkom páči byť gastronómom…"

Pohodila hlavou, vlasy na chrbte jej nadskočili, chvatne si vložila do úst vidličku cestovín a načiahla sa za pohárom, aby si dala výdatný dúšok vína.

„Ach!" odmlčala sa, akoby si dávala pozor. Bolo takmer komické, ako chvíľu váhala, prv než to povedala. „Je dobré. Naozaj dobré."

„Chcel som ťa potešiť."

„Aj jedlo je dobré." Nabrala si na vidličku cestoviny a všimol si, že nedopatrením si vzala aj sušenú paradajku. Pozorne ju sledoval. „Ja… tie paradajky sú fajn." Znova si nabrala cestoviny a tentoraz sa nevyhýbala červeným kúskom, zamyslene prežúvala a potom trochu nadšenejšie vyhlásila: „Je to fakt dobré." Znova sa odmlčala. „Ďakujem."

„S radosťou. Aj ja som sa potreboval najesť."

„Samozrejme."

„Prečo si zmenila názor?" Dofrasa, nechcel s tým začínať. Teraz vyzeral ako žiarlivý somár.

Pokrčila plecami a skúmala vzdialený kút záhrady. „Neviem, čo máš na mysli."

„Čo ty a Giovanni? Myslel som, že oňho nemáš záujem."

„Možno som si nechcela dať ujsť lacnú dovolenku," povedala vyhýbavo.

Prižmúril oči. „Neznášaš lietanie. Čo sa zmenilo? Zrazu si sa rozhodla, že Giovanni je ten pravý?"

Zamračila sa naňho. „A čo to má s tebou spoločné?"

„Neviem si predstaviť vás dvoch spolu." Prečo nemôže držať jazyk za zubami? Tváriť sa ľahostajne. S ním to nemalo nič spoločné a nechcel, aby to s ním malo niečo spoločné.

„Ale čo? Zrazu si expert na vzťahy, pán Prelietavý? Ty sa k tomu môžeš sotva vyjadriť."

„Nevedel som, že na postreh a zdravý rozum treba mať diplom."

„Narážala som na tvoj prehľad dosiahnutých výkonov. Deväť žien za posledných se… ktoviekoľko mesiacov."

„Ty si to rátala?" Hovoril znudene, aby zakryl, že sa mu zrýchlil pulz pri pomyslení, že to rátala. „Netušil som, že ti tak leží na srdci moje blaho."

„Nerátala som to. Neleží mi to na srdci. Len ma prekvapuje, že je na svete toľko ľahkoverných žien, to je všetko."

Pozrela naňho prižmúrenými očami a ten pohľad bol nabitý mrazivým opovrhnutím. Bolelo to. „Každá žena, s ktorou chodím, vie, do čoho ide. Netúžim po trvalom vzťahu."

„Áno, myslím, že všetky vedia, aký si prelietavý," podpichla ho.

Skrúcalo mu žalúdok, ale iba pokrčil plecami. „Vždy lepšie než sľubovať niečo, čo nemôžem dať." Nikdy sa neprestal čudovať, že jeho rodičia uzavreli manželstvo. Mohli si sľúbiť jedine to, že sa spolu prejdú po záhrade.

„To je pravda, aspoňže to úprimne priznáš," súhlasila.

Willa sa zmocnilo napätie, cítil, ako mu horia líca. „Áno, som úprimný. Nikoho neklamem." Ani jej neklamal. Ona z toho vycúvala tak ako on. No dobre, možno mu to vyhovovalo a trochu mu odľahlo, ale obaja z toho boli totálne unavení.

Takto to bolo lepšie. Až priveľmi často videl chaos, ktorý po sebe zanechal katastrofálny vzťah jeho rodičov. Hádky, výčitky, pichľavý sarkazmus, zdrvujúce urážky... Bolo to hrozne vyčerpávajúce.

Pozrela naňho ponad okraj vínového pohára, a keďže aj ona bola úprimná, uznanlivo sa uškrnula, zdvihla pohár a pripila na jeho počesť.

„Skvelé jedlo, ďakujem."

„Rado sa stalo." Akoby sa zdvihla morská hmla, obaja si uvedomili, že môžu zostať v slepej uličke, vrátiť sa k svojim zakoreneným postojom alebo sa pokúsiť správať civilizovane.

„Tak kam chceš zajtra odtiahnuť Giovanniho?"

Na tvári sa jej mihol previnilý výraz, kradmý, ako keď sa líška vyhýba tieňom na predmestí.

„Obávam sa, že na zvyčajné turistické miesta."

„Prečo sa obávaš?" doberal si ju.

Vystrela sa a pozrela naňho zvrchu. „Lebo som si istá, že pán Sveták, ktorý všetko videl, nad tým ohrnie nos. Nehovor mi, že tá farma, ktorá vyrába syry a zajtra ju navštíviš, je jedna z piatich fariem na južnom svahu, kde sa kravy pasú na ekologickej tráve a zrejúce syry každý deň obracajú ľudia, ktorí sú celé generácie školení na túto prácu."

„Ja nie som snobský turista. Miesta ako Španielske schody a Vatikán sú obľúbené, lebo sú úžasné. Nijaké mesto na svete sa nevyrovná Rímu. Večnému mestu. Sú tu starobylé pamätihodnosti, kultúra, história... Je tu všetko. Len choď, dieťa moje, a uži si to," povedal primerane blahosklonne, potom dodal: „A zajtra sa ich musím spýtať, kto obracia zrejúce syry. To by mohol byť milý detail na jedálnom lístku."

Kapitola 10

Keď do izby prenikalo cez dlhé priesvitné záclony slnečné svetlo, Lisa odhrnula bavlnené naškrobené prikrývky, urobila pár krokov po studenej dlažbe a otvorila sklené dvere. Vyšla na balkón, zažmúrila do žiarivého svetla a opájala sa vôňou orosenej vistérie ťahajúcej sa po zábradlí. Zdvihla hlavu, pokrútila plecami, vystrela sa, a keď pocítila na pokožke čarovné teplo skorých ranných lúčov, premkla ju radosť.

Lastovičky tancovali pod jasnou modrou oblohou, veselé a rozjarené lietali okolo balkóna a hore pod odkvapy, potom sa rýchlo vrátili a vytvorili formáciu. Lisa cítila v žalúdku vzrušenie. Dnes môže skúmať mesto bez obáv. Dozajtra sa už Giovanni zrejme porozpráva so svojím priateľom a Lisa bude musieť premýšľať o adresách, prsteňoch a rodine.

Veľká vila naproti spala, žalúzie na početných oknách boli zatiahnuté a nebolo vidieť ani stopu života. Svetlá, ktoré včera osvetľovali krásnu fasádu, už vypli a Lise prebleslo mysľou, že dom je ako Šípková Ruženka, ktorá čaká, kým ju prebudí princ, ktorý vybehne po schodoch a pohladí rukou dômyselne zdobené zábradlie.

Zo snívania ju zrazu vytrhlo vrčanie skútra, ktorý prišiel po príjazdovej ceste. Bol žiarivo červený, mal len jedno svetlo a zrkadlá ako anténky, takže jej pripomínal červeného mravca. Keď prišiel bližšie, videla, že na ňom sedí žena v tmavomodrých trojštvrťových nohaviciach, bielej blúzke a elegantnej farebnej šatke, ktorá vyzerala ako z obchodného domu Missoni. Siena ju dobre vyškolila. Dievča na skútri zastalo dolu, vyplo motor a zostúpilo, potom si odložilo prilbu. Lisa takmer vedela predpovedať, že dievčaťu spadnú na chrbát lesklé hnedé vlasy. V tých veľkých slnečných okuliaroch a elegantnom oblečení vyzeralo ako filmová hviezdička a ten výjav pripomínal hollywoodsky film zo šesťdesiatych rokov.

Dievča nacvičeným pohybom zavesilo prilbu na riadidlá, vzápätí zmizlo z dohľadu, bolo počuť len jeho kroky na štrku, potom sa kdesi v byte ozvalo zvonenie. Lisa sa vystrela.

Je to Giovanniho priateľka? V akom stave bude dnes ráno? Pozrela na mobil, koľko je hodín, a zistila, že je dosť skoro. Pol ôsmej. Má ísť otvoriť dvere? Je ešte niekto hore?

Potom počula buchnutie vchodových dverí, tlmené hlasy a ťahanie stoličky po kuchynskej dlážke. Znova pozrela na mobil a odľahlo jej, že ju niekto ušetril nedôstojnej úlohy otvoriť dvere očarujúcej filmovej hviezdičke. Nechcela sa pred ňou ukázať v obyčajnom bavlnenom tričku, v ktorom mala odhalený pupok, a s ospalou tvárou. Toto dievča pravdepodobne nosí ráno ľahký hodvábny župan.

Zacítila vôňu čiernej kávy, prilákala ju po chodbe do kuchyne, kde sa Will uvoľnene zhováral s dievčaťom, ktoré sa občas zľahka melodicky zasmialo. Na chvíľu zastala vo dverách, potom vstúpila dnu.

„Ránko." Skúmala ten výjav. Will sedel pri stole, zakláňal sa na stoličke, takže stála len na dvoch nohách, oproti nemu sedelo dievča zo skútra.

„Lisa, vstala si zavčasu. Dáš si kávu?"

Ešte prv než prikývla, vstal graciózne ako vždy, čo ju zakaždým ohromilo. Nevedela povedať prečo. Hoci bol štíhly a dlhonohý, mal široké plecia a na svalnatej hrudi jemné chĺpky. Možno s ním prežila iba jednu noc, ale obrysy jeho nahého tela jej navždy utkveli v pamäti.

Keď zdvihol mokka kanvičku zo sporáka, pozerala na tmavé blond chlpy na jeho predlaktiach a spomienka na nečakane hodvábny dotyk v nej vyvolala nevítaný výbuch čohosi… na čo radšej nemyslela.

Will jej nalial do šáločky za náprstok kávy bez mlieka.

Mala rada kávu s výdatnou dávkou mlieka. V tejto bábikovskej šáločke nebolo miesto ani na kvapku mlieka.

„Toto je Gisella."

Dievča vstalo a podalo jej ruku. *„Buon giorno."*

Lisa jej potriasla ruku. *„Buon giorno."* Jej prvé talianske slová. Možno by sa mala naučiť po taliansky. „Hovorím to správne?"

Dievča sa usmialo, široké narúžované pery mu zrazu dominovali v tvári. Vyzeralo nádherne, ale Lisa zvraštila tvár pri pomyslení, že má ústa ako stvorené na bozkávanie.

„Nie som si istá, či viem, čo je správne." Šarmantne, sebaisto sa usmiala. „Môj brat sa večne sťažuje, ako sa správam, ale on je škrobený, ako hovoríte."

Lisa v živote nepoužila výraz škrobený. Dievča hovorilo bezchybne po anglicky a úplne bez prízvuku.

„Páni, hovoríte úžasne po anglicky."

Gisella si prehodila vlasy cez plece a Lisa zacítila závan parfumu. „Strávila som šesť rokov v Londýne.“

„Odtiaľ poznáte Willa?“ Lisa naňho pozrela, ako sedí pri stole, popíja espresso zo šáločky, mračí sa na zoznam na papieri pred sebou, v druhej ruke drží ceruzku.

„Nie, dnes ho vidím prvý raz,“ vykrivila ústa a uprela naňho pohľad.

„Jej teta Dorothea je priateľka mojej mamy,“ poznamenal Will. „Potreboval som po taliansky hovoriacu sprievodkyňu.“

Gisella sa naňho žiarivo usmiala. „Ideme do...“ rýchlo odrapkala názov. Lisa ho nezachytila, ale všimla si, ako ju dievča hodnotí pohľadom. „Nevedela som, že príde aj niekto iný,“ ľútostivo sa usmiala. „Môžem zviezť iba jedného.“

Gisellin úprimný výraz prezrádzal otázku. Lise sa páčila jej priamočiarosť. Očividne sa dohadovali o teritoriálnych právach.

„Nebojte sa, my tu nie sme spolu. Je to... šéf môjho frajera.“

Will zdvihol hlavu a ostro na ňu pozrel, potom sa znova venoval zoznamu.

Lisa zaťala ruky do pästí tak, aby ju nevidel. To, ako opísala Giovanniho, s ním nemalo nič spoločné. Okrem toho Giselle sa rozjasnil výraz tváre, zrazu sa usmievala zoširoka oveľa priateľskejšie. Lisa nemusela byť Sherlock Holmes, aby vydedukovala prečo.

Pokiaľ išlo o Lisu, Gisella ho pokojne môže mať. V skutočnosti bola presne jeho typ. Očarujúca nóbl pipka s dostatkom sebavedomia.

„No dobre,“ Will vyskočil na nohy, „dosť bolo rečí. Musíme pracovať.“ Strčil si poznámky do plastového fascikla a mávol ním na ňu. „Pekný deň želám, Lisa. Do skorého videnia."

Lisa zdvihla pohľad s perom v ruke, pripravená napísať prvý riadok, keď sa konečne vynoril Giovanni, tmavé vlasy vlhké, okolo neho aura vody po holení.

„*Bellissima, buon giorno.*"

„Je takmer *buon pomeriggio,*" odvrkla a s pobaveným úsmevom naňho mávla turistickým sprievodcom. Za poslednú poldruha hodinu ho dokonale využila. „Čakám tu na teba celú večnosť. Stavím sa, že ti dnes ráno treští v hlave." Prezrela si ho, ale mal iba mierne sklený pohľad, inak nejavil symptómy opice. V skutočnosti vyzeral pekne. Veľmi pekne. Bol to milý chalan. Ideálny frajer. Absolútny protiklad toho nemožného Willa s hlúpym chvostom a vysokou, štíhlou, gracióznou postavou. Giovanni bol oveľa robustnejší – nie, nie oveľa. Bol svalnatý. Neskôr sa možno svaly zmenia na tuk, ale to bolo všetko. Mal širokú hruď a bol pekne oblečený. Elegantne, úhľadne.

„My Taliani vyrastáme na grape. Z tej nemáme bolesť hlavy." Pokrútil hlavou. „Vidíš?"

„Hm, dobre, že si hore. Už som ti chcela nechať odkaz a vyraziť von bez teba." Lisa sa v očakávaní takmer knísala na špičkách, v taške mala všetko potrebné na celý deň: klobúk, opaľovací krém, fľašu vody, knihu. Starostlivo si naplánovala trasu. Bolo to dosť náročné. Veľmi sa nekamarátila s mapami. Navrchu zoznamu pamätihodností, ktoré nevyhnutne musí vidieť, bolo Koloseum.

Giovanni sa ospravedlňujúco usmial a chytil ju za ruku. „Vynahradím ti to. Ale Rím proti Laziu bola otázka života a smrti."

„Nevidela som, že by včera niekto zomrel," doberala si ho Lisa, nedokázala sa naňho dlho hnevať. Bol šarmantný. Skutočne milý. „Možno len zaspal."

Giovanni sa na ňu chlapčensky, trochu zahanbene usmial.

„Som hnusák, ale išlo o futbal. Si v Taliansku." Vykrivil ústa ako zbitý pes, a aj by to bolo zabralo, keby Lisa nevidela v jeho očiach výraz nádeje.

„Áno, áno, to som už počula." Pokrútila hlavou, na perách jej pohrával úsmev. Ako by sa mohla hnevať na niekoho, kto má vždy naporúdzi úsmev?

„Dnes predpoludním ťa vezmem do najlepšej pekárne v Ríme." Mierne vypol hruď ako pyšný holub a oznámil: „Pasticceria Regoli." Takmer čakala, že sa zdvorilo ukloní a prejde klobúkom s perami po dlážke. „Talianske raňajky. Koláčiky a zákusky. Nikde na dohľad klobása ani slanina. Bude sa ti tam páčiť."

„Platí, som hladná ako vlk." Zamierila k dverám, nechcela mu dať možnosť odďaľovať odchod. „Ale si mojím veľkým dlžníkom. Budem potrebovať výdatnú dávku cukru a poriadnu kávu."

Modré staromódne písmo na bielom podklade oznamovalo názov cukrárne, písmená P a R boli zvýraznené ozdobnými kučierkami, ktoré sľubovali niečo extra. Vo veľmi dlhom rade tam stáli starí aj mladí, hľadeli dopredu v príjemnom očakávaní dobrôt.

Konečne sa ocitli vnútri úzkeho obchodu s tehlovými múrmi a pohľad na dlhý pult s lákavými koláčikmi stál za to dlhé čakanie.

Lisa vyhladovane zastonala, keď jej pohľad padol na koláčiky v tvare hviezdičiek s cukrovou polevou, zákusky na dolnej poličke sklenej vitríny boli na prasknutie plné šľahačky a jahôd. Vedľa maličkých šľahačkovo-malinových tortičiek boli rady lesklých ovocných zákuskov plnených kivi a jahodami, ako aj dobre známych plnených banánikov a krémových venčekov, krásne symetricky usporiadaných.

„Neviem, kde začať," vzdychla Lisa, ohromená hojnosťou sladkých dobrôt v ponuke, hoci mala mierne obavy z neznámych krémových zákuskov, ktoré akoby boli pokryté snehom a označené exotickými názvami: *faggotini di ricotta, maritozzi con la panna, bavarese, cannelloni Sicilian. Ricotta* je syr, nie? Netúžila po zákusku so syrom.

„A čo tento? Ten patrí medzi moje najobľúbenejšie." Giovanni ukázal na zákusok v tvare guľky so zelenou polevou.

„Ehm... čo je to zelené?" Zdalo sa jej to dosť nechutné.

„Pistáciová poleva."

„No, nie som si istá." Obzerala sa dookola. „A čo je tamto?" Ukázala na neďalekú sladkosť, ktorej prvky spoznala vrátane cesta, krému a lesklých jahôd.

„*Tortine fragoline di bosco.* Veľmi dobrá torta."

Willovi by sa tam páčilo. Bezpochyby by vykúpil polovicu obchodu, trval by na tom, aby všetko ochutnala, ale jej dokonale stačila jahodová torta.

Keď im zákusky nabalili do pekných modrých škatúľ a v susednej kaviarni si kúpili kávu, Giovanni ju zaviedol do neďalekého parku a usadili sa na lavičke.

„Keď som bol malý, vodila ma sem moja *nonna* a vždy mi cestou kúpila takúto dobrotu." Zdvihol biely zákusok, ale nevyzeral veľmi lákavo a bola rada, že ju neponúkol, aby ho ochutnala.

„Hoci nikdy mi nedovolila jesť v parku, to by bolo... *volgare.* To je tuším vulgárne, však?"

„Áno, ale znie to dobre. *Nonna* bola tvoja stará mama? Áno?" Giovanni prikývol. Lisa sa usmiala a pustila sa do svojej jahodovej torty, vychutnávala si jej šťavnatú sladkosť a jemné cesto.

„Rada ma rozmaznávala. Každý týždeň so mnou chodila do *Regoli* a do parku. Prešli sme dva razy..." Giovanni prstom naznačil okruh, „po parku, potom sme šli domov zjesť zákusky."

Lisa si v duchu predstavila vznešenú ženu.

„Mňa vodila starká do práce." Lisa zažmúrila oči do slnka, živo si spomínala, ako sedela v kuchyni a pomáhala jej s Willom šúpať zemiaky, zatiaľ čo starká pobehovala sem a tam a upratovala. „A cestou domov sme sa zastavili v obchode a kúpili balíček šišiek." Zasmiala sa. „Tie sa tomuto veru nevyrovnajú. Pravdepodobne som ich tiež s chuťou zjedla a Will sa vždy hneval, že sa mu neušla ani jedna."

„Nevedel som, že tvoja starká robila v bare."

Lisa sa zasmiala. „Nežartuj. To bolo pred mnohými rokmi. Starká bola upratovačka Willových rodičov."

Giovanni sa zamračil.

„A z upratovačky sa stala gazdiná. Chodila tam každý deň a upratovala po nich. Ako slúžka," zažartovala Lisa šibalsky. Zdalo sa jej, že jeho *nonna* možno mala vlastnú slúžku. „To bolo roky predtým, ako si Will otvoril bar."

„Aha." Ešte väčšmi sa zamračil. „Myslel som si, že ten bar je rodinný podnik... že je vo Willovej rodine celé generácie."

„Jeho rodičia chceli, aby si to ľudia mysleli. Vlastnia, lepšie povedané vlastnili v dedine dosť pozemkov vrátane baru, ktorý prenajali pivovaru. V priebehu rokov museli všeličo rozpredať." Lisa sa odmlčala, pripadala si trochu nelojálna. Will nikdy nehovoril o svojich rodičoch. Ona vedela viac než väčšina ľudí, lebo starká pre nich robila a veľmi dobre si uvedomovala, že Willov otec prehajdákal rodinné peniaze.

„Will ich presvedčil, aby nechali ten podnik v prenájme a dovolili mu, aby tam viedol bar." To znelo dosť čestne, akoby urobili Willovi láskavosť, nieže Will musel otca prosiť. Hoci mala pomerne jasný obraz o Willových vzťahoch s opačným pohlavím, nemohla poprieť, že musel poriadne zabrať, aby mal jeho podnik úspech. Zmraštila tvár. Hoci rodičia ho donútili platiť za tú výsadu. Nikdy nič nepovedal, ale často rozmýšľala, či v posledných rokoch Will drží rodinu nad vodou a či jeho zásluhou môže oveľa mladšia sestra zostať v drahej internátnej škole.

Ale prečo sa, dopekla, rozprávajú o Willovi? Akoby nestačilo, že jej pokazil dovolenku.

Lisa otvorila mapu a znova na ňu pozrela, naklonila hlavu nabok, aby zistila, kde sú. Nedávalo jej to zmysel. Keď sa pokúšala zorientovať v spleti uličiek, mala pocit, akoby trpela dyslexiou, ale odmietala sa vzdať.

„Nepotrebuješ mapu. Dnes budem tvojím sprievodcom," Giovanni sa pokúsil vziať jej mapu.

Lisa mu odstrčila ruku. „Ale nevieš, kam chcem ísť."

„Poznám všetky najlepšie miesta v Ríme."

„Možno ich poznáš, ale ja mám zoznam."

„Zoznam? V Ríme nepotrebuješ zoznam. Musíš si mesto užívať a nasávať. Ukážem ti, čo musíš vidieť."

„Pokiaľ je v tom toto všetko…" ukázala mu turistického sprievodcu označkovaného žltými lepkami, „potom súhlasím."

„Hm," pozrel na hodinky. „Chcem ťa vziať na pekné miesto, kde sa naobedujeme."

„To znie dobre. Predpokladám, že cestou uvidíme nejaké pamiatky. Kam ideme? Ukáž mi to na mape a určíme si trasu."

„Ja poznám cestu."

Lisa si založila ruky v bok, oči jej horeli. Typický chlap – myslí si, že je najmúdrejší. No nemienila si ho pohnevať, keď je na dovolenke.

„Možno poznáš cestu, kamoš, ale chcem sa zorientovať. Vidieť, kam idem. To nie je to isté… chodiť bez mapy a vedieť, kde sme." No dobre, to nebola pravda, lebo ani s mapou by nevedela, kam ide, ale rada snívala.

Štuchol do nej, objal ju okolo pliec a rázne jej vytrhol mapu z ruky. „Ale vyzeráme ako turisti." Zatváril sa naoko zdesene a obzrel sa ponad plece doprava-doľava.

„Veď aj sme turisti," zasmiala sa Lisa, vzala mu mapu a držala ju vysoko, aby na ňu nedočiahol, poskočila pár krokov dopredu. Bol to božský pocit, keď sa cítila slobodne, bezstarostne. Nemusela nikde byť, nikto ju nečakal, o nikoho sa nemusela starať. Dnes si môže urobiť radosť.

„Ale ja nie som turista," Giovanni zvraštil nos a mierne zošpúlil pery. „To sa mi nepáči."

Lisa sa zaškerila a štuchla ho do ramena. „Mne sa to páči. Je to super. Som na dovolenke, som turistka." Chytila ho pod pazuchu a s blaženým úsmevom mu stisla rameno. „Budeš sa musieť maskovať slnečnými okuliarmi."

„No dobre, *bellissima*," naoko tragicky vzdychol.

Lisa zastala a znova obrátila mapu, takže bola otočená smerom, ktorým išli, hoci bola hore nohami. „Kde sme? Ideme tadiaľto?"

„Tu sme," obrátil mapu správne.

„Aha, ukáž."

Prstom jej ukázal trasu. „Ak pôjdeme tadiaľto, dostaneme sa do centra, kde sú mnohé pamiatky."

„Super! Pozri, tu vidím fontánu di Trevi. Môžeme najprv zájsť tam." Cítila, ako sa zahniezdil. „Nieže znova začneš vzdychať."

„Tam idú všetci. Bude tam veľmi rušno a horúco. Veľmi horúco. Môžeme tam zájsť zajtra, ak vyrazíme zavčasu." Pokrčil plecami a odzbrojujúco vykrivil ústa. „Platí?"

„Giovanni, viem, že tam bude rušno, ale zostáva mi iba päť dní a…" Nechala slová zavisnúť vo vzduchu.

„No dobre, dobre," zdvihol ruky, akoby sa vzdával. „Kvôli tebe, *bellissima,* som ochotný čeliť hordám, prebíjať sa davom len kvôli krásnej Lise a tej smiešnej fontáne."

„To bolo protivné," zahnala sa naňho mapou. „Tá fontána je slávna. Nemôže byť smiešna, keď si ju chcú všetci pozrieť. Videla som ju vo filme."

„*La Dolce Vita,*" Giovanni si unavene vzdychol. „Všetci videli ten film, a preto si chú pozrieť fontánu di Trevi…"

„Nie, bolo to v inom filme… už si nespomínam na jeho názov, ale bola to romantická komédia a tá fontána je na samom vrchu môjho zoznamu pamiatok, samozrejme, po Koloseu." Usmiala sa naňho. „Tuším som ňou tak trochu posadnutá." To, čo si doteraz prečítala v turistickom sprievodcovi, ju fascinovalo. Samozrejme, videla ten film.

„Niečo ako Russell Crowe a *Gladiátor.*" Škoda, že cukráreň bola opačným smerom, túžila vidieť tú slávnu stavbu.

„Russell Crowe. Myslíš, že vyzerá lepšie ako ja?" Giovanni sa zatváril naoko urazene.

Lisa naklonila hlavu, akoby to zvažovala, na perách jej pohrával úsmev. „Hm, máš k nemu blízko, no len tak-tak."

Pohodil hlavou a zagánil na ňu.

„Len si ťa doberám. On sa ti ani zďaleka nevyrovná. Máš lepšie nohy." Pozrela na jeho opálené svalnaté lýtka. „Rozhodne."

„Odpúšťam ti."

„Môžeme si urobiť obchádzku tadiaľto? Potom ho uvidím aspoň zvonka." Prstom roztúžene ukázala trasu.

Giovanni pokrútil hlavou. „Nie, tadiaľto to bude rýchlejšie. Koloseum si môžeme pozrieť zajtra. Teraz tam bude hrozne rušno, až priveľmi rušno. Plno turistov. Treba tam ísť zavčasu, lebo na lístky sa stojí v dlhom rade."

„Ja nemám nič proti dlhému radu."

Giovanni pokrčil plecami. „Bude tam hrozne veľa ľudí a bude hrozne horúco."

„Si Talian, mal by si byť na horúčavu zvyknutý."

„Nie, Rimania v tomto čase odchádzajú z mesta, hovoril som ti to, pamätáš? Iba hlúpi turisti tu zostávajú," znova zošpúlil pery.

Štuchla doňho. „Urob mi radosť."

Dobrosrdečne sa uškrnul, a keď znova pozrela na mapu, opäť jej ju vzal.

„Pôjdeme tadiaľto, potom tadiaľto a budeme pri fontáne."

„Dobre, už to vidím. Z Via Sistina na Via del Tritone a k fontáne di Trevi." Vychutnávala si talianske názvy, omáľala ich na jazyku a samohlásky preťahovala s hrozným spevavým talianskym prízvukom. Giovanni pokrútil hlavou, zapchal si uši a zatváril sa zdesene, potom ju chytil pod pazuchu.

„Stačilo, vzdávam sa. Dnes sa budem hrať na turistu."

Zvony v neďalekom kostole mimo dohľadu odbili a ich melodické vyzváňanie pôsobilo veľmi slávnostne. Pol dvanástej, a už bolo horúco a sparno. Bola rada, že si obliekla voľné bavlnené šaty požičané od Sieny, a nie praktické džínsové šortky, ktoré by si normálne dala. Giovanni bol bezchybne upravený ako vždy, nečudo, že sa vynoril až po deviatej. Mala podozrenie, že venuje úprave viac času a peňazí než ona. Je to pre Talianov typické?

Mal na sebe tmavomodré šortky, k nim košeľu od Ralpha Laurena, na bosých nohách mokasíny ako nejaký Američan, a na očiach okuliare Ray-Ban. Hoci sa sťažoval na horúčavu, zdalo sa, že je proti nej odolný, šortky aj košeľu mal vzorne vyžehlené. Keď okolo nich prechádzali zvodné ženy, vždy vo dvojiciach, pozreli naňho aj dva razy ponad slnečné okuliare, sebaisto, provokatívne hojdajúc bokmi. Neboli ani trochu nenápadné. Lisa sa vystrela, túžila ho upútať.

Zdalo sa jej, že v Ríme všetci chodia pomaly. Bolo priveľmi horúco, aby sa ponáhľali. Tá pomalá chôdza bola príjemná zmena, aspoň jej to tak pripadalo. No ešte vždy cítila nutkanie robiť všetko rýchlo. Zvyčajne mala milión povinností: chodiť do práce, dozerať, ale nenápadne, na starkú, stretávať sa s priateľkami a venovať sa otravným domácim prácam, ktoré boli, pravdupovediac, vždy na samom spodku zoznamu, tak ako extra šichty v bare, keď to bolo možné, hoci tých bolo dosť málo, lebo sa usilovala čo najviac sa vyhýbať Willovi.

Vždy sa jej zdalo, že má priveľa práce a primálo času. Cítila sa takmer dekadentne, že sa tu len tak prechádza. Potrebovala sa nadýchnuť, vychutnávať si každú chvíľu, nikam sa neponáhľať a užiť si to.

Keď kráčala po preplnených dláždených uliciach ako jedna z dovolenkárov, spomalila krok – nemohla sa ponáhľať. A dnešný deň si užije. Bude turistkou. Nebude myslieť na pátranie po otcovi. Tomu sa bude venovať v iný deň. Dnes je na dovolenke.

Vzdychla si a zatlačila nevítané myšlienky do úzadia, tvár nastavila slnku. Siena mala pravdu, keď ju presvedčila, aby si v TK Maxx kúpila tieto veľké okuliare od Calvina Kleina.

„Páni!" Lisa vyjavene hľadela. „To je..."

Ten hluk a pohyb ju ohromili. Ustavičný špľachot prehlušil hovor ľudí, prúdy vody sa z celej sily valili na skaly fontány di Trevi.

„Poď," Giovanni ju viedol po schodoch k fontáne. Studený opar stúpajúci z vody ju príjemne schladil a privítala aj tienisté polkruhové miesta na sedenie, momentálne nabité turistami.

Giovanni sa pretláčal plnými radmi, chcel nájsť medzeru na kamenných lavičkách, keď vtom si všimol rodinu, ktorá si zbierala veci, a zdvorilo číhal na jej odchod.

„*Signorina*," usadil ju na miesto.

Lisa si sadla, vychutnávala si chlad a pozorovala kvapôčky vody tancujúce vo vzduchu. Sledovala ustavičný pohyb, voda doslova pulzovala životom a energiou, slnečné svetlo tancovalo a trblietalo sa na rozbúrenej hladine. Voda vyzerala taká priezračná a čistá, až ju lákalo skočiť do nej. Z tašky prevesenej cez hruď vybrala mobil, odľahlo jej, že je výnimočne nabitý a môže urobiť pár fotiek.

Kým fotila, zachytila zopár turistov, ktorí ponad plecia hádzali do vody mince. Tvárili sa vážne – verili, že sa vrátia? Bola to pekná tradícia. Lisa sa usmiala. Kedy sa začala táto tradícia, ktorá mala človeku zaistiť, že sa vráti do Ríma? Alebo tento plán vymyslel nejaký podnikavý mestský radca z dávnych čias, aby fontána zarobila mestu peniaze?

„Ak hodíš druhú mincu, nájdeš lásku," povedal Giovanni, keď sledoval jej pohľad. „A tretia ti zaručí manželstvo." Oprel sa o lakte dozadu, aby jej nebránil vo výhľade.

„Rada by som vedela, čo robia s tými mincami," nadhodila Lisa a hľadela na mince na dne.

„Zbiera ich miestna charita, Caritas, a kupuje za ne jedlo pre ľudí v núdzi."

Prekvapene naňho pozrela. „Ja som..."

S nepotlačiteľným úškrnom na ňu zamával mobilom. „Mám tu dobrú webovú stránku. Mám v mobile deväť faktov o fontáne di Trevi."

„Dofrasa s tebou," štuchla doňho, potom si oprela bradu o ruky a pozorovala ľudí. „Podvádzaš."

Zrazu do nej Giovanni strčil. „Sleduj tie dve dievčatá vľavo."

Lisa sa obrátila a pozorovala ich. Boli drobné a štíhle ako tínedžerky, tvárili sa znudene, ramená prekrížené. Nevyzerali veľmi zaujímavo, ale potom sa jedna z nich pohla rýchlo ako jašterica. Lisa si takmer myslela, že sa jej len zdalo, že dievča zamierilo rukou do kabelky ženy pred ňou. Našťastie tá kyprá dáma v strednom veku v bielych džínsoch, ktoré na nej doslova praskali vo švíkoch, sa obrátila v správnej chvíli a zabránila dievčaťu zmocniť sa koristi.

„Všade sú vreckári. Treba si stále dávať pozor a mať oči na stopkách, kabelku zazipsovanú, mobil v kabelke. Nič si nedávaj do vreciek ani na chrbát."

„Nemali by sme niečo urobiť?"

Giovanni len mykol plecami. „Všade naokolo sú policajti. Keď sa k vreckárom priblížiš, zmiznú ako šváby, ale neskôr sa znova ukážu. Pracujú v skupinách. Keby si ich chcela zastaviť, obklopili by ťa, takže ostatní by mohli utiecť."

Lisa videla, ako si tie dve dievčatá vyhliadli ďalšiu potenciálnu obeť, ale potom jedna z nich bleskurýchlo naznačila druhej, že sa blížia dvaja policajti. Dievčatá splynuli s davom, každé sa pobralo iným smerom. Lisa si tuhšie pritisla tašku na telo. Vážne by ju naštvalo, keby jej niekto ukradol peňaženku alebo mobil. A hoci by neškodilo kúpiť si modernejší telefón, lebo sa stále vybíjal, mala v ňom uložené všetky kontakty a dalo sa ním fotiť.

Bavilo ju pozorovať ľudí, hoci keď pozrela na Giovanniho, videla, že čumí na mobil. Nakukla mu ponad plece a zistila, že číta správy na svojom Facebooku.

„Vstaň, urobíme si selfie. Môžeš ju zavesiť na mobil."

Giovanni vyskočil, ako vždy pripravený pózovať pred objektívom, hoci odmietol odložiť slnečné okuliare a až na piaty pokus jej dovolil, aby si tú fotku uložila.

„Túto môžeš zavesiť, ostatné vymaž."

„Páni moji, aký si márnomyseľný!" Pokrútila hlavou, nechápala, čo sa mu na ostatných fotkách nepáči, ale znova sa venoval svojmu telefónu. Kým sa s ním hral, zišla dolu až k vode, aby urobila zopár fotiek. Obrátila sa a snažila sa urobiť selfie s fontánou, ale akosi sa jej nezmestila do záberu.

„Chcete, aby som vás odfotila, zlatko? Pred fontánou?"

„To by bolo skvelé," povedala Lisa usmiatej Američanke s dcérou v tínedžerskom veku a podala jej mobil.

„Úsmev, prosím," nabádala ju tá žena veselo. „A je to. Vy ste Angličanka."

„Áno, a vy ste Američanky."

„Veru áno, z Wisconsinu. Teda ja aj moja dcéra Jessie. Vybrali sme sa na výlet po Taliansku. Tu zostaneme dva dni, potom ideme ďalej do Toskánska, do Benátok, k jazerám." Skúmavo pozrela na Lisu. „Ľutujem, že som vo vašom veku nemala odvahu cestovať sama."

„Ach, ja ne… som tu… s priateľom." Pozrela smerom k Giovannimu, ale videla mu iba vrch hlavy, stále zízal do mobilu. Nepáčilo sa jej pomyslenie, že by cestovala sama. Nerada by tu bola bez spoločnosti. Bolo oveľa zábavnejšie rozprávať sa s niekým a prezerať si s ním drobnosti, aj keď otrepané.

„Aha, dobre, tak príjemnú dovolenku."

Lisa sa na ňu usmiala, obrátila sa k fontáne a znova pozorovala ľudí. Páry tínedžerov, pravdepodobne Francúzov, sa držali za ruky, akoby im išlo o život, dve staršie dvojice, určite Nemci, boli vyzbrojené klobúkmi, ruksakmi a na nohách mali masívne topánky a drobný tmavovlasý chlapček opierajúci sa o stenu hádzal bucľatými rukami do fontány plné hrste mincí. Určite bol Talian. Mama ho vzala na ruky, so smiechom zdvihla do výšky peňaženku. Zachytila Lisin pohľad a pobavene pokrčila plecami, akoby naznačovala: Čo mám robiť?, hoci v očiach sa jej zračil smiech. Lisa sa na ňu usmiala, ten výjav sa jej páčil a potešila ju reakcia tej mamičky. Bola by jej mama rovnako zhovievavá? Zdalo by sa jej to zábavné?

Oteckovi chlapčeka sa to očividne zdalo, lebo so smiechom podišiel k nim a oboch srdečne objal. Lise sa zrazu zahmlili oči a zamrelo jej srdce.

Obrátila sa chrbtom k fontáne a mladej rodine a zamierila k Giovannimu, ten zdvihol pohľad od svojho prekliateho telefónu, až keď naňho padol jej tieň.

„Hotovo?" vyskočil na nohy.

„Áno, tá fontána je úžasná, núti človeka rozmýšľať o ľuďoch, ktorí ju postavili, o ľuďoch, ktorí si objednali jej stavbu, a o všetkých ľuďoch, ktorí ju navštevujú."

V duchu sa vrátila k mladej rodine. Bude si ten chlapček spomínať na dnešný deň? Zrazu sa jej v mysli vynorila vyblednutá spomienka, ako chodila po skalách v potoku. Jej otec sebaisto skákal zo skaly na skalu, akoby jej chcel vynahradiť, že má krátke nohy. S tou spomienkou sa jej spájal pocit šťastia. Chichotala sa.

Giovanni sa ešte vždy hral s mobilom. „Nie si hladná? Poznám skvelý podnik, kde by sme sa mohli naobedovať. Tak poď." Chytil ju za ruku a viedol preč.

Naposledy sa obzrela na fontánu. Ani nestihla hodiť mincu.

„Počkaj," povedala, ale Giovanni ju nepočul a ťahal ju preč, akoby sa nevedel dočkať, kedy odtiaľ odíde. Vzdychla si a šla za ním. Možno sa mu zdalo nudné navštevovať miesta, kde bol sto ráz predtým. Ako by sa cítila, keby Giovanni trval na tom, že chce navštíviť Covent Garden alebo Buckinghamský palác v Londýne? Nebolo to však dobré prirovnanie, lebo rada chodila na rušnú Piazzu a hoci neraz navštívila Buckinghamský palác, vždy rozmýšľala, čo sa deje v úzadí. Ani jedno z tých miest sa jej nezunovalo.

Láskavo naňho pozrela. Nevedel dlho udržať pozornosť. Trochu sa hnevala, že nehodila mincu do fontány, neubránila sa tomu.

Na uliciach v okolí fontány bolo plno obchodov a reštaurácií, vládol tam hluk a čarovná atmosféra. Giovanni sebaisto kľučkoval pomedzi davy a nespokojne tľoskal jazykom, keď musel zastať za ľuďmi, ktorí sa rozhodli pristaviť na najnevhodnejšom mieste.

Lisa aspoň mala čas obdivovať vo výkladoch korále z muranského skla a kožené výrobky. Videla zopár nádherných kabeliek.

O kus ďalej ju upútala vo výklade žiarivo ružová kabelka. Zrejme značková. Siena by to vedela. Pohrávala sa s myšlienkou, že ju odfotí a pošle Siene, aby povedala, čo si o nej myslí. Giovanni už bol na rohu ulice a zastal, aby na ňu počkal. Rukou mu naznačila, že ide do obchodu. Giovanni jej naznačil, aby šla ďalej, a prevrátil oči.

So smiechom pokrútila hlavou. Neskrývane ho ignorovala, nevšímala si, že si prekrížil ruky na hrudi, a vošla do obchodu plného tašiek a kabeliek pestrých farieb – od žiarivej žltej cez tmavomodrú a smaragdovozelenú až po peknú fuksiovoružovú.

Siene by sa to páčilo. Bol tam skvelý výber a napočudovanie ich cena bola aj pre ňu znesiteľná... teda, keby sa rozhodla urobiť si radosť. Vzala do ruky ružovú kabelku a otvorila ju. Mala veľa vnútorných oddelení a aj starkej by sa páčila, lebo bola pekná aj praktická.

„Lisa!" zrazu sa pri nej zjavil Giovanni a zúfalo prižmúril oči. „Čo tu robíš?"

„Len sa trochu obzerám."

„Tu?" Obzrel sa dookola. „Môžem ťa vziať do poriadneho obchodu s pravými talianskymi značkami. Toto je turistický brak. Haraburdy." Obrátil cenovku na ružovej kabelke. „Mizerný výpredaj a obyčajná koženka."

„Zrejme preto si to môžem dovoliť," Lisa sa dobrosrdečne usmiala, nepustila kabelku z ruky. Ešte aj Siena, mimoriadne dobrá znalkyňa módy, sa niekedy znížila a kupovala si lacné a veselé veci.

„Tak už poď," vzal jej kabelku z ruky a položil ju na poličku. „Na toto nemáme čas. Ak čím skôr neprídeme do reštaurácie, nedostaneme dobrý stôl. Je to jeden z najlepších podnikov v Ríme a je veľmi obľúbený. Bude sa ti tam určite páčiť."

„No dobre," podvolila sa. Je len prvý deň, možno ešte uvidí kopu iných vecí, ktoré si bude chcieť kúpiť. Nebolo by dobré minúť všetky peniaze hneď v prvý deň.

Keď prechádzali okolo výkladu, naposledy roztúžene pozrela na ružovú kabelku. Giovanni ju chytil za ruku. „Kúpim ti oveľa krajšiu kabelku."

„To nemôžeš," vyhŕkla, potom rýchlo dodala: „Ale je to od teba milé."

Len čo boli vonku, Giovanni ju chytil pod pazuchu a s radosťou vykročil. Zrejme nerád dlho trčal na jednom mieste. Keď o tom teraz Lisa premýšľala, v bare bol vždy v pohybe.

Kráčali ďalej a Rím okolo nich šumel, nabité obchody predávali všetko od pizze cez kávové šálky až po obrazy, na chodníkoch pred reštauráciami boli rozostavené stolíky, všetky plné, a na každom rohu stáli stojany s bohatým výberom magnetiek, ktoré si ľudia obzerali. Keď sa v úzkych uličkách pretláčali okolo ľudí, Lisa počula aj desať rozličných jazykov, pritom si dávala pozor, aby sa nepotkla na dlažbe a nerovnostiach na chodníkoch. Na rohu sa opieral o stenu kŕdeľ detí z nejakého jazykového kurzu, sedeli aj na zemi s ruksakmi s logom pri nohách, nevšímali si ľudí, ktorí sa pokúšali prejsť okolo nich. Skupina japonských turistov odhodlane pochodovala vpred, sledovali svojho turistického sprievodcu, ktorý držal nad hlavou červenú zástavku, aby sa nikto nestratil.

Keď Lisa s Giovannim prišli na hlavnú triedu, chodníky boli prázdnejšie a mohli napredovať rýchlejšie.

Napokon zastali pred hotelom so zaskleným vchodom, Giovanni ju chytil za ruku a viedol ju cez dvere z tepaného železa, na ktorých boli kľučky ozdobené levmi s povievajúcimi hrivami. Kým Lisa vyvaľovala oči nad honosným prostredím, dvere otvoril vrátnik v obleku, ktorého značku by Siena okamžite spoznala, a z hotela vybehli dve brunetky krásne ako modelky s nohami ako paličky a klusali v ihličkách okolo nich. Keď prefrngli v oblaku parfumu, Lise utkveli v pamäti ich ligotavé vlasy, veľké slnečné okuliare a veľké kabelky.

Pozrela na svoje výpredajové conversy z Primarku.

„Si si istý, že môžem ísť takto oblečená do tohto podniku?"

„Áno, si krásna."

Na to sa nepýtala, ale iba pokrčila plecami.

Keď prišli k štýlovej recepcii, omráčil ich mrazivý vzduch. Kašľala na predpísané oblečenie, len dúfala, že si nikto nepomýli jej bradavky s háčikmi na kabát.

A mrazivý nebol len vzduch, ale aj štýl. Bol celkom šik, ale nebola to najpríjemnejšia recepcia, akú kedy videla – aspoň si myslela, že to je recepcia, ťažko povedať. Bola tam dlhá, sklenená, zakrivená lavička a čosi ako pult, na každom konci stál biely iMac, nič iné. Za pultom bola mramorová stena, po ktorej stekala voda, a Lisa by prisahala, že sa trblietala. Diskrétne krištáľové logo Swarovského na boku toho vodného diela naznačovalo, že je možno plné krištáľov. Ale mohol to byť aj ľad.

Giovanni ju zaviedol k protiľahlej stene.

„Ideme do reštaurácie na najvyššom poschodí. Hotel Midas otvorili vlani."

„Je, ehm… veľmi pekný."

„Je, čo?" Keď pred nimi zastala veľká sklenená škatuľa, Giovanni sa na ňu žiarivo usmial.

Lisa sa v živote neviezla vo výťahu s priehľadnou dlážkou. Hladko začal stúpať hore a mala pocit, že žalúdok nechala o poschodie nižšie. Naslepo hmatkala, chcela sa niečoho zachytiť, ale nebolo tam nič, len chladné hladké sklo. Keď prízemie zostalo hlboko pod nimi, zmocnila sa jej panika. Uchýlila sa do kúta, každú ruku položila na jednu stenu a zatajila dych. Bolo to takmer rovnako zlé ako let lietadlom.

„Nie, Lisa, neboj sa výšok!" Giovanni odlepil jej ruku od steny. „Ničoho sa nemusíš báť, tu sme v bezpečí."

Zatínala zuby tak silno, že nemohla hovoriť, ale s napätým krkom a stuhnutými údmi sa jej podarilo prikývnuť.

„Ach, *bellissima*. Chúďa moje, všetko je v poriadku. Nie sme tak vysoko, vážne. Pozri," ukázal dolu.

Silno zažmúrila oči.

„Toto nie je New York. Tento hotel je najvyššia stavba v týchto končinách. Nijaká budova nemôže byť vyššia ako Bazilika svätého Petra. Neboj sa."

Pozrela naňho, prikovaná na miesto.

„Nijaké strachy, postarám sa o teba. Pozri, už sme tu."

Keď výťah zastal, mierne sa zatriasol, a to ju veru neuistilo. Skrúcalo jej žalúdok, ale aspoň už dorazili na miesto.

„Vidíš, ničoho sa nemusíš báť."

Jasné, ničoho, len pádu, smrti alebo infarktu. V priebehu rokov si premietala v hlave všetky racionálne argumenty, ale keď prišlo k veci, zaplavil ju iracionálny strach a stuhla od hrôzy.

Vyšuchtala sa z výťahu ako nejaká starenka v papučiach, ledva videla elegantný bar pred nimi.

„Tuším si odskočím na véčko."

„Dobre," Giovanni privolal hlavného čašníka.

Lisa si sadla na záchodové sedadlo, nohy ako z huspeniny. Bola hrozná padavka, ale nevedela si pomôcť, nenávidela výšky. V lietadle človek aspoň nevidí dolu, pokiaľ sa nerozhodne pozrieť cez okienko. Netušila, na ktorom poschodí sa ocitli, bolo jej jedno, či sú na dvadsiatom alebo na stom. Keď budú odchádzať, pôjde po schodoch.

Oprela sa o stenu, vďačná za studené kachličky na líci, zrazu vyčerpaná prívalom adrenalínu.

Od stola bol výhľad z vtáčej perspektívy na mesto, ten zvládla, lebo nepozerala rovno dolu. Aj tak si sadla chrbtom k oknu. Giovanniho to pobavilo.

„Chuderka moja, daj si pohár prosecca." Vzal fľašu z lesklého čierneho vedierka na víno. Nič tu nenechali na náhodu. Každú vec očividne navrhol dizajnér. Vedierko uprostred stola nebolo výnimkou.

Lisa sa zahniezdila na stoličke značky Perspex Philippe Starck, stehná sa jej prilepili na tvrdý povrch. Poznala tú značku len vďaka tomu, že presne túto stoličku videla v nedeľnej prílohe novín.

„Na zdravie," Giovanni zdvihol pohár. „Na Rím a rodinu."

„Na Rím a rodinu," zopakovala a opatrne si chlipla zo šumivého vína. Bublinky jej zašumeli v ústach a skĺzli dolu hrdlom. Rodina. Musí Giovannimu uznať, že vie, čo je rodina, a keby bola odkázaná sama na seba, pri svojich schopnostiach čítať mapu by mohla skončiť na Sicílii. On bol na domácej pôde, ktorú nepoznala, a bolo prirodzené, že sa ukážu kultúrne rozdiely.

„Lepšie?"

„Oveľa lepšie." Zhlboka sa nadýchla, pokrútila krkom, napätie pominulo. „Prepáč, nemám rada výšky."

Giovanni sa zatváril zronene. „Toto je jedno z najlepších miest v Ríme na vyhliadku z okna."

Obzrela sa ponad plece na panorámu mesta.

„Je krásna!" Pokiaľ sa pozerá na obzor. Dominovali tam kupoly a kostolné veže, škridlové strechy, kríže a sochy. „Keď sa dívam na obzor, nie rovno dolu, nemám problémy."

Zrazu sa Giovanni znova usmieval. Postavil sa k jej plecu.

„Pozri, tamto je Bazilika svätého Petra," ukázal do diaľky. A naozaj videla veľkú kupolu so zlatou guľou a s ozdobným krížom. Odtiaľto bolo vidieť sochy na balustrádach po obvode strechy. Tú baziliku mala v zozname ako povinnú pamiatku. Človek nemôže prísť do Ríma a nepozrieť si Vatikán.

„Čo je tamto?" zdvihla hlavu a sústredila sa na panorámu. „Tie zelené kone a okrídlená postava." Obzoru dominovala budova ako žiarivá svadobná torta.

„To je *Altare della Patria*, Oltár vlasti, má to čosi spoločné s prvým talianskym kráľom. Zjednotil krajinu alebo tak nejako. Čo si myslíš o tomto proseccu? Dobré, čo? Aj jedlo tu je skvelé. Ázijské."

Chcela o tej budove vedieť viac, ale Giovanniho očividne nezaujímali pamätihodnosti. „Nepodávajú tu talianske jedlo?" doberala si ho, neubránila sa tomu. Chlipla si z vína. Popíjať víno na obed nebol najlepší nápad, cítila, že jej stúplo do hlavy.

„Nie, šéfkuchár sa preslávil tým, že otvoril prvú japonskú reštauráciu v Taliansku."

Má sa priznať, že nikdy neochutnala suši? Zdalo sa jej slizké a odporné. Surová ryba? To vážne? Už len pri tom pomyslení ju naplo. Fuj! Nie, to nikdy nevyskúša. Nikdy v živote!

Potešilo ju, že jedálny lístok s doskami zdobenými kovovým reliéfom, ktorý bol kópiou parádnych dverí na prízemí, ponúkal rozličné ázijské špeciality a niektoré boli varené. Mínusom bolo, že lístok bol písaný po taliansky, turisti sem nechodili. Lisa sa musela spoľahnúť na Giovanniho preklad.

Keď jej ho Giovanni preložil, kývol hlavou a diskrétne ukázal na dvojicu na odľahlej strane reštaurácie.

„Neobzeraj sa, ale je tam minister vnútra a nie je s manželkou," šepkal. „Je to hostiteľka jednej televíznej šou na stanici AGR. A tamten muž s okuliarmi je rozhlasový dídžej."

Lisa si prihladila plátenné šaty a strčila nohy v teniskách pod stolík.

„A tamto v kúte na odľahlej strane je Sophia Jensenová. Veľmi slávna hviezda – žije striedavo tu a vo Švédsku. Kedysi žila s… teraz neviem. Bol to Henry Mancini alebo Franco Zeffirelli? Nespomínam si."

Ach bože, čo tu robím? pomyslela si Lisa. Veď má problém nekvapnúť si na šaty polievku.

Keď jej priniesli jedlo, pikantné homáre neboli ani zďaleka tak honosne naservírované, ako sa bála, hoci vyzerali inak, než si predstavovala. Dva rozkrojené homáre boli posypané čímsi, čo Giovanni preložil ako „prach", ale jej sa zdalo, že je to mleté korenie na sladkej bazalkovej pene. Čím menej o tom povie, tým lepšie.

Keď si vložila do úst posledný hlt z celkovo šiestich hltov, namierila vidličku na Giovanniho. Chvalabohu, podarilo sa jej zoškrabať tú zelenú hornú vrstvu, ktorá vyzerala dosť odporne. „Vieš, že som už dvadsaťštyri hodín v Taliansku a ešte som nemala poriadne talianske jedlo?" Hoci Willove úžasné cestoviny boli dobré, nerátali sa. „Dlhuješ mi pizzu."

„Pst," Giovanni si priložil prst na ústa. „Pizzu tu nespomínaj," žmurkol na ňu.

Žiaľ, aj ponuka dezertov sa držala ázijskej kuchyne. V dezerte by mala byť čokoláda alebo zmrzlina. Myslela by si, že v Taliansku je to základné pravidlo. Mango a lepkavú ryžu nepovažovala za dezerty. Podchvíľou pozerala na hodinky, deň plynul a tá stolička bola z minúty na minútu tvrdšia. Bolel ju chrbát.

Keď konečne vyšli von do talianskeho slnka, husia koža jej zmizla a pokožka dostala normálnu farbu, už ju nemala fľakatú modrú. Uvoľnila plecia a hneď sa cítila lepšie.

Vybrala mapu.

„Ukáž mi, kde sme."

„Pomôže ti to?" otvoril ju a vyhladil záhyby.

„Zrejme nie," šibalsky sa naňho usmiala.

„Si si istá, že nechceš ísť nakupovať?" spýtal sa Giovanni s nádejným výrazom. „Ak pôjdeme tadiaľto," ukázal opačným smerom, než prišli, „sú tam úžasné obchody."

„Nie," chytila ho pod pazuchu. „Nakupovať môžem kdekoľvek."

„Ale čo talianska móda? Prada, Dolce a Gabbana, Armani." Nadšene roztvoril náručie.

„Tie značky sú nad moje finančné možnosti." Veselo sa usmiala, chytila ho za predlaktie a obrátila ho opačným smerom. „Poď, budeme sa trochu túlať. Podľa mapy uvidíme veľa pekných vecí... myslím."

Giovanni si vzdychol, jeho dobrosrdečná tvár jej pripomínala smutného kokeršpaniela.

„No dobre, *bellissima*. Ukážem ti niečo, čomu sa v Ríme nič nevyrovná." Tleskol rukami a zrazu bol znova plný nadšenia. Premenil sa na galantného rytiera sprevádzajúceho svoju dámu. „Panteón. To je jedna z najkrajších pamätihodností v Ríme."

Zvyšok popoludnia blúdili po tichších tienistých uličkách, išli z kostola do kostola, často boli vklinené medzi budovami, akoby odolávali pokroku.

Keď zabočili za roh a ocitli sa zoči-voči mohutným stĺpom Panteónu, Lisa vzdychla, neubránila sa tomu, musela si priložiť ruku na brucho, tak ju to prekvapilo.

Tá budova tam stála celé stáročia a bola taká veľká, až mala problém prezrieť si ju celú.

Vošli dnu obrovskými bronzovými dverami, vnútri vládlo ticho a šero, fascinovalo ju to. Tá stavba bez okien pôsobila trochu stiesňujúco, hoci v ten horúci letný deň tam bol príjemný chládok.

Lisa pozrela hore na veľkú kupolu, točila sa dookola s vykrúteným krkom, usilovala sa vstrebať tú majestátnosť.

„Zrejme tu často neprší," povedala Giovannimu a ukázala na dokonalý kruhový otvor v streche.

„Pozri na dlážku."

Lisa uprela pohľad dolu a uvidela na mramorovej dlážke niekoľko odvodňovacích kanálov.

Prešli po okraji Panteónu a zastavili sa pri rozličných informačných tabuliach.

„Idem von a počkám na teba," navrhol Giovanni, keď Lisa znova zastala, aby si prečítala slová pod obrazom, a odstúpila dozadu, aby ho lepšie videla.

„Dobre," potľapkala ho po ramene. „Zvládol si to. Môžeš si urobiť kultúrnu prestávku."

Keď sa k nemu neskôr pridala vonku, pozrela na hodinky. „Vieš, koľko je hodín?" Nemohla uveriť, že je takmer pol šiestej.

„Podľa talianskych noriem je zavčasu. My chodíme do reštaurácií neskoro večer. Zastavíme sa cestou domov na drink? Neďaleko *San Giovanni in Laterano* je fajn bar."

„Ako ty povieš." Lisa mala plnú hlavu dejín. Mala by vedieť, kto bol San Giovanni? Za každým rohom sa dalo niečo vidieť, socha, fontána alebo kostol.

„*San Giovanni in Laterano* je rímska bazilika, pápežov oficiálny kostol, nie je to Bazilika svätého Petra, ako si všetci myslia."

„Vieš, cítim sa žalostne nevzdelaná. Je tu toľko histórie a ja o nej nemám ani potuchy."

„Neboj sa," pridal do kroku. „Tak švihaj, už sa teším na Peroni."

„To znie naozaj dobre. Som celá rozhorúčená a lepkavá." V kútiku duše premýšľala, či by vedela viac o dejinách a miestach, ktoré navštívili, keby žila v meste ako Rím. Zrejme to tak bolo so všetkým, človek berie históriu svojho mesta ako samozrejmosť, no bola by rada, keby dnes videli viac. Možno časom bude asertívnejšia. Nechcela Giovanniho rozladiť, ale rada by využila tento pobyt čo najlepšie.

Keď sa vrátila z toaliet a z chladného mramorového interiéru baru na terasu na chodníku, Giovanni sedel pri stolíku s mobilom v ruke a tentoraz s niekým telefonoval. Bol horší ako tínedžer. Keď si sadla, ani nezdvihol pohľad. S radosťou sedela a pozorovala svet, hľadela cez cestu vedúcu okolo nich, vďačne si dala výdatný dúšok ľadového piva a priložila si orosený pohár na líce. Mala pocit, že zružovela nielen zvonku, ale aj zvnútra. V živote jej nebolo takto horúco.

Giovanniho tvár potemnela, už sa nemračil, ale skôr gánil. Zvýšeným hlasom sa vypytoval človeka, ktorého mal na linke. Rukou si poklopkával po prekríženom kolene, noha mu poskakovala hore-dolu.

Lisa úmyselne odvrátila pohľad. Hoci nerozumela ani slovo, mala pocit, že ten rozhovor je veľmi osobný.

Konečne odložil mobil na stolík, rukou ho zakryl, porazenecky, pochmúrne zvesil plecia a neprítomne hľadel poza Lisu.

Chvíľu počkala, dopriala mu čas, aby potlačil slzy, a než ne mu položila dlaň na ruku.

Súcitne sa naňho usmiala. Zdvihol pohľad, akoby si ju až vtedy všimol.

Pozrel na oblohu, hrdlo mu zvieralo, akoby hľadal správne slová.

„*Nonna, mia nonna...* To bola moja mama, hovorila, že *nonna* je chorá.“

Lise zamrelo srdce, zovrela mu ruku a precítene vzdychla: „Ach, to mi je ľúto.“

„Moji rodičia chcú, aby som šiel do Montefiascone. Ja...“ Poobzeral sa dookola. „Ešte dnes večer. *Nonna* je v nemocnici. Myslia si, že dostala mozgovú porážku.“ Tvár mu posmutnela. „Má sedemdesiatdeväť rokov.“

Oblial ju chlad. Bola o šesť rokov mladšia ako jej starká. Čo by urobila, keby starká dostala porážku? Vždy sa jej zdala nezlomná, no doktor sa vyjadril celkom jasne. Lisa dúfala, že starká užíva lieky, kým je ona preč. Bola v pokušení napísať jej pripomienku, ale pravdepodobne by sa len väčšmi zaťala.

Keď zalovila v taške a hľadala peňaženku, prstami sa obtrela o leták od doktora. Nebola si istá, či by to Giovannimu pomohlo. Vybrala z peňaženky nejaké peniaze a strčila desaťeurovú bankovku okoloidúcemu čašníkovi, dúfala, že to postačí, a chytila Giovanniho za lakeť.

„Poďme odtiaľto a vychystáme ťa na cestu... si si istý, že dokážeš šoférovať? Nemôžeš tam ísť vlakom?“

„Otec mi posiela auto. Už je na ceste.“

Lisa prikývla. Samozrejme.

Dofrasa, nevolal svojmu priateľovi, aby zistil otcovu adresu. Pozrela na jeho pochmúrnu tvár. Teraz nebola vhodná chvíľa, aby sa na to spýtala.

Kapitola 11

Prvý deň ani nemohol byť lepší. Will zoskočil zo skútra, popreťahoval sa a pozrel na dlhý kamenný farmársky dom, ktorý tienili listnaté vavríny na hrebeni kopca. Hoci Vespa bola zábavná, bola vhodná na ulice v meste, nie na dlhé cesty do horskej dedinky. Malý červený skúter protestne kvílil, keď stúpali po strmom svahu na vrchol kopca neďaleko Ríma. Dorazili tam však živí a zdraví. Malý zázrak. Gisella cestu zvládla dobre. To, čo sa hovorilo o talianskych šoféroch, bola pravda.

Gisella bola skvelá sprievodkyňa, s radosťou mu vyhovela, keď dnes predpoludním chodil z baru do baru, z reštaurácie do reštaurácie. Káva im doslova kolovala v žilách, lebo Will musel vyskúšať ponuku v rozličných podnikoch. Ešte šťastie, že si vždy dali len malé, ale silné espresso. Vedel, že po desiatej si nemá žiadať *cappuccino*. Talianska kultúra mala vlastné rituály, pokiaľ išlo o kávu, a porušiť ich mohli iba na vlastné nebezpečenstvo.

Gisella odložila prilbu, vlasy jej nonšalantne padli na plecia a zlomok sekundy počkala, a nebola to obyčajná póza.

Z každého uhla vyzerala úchvatne – a vedela to. No hoci bola zvodná, biznis bol na prvom mieste. Aspoň dnes.

„Dúfam, že ťa *signor* Fancini čaká," mierne našpúlila pery.

Uškrnul sa. „Ak nie, budem ťa musieť vziať na večeru," usmial sa na ňu. Prestala špúliť pery a zoširoka sa usmiala ako mačka.

„My Taliani jedávame neskoro, času dosť."

Nápis so šípkou, na ktorom stálo *ricezione*, sa mu zdal podobný anglickému slovu a usúdil, že tým smerom je recepcia.

„Aký si vzrušený!" Gisella pokrútila hlavou. „Z kávy, z cestovín, zo syra. Naozaj si Angličan?"

„Keď som sa naposledy díval do preukazu totožnosti, bol som Angličan."

„Vieš, že odkedy si dnes ráno ochutnal syr v Salumerii v Travastere, celý deň skáčeš hore-dolu?"

Will sa na ňu zahanbene usmial. To nemohol poprieť. Tá chuť Fanciniho pecorina mu zostala v ústach celý deň, ale v dobrom zmysle. Bol výrazný a slaný, presne vedel, ako ho zaradí do jedálneho lístka v novej trattorii. Bude to skvelá prísada do jednoduchého šalátu z rukoly a reďkovky s citrónovou zálievkou alebo do cukinovo-tekvicového šalátu, pričom zelenina bude natenko nakrájaná krájačom.

A za tým syrom sa skrýval skvelý príbeh, čo sa zákazníkom vždy páčilo. *Signor* Fancini premenil upadajúci rodinný podnik na prekvitajúcu firmu a dopyt po jeho syroch rástol.

Will sa s ním zatiaľ nestretol, ale to, ako pozdvihol rodinný majetok, sa mu páčilo.

„Toto musí byť on." Zamieril k nim vysoký muž s takými hustými tmavými fúzmi, až nevyzerali skutočne.

„*Signor* William, vitajte, vitajte.“

„*Signor* Fancini.“

„Hovorte mi Mario, prosím.“

Will len silou vôle potlačil bublajúci smiech a úmyselne sa vyhýbal pohľadu na tie bujné fúzy. Stačilo by doplniť červenú čiapku a montérky, a vyzeral by ako Super Mario.

„A vy mi hovorte Will, prosím. Iba mama ma volá William,“ zdôraznil to meno prenikavou fistulou, na čo sa Mario uškrnul a silnejšie mu stisol ruku.

„Aj moja mama je taká,“ naklonil hlavu smerom k farme, „keď počujem, že hovorí *Mario Giuseppe Fancini*, viem, že som v kaši.“

Súcitne, trpiteľsky kývli hlavou a vtedy medzi nich vstúpila Gisella.

„A ja som Gisella, šoférka a sprievodkyňa,“ zoširoka sa na oboch očarujúco usmiala a Will si na chvíľu predstavil, že sa s nimi chytí za ruky ako Dorotka s Plechovým drevorubačom a so Strašiakom z *Čarodejníka z krajiny Oz*.

Mario kývol hlavou a fúzy sa mu pohli, akoby sa pod nimi skrýval úsmev.

„Vitajte. Dovoľte, aby som vás tu trochu povodil.“

Will si dohodol toto stretnutie už pred pár týždňami, keď študoval stránku talianskeho obchodného zastupiteľstva v Londýne a podľa toho si naplánoval program cesty. Reálne sa nemohol stretnúť s viac ako dvoma dodávateľmi, ale chcel nájsť charakteristické výrobky, o ktorých by mohol čosi napísať do jedálneho lístka a predávať ich ako delikatesu v reštaurácii. Na tomto výlete chcel vypátrať také výrobky a nájsť inšpiráciu na autentické recepty.

Hoci farma pôsobila domácky a výrobky remeselne, nebol to amatérsky podnik.

Mario ho zaviedol do dlhého, tmavého kamenného komplexu, kde si museli natiahnuť na vlasy modré sieťky, obliecť biele plášte a dať si na topánky návleky, až potom mohli vstúpiť do výrobne syrov.

V chladnej tmavej miestnosti bolo niekoľko veľkých strieborných nádob a Mario ich zaviedol k nim.

„Toto sú naše hrnce, v ktorých zohrievame mlieko. Ovčie mlieko od oviec z našej čriedy," oči sa mu oduševnene zaleskli. „Tieto ovce tu začal chovať môj starý otec, dal si ich doviezť až zo Sardínie. Tie dávajú najlepšie mlieko. A z toho je najlepší syr." Keď sa Mario nadchýnal a energicky gestikuloval, fúzy začali žiť vlastným životom. „Naším tajomstvom je táto lokalita. Máme tu mikroklímu, občas nám tu aj zaprší, takže pastviny sú... ako to poviete... bujné a svieže."

Ďalšiu hodinu Will nadšene zasypával Maria otázkami o výrobe syrov a ten na ne podrobne a bezhranične trpezlivo odpovedal. Will sa dozvedel, že do vedenia firmy je zapojená celá rodina vrátane Mariovej manželky, brata, švagrinej a matky.

Prehliadku ukončili v sušiarni, kde boli na policiach celé rady syrov a v ovzduší sa vznášala ich prenikavá vôňa. Až tam si Will všimol, že Gisella niekedy v priebehu prehliadky zmizla.

„Nech sa páči, musíte si vziať zopár kúskov," Mario mu vtisol do rúk niekoľko guľatých bochníčkov syra. „A pozývam vás na večeru. Zoznámim vás s rodinou Fanciniovcov. Moja mama je skvelá kuchárka."

Keď vyšli do podvečerného svetla, Gisella sedela na Vespe sústredená na mobil. Zdvihla pohľad a zamierila k nim.

„Hotovo?"

„Mario nás pozval na večeru. Jeho mama je vraj skvelá kuchárka.“

Gisella našpúlila pery a Will sa na ňu usmial. Bolo to dosť zábavné. Zrejme ešte nepoznala jeho mieru a nevedela, ako ďaleko môže zájsť. Mario sa ponúkol, že ho neskôr zvezie domov.

„To by bolo milé, ale večer chcem byť v Ríme,“ Gisella sa ospravedlňujúco usmiala.

„Škoda,“ Will sa cítil trochu previnilo.

„Áno, možno inokedy,“ pozrela na hodinky a skormútene vykrivila pery. „Na jeden deň stačilo obchodných záležitostí, mali by sme vyraziť nazad. V Ríme bude teraz dosť rušná premávka.“

Willa mierne podráždil jej postoj. Toto bola jeho práca a chcel z každého dňa vyťažiť, čo bolo v ľudských silách. Bola to jednorazová návšteva.

„Nijaké strachy. Mario sa láskavo ponúkol, že ma po večeri odvezie do Ríma.“

„Aha, no dobre.“ Neznelo to práve nadšene. Nechcel ju nechať samu a Mario ich pozval oboch, ale ona pozvanie odmietla.

„Naozaj nemôžeš zostať?“

Zaváhala a videl, že je na pochybách.

„Nechcem ťa zdržiavať, ale si tu vítaná,“ usmial sa na ňu s náznakom prísľubu. Nebolo by dobré pohnevať si ju, navyše bola veľmi príťažlivá a šarmantná. Rád s ňou strávil tento deň.

„Chcem sa s Mariom o niečom porozprávať a pripraví pre mňa degustáciu syrov. Bude to obchodná záležitosť.“

Namosúrene odula pery. „Tak sa radšej vrátim do mesta.“

Will ju srdečne pobozkal na obe líca. „Veľmi pekne ti ďakujem za príjemný deň. Bola si skutočne úžasná!“

Prv než si nasadila prilbu, očarujúco sa naňho usmiala. „Daj mi vedieť, kam budeš chcieť ísť inokedy."

Naštartovala Vespu, a keď vyrazila a ukážkovo sa otočila do protismeru, od kolies jej lietal štrk.

Will sa za ňou díval s ľútostivým úsmevom. Inokedy, inde by možno prijal jej nevyslovenú ponuku. Gisella bola naozaj veľmi príťažlivá a šarmantná, ale chcela priveľa priveľmi rýchlo.

„To je hotová vlčica," poznamenal Mario. „Chce mať všetko podľa svojej vôle."

„Myslím, že máte pravdu. Pozval som ju na večeru."

Mario sa ticho, zamyslene usmial. „Mám dojem, že jej išlo o niečo iné a nebola to večera, *signor*."

„Asi máte pravdu."

Mariova matka *signora* Fanciniová nebola typická zvráskavená talianska mama v čiernych šatách, akú si Will predstavoval. Mala na sebe svetlomodré šaty, v ktorých sa vynímal jej štíhly driek a široké plecia, k tomu najkrajšiu kvetovanú zásteru, akú kedy videl, a svojou eleganciou a držaním tela mu pripomínala jeho matku, no tam sa ich podoba končila. Pochyboval, že jeho matka mala niekedy zásteru, a ich kuchyňa bola len ďalšia miestnosť, kde boli uložené olivy, syr, citróny, tonik a šampanské a z času na čas sa tam našlo aj hotové jedlo, ktoré stačilo zohriať.

„*Mama, si chiamo Will*. Will, toto je moja mama Auzelia." Mario bezstarostne chytil matku okolo pliec a tí dvaja sa rýchlo objali, Will prestupoval z nohy na nohu a usiloval sa tváriť nonšalantne.

„*Benvenuto*," privítala ho s milým úsmevom a spustila príval taliančiny, tvár sa jej nadšene rozjasnila. Will sa usmieval ako hlupák, nevysvetliteľne ostýchavý zoči-voči jej srdečnosti, a s ospravedlňujúcou grimasou zdvihol plecia. „Non parla Italiano.“

Niežeby na tom záležalo. Pribehla bližšie, vo vyleštených lodičkách vyzerala skôr ako veľmi výkonná osobná asistentka, ktorá by mala pracovať v kancelárii, nie postávať pod touto idylickou pergolou obrastenou popínavými rastlinami, odkiaľ bol nádherný výhľad na vzdialené kupoly mesta. Oboma rukami ho chytila za ruku.

Mario rýchlo preložil, čo hovoril. „Povedal som jej, že si v Anglicku otvárate reštauráciu, chcete používať náš syr a variť talianske jedlá. Ukáže vám poriadne talianske jedlo,“ keď sa usmial na matku, zuby sa mu pod fúzmi zabeleli, „nie tie turistické nezmysly, ktoré dostať v Ríme.“

„Skvelé,“ Will si zrazu uvedomil, že znervóznel. Bol samouk, a nie vyučený kuchár. Nič také. Večera s rodinou bolo jedno, ale toto sa mu zdalo priveľmi osobné.

Znova vychrlila čosi po taliansky, zavolala na syna a ten povedal: „Musím čosi urobiť. Uvidíme sa o chvíľu. Nechám vás s Auzeliou.“

Bola ako ovčiarsky pes, ktorý zaháňa ovce, a prv než stihol namietnuť, zaviedla ho do prekvapujúco modernej, žiarivej kuchyne s moderným príslušenstvom vrátane obrovského sporáka a veľkej chladničky v americkom štýle.

„Veni, veni,“ pozývala ho Auzelia a zaviedla ho k ostrovčeku s mramorovou doskou, na ktorej bola múka v tvare sopky.

„Pasta,“ oznámila, keď si všimla jeho pohľad. „Poďte, ukážem vám to.“ Vysúkala si rukávy a rýchlo rozbila niekoľko vajec, rad-radom ich hádzala do stredu sopky.

Ukázala na svoje oči a cestoviny, jasne mu naznačila, aby ju pozorne sledoval. Jej prístup sa mu páčil, hneď ho prešla nervozita. Toto zvládne.

Fascinovane sa díval, ako vmiesila vajcia do múky a zakrátko mala hladké cesto. Potom mu naznačila, aby podišiel bližšie, a ukázala na drez, kde si mal umyť ruky.

Už dávno to nerobil, ale keď sa rukami dotkol hladkého, trochu teplého cesta, rýchlo si pripomenul ten jemný rytmus. Keď miesil cesto, prvý raz po dlhom čase sa uvoľnil, v hlave sa mu vytvorilo miesto, kde dovtedy boli zoznamy vecí, ktoré bolo treba urobiť, plán jeho cesty, výrobky, ktoré chcel preskúmať, myslel na hasiace prístroje, ktoré musí objednať, skontrolovať, či konečne podpísali stavebné povolenie.

Všetko sa rozplynulo a jednoducho si vychutnával miesenie cesta, premýšľal o vedeckom zázraku, ktorý mal v rukách, keď sa pri miesení zlepili glutény, ktoré dodali cestu potrebnú silu a štruktúru.

Nevšímal si bolesť v bicepsoch a tricepsoch, vytrvalo pokračoval a zmocnil sa ho pocit uspokojenia. Fascinovalo ho, ako sa z kopy múky a vajec dá vytvoriť čosi celkom iné. Zdalo sa mu nesmierne potešujúce, že môže nakŕmiť ľudí a naplniť tú základnú potrebu, aj keď za to nie sú vďační.

Will zaťal sánku pri tej spomienke a znova silno hnietol cesto.

„*Delicamente, delicamente,*" povedala Auzelia a pri tom jemnom napomenutí sa pobavene usmiala. Dotkla sa jeho rúk a pokrútila hlavou.

Zahanbene prikývol, miesil cesto jemnejšie a ironicky sa usmial popod nos. Spomenul si, ako jeho otec raz povedal, že Willovo pečené kura je „znesiteľné".

Jeho rodičia mali absurdnú predstavu, že varenie je podradná práca, v kuchyni treba tráviť čo najmenej času a tak trochu sa hanbili, že vie uvariť chutné jedlo.

Auzelia sa postavila pred neho a pochvalne prikyvovala: „*Bene, bene.*"

Vzala cesto, schytila nôž veľký ako mačeta a rýchlymi ráznymi pohybmi ho rozdelila na štyri rovnaké časti, čepeľ noža pritom cengala na mramorovej doske.

Will ustúpil a pozoroval ju, ako vzala jednu časť a niekoľko ráz ju strčila do prístroja, kým z neho nevyšiel hladký štvrťmetrový plát cesta, ktorý prevesila cez operadlo stoličky. Potom kývla na Willa, strčila mu do ruky ďalší kus cesta a naznačila mu, že je na rade.

Vtedy vošla do kuchyne iná žena s košíkom na boku, veselo povedala Willovi aj Auzelii *ciao*, potom sa pustila do prípravy šalátu, a kým bleskurýchlo krájala papriku, veselo rozprávala. Potom vybrala z košíka čerstvo natrhanú rukolu, pozberala paradajky z úponkov ťahajúcich sa cez dvere a prevísajúcich pod ťarchou šťavnatých červených plodov.

Kývla nožom na Willa, potom na seba. „Carla, Mario. *Marito.*" Will vyrozumel, že je manželka jeho hostiteľa a dokáže krájať zeleninu rýchlejšie než ktorýkoľvek kuchár, ktorý uňho pracoval.

Auzelia ho nechala pracovať na cestovinách a začala vyberať z chladničky balíčky v hnedom papieri, ich obsah rozložila na veľkú misu a podchvíľou sa prišla pozrieť, ako pokračuje, trúsila pritom poznámky určené druhej žene.

Will naďalej kŕmil prístroj na cestoviny, vytrvalé škrípanie rúčky ho uspokojovalo, cítil sa ako súčasť kuchyne pulzujúcej životom. Hoci nerozumel ani slovo, ktoré tie ženy povedali, ustavične sa naňho usmievali a gestikulovali, takže ho zahrnuli medzi seba. Auzelia mu ponúkala kúsky mäsa z misy, ktorú mu pripravila na ochutnanie, a Carla mu ponúkala pokrájané rajčiny.

Bola to súdržná rodina, ktorá rozumela jedlu a rada sa oň podelila, a napriek jazykovej bariére sa medzi nimi cítil doma, vo vlastnom domove nikdy nemal taký pocit.

Len čo bolo vyvaľkané všetko cesto a z operadiel stoličiek viseli pláty, Auzelia vymenila nadstavec a ukázala Willovi, ako má pláty strčiť do prístroja a nakrájať ich na *tagliatelle*. Keď krútil zápästím a cestoviny vypadávali z prístroja, stočila žlté pásiky do akéhosi hniezda a položila ich vedľa sporáka, kde v hrnci veľkom ako detská vanička vrela voda.

Keď spracoval posledný plát cesta, Auzelia mu pochvalne stisla biceps a čosi vychrlila, dúfal, že chválila jeho fyzické schopnosti. Rameno ho pekelne bolelo, ale keď počul jej srdečné chvály, rýchlo zabudol na bolesť.

V kuchyni to išlo ako po masle – Will vytláčal šťavu z citrónov a strúhal *pecorino*, Carla potierala chlieb cesnakom a Auzelia precedila cestoviny. V kuchyni sa zjavili dvaja tínedžeri a začali nosiť misky, taniere a príbor na stolík na terase.

Auzelia poslala Willa von z kuchyne a dala mu do rúk veľkú misku cestovín pokvapkaných citrónom a olejom, posypaných vlašskými orechmi, rukolou a hoblinkami syra. Žalúdok mu skrúcalo od hladu, to jedlo vyzeralo aj voňalo lákavo.

Z tichej farmy, ktorá sa dovtedy zdala neobývaná a mĺkva, sa zrazu z ničoho nič vyrojili ľudia všetkých vekových kategórií a hmýrili sa ako ucholaky.

Zjavil sa aj Mario a naznačil Willovi, aby si sadol, a rýchlo mu predstavil zvyšok rodiny, ktorá sa usadila k stolu. Okrem Carly a Auzelie tam boli Mariov brat Benito s manželkou Liciou, ich deti, tí dvaja tínedžeri, jeho teta a strýko a vlastný syn a dcéra, ktorí mohli mať čosi vyše dvadsať. Väčšinu mien si Will nezapamätal.

Na terase sa o chvíľu ozýval smiech a lámaná angličtina.

Večera u Fanciniovcov bola hlučná a živá, ale Will si ju vychutnával, tak ako každý kúsok jedla počínajúc Carlinou paradajkovou *bruschettou*, ktorá sa mu rozplývala v ústach, cez slanú salámu až po jednoduché cestoviny, ktoré chutili ešte lepšie. Keď si ich vložil do úst na vidličke, Auzelia čosi povedala Mariovi, v tvári sa jej zračil pobavený výraz. Mario sa zasmial.

„Podľa všetkého ste veľmi dobrý pomocník. Hovorí, že kedykoľvek môžete prísť. Zvyčajne poverí krútením tej kľuky deti, ktoré sa pri tom striedajú. Veľmi na ňu zapôsobila vaša výdrž.“

Will si pošúchal boľavé rameno, uškrnul sa a zrazu sa cítil veľmi bezstarostne. Zdvihol pohár na prípitok Auzelii.

„Nedala mi na výber.“

„Verím vám.“ Mario si štrngol s Willom.

Kým sedeli vonku, slnko začalo klesať za obzor a zablikali svetlá Ríma. Cikády cvrlikali čoraz hlasnejšie a Carla zapálila sviečky s citrusovou vôňou, aby zahnala nočné chrobáky, potom naliala do pohárikov ľadové *Limoncello*.

Will si z neho odpil, a keď mu tekutina hladko kĺzala hrdlom, vychutnával si jej sviežu chuť, teplý večerný vzduch a nevšímal si mierny pocit závisti, keď počúval, ako sa rodina okolo neho šťastne doberá.

Kapitola 12

Keď pradúce elegantné čierne auto zmizlo z dohľadu, Lisa si vydýchla, dlho zadržiavala ten vzdych. Chvalabohu, že odišiel. Odľahlo jej, že všetok ten stres pominul. Keď poslednú hodinu počúvala Giovanniho litánie, čo sa môže stať, kým príde k *nonninej* posteli, bolo jej z toho úzko.

Chcela niečo robiť, a tak si začala prenášať svoje veci do Giovanniho izby, lebo navrhol, aby v jeho neprítomnosti využila klimatizáciu a kúpeľňu, ktorá bola súčasťou izby. Takmer to oľutovala. Bolo priveľmi teplo, aby pobehovala hore-dolu. V byte akoby sa usadil horúci, ťažký večerný vzduch. Zvyšok oblečenia prenesie ráno a teraz si pripraví niečo pod zub.

V kuchyni pozrela na napoly rozmrazenú pizzu, ktorú doslova uchmatla z obchodu na rohu cestou z baru. Navrchu bolo zopár nevábnych kúskov mozzarelly a čosi okrúhle a tvrdé, možno feferónky. Tá pizza vyzerala biedne. Tak ako teraz ona. Starká by určite bola posledná, kto by jej bol vďačný, že si robí obavy.

Keď sa pizza chvíľu zohrievala v rúre, hneď mala lepšiu farbu a na povrchu sa vytvorili oranžové mláčky oleja. Chvíľu váhala, potom si naliala pohár červeného vína z fľaše, ktorú Will včera otvoril. Nebude mu chýbať. Zrejme je teraz v nejakom malom bistre a večeria so svojou novou priateľkou.

Položila na tanier možno najhoršiu pizzu, akú bude v živote jesť, schytila turistického sprievodcu, strčila si ho pod pazuchu a potom vyšla na balkón.

Mňam, to víno bolo dobré. Aspoň sa jej zdalo. Will sa v tom vyznal a povedal, že je dobré. Naklonila hlavu a hľadela na strechy mihotajúce sa v podvečernom opare. Je v Ríme – sama. Mĺkva vila oproti akoby sa jej vysmievala. Akoby hovorila, že je odkázaná sama na seba.

Zahryzla si do pery. No dobre, je v cudzine, ale zvládne to. Bola zvyknutá byť sama. Vzala do ruky sprievodcu, vybrala spomedzi stránok zrnitú fotografiu a pozrela na rozmazanú tvár otca, ktorého nikdy nepoznala. A nepotrebuje ho poznať. So starkou jej bolo dobre, a keď sa starká pominie... sťažka preglgla. Zvládne to.

Chcela sa zbaviť toho prsteňa. Preťať posledné spojivo s Vittoriom. Byť nezávislá. Obrátila fotku, prstom prešla po vyblednutom písme na zadnej strane. V tomto prípade je naozaj odkázaná sama na seba. Aj keď fotka bola stará dvadsať rokov, mala adresu. V telefóne mala užitočnú aplikáciu a ak jej Will dovolí, aby si pod nejakou zámienkou požičala jeho laptop, mohla by zistiť, v ktorej časti Ríma je tá ulica. Pozrela na hodinky. Keď sa vráti, spýta sa ho.

Cítila sa dosť optimisticky, hoci nie celkom sebaisto, a upriamila pozornosť na knihu. Ešte jej zostáva päť dní.

Keď nakoniec začali v záhrade poletovať netopiere a pohybovali sa graciózne ako baletky, donútila sa pohnúť. Po Willovi stále ani stopy. Niežeby naňho čakala.

Bolo iba pol druhej, ale cítila, že je hlboká noc. Usúdila, že klimatizácia nie je nič pre ňu. Bola priveľmi hlučná a vzduch priveľmi mrazivý. No bez nej bolo v izbe hrozne horúco. Vypla klímu a ležala na prikrývke, v ušiach jej zneli neznáme zvuky starej budovy. Prišiel už Will domov?

Vzdychla, prevrátila sa, usilovala sa nájsť na prikrývke studené miesto a uniknúť pred oranžovým svetlom rádiobudíka na nočnom stolíku. Mala pocit, akoby sa varila, a hoci jej to veľmi nepomohlo, odlepila si z tela bavlnené tričko.

Chvíľu sa prehadzovala, a vždy keď sa obrátila, videla zlovestné oranžové svetlo budíka, ktorý jej oznamoval, že odkedy sa prevrátila naposledy, uplynulo len desať minút. Teraz boli dve hodiny a dvadsať minút.

Cez vysoké okná prenikalo strieborné svetlo mesiaca, bol takmer v splne. Napínala sluch, ale počula priveľa neznámych nočných zvukov. Žeby vrzli dvere? Započúvala sa, no nič viac nepočula.

Možno sa už vrátil. Bola by ho počula, keď trhane spala? Hoci si to nezaslúžil, nechala mu rozsvietené, akoby sa chcela uistiť, že nie je celkom sama. Smutné svedectvo. Asi tak to bolo s jej nezávislosťou.

Je ešte vonku s krásnou Gisellou? Pravdepodobne ju vzal na večeru. Stavila by sa, že si dali dobré talianske jedlo. Pri tom pomyslení jej zaškvŕkalo v bruchu. Bolo oklamané odpornou pizzou. Potľapkala si po ňom. Zajtra si dopraje fantastický obed. Vonku. Hoci sa zachová ako pravá turistka.

Nebolo to dobré. Bola hore, ale nerobila si obavy o Willa. To by bolo šialené a vysmial by sa jej, keby si myslel, že sa oňho strachuje. Dobre vedela, aký je. Gisella bola typ dievčaťa, ktoré pri Willovi presne vie, o čo mu ide, a obdivuhodne ho zvládne. Iba hlupane ako Lisa robia vo chvíľkovej slabosti také hlúpe chyby. Obavy z budúcnosti a samoty ju presvedčili, aby dala šancu priateľstvu a sexuálnej chémii.

Zrazu dospela k rozhodnutiu, zatlačila príval emócií, ktoré hrozili, že ju zahltia, prehodila nohy cez okraj postele a bosá cupkala k dverám. Keď ich otvorila, vrzli ako dvere v desivom starom dome. Smutno sa usmiala pri pomyslení, že ide po špičkách vo svetle mesiaca, na sebe má len biely top. Nikto iný tam nie je, tak prečo sa zakráda, dopekla?

Svetlo v hale stále svietilo. Will sa nevrátil. Srdce jej zamrelo v hrudi. To bolo preňho typické, ale aj tak sa zarazila. Čo od neho čakala?

Vzduch v kuchyni bol ťažký, nehýbal sa. Pot jej stekal pomedzi prsia.

Otvorila chladničku a vzala fľašu studenej minerálky, priložila si ju na hruď a vychutnávala si, ako ju chladí na pokožke. Chcela si odpiť, ale netrafila si do úst a polovica fľaše jej stiekla po tele, no chladná voda jej priniesla príjemnú úľavu.

Mesačné svetlo ju lákalo von, a tak prešla cez salón na balkón. Svetlá v okolí domu boli na noc vypnuté. Oprela sa o zábradlie, pozrela na záhradu osvetlenú strieborným svitom mesiaca, ktorý spôsobil, že tiene boli dlhšie, tmavé dutiny temnejšie a kontrasty tajomnejšie. Vychutnávala si chladný vánok, ktorý povieval v ťažkom, horúcom vzduchu.

„Čakáš na Rómea?" ozval sa známy hlas.

Lisa sa zvrtla a v tieni balkóna uvidela Willa, jeho nečakaná prítomnosť spôsobila, že takmer dostala infarkt.

„Dopekla!" piskľavý hlas ju prezradil. Jednu ruku si priložila na vlhkú hruď, kde jej srdce búšilo ako zvon, druhou si potiahla tričko dúfajúc, že si zachovala dôstojnosť. Neodvážila sa pozrieť dolu, aby sa uistila, ale hľadela mu do očí, akoby mu to zabránilo v pohľade nižšie.

„Prepáč... nechcel som ťa vyplašiť," Will graciózne vstal. Na to, aký bol vysoký, sa pohyboval veľmi ladne.

„Čo tu robíš?" zagánila naňho, držala si okraj trička a potešilo ju, že aspoň on sa tvári ospravedlňujúco. „Musíš desiť nič netušiace ženy? Myslím, že máš dosť tých, čo sú ti k službám."

Will na chvíľu zdvihol bradu, a keď mu tvár osvetlil mesiac, zdalo sa jej, že v očiach sa mu mihlo čosi iné.

„Nečakal som, že tu budeš blúdiť uprostred noci ako nejaká hrdinka z gotického románu. Nová izba ti nevyhovuje?" Mierne vykrivil pery.

„Je fajn, ďakujem za opýtanie," zagánila naňho, oprela sa o zábradlie a trochu zohla kolená. Očividne videl, že dvere na jej pôvodnej izbe sú otvorené a nie je v nej. „Nečakala som, že tu o tomto čase niekto bude. Teraz si sa vrátil?"

„Už dlhšie som tu. Povedal som si, že sa nadýcham nočného vzduchu. Nechcel som ťa vyľakať. Myslel som si, že si ma videla, a keď si ma nezazrela, bolo trochu neskoro. Nečakal som, že sa tu budeš hrať na Júliu," vrhol pohľad na jej hruď a šibalsky sa uškrnul.

„Nehrám sa na Júliu. Bolo mi horúco a nemohla som spať," povedala namosúrene.

„Sme v Taliansku. Je leto. Čo si čakala?"

„Nesťažovala som sa. Len som to poznamenala." Znova si potiahla okraj trička, vlhká látka sa napla... ach, dočerta, tá bavlna bola úplne priesvitná.

Nečudo, že Will sa usmieva ako hlupák. Očervenela a odvrátila sa, aby pozrela na záhradu, ukradomky si poťahovala tričko. Bola nahraná.

Nastalo rozpačité ticho. Prečo neodišiel? Robí to úmyselne? Keby teraz odišla, musela by si dať pozor, aby mu neukázala zadok.

Ak je džentlmen, pochopí, v akej ťažkej situácii sa ocitla, a odíde. Ale nie, Will neodišiel. Vychutnával si tú situáciu, tešil sa z jej rozpakov.

Tak teda bude predstierať, že všetko je v poriadku, a bude zatĺkať, kým Will neodíde.

„Ako bolo...?"

„Bol si...?"

Otázky, ktoré položili v tej istej chvíli, zavisli vo vzduchu.

„Ideš prvý," Lisa sa naňho obzrela ponad plece. Pohľad jej padol na stoličku. Keby si sadla a prekrížila ruky na hrudi, možno by nadobudla trochu dôstojnosti.

„Aký si mala deň? Videla si všetko, čo si chcela? Bol Giovanni dobrý turistický sprievodca?"

Stisla pery, zvažovala odpoveď. „Áno." Odhodlane nadšene dodala: „Boli sme vo fantastickej reštaurácii." Povedala názov.

Will zapískal. „Skvelé. Má michelinskú hviezdičku. Takže Giovanni na teba chcel zapôsobiť, čo?"

„Bolo tam krásne." Teraz jej určite narastie dlhý nos ako Pinocchiovi.

„Ak máš rada gastronomické zážitky. Osobne mám radšej poriadne jedlo, nie zážitok."

„Jedlo bolo skvelé," zaklamala. Bolo priveľmi snobské na jej vkus. „Ázijská zmes. Myslela som si, že to by bolo podľa tvojho gusta."

Will sa posmešne zasmial. „Keď počujem slovo zmes, je mi jasné, že je to na hovno. Prečo kaziť osvedčené tradície? Z nejakého dôvodu majú niektoré miesta svoje špeciality. Čerstvé miestne prísady, recepty, ktoré sa dedili z generácie na generáciu, a tak ďalej, a tak ďalej."

Lisa silno stisla pery, nechcela priznať, že s ním súhlasí.

„Ako bolo s krásnou Gisellou?" v hlase jej zaznel ostrý tón. Na porazenie.

„S Gisellou bolo fajn, ďakujem za opýtanie. Bola dobrá turistická sprievodkyňa. Prekonávala sa, aby mi urobila radosť," Will sa uškrnul, očividne bol so sebou veľmi spokojný.

„Giovanni ma vzal na raňajky do úžasnej pekárne. Nie je to ďaleko, mal by si ju vyskúšať."

„Áno?" Will naklonil hlavu, akoby čakal, čo povie ďalej.

Zaťala ruky po bokoch. „Skutočne dobrá pekáreň. Rodinný podnik. Miestni si ju veľmi obľúbili, rad sa ťahal až na ulicu."

„To je vždy dobré znamenie. Je blízko?"

„Áno, nie je ďaleko. *Pasticceria Regoli.*" Bola rada, že si pamätá názov.

Will sa vystrel. „Počul som o nej." Samozrejme.

„Je to päť minút odtiaľto. Mal by si tam zájsť."

„Zájdem."

Rozpaky sa vrátili.

„Mala by som si ísť zase ľahnúť."

„Veru, nechcem, aby ťa Giovanni prišiel hľadať a ťahal ťa ako jaskynný muž do postele."

„Giovanni?" Chvíľu mlčala, uvedomila si, že Will nevie, že odišiel. „Myslím, že je civilizovanejší. Vie, ako sa správať k žene." Vystrčila bradu a pozrela naňho zvysoka, potom jej padol pohľad na svoje priesvitné tričko. „Je džentlmen na rozdiel od iných mužov. Dobrú noc, Will."

S tými slovami odišla, bolo jej jedno, aký pohľad mu poskytla.

Kapitola 13

Hlupaňa, hlupaňa! Lisa udierala hlavou do vankúšov. Bolo úžasné hovoriť veľké vyhlásenia uprostred noci, ale keď teraz prenikalo cez záclony žiarivé ranné slnko, Giovanniho neprítomnosť sa jej vypomstí a uhryzne ju do zadku. Do zadku, ktorý včera v noci ukázala Willovi. A potom sa bude čudovať, prečo mu nevyhovorila, že spáva s Giovannim.

Je ťava! Korunovaná ťava! Ale bolo jej to ukradnuté. Will si môže myslieť, čo chce. Nemá rada Willa. Will nemá rád ju. A bodka.

Dúfala, že dnes ráno už odišiel s krásnou Gisellou, ale neriskovala a dala si podprsenku a nohavičky.

Nemala šťastie.

Will sedel pri kuchynskom stole, laptop otvorený, v ruke mal šáločku silnej čiernej kávy.

„Ránko."

„Dobré ráno." Nevedomky si potiahla okraj trička a ľutovala, že si do Talianska nevzala nejaký župan.

Túžobne pozrela na kávu.

„Poslúž si, je tam druhá šálka."

„Ďakujem."

Naliala si kávu a zmeravela, keď sa Will spýtal: „Tak kam dnes idete s Giovannim?"

Dofrasa! Dúfala, že Will odíde a nebude sa mu musieť priznať.

Chvíľu stála chrbtom k nemu, cítila sa ako absolútna trúba, potom nabrala odvahu, obrátila sa a videla, ako Will... pozerá na jej nohy?

Hoci teraz znova upieral pohľad na laptop, predtým určite hľadel na jej nohy.

Pozrela naňho, videla, že sa trochu vystrel, akoby si neuvedomil, čo robil.

„Nie je tu. Jeho stará mama je chorá a šiel do..." Dofrasa, kam šiel? „Na vidiek. Tuším dostala porážku alebo také čosi," vyhŕkla.

Will sa zachechtal. Áno, mal tú drzosť a zachechtal sa.

„Takže ju bežal zachrániť a nechal ťa samu v Ríme? To nebolo veľmi džentlmenské," zdôraznil posledné slovo a pozeral na jej tričko ledva siahajúce po stehná. Očervenela. Teraz si ju prezeral celkom inak, než keď na ňu zamyslene hľadel pred desiatimi sekundami.

„Jeho stará mama možno zomiera." Lisu šokoval Willov postoj.

„Jeho stará matka zomiera už aspoň posledných šesť mesiacov. Giovannimu raz za mesiac zavolajú, aby prišiel domov, lebo sa chystajú zavolať kňaza, aby jej dal posledné pomazanie."

„Vážne?" Lisa si sťažka sadla, káva v rukách jej takmer vyšplechla zo šálky.

„Talianske vydieranie materinskou láskou. Rýchlo trhnú reťazou. Rodina má s ním iné plány."

„To je veľmi cynické," pozrela naňho ponad okraj šálky, vdýchla lahodnú vôňu kávy. Will možno nie je dokonalý, ale vie variť dobrú kávu. „Čo ak je na tom teraz naozaj zle?"

Will pokrčil plecami. „Potom možno príliš často volala o pomoc. No stavím sa o posledný dolár, že Giovanni povedal mamičke o krásnej blondínke, ktorá za ním prišla do Ríma. O anglickej krásnej blondínke, ktorá možno nezapadá do ich plánov."

„Ako to myslíš?" Lisa sa naježila a prekrížila si nohy pod stolom.

„Len sa poobzeraj dookola. Toto je hotový palác. Je to vdovský dom. Komu podľa teba patrí vila oproti?"

Lise zamrelo srdce. „Ja… neviem."

„Toto je Giovanniho apartmán. Tamtá vila patrí jeho mamičke a ocinkovi."

Lisa si zahryzla do pery. „Ako vieš?"

„Gisella mi to povedala. Takýchto miest je v Ríme len zopár. Veľký pozemok v centre mesta. Veľmi to na ňu zapôsobilo a túžila sa stretnúť s princom Giovannim."

Lisa vyvalila oči. „S princom?"

„Šľachtu zrušili v štyridsiatom ôsmom, alebo ju aspoň prestali uznávať. Giovanni však podľa všetkého môže vystopovať rodokmeň svojej rodiny aspoň po nejakého grófa a grófku. Nie je z kráľovského rodu, ale má k nemu blízko. Predpokladám, že mamička a ocinko nenechajú budúcu generáciu na náhodu."

Lisa sa vystrela na stoličke a naduto naňho pozrela. „Ja som neplánovala postarať sa o budúcu generáciu." A ak boli jeho rodičia takí, netúžila ich spoznať. Stačilo jej, ako sa k nej v autobuse správali Willovi noví spolužiaci, len čo zistili, že jej starká je upratovačkou jeho rodičov. Preto sa od nej predtým odtiahol? „S Giovannim sme iba dobrí priatelia." Zvraštila tvár, bolo to hrozné klišé.

„Len tomu ďalej ver."

Nalial si druhú šálku kávy a potom sa začal prehŕňať v hrubom fascikli pred sebou, viac si ju nevšímal, len si ticho pohmkával a občas čosi vyťukal na otvorenom laptope.

Ukradomky naňho pozrela ponad stôl a potom to oľutovala. Vlhké blond vlasy teraz nemal zviazané do chvosta, padali mu do tváre a spoznala lesnú vôňu jeho sprchovacieho gélu. Vyvolalo to takú jasnú a prenikavú spomienku, až ju takmer zrazila na zem.

Raňajkovali spolu a smiala sa, keď naložil na taniere slaninkové sendviče, naháňal ju okolo stola a chcel, aby ochutnala jeho sendvič potretý špeciálnou horčicou, lebo sa priznala, že ju nikdy neochutnala, pretože sa jej nepáčila tá farba. Opatrne si odhryzla a zhrozene zhíkla, keď ju pálila na jazyku, a on sa spokojne uškrnul, keď pripustila, že je to naozaj dobré, vytrhla mu žemľu z ruky a dojedla ju.

V to ráno v jeho vzorne upratanej kuchyni v prestavanej stodole za barom medzi nimi nevládli rozpaky. Keď sa prebudili, celí unavení, priniesol jej šálku kávy a ona pritom ukradomky obdivovala jeho širokú hruď a svalnaté nohy.

Teraz zatvorila oči a pokúšala sa zatlačiť tie spomienky, ale srdce jej bolestne búšilo v hrudi. Každá hlupaňa by si uvedomila, že bolo ľahšie tešiť sa z jeho sľubu, že jej neskôr zavolá, než pripustiť, že to bola len krátka medzihra. Hormóny a zlyhanie obrany.

Nezavolal jej, a keď sa s ním najbližšie stretla, správal sa k nej chladne a s odstupom, takže si znova a znova premietala v hlave tú noc, skúmala každú nuansu, aby pochopila, kde urobila chybu.

Preglgla hrču v hrdle a pozrela na Willa, dobre vedela, že pod oblečením sa skrýva nádherné telo. Chvalabohu, aj keď bola v pokušení, nesexovali spolu, hoci pri jeho bozkoch jej skrúcalo žalúdok. Pri nežnom pohládzaní tváre jej hľadel do očí a naznačoval, že na to pôjdu pomaly, a tak to, že ju držal celú noc v náručí, sa jej zdalo oveľa intímnejšie.

„Zem volá Lisu."

Prudko zdvihla hlavu, líca jej očerveneli. Pristihol ju, ako mu civela na hruď?

Vystrela sa, hrdá na to, že od tej noci sa jej darilo správať, akoby sa nič nestalo, a tešilo ju, že sa nikdy nespýtala, prečo jej nezavolal.

Keď sa na scéne vzápätí zjavila Cordelia, jasne jej to pripomenulo, že očarúvanie dievčat je Willova špecialita, a iskrenie medzi nimi ju viedlo ku klamnej domnienke, že tentoraz to môže byť iné.

„Čo máš dnes v pláne, keď ťa nebude držať za ruku mladý Giovanni?"

Previnilo sa strhla, takmer skryla turistického sprievodcu s fotkou za chrbát.

„Pomyslela som si, že dnes pôjdem do Kolosea." A potom bude študovať mapu.

„Chceš sa pozrieť na zápasisko gladiátorov?"

Pokrčila plecami. „Prečo nie? Mám to na samom vrchu zoznamu."

„Prekvapuje ma, že si tam nešla včera namiesto obsmŕdania v nóbl reštaurácii."

„Času dosť."

„Kedy sa má vrátiť Giovanni?"

„Neviem. Povedal, že mi pošle esemesku." Jej mobil však tvrdošijne mlčal.

„Musíš si dávať pozor. Rím je neslávne známy vreckármi a zlodejmi, ktorí striehnu na neopatrných turistov."

„Takmer by som si myslela, že ti na mne záleží," vyprskla, podráždilo ju jeho svetaskúsené správanie, a ešte väčšmi ju podráždilo, že tie slová mu povedala aj predtým. Čo ak si myslí, že je to freudovské prerieknutie? Že chce, aby mu na nej záležalo. Nechcela to. Veľmi dobre vedela, že mu nezáleží na nikom inom, iba na sebe.

„Len nechcem, aby som ťa musel zachraňovať... ach, doriti." Pozrel na mobil.

„Stalo sa niečo?" Tešilo ju, že nech dostal akúkoľvek správu, zmazala mu z tváre ten nadradený výraz, a potom ju zamrzelo, že je taká malicherná. Vyvolával v nej tie najhoršie pocity a nepáčilo sa jej to. Prízemné zbieranie bodov. Bolo to protivné a nepodobalo sa to na ňu. Tak na ňu pôsobil.

„Dodávateľ, ktorého som mal dnes navštíviť, zrušil stretnutie."

„Nemôže ťa namiesto neho zabaviť krásna Gisella?" Len čo vyslovila tie slová, najradšej by ich vzala späť.

Vystrel sa a odhrnul si vlasy z tváre, pri tom pohybe sa výrazne ukázala jeho mohutná hruď a široké plecia. Rýchlo odvrátila pohľad, vzala šálku a dala si výdatný dúšok kávy.

„Žiaľ, dnes pracuje. Plánoval som ísť na ochutnávku balzamikových octov. No čo už, bude to zajtra," uškrnul sa. „Možno sa zatiaľ budem venovať kultúre. Nikdy som nebol v Koloseu." Vyzývavo na ňu pozrel a vyschlo jej v ústach. „Mohli by sme na dnes vyhlásiť prímerie."

„Čože?"

V hlave sa jej ozval bláznivý hlások a kričal áno, áno. Krv jej tak silno pulzovala v žilách, až hrozilo, že prasknú.

Nadýchla sa, usilovala sa zachovať si aspoň trochu rozumu a zrazu zatúžila, aby sa znova správala milo. Aby bola sama sebou, a nie tou hroznou štekajúcou fúriou, ktorou bola pri ňom. Cítila by sa oveľa lepšie, keby mala spoločnosť. Ktovie, kedy sa vráti Giovanni. Stráviť v cudzom meste niekoľko dní sama by bolo náročné. Will by bol lepší než nikto.

„No, zrejme by sme mohli."

„Nehovoríš to práve nadšene." Keby nepoznala Willa, takmer by povedala, že sa tváril trochu (naozaj len nepatrne) sklamane.

Stačilo. Rázne odložila kávovú šálku. Sú dvaja dospelí v cudzom meste, výnimočne sa k sebe môžu správať civilizovane. Pred tou nocou si ho vždy doberala a správala sa k nemu úmyselne pobavene. Hoci oficiálne bol jej šéf, poznali sa tak dlho, že ho nemohla brať priveľmi vážne, a nikdy si nedala ujsť príležitosť robiť si z neho psinu. A tak šikovne maskovala nevhodné iskrenie príťažlivosti, ktoré v nej vyvolával, odkedy sa vrátil do ich dediny a začal viesť bar. Nepáčilo sa jej, že teraz podozrievavo tancovali okolo seba ako dvaja boxeri, ktorí čakajú, kým zasadia ďalší úder.

„Dobre," odvetila rozhodne. Je dospelá. Doparoma, ak vydrží so starkou, pár hodín s Willom bude hračka.

„Je to len prímerie, nie ošetrovanie koreňového kanálika." Willov roztrpčený výraz v nej vyvolal výčitky svedomia. „Môžem ti sľúbiť, že sa budem správať čo najlepšie."

Aby to fungovalo, museli na to byť dvaja a podával jej olivovú ratolesť.

„Čo najlepšie?" zrazu sa usmiala. Naozaj na to boli dvaja. „Myslela som si, že máš iba jeden spôsob správania."

„Ak chcem, viem byť veľmi šarmantný," v očiach sa mu mihlo šibalstvo. „A väčšina žien si myslí, že taký naozaj som."

„V tom je ten problém," uškrnula sa naňho, „všetky sú naivné hlupane."

Zatlačila do úzadia spomienku, ako ju zľahka bozkával na tvár, a triezvo poznamenala: „Máš šťastie, ja nie som ako väčšina žien."

Tak trochu ostražito sa usmial, akoby už oľutoval, že sa k nej chcel pripojiť. „Veru nie si."

Hlasno si vzdychla a povedala: „Ale keďže si jediný muž, ktorého tu poznám, zrejme mi musíš stačiť." Podala mu ruku. „Mier."

Na tvári sa mu mihlo prekvapenie a potom sa krivo usmial, čo v nej vždy vyvolalo zrýchlenie pulzu. „Platí." Chytil ju za ruku a rázne ju potriasol ako správny chlap. Nevšímala si, ako sa pri tom dotyku rozochvela. Jej hlúpe telo by malo reagovať rozumne. Nepáčilo sa jej, že dala o sebe vedieť jej hlúpa svalová pamäť. Zvládnu to.

„Kedy chceš odísť?" spýtal sa Will.

„Dáš mi pätnásť minút?"

„Tak si musím švihnúť," rýchlo si prehrabol neposlušné vlhké vlasy a pozrel na svoje ošúchané bermudy a vyblednuté tričko.

„Stačí ti to?" spýtala sa Lisa. „Môžem ti dať aj viac času, ak treba."

Vstal, vzal jej i svoju prázdnu kávovú šálku a prešiel k drezu, aby ich opláchol.

„To mi stačí," žmurkol a potom na ňu zámerne zvodne pozrel. „Nepotrebujem veľa času, aby som vyzeral dokonale." Či už to urobil zámerne alebo nie, tie slová naplno roztočili jej neposlušné hormóny.

Len čo vyšla z dverí, pošúchal si čelo. Dofrasa, zahráva sa s ohňom. Čo to doňho vošlo? Bola ako vyrážka, ktorá nechce zmiznúť, nech ju akokoľvek vyháňa z hlavy. No ani tak sa neubránil úsmevu.

Stačí, ak bude zachovávať odstup a nebude si spomínať na dotyk jej nádherných hodvábnych vlasov. Na to, ako silno naňho pôsobil jej úsmev, keď ju niečo potešilo. Z neznámeho dôvodu ho to vždy zasiahlo do žalúdka. Od nikoho nič nečakala a bola by dokonalá frajerka, keby mu jej stará matka, hotový pitbul v malom vydaní, dôrazne nepovedala, že takých ako on nepotrebuje v živote.

A keďže Lisa bola Lisa, za tých pätnásť minút sa jej podarilo dosiahnuť, že vyzerala ešte lepšie. Keď zastala pri vchodových dverách, krásne orieškové oči jej šťastne žiarili, na hlave mala veľký ružový klobúk proti slnku. Robil, čo vedel, ale aj pre mnícha by bolo ťažké nepozerať na jej kratučké džínsové šortky, v ktorých sa jej vynímali nekonečne dlhé štíhle nohy, a absurdné tričko s holým chrbtom, ktoré jej odhaľovalo hladkú pokožku a oblé zvodné prsia.

Ešte ani nevyšli z bytu a už túžil dať si ľadovú sprchu.

Bol si takmer istý, že na tvári nemá ani trochu mejkapu, bledú pokožku mala mierne zružovenú od včerajšieho slnka, ktoré jej poprášilo nos a lícne kosti pehami. Žalúdok mu skrúcalo.

„Máš opaľovací krém a vodu?" vzal jej z rúk krémovú tašku, vložil do nej svoju fľašu a prevesil si tašku cez plece. Talianske slnko vedelo v júli poriadne páliť, aj keď bolo len ráno.

„Áno," neisto pozrela na tašku na jeho pleci, akoby ju nechcela pustiť z rúk.

„No dobre, tak poďme."

„Fajn," šibalsky sa usmiala. „Až po tebe." Keď videl ten žiarivý úsmev, mal pocit, že po búrke zažiarilo slnko. Srdce akoby mu vypadlo z rytmu. Zrejme to bol len šok. Už dávno sa pri ňom nesprávala tak uvoľnene.

Keď kráčali k hlavnej bráne, listnaté stromy vytvárali príjemný chládok a neprepúšťali horúce lúče slnka, čo si uvedomil, len čo vyšli na hlavnú ulicu, a keď odstúpil, aby dal Lise prednosť, radšej sa nezamýšľal nad tým, prečo má v tých šortkách taký pekný zadok.

Rím šumel, ulice boli plné ľudí a rušnej premávky, v ovzduší sa vznášali výfukové plyny, a keď prechádzali okolo reštaurácií plných ľudí, ktorí popíjali rannú kávu, cítili vôňu jedla. Will zastal pred jedným mimoriadne rušným podnikom a usiloval sa uložiť si do pamäti detaily. Robil všetko pre to, aby odpútal pohľad od štíhlej postavy vedľa seba. Prečo je v tomto podniku obsadený každý stôl a v susednom je takmer prázdno?

Lisa vedľa neho zastala a zacítil jej ľahkú kvetinovú voňavku, ktorú si pamätal z baru, keď si ho doberala a flirtovala a on sa vyhrážal, že jej to odplatí. Obaja vedeli, že mali blízko k bozku.

Will odvrátil hlavu, zo všetkých síl sa sústredil na reštauráciu a usiloval sa nepredstavovať si, že si ukradne bozk z jej nežných pootvorených perí. Prilákalo ľudí tmavozelené lístie ťahajúce sa okolo kamennej klenby vchodu, kvalita kávy, ktorú ľudia pili z maličkých bielych šáločiek, alebo to, že kaviareň bola v tieni starobylého kostola? Toto chcel vytvoriť aj on. Dať ľuďom pocit, že sú na dovolenke v Taliansku a majú čas vychutnať si silnú chuť slnka a tradícií.

„Hm, niečo tu krásne rozváňa," Lisa sa zhlboka nadýchla, holým plecom sa mu obtrela o rameno a pri predstave svojej reštaurácie si predstavil ju, ako sedí pri stolíku s cestovinami na bielom tanieri a svetlo sa odráža od pohára, ktorý dvíha k ružovým perám, a šťastne sa smeje. Krásna predstava!

Will na ňu napäto pozrel, hlavu mala zdvihnutú, hrdlo odhalené a na tvári pokojný úsmev.

Taliani mali dobrý dôvod, prečo si vychutnávali svoje jedlo, výrazné chute rajčín, cesnaku a oregana. Pozrel na drevené mlynčeky na korenie, olivový olej a fľaše červeného vína na stoloch, na ktorých sa vynímali tmavočervené obrusy a precízne zložené snehobiele obrúsky.

„Si hladný?" Lisa sledovala jeho pohľad.

Hladný. To nevystihovalo jeho pocity. Dofrasa, prečo si myslel, že je to dobrý nápad?

„Chcel si sa tu zastaviť?" Videl, ako si hryzie peru a pozerá na ulicu.

Takmer sa nahlas zasmial pri pohľade na ten kontrast reči tela a výrazu tváre. Zdvorilo sa usmiala, akoby mu chcela urobiť radosť, ale keď sa zľahka knísala na špičkách, prezrádzalo to, že ledva potláča frustráciu z toho, že chce ísť ďalej.

„Neodvážil by som sa. Mohla by si ma hodiť levom. Máš výraz ženy s poslaním pozrieť si pamiatky."

„Aký je to výraz?" prehodila si vlasy cez plecia, strieškou klobúka sa mu obtrela o plece.

„Ten výraz hovorí, že keby som sa chcel zastaviť na kávu a koláč, vylepila by si si mi."

„Tomu ver. Tak čo, budeš ďalej strácať čas?"

„Koloseum tam stojí niekoľko tisíc rokov. Nemyslím, že ďalších päť minút na ňom niečo zmení," musel si ju doberať, neodolal tomu. Kývol hlavou k reštaurácii. „Dáme si kávu?" Tvárou sa jej mihla široká škála emócií, keď sa usilovala pochopiť, či to myslí vážne.

„Škoda, že už tam nie sú levy."

Priložil si ruku na srdce. „Teraz si ma zranila."

Usmiala sa a na lícach jej zrazu naskočili jamky. „Určite menej, ako by ťa zranil lev." Zdalo sa, akoby sa jej to pomyslenie páčilo.

„Tak poď, ty krvilačná šelma. Moja túžba po kofeíne musí vydržať."

„Veru musí. Stačilo mi toho hlúpeho zdržovania vče..." nedopovedala a ukryla sa pod striešku klobúka, takže nevidel jej výraz.

V duchu sa usmial. Takže deň s Giovannim nebol taký úspešný, ako sa tvárila. No pokiaľ išlo oňho, Lisa nebola práve zdvorilá. Vždy sa prekonávala, aby boli ľudia šťastní, a usilovala sa vychádzať im v ústrety, ale občas mal dojem, že niekedy zabúda na seba.

Znova pozrel na mapu a potom na názov ulice. „Už sme skoro tam."

Kráčali ďalej, na konci ulice odbočili doprava a zrazu sa pred nimi vynímala tá monumentálna stavba, kamenné poschodia stúpali do výšky a cez oblúky prenikalo slnko.

Lisa zhíkla, potom očervenela a pod strieškou klobúka bolo vidieť, ako jej zružoveli uši. Tie dve farby pekne ladili.

„Prepáč, ja len..." zdvihla ruky, akoby sa vzdávala.

Musel súhlasiť, bolo to jednoducho...

Obaja zmĺkli a ten úžas ich izoloval od ruchu okolitého sveta, stáli uprostred chodníka, hľadeli na tú stavbu, zlatistý kameň sa vynímal na pozadí bezoblačnej modrej oblohy. Svet akoby zastal a obaja boli stratení v tej chvíli.

„Páni!" vzdychla Lisa. „Je to ešte úžasnejšie, než som čakala." Potiahla tašku, čo mal prevesenú cez plece. „Potrebujem mobil."

Urobila niekoľko fotiek tej impozantnej stavby a prešli bližšie.

„Veríš tomu, že to prežilo? A rovno pri tejto rušnej ceste. Neviem si predstaviť, že by existovalo iné podobné mesto."

Chvíľu stáli v rade v tieni budovy, počúvali cvakanie turniketov a čakali, kým prídu na rad, a potom konečne vstúpili do ústredného oválu a žmurkali do slnka. Vedel si predstaviť, aké to bolo pre ľudí vstupujúcich do ringu, keď vychádzali z tmavých tunelov do horúceho slnka. Ak to bol gladiátor, možno mal trému z vystúpenia pred publikom, ak to bol chudák kresťan, ktorý mal čeliť zlostnému levovi, mohlo mu zlyhať srdce.

„Ach bože!" Lisa sa zatočila do kruhu a hľadela na vysoké múry a poschodia. „Vieš si predstaviť, ako sa cítili, keď vyšli von a ľudia jasali a pokrikovali?" zachvela sa. „Chudáci. Som rada, že som sa nenarodila v tých časoch. Určite by som nesedela medzi vyberanou spoločnosťou. Skôr tu dolu. V hypogeu." Ukázala dolu a rýchlo zdvihla pohľad.

Dlažba tam už dávno nebola, ale steny pokryté lišajníkom prezrádzali, že dolu bola spleť tunelov a malých kobiek.

„Hypo čo?" pobavilo ho, ako sa jej ustavične mení výraz tváre, keď vážne žmúrila do svojho turistického sprievodcu a potom vyjavene otvorila oči a so záujmom sa obzerala dookola.

„To je grécke slovo pre katakomby, *hypo* znamená pod a *gaia* zem," namyslene naňho pozrela. „Stavím sa, že tam dolu muselo byť pochmúrne. Hoci ty by si, bezpochyby," zvraštila nos, „sedel hore medzi snobmi. Pravdepodobne tam," zatienila si oči pred silným slnkom a obrátila sa na druhú stranu, „na špeciálnej tribúne spolu s vládcami a vestálkami."

„Ja sa vidím skôr ako gladiátor," žmurkol na ňu. „Vidím sa, ako vychádzam pred jasajúci dav," odmlčal sa. „Pripravený tasiť svoju najväčšiu zbraň."

Zvraštila tvár a pozrela na jeho krátke nohavice. „Hm, celkom dobre si ťa viem predstaviť v tej krátkej sukničke.“ Potom nezbedne zdvihla obočie. „A vieš, čo sa hovorí o mužoch s veľkými zbraňami.“

Zasmial sa. Lisa mu nikdy neverila.

„Megus Brkus?“

Lisa sa zasmiala a štuchla ho plecom.

„Vtákus Maximus?“

„Nie!“ Potom našpúlila ústa a, hoci s náznakom úsmevu, dodala: „Somár!“

V duchu si predstavil, aké to bolo, keď začala pracovať v bare.

„Cítim sa tu hrozne malá,“ vzdychla, pomaly sa otáčala a dívala sa okolo seba.

Jej úctivý výraz ho donútil znova sa pozrieť navôkol. V ovále bola stavba oveľa zložitejšia, než naznačovala klasická fasáda. Boli tam rozličné úrovne, na niektorých múroch bola hrubá omietka, iné boli tehlové. Stavba bola obrovská, mala podobnú kapacitu ako moderný štadión. Zdalo sa mu, že to je čosi ako staroveký ekvivalent Wembley.

Pred dnešným dňom nemal v úmysle sem prísť. V skutočnosti ani sám nevedel, prečo sa ponúkol, že ju bude sprevádzať. A teraz si nevedel predstaviť, že by neprišiel. Bolo to úžasné! Uvedomil si, že prvý raz po dlhom čase si urobil voľno a venoval sa čomusi inému než práci. Aj keď popíjal drink alebo jedol ako minule v bare, ustavične pozeral, ako to robia, všímal si osvetlenie, obsluhu, jedálne lístky. Nikdy nevypol.

Keby bol sám, nedal by si tú námahu. Možno by prešiel okolo, poobdivoval by stavbu zvonku a pobral by sa ďalej. A ušla by mu tá atmosféra minulosti a nedefinovateľná ozvena dávnovekých davov.

„Je to ako stroj času. Zvnútra väčšie ako zvonku," nevyspytateľne sa naňho usmiala. „No dobre, viem, že to tak nie je, ale mám taký pocit. Ty nie?"

Presne vedel, ako to myslela. Zvažujúce sa poschodia, kde kedysi sedeli diváci, vytvárali dojem, že stavba je oveľa väčšia, ľudia na protiľahlej strane sa zdali ako bodky.

„Tak poď, trochu to tu preskúmame," bez rozmýšľania ju chcel chytiť za ruku a zaviesť k najbližším schodom, ale našťastie sa obrátila a vyhla sa nechcenému faux pas.

Čo si myslel? Alebo nemyslel? Cítil podvedomú túžbu a bolo ju treba potlačiť. Dohodli sa na prímerí, nie, že sa celkom vzdajú.

Vyšli na ďalšie poschodie, blúdili po kamenných chodníkoch vyhladených tisíckami nôh ľudí, ktorí tam boli pred nimi. Všimol si, že Lisa sa drží čo najďalej od okraja a pozerá sa na druhú stranu amfiteátra, nie dolu.

„Si v pohode?" spýtal sa. „V tejto výške?"

„Nie je to až také zlé, pokiaľ sa nedívam dolu."

Hoci tam bolo dosť návštevníkov, bol tam pokoj a ticho, no vládla tam úžasná atmosféra. Takmer dvetisíc rokov tam prichádzali a odchádzali ľudia. Rozmýšľal, aké to bolo, keď sa tam ozýval hluk tisícok divákov.

Prechádzali po horných poschodiach, do tunelov a z tunelov, ktoré poskytovali úľavu od páľavy nemilosrdného slnka, zosilnenej kameňmi rozžeravenými slnečnými lúčmi.

Po chvíli Lisa zastala v bezpečnom odstupe od parapetu a znova zaborila nos do svojej červenej knižky.

„Vedel si, že pri hrách v osemdesiatom roku nášho letopočtu zabili deväťtisíc zvierat?" Rýchlo pozrela dolu, akoby sa pokúšala predstaviť si to, a Will sa usmial. Vystrašená a nadšená, rozkošná kombinácia. „Bolo tu osemdesiat vchodov, z toho sedemdesiatšesť pre divákov. Zmestilo sa sem päťdesiattisíc ľudí. A..." vystrela sa, akoby si šetrila to najlepšie nakoniec. Keď videl jej vážny výraz, musel potlačiť úsmev. „Vedel si, že ľudia mali lístky na svoje miesta?" povedala zvýšeným hlasom, akoby nedokázala potlačiť vzrušenie.

„Číslované úlomky keramiky! Nie je to úžasné?" Tvár sa jej zrazu šibalsky rozžiarila, na líci sa zjavila jamka. „A dostali sa na svoje miesta chodbami zvanými *vomitaria,* čo v latinčine znamená rýchle vypúšťanie. Z toho pochádza slovo *vomit,* čiže vracať! Stavím sa, že si to nevedel, čo?"

„Nie, nevedel som to, slečna sprievodkyňa."

Rozosmiala sa a plesla ho po ramene knihou.

„A je tu aj viac," otvorila knihu a strčila do nej nos ako odhodlaná knihovníčka, „dúfam, že ťa nenudím."

Predstieral, že potláča zívanie, a ona znova zdvihla knihu.

„Vôbec nie," pokúsil sa vytrhnúť jej ju z ruky, ale odtancovala mu z dosahu a držala ju vo výške.

„Vedel si, že sem vohnali všetky možné divé zvieratá ako nosorožce, tigre, gepardy a slony?"

„Nie, nevedel som to." Tentoraz sa mu podarilo vytrhnúť jej knihu a držal ju vysoko nad hlavou z jej dosahu.

S pyšným úsmevom sa odtiahla a prekrížila si ruky na hrudi.

„A vozy ťahali zebry a pštrosy."

„Ty poznáš tú nemožnú knihu naspamäť?"

„Iba zaujímavé fakty. Je tu toho dosť o námorných bitkách a kadejakých cisároch a neviem o kom ešte... V dejepise nie som dobrá." Najradšej by jej zmazal z tváre ten výraz, nepáčilo sa mu, že sa znevažuje.

„Nepotrebuješ vedieť, či cisár Laudius v deväťdesiatom piatom pristavil východné krídlo alebo či pápež Benedikt deväťdesiaty piaty dal postaviť nové pódium, aby si pochopila, že na tomto mieste sa odvíjali ľudské dejiny."

Keď chcel knihu strčiť do tašky, čosi z nej vyletelo. Panicky skríkla a chcela to zachytiť vo vzduchu, ale pri tom pohybe ten papier – uvedomil si, že to bola fotka – odletel ponad parapet.

„Nie!" vrhla sa k múriku a predklonila sa, ramená beznádejne vystrela. „Nie, nie, nie!" márne pohybovala vo vzduchu prstami.

Naklonil sa ponad múrik a spolu sa dívali, ako sa fotka krúti a bolestne presne padá dolu.

„Doriti, doriti, doriti," zamrmlala Lisa, rýchlo odstúpila od múrika a strhla si z hlavy klobúk.

„Možno pristane na…" Už keď hovoril tie slová, fotka odletela doľava a zmizla im z dohľadu, smerovala do hypogea.

„Prosím ťa, povedz mi, že pristála na tribúne," v jej zdesenom výraze sa zračilo zúfalstvo.

„Preletela cez…"

Lisa zastonala. „Ach nie!"

„Páni, to ma mrzí. Bolo to…"

Zvesila plecia a zvalila sa na múrik.

Samozrejme, bolo.

Hľadela si na nohy, peru si hrýzla zubami, sťažka pregĺgala a potláčala slzy. Slzy? Lisa nikdy neplakala. Čosi sa mu pohlo v hrudi a dotkol sa jej pleca. Strhla sa, akoby zabudla, že je pri nej.

„Dofrasa, ja…"

„Prestaň," jej tichý hlas bez emócií zniesol ťažšie, než keby naňho kričala, že je korunovaný somár. Vyzerala absolútne zničená.

„Možno ju nájdeme. Môžeme sa spýtať…"

Doriti, doriti, doriti! V ušiach jej zunelo a myslela len na to, že by najradšej vrátila čas. Prečo nedala tú fotku na bezpečné miesto? Prečo si nezapísala tú adresu? Hlupaňa!

Will jej čosi hovoril, ale nevedela sa sústrediť na jeho slová. V očiach ju pálili slzy a usilovala sa nežmurkať, ale nepomohlo to, cítila, ako sa jej lejú po lícach, a keď sa ostro nadýchla, aby potlačila vzlyk, prevalil sa ako vlna cez vlnolam.

„No tak, no tak," Will ju objal okolo pliec. „Nájdeme ju. Robia tam prehliadky. Určite môžeme niekoho požiadať, aby ju pohľadal." Privinul si ju bližšie, objal ju a tuho zovrel.

Tvár si pritisla na jeho plece, dala slzám voľný priechod a ticho plakala, nevedela, prečo ňou lomcovali také emócie.

„Na tom n-nezáleží," štikútala. Pokúšala sa nahovoriť si, že jej mama nebude vedieť, že nevrátila ten prsteň, ale nepomáhalo to.

„Myslím, že záleží," Will si ju privinul na hruď, a kým plakala, pohládzal ju po vlasoch a držal ju, akoby sa usiloval vstrebať jej bolesť. Nič nehovoril, len ju nechal plakať, a bola mu za to vďačná, lebo jej robilo ťažkosti nepoddať sa jeho zovretiu, túžila ho objímať a pritláčať sa k nemu.

Napokon sa od neho rozpačito odtiahla, náhle ju vyľakalo, keď si uvedomila, že by rada zostala v jeho objatí naveky. Keď bol milý, zdal sa jej spoľahlivý. Nespôsobne zasmrkala, zažmurkala a chrbtom ruky si utrela slzy z líc. Will zalovil v taške a vybral z nej balíček vreckoviek. Vzala si ho a pokúšala sa ho otvoriť.

„Ukáž!" vybral vreckovku, nežne jej osušil slzy, prstami sa jej dotýkal tváre, a keď jej utieral oči, tváril sa veľmi sústredene.

Srdce jej robilo premety v hrudi, pri jeho nežných dotykoch cítila priam iskrenie. Chvejivo sa nadýchla, pozrela naňho a zrazu sa jej zakrútila hlava a vyrazilo jej dych. Žalúdok jej skrúcalo.

Spamätaj sa, hovorila si. Toto je Will, medzinárodný sukničkár, plejboj a lichotník. Ten to so ženami vie.

A vedel to aj s talianskymi úradníkmi. Keď sa vrátili k pokladnici, vzal to do svojich rúk a podarilo sa mu jasne vysvetliť, čo sa stalo, aby poslali po anglicky hovoriaceho sprievodcu, ktorý vodil skupiny turistov po podzemí.

Keď pohotovému mladému Talianovi s hustou lesklou bradou objasnili, čo sa stalo, zachmúril sa.

„Nemôžete ísť na prehliadku," súcitne sa usmial na Lisu. „Veľmi ma to mrzí, *signorina*. V Ríme vrcholí turistická sezóna. Toto miesto má mimoriadnu archeologickú hodnotu. Musíme prísne obmedzovať počet návštevníkov, aby sme chránili túto pamiatku. Musíte sa prihlásiť na prehliadku, ale najbližšie dva týždne sú lístky na prehliadky vypredané."

Lisa rezignovane pozrela na Willa, nič iné nečakala.

„Nemôžete tam vtlačiť jedného človeka navyše, aby sa poobzeral po tej fotografii?"

Mladý muž sa zatváril zhrozene. „Toto je starobylá pamiatka. To nie je prípustné. Niektoré miesta sú prístupné iba archeológom. Nejde to."

„No dobre, ale niečo sa určite dá robiť."

„Obávam sa, že nie," pokrútil hlavu ako správny byrokrat.

Will sa nemienil vzdať.

„Mohli by ste sa poobzerať po tej fotke, keď budete na prehliadke, nie?" nástojil Will. „Mohli by sme vám ukázať, kde spadla."

„Poobzerám sa a požiadam o to aj iných sprievodcov," mladý muž vážne pozrel z Lisy na Willa, „ale nie som si istý, či tú fotku nájdeme, aj keď mi ukážete miesto, kde by mohla byť. Zhora objekt vyzerá menší, než je v skutočnosti. Pod povrchom je veľmi veľký."

„Boli by sme vám vďační, keby ste vy a vaši kolegovia urobili, čo sa dá. Tá fotka je pre *signorinu* veľmi dôležitá," Will vytiahol peňaženku. „Odmeníme vás."

„Will," povedala Lisa tlmene, rukou zovrela jeho peňaženku, „to naozaj nie je... nie je..."

„Môžem kolegov požiadať, aby hľadali tú fotku, ale nič vám nesľubujem."

„Si v pohode?"

„Áno, je mi fajn." Vyšli von na slnko. „Ďakujem, že si urobil, čo sa dalo. Ak ju nedostanem nazad, svet sa nezrúti." No zrazu mala pocit, že sa zrútil.

„No tá fotka je pre teba dôležitá," stisol jej rameno.

Kedy sa z Willa stal rytier v žiarivej zbroji? Bolo to od neho milé, veľmi milé, ale nechcela na tom trvať. Teraz nie. A prečo je zrazu taký citlivý a nepýta sa jej, čo bolo na tej fotke?

„Prežijem to," odvetila stručne.

Rýchlo na ňu pozrel, ale iba prikývol. Podráždilo ju, že okamžite rezignoval. „Skočíme na kávu? Smrteľne túžim po *cappuccine*."

Will vrhol pohľad na hodinky, potom si priložil prst na pery. „Pst. O tomto čase nie. Zlynčovali by ťa."

„Čo je zlé na *cappuccine*? Nie je typicky talianske?"

„Čo je zlé?" naoko sa zatváril zhrozene a založil si ruky v bok – už znova sa krivo usmieval. „To je kacírstvo. Teraz nemôžeš piť *cappuccino*."

„Nemôžem? Prečo?"

149

„Veru nie. Po obede si nemôžeš dávať do kávy mlieko. Včera ťa Giovanni nič nenaučil?"

„Ach, naháňal ma, lebo si ho chcel dať. Teraz už chápem. Ešte niečo potrebujem vedieť, pán expert na kávu?"

„Nepýtaj si espresso, a už vôbec nie dvojité espresso. Tunajšia káva je espresso. A nikdy si do nej nič nedávaj. Tu rozhodne nežiadaj orieškové *frappuccino*. Taliani sú zhrození, že sem plánuje vpadnúť Starbucks."

„Pokúsim sa mať to na pamäti," Lisa vykrivila pery. „A čo čaj? Ten môžem piť?"

„Ak si so mnou, tak nie. Veď vieš, keď si v Ríme a tak ďalej…"

„No, rozhodne sme v Ríme."

Musela u Willa obdivovať – a zrazu toho bolo veľa čo obdivovať –, že vie všeličo zabezpečiť. Pri ňom nemusela blúdiť a dúfať, že nájde vhodnú kaviareň. Nie, on mal v mobile aplikáciu, zadal cieľ cesty a teraz mali namierené nie do hocijakej kaviarne, ale do jednej z najlepších v tom obvode.

Sadli si k stolíku z mramoru. „Čo si môžem objednať?" Lisa žartovne zdvihla obočie a dúfala, že nebude musieť vyskúšať malé čierne espresso – zdalo sa jej priveľmi silné a horké.

Pozrela na dvoch baristov, ktorí obsluhovali chrómový kávovar zručne ako organisti, čo hrajú v kostole na organe, prudko ovládali páky, plnili zariadenie kávou a vzápätí v pravidelnom rytme vyklápali starú usadeninu.

„Tunajšia káva je vychýrená. Akú kávu máš rada?"

„Ozajstnú kávovú kávu. Podľa možnosti s výdatnou dávkou našľahaného mlieka."

„Áno, ale máš radšej juhoamerickú zmes s aromatickou príchuťou, alebo africkú?"

„Prečo to musíš komplikovať?" Lisa sa už netvárila pobavene. „Akúkoľvek dobrú kávu." Zdvihla prst. „Nič mi nehovor… viem, že nebudeš súhlasiť." Nahnevane vzdychla a možno preto, lebo Will k nej bol milý, ustúpila. „Dobre vieš, že nemám ani potuchy o káve, jedle alebo víne a som totálne hlúpa." Odmlčala sa, pozrela na druhú stranu miestnosti a vyhýbala sa jeho starostlivému pohľadu. „Starká si nikdy nepotrpela na také snobské cudzokrajné taľafatky, ako by povedala."

Nič nepovedal, kým sa k nemu neisto neobrátila. „Lisa, nikdy som si nemyslel, že si hlúpa." Nežne sa usmial a obrátil k nej jedálny lístok. „Potrebuješ vedieť iba to, čo máš rada."

Lisa si pozrela na ruky. To, že k nej bol Will milý, ju znervózňovalo. Väčšinou k nej nebol milý.

„Viem, že niekedy sa dám trochu uniesť, keď sa chcem o niečo podeliť, ale väčšina ľudí mi povie, aby som sklapol," ľútostivo sa usmial a hneď mu zjemnela tvár. „Tak akú kávu máš rada – silnú alebo slabú?"

Váhala a rýchlo pozrela na vytrvalý prúd ľudí okolo nich – boli medzi nimi osamelí talianski biznismeni, dvojice bezchybne upravených žien, tínedžeri s batohmi a bejzbalovými šiltovkami, všetci trpezlivo stáli v rade a čakali na svoje nápoje, potom prešli k malému baru, kde dvoma rýchlymi dúškami vypili kávu z maličkých šáločiek. Zdalo sa, že káva je v Taliansku rýchla a vážna záležitosť.

„Vidíš, aj to je pre mňa ťažké. Mám rada strednú."

„Potom by si mala vyskúšať arabiku. Tá je príjemne hladká, nemá v sebe priveľa kofeínu, ktorý by ti dal silnú šupu."

„A pokazil si to tými slovami na koniec."

„Prepáč," Will sa nekajúcne usmial. „Ale ak ti bude chutiť, bude to malý krôčik vo vedomostiach o jedle. Na tom nie je nič zložité."

„Hovoríš to, akoby to bolo jednoduché," zahundrala. „Ako sa z teba stal expert na jedlo?"

Will zdvihol pohľad, zaostril zrak. „Ja..." Potom nasadil rezignovaný výraz. „Pravdupovediac, nemal som veľmi na výber. Buď to, alebo... no, my dvaja s Alice by sme nehladovali, ale mohli sme byť podvyživení. Človek dokáže jesť iba obmedzené množstvo polotovarov. A keď tvoja malá sestra zničí mikrovlnku, si nahratá."

„Čože?"

„Alice dala do mikrovlnky nejaký kovový kastról, keď boli naši preč. Tuším sa v ten víkend konal Cheltenhamský zlatý pohár alebo možno Wimbledon. Už si nespomínam. Mala deväť rokov," tvár sa mu zastrela. „Na smrť ju to vydesilo. Tá mašina sa rýchlo vznietila. Urobil som hlúposť, schytil som ju a vyhodil cez zadné dvere do záhrady. Zhorela mi polovica vlasov." Pošúchal si striebornú jazvu, ktorá sa mu ťahala po väčšej časti dlane.

Lisa sa prudko posadila a chytila ho za ruku.

„Tak si prišiel k tomuto?" spomenula si na jeho pochybný účes, vpredu mierne skučeravený, a na obviazanú ruku. Vtedy nemohol mať viac ako štrnásť. Rýchlo si ruku odtiahol. „To nič nebolo."

Jej sa nezdalo, že to nič nebolo, ale spurne stisol pery.

„Čo na to povedali rodičia?"

Will pokrčil plecami. „Najprv si to ani nevšimli, ale akosi im nenapadlo, že by mali tú mikrovlnku nahradiť, tak som sa rýchlo musel naučiť variť. Tvoju starkú to dosť jedovalo. V začiatkoch som narobil veľký bordel. Hoci ak mám byť spravodlivý, zásobovala chladničku čerstvou zeleninou."

Lisa naňho zmätene pozrela. „Ale čo tvoji rodičia?" Eloise a Richard boli najočarujúcejší ľudia, akých videla v tom veku, vždy krásne oblečení a vychystaní na nejakú večeru alebo večierok. Keď ju starká vzala do ich domu, lebo tam išla upratovať, Lisa jej pomáhala odkladať bižutériu, ktorú Eloise roztrúsila po celom dome.

„Akože čo s nimi?" Will otvoril lístok s ponukou kávy a kývol na čašníka.

Keď sa tak zrazu odmlčal, nebola si istá, čo povedať.

„Kde boli?"

„Všade." Znova sa pokúsil upútať pozornosť čašníka, očividne bol nesvoj z tej témy. „Zvládli sme to. Alice prežila moje varenie, hoci," silene sa zasmial, „nikdy mi nedala zabudnúť na moje prvé bolonské špagety, keď som cestoviny varil pridlho a zmenili sa na kašu, alebo na rezeň v pivnom cestíčku, o ktorý som sa pokúsil, no pripomínal skôr pivovú polievku so surovým cestom. No postupne som sa zlepšoval a začal som si to vychutnávať, potom som bol ambicióznejší a skúšal som nové jedlá. A," žiarivo sa na ňu uškrnul, akože bol v pohode, „na univerzite mi to prišlo vhod, balil som na to baby. ‚Príď na večeru' je skvelá vetička. Nikdy nezlyhala. Získal som povesť, ak vieš, ako to myslím."

Inokedy by Lisa prevrátila oči a utrúsila nejakú poznámku, ale pod jeho hranou suverénnosťou vycítila, že je z toho nesvoj. Keď konečne prišiel čašník a zapísal si ich objednávku, viditeľne sa mu uľavilo.

„Takže si sa v Leighton Buzzarde stal miestnym Jamiem Oliverom," zažartovala. „Stavím sa, že tvoji rodičia boli nadšení."

Will zmeravel a zrazu sa zatváril obozretne, asi ako keď sa mačke zježí srsť. Pohrával sa so soľničkou na stole, točil ju dookola. „Nedá sa povedať. V skutočnosti sa za to hanbili.

Otec si myslí, že by som mal robiť v City a že strácam čas, keď sa hrám na majiteľa baru."

„Ale to je hrozne nespravodlivé!" vyhŕkla Lisa. „Každý vie…"

Mrazivo zdvihol obočie. „Čo vie?"

Lisa sa zahniezdila na stoličke. „Každý vie, že si ich vytiahol z ťažkostí. A bar je neuveriteľne úspešný."

„Radosti dedinského života," Will sa zamračil.

„Na to by som sa vykašľala. Všetci si myslia, že si hrdina."

„Samozrejme, ty vieš, že nie som."

Lisa si zahryzla do pery. „Nehovorila som o sebe."

Na tvári sa mu mihol vypočítavý úsmev. „Možno by sme mali."

„Ha-ha. Nemám o čom hovoriť," srdce sa jej nepríjemne rozbúšilo.

„A čo tá fotka? Bola si dosť nešťastná, keď odletela."

Jej sa to nezdalo, ale zrazu to z nej vyšlo. „To bola fotka môjho otca."

„Viem, že nežil s vami. Zomrel? Nikdy si o ňom nehovorila."

Vyjavene naňho pozrela. „Dofrasa, to mi nenapadlo." Zrazu vyhŕkla: „Nie je taký starý."

Willovi sa mihol na tvári zmätený výraz.

„Celé roky o ňom nikto nepočul." Podvedome sa začala hrať so soľničkou ako predtým Will, neuvedomila si, že ho napodobňuje. Keď sa zbadala, urobila grimasu a rázne soľničku odstrčila. „Jeho posledná adresa bola v Ríme. Bola napísaná na druhej strane tej fotky. A nepamätám si ju presne."

„Dofrasa!" Keď pocítila na ruke jeho hrejivú dlaň, strhla sa. „To je…" vystrel sa, dopil kávu a rázne odložil šálku, až zahrmotala na tanieriku. „Vrátime sa tam. Nejako sa k nej musíme dostať."

Vrátime sa? Musíme? Žeby Will omylom povedal množné číslo? Toto bol jej problém. Keď na ňu vážne pozrel, zahniezdila sa.

„Na tom nezáleží."

„Ach, práve som si to uvedomil. Preto si prišla do Ríma. Chcela si ho nájsť."

Lisa zvraštila nos, dúfala, že to nič nehovorí. „Bolo to možné, ale tak trochu nereálne. Ako si povedal, môže byť mŕtvy, mohol sa odsťahovať, čokoľvek. A pravdupovediac, nemám s tým problém. Doteraz som ho nepoznala a nevedela som, prečo odišiel." Sedela vystretá a rozbolel ju chrbát, zrazu sa o tom nechcela rozprávať, ale Will na to mal iný názor.

„Spomínaš si naňho?"

V žalúdku pocítila prázdno a slová jej zamrzli na perách. Keď sa pokúšala spomenúť si naňho, akoby hmatkala v tme a usilovala sa zachytiť prchavý oblak, ktorý nevedela dočiahnuť, ruky jej kĺzali hmlou.

„Nie veľmi." Keď to vyslovila nahlas, zdalo sa jej, že zlyhala. Bolo iróniou, že mala zlé pocity, lebo si ho nepamätala, keď odišiel.

„Na tej fotke som ho videla prvý raz," pokrčila plecami. „V skutočnosti som naňho celé roky ani nepomyslela." A teraz o ňom nevedela prestať hovoriť. A byť úprimná. „Vychovala ma starká, iba ju poznám. Nikdy ma to veľmi netrápilo, kým… no, našla som tú fotku a začala som rozmýšľať. Napadlo mi, že by som ho mohla vypátrať, povedať mu, čo si o ňom myslím, a že mi bez neho bolo dobre." Tie potvorské slová sa z nej doslova valili, ale keď si to uvedomila, hlas sa jej zadrhol v hrdle a chrbát jej stuhol. Nešlo o to, aby mu vrátila ten prekliaty prsteň – to bola len dymová clona. Zdvihla bradu a z nepochopiteľného dôvodu sa zahľadela na obraz Eiffelovky na druhej strane kaviarne.

Will jej položil na ruku dlaň. „Ibaže to nie je pravda, čo? Hoci si znova a znova hovorím, že mi je ukradnuté, že otec nie je hrdý na to, čo robím, ale s radosťou prijíma výhody, ktoré mu moja práca prináša, neviem prestať dúfať. Stále naňho chcem zapôsobiť."

Položila ruky na stôl, akoby sa vzdávala. „Nie som si istá, čo chcem."

„Budeš ľutovať, ak sa nepokúsiš s ním spojiť. Vždy budeš premýšľať, čo keby…"

„Prečo to hovoríš, keď je tvoj otec taký?"

„Pretože ma to žerie, stále rozmýšľam, čo nerobím dobre." Pri Willovom smutnom priznaní ju zabolelo srdce. Je to naozaj ten sebavedomý, niekedy arogantný a vždy suverénny Will? Túto jeho stránku nikdy nevidela. Prsty na nohách sa jej skrútili, keď dodal takým tichým hlasom, že musela napínať uši, aby ho počula v hlučnej kaviarni: „Veľmi by som s ním chcel nadviazať vzťah – a stále sa o to usilujem. Aj ty by si sa o to mala pokúsiť."

„Zrejme sa bojím, že ma odmietne."

„No opustil tvoju mamu, nie teba."

„Áno, ale mohol sa po mňa vrátiť. Najmä po maminej smrti."

„Veru."

„To ma bolí najviac."

„Možno si myslel…" Will zvraštil tvár, „že so starkou ti bude lepšie."

S váhavým úsmevom mu plesla po ramene. „Dobre sa o mňa starala. Viem, že vždy povie všetko po lopate a ťažko sa s ňou vychádza, ale má ma rada."

„Hm, beriem ťa za slovo." Vyskočil na nohy. „No dobre, mali by sme vyraziť do Kolosea. Musíme získať tú fotku."

Keď hovoril ako muž činu, uškrnula sa a cítila, ako sa jej mierne zatrepotalo srdce.

„Zadrž, ešte nevolaj Batsmobil. Tú adresu som si nezapísala, ale často som na ňu pozerala. Keby som videla názov tej ulice, spoznala by som ho. Bolo to čosi ako Via del Tomato."

Will sa znova prudko posadil. „Tak to trochu zužuje možnosti." Vybral mobil.

„Áno," prikývla. „Pokúšala som sa nájsť to na mape, ale márne… no ja mám na mape iba centrum mesta."

„Poštové smerovacie číslo si nepamätáš?" Will poklopkal po displeji.

Lise prišlo nevoľno. „Myslím, že sa začínalo nula nula jeden."

Willovi naskočila na líci jamka a ľútostivo sa usmial.

„Čo je?"

„Všetky rímske smerovacie čísla sa začínajú nula nula jeden."

„A to vieš odkiaľ?"

„Gisella mi to povedala."

No jasné.

„Keď sme včera jazdili po meste."

Zrejme mu to šepla do ucha, keď uháňali na jej Vespe.

„Aspoň vieš, že je to v Ríme."

„Áno, Sherlock," odvetila sarkasticky, keď jej pripomenul, s kým má do činenia. „To som pochopila. Pochádzal z Ríma… bol Riman…"

Zdvihol pohľad od mobilu. „No dobre, čo povieš na Via del Mattonato?" Ukázal jej to na displeji.

„To je ono! Presne to!"

„Mohli by sme tam zájsť," víťazoslávne s rozmachom zdvihol mobil do výšky.

Bolo to v mobile, blikalo tam červené svetielko.

Will ju rýchlo zbavil všetkých pochybností a výhovoriek, ktoré jej blúdili hlavou, odkedy prišla do Ríma.

Ukazovákom prechádzala po tmavej žilke na mramorovom stole.

Keď naňho konečne pozrela, lebo už si nemohla nevšímať ticho, jasnými modrými očami jej hľadel priamo do očí, až mala pocit, že jej vidí do žalúdka.

Doparoma, nemala sa kam skryť!

Ďalej na ňu uprene hľadel a nič nehovoril. Jeho návrh znel rozumne. Ale neuvedomoval si, že po tých rokoch je to strieľanie naslepo?

„Teraz sa mi to zdá trochu hlúpe. Sú to už roky, chápeš? Možno tam už nebýva."

Donútila sa odtrhnúť pohľad a pozrela na baristku, ktorá rýchlo a zručne sypala do veľkej sklenej nádoby kávové zrná, čo mierne klopotali. Aj keď sa Lisa sústredila na ten výjav, kútikom oka vnímala Willov sústredený, vážny pohľad, neubránila sa tomu.

Mal by pracovať pre CIA, bol schopný donútiť človeka, aby povedal pravdu.

Prehovoril, až keď naňho konečne zúfalo pozrela, pripravená vybuchnúť.

„A možno býva."

„No dobre, možno."

„Taliani radi dodržiavajú tradície. Zrejme aby udržali majetok v rodine."

Poobzeral sa dookola, akoby chcel potvrdiť svoje slová. Na tehlových stenách bolo množstvo čiernobielych fotografií, ktoré dosvedčovali, že ten bar viedli celé generácie.

„Možno to bude strata času. Možno tam nebýva," nástojila znova.

A ten darebák Will znova nič nepovedal, len na ňu pozeral.

Zažmurkala. „Prestaň.“

„S čím mám prestať?“

„S tým, čo ti chodí hlavou.“

Zdvihol ruky. „Nič na teba neskúšam.“

„Teda na mňa prestaň tak pozerať.“

„Pozerám na teba úplne normálne,“ zatváril sa pobavene.

Zagánila naňho.

„Ja to nedokážem.“

„Čo nedokážeš?“

Zaťala päste v lone.

„Nemôžem len tak prísť k jeho dverám a zazvoniť.“

Will na ňu pozrel. „Veru môžeš.“

Hovoril, akoby to bolo jednoduché. Pokrútila hlavou, ruky sa jej mierne triasli. „Nie, nemôžem.“ A potom sa trochu zahanbila. Will mal so svojím otcom zlé skúsenosti, ale ďalej ju presviedčal.

„Pôjdem tam s tebou.“

Keď ticho vyslovil tie slová, takmer ju to dostalo. Mala pocit, akoby sa jej prepadla podlaha pod nohami a žalúdok klesol spolu s ňou.

Vyzeral dokonale vážne, tváril sa bezvýrazne.

Keď jej to navrhol, všetky pochybnosti sa rozplynuli.

„Si si tým istý?“ pozrela naňho.

„Sľúbil som ti to.“ Jeho vecný tón jej pripomenul, aký je praktický.

Zdvihol prázdnu kávovú šálku a pobavene sa usmial ako vždy. „Vzhľadom na tvoje orientačné schopnosti by si zrejme skončila v Laziu.“

Kapitola 14

Keď vyšli z kaviarne a vykročili, Lisa si uvedomovala, že odkedy prišla do Ríma, nerozhodnosť ju sprevádzala ako čierny tieň, hanbila sa, že nebola odvážnejšia. Teraz sa jej kráčalo ľahšie. Dohodli sa, že pôjdu na tú adresu neskôr, keď bude pravdepodobnejšie, že ľudia sa vrátili z práce domov.

„Ktorým smerom?" Zastali na rohu a Lisa hľadela na mapu. Dohodli sa, že je neskoro zájsť do Vatikánu, a zamierili k Španielskym schodom.

„Myslím, že tadiaľto," Will ukázal pred seba.

„Si si istý?" Lisa pozrela na mapu, nechápala, ako by mohli odbočiť doprava, keď podľa mapy by mali ísť doľava.

„Či som si istý?" pri ústach mu naskočili pobavené vrásky. „Takto." Otočil mapu hore nohami a zrazu to dávalo zmysel.

„Ďakujem."

Nič nepovedal, ale videla, ako mu myká kútikmi úst. „No dobre, v mapách sa veľmi nevyznám."

„Nič som nepovedal," ohradil sa.

„Hm, ale niečo si si pomyslel. Mal by si vedieť, že takto to funguje od čias, keď sa muži rozhodli, že budú lovci, a ženám prischla úloha zberačiek. Preto neviete nič nájsť, aj keď na to pozeráte."

„Vážne?" skepticky ju viedol po ulici správnym smerom.

„Ja som s tým nikdy nemal problém."

„Tak si výnimkou."

„To znie ako populárne psychologické múdrosti založené na prieskume názorov zopár ľudí. Akoby som hovoril, že všetky ženy zbožňujú nakupovanie."

„Ženy, s ktorými chodíš, ho pravdepodobne zbožňujú," vyhlásila bez rozmýšľania.

„Pokiaľ ma neťahajú so sebou, nemám nič proti," poznamenal pokojne.

Svätá pravda. Will nikdy nerobil niečo, čo nechcel.

„Páči sa ti, keď tancujú, ako im pískaš."

„Prečo si sa do mňa tak obula?"

Lisu prekvapil jeho podráždený tón.

„Pracujem dlho do noci, takže sa mi musia prispôsobiť. A poviem im to hneď na začiatku. Vediem bar. Soboty a nedele sú moje najrušnejšie dni."

Kráčali po úzkej dláždenej ulici, vysoké budovy po oboch stranách vrhali tieň.

„Zdá sa, že ich to neodrádza," poznamenala Lisa, akoby ju povzbudzoval nejaký čertík. „Nechápem, ako v tom dokážeš mať prehľad. Musíš si zapisovať ich mená?"

Takmer sa jej zdalo, že Willa to podráždilo, ale so zvyčajným šarmantným úsmevom pokrčil plecami: „Nie, každej hovorím zlatko."

Zahanbila sa. Nezaslúžil si jej vyrývanie. Dnes sa jej ukázal z inej stránky, premýšľala, že všeličo skrýva. Hoci poznala jeho rodičov z vlastnej skúsenosti, neuvedomovala si, akí boli sebeckí a zanedbávali svoje deti.

Aj keď na ňu žmurkol, mala pocit, že doňho vidí. Toto bol celkom iný Will než ten, ktorému bolo všetko ukradnuté. A proti tomu nič nemala, ale iba dovtedy, kým nepovedal zmyselným hlasom, ktorý jej znova rozochvel srdce: „Zatiaľ sa nijaká nesťažovala."

„Páni, pozri na to!" ukázala na auto vtlačené medzi iné dve autá, takže boli nárazník na nárazníku. „Tuším je pravda, čo sa hovorí – parkovanie je tu šialené." Zrazu mala vlhké dlane. To musela spôsobiť tá horúčava.

Zatiaľ čo Will roztržito komentoval parkovanie Talianov, Lisa mlčala a premýšľala, ako často sa mu darí skrývať pred inými svoje city.

Keď zabočili za roh, natrafili na trh, ktorý pripomínal cirkus a vládla na ňom karnevalová atmosféra. Will ju chytil za ruku a odhodlane ju ťahal ako vlečný čln k pestro vyzdobenému stánku, ktorý vyzeral skôr ako atrakcia v lunaparku.

V prvej chvíli ju dotyk jeho ruky znervóznil. Zdalo sa jej zvláštne, keď sa držali za ruky, ale keby sa odtiahla, vyzeralo by to, akoby tomu pripisovala dôležitosť, a celkom ju tešilo, že sa o ňu tak stará. Ďalej ho držala za ruku a vtedy Will zamieril k jednému konkrétnemu stánku.

Boli tam cestoviny všetkých možných tvarov, z košíkov vytŕčali plné celofánové vrecká cestovín, žlté špagety zviazané do slučiek, dlhé pásy *tagliatelle* prevesené cez drevené rámy, rozličné ružové, oranžové a zelené tvary.

Lise odľahlo, keď jej Will pustil ruku a vzal vrecko čohosi, čo vyzeralo ako vyblednutý čierny pelendrek.

„Preboha, to je čo?" zvolala Lisa – fascinovalo ju to, ale zároveň ju to odpudzovalo. Cestoviny majú byť krémové, nanajvýš zlatisté, určite nie čierne. „To hádam nie sú cestoviny?"

„Sú, ale pridávajú do nich farbivo zo sépií, to im dáva chuť aj farbu."

„Ach!" Zdalo sa jej to odporné. „A čo tieto?" Ukázala na trojfarebné pásikavé motýliky v darčekovom balení.

„Tú zelenú farbu docielia tým, že do cesta pridajú vodu zo špenátu alebo z brokolice. Tá oranžová je z rajčín a ružová z cvikly."

„To je ako stvorené…" odmlčala sa a takmer sa zasmiala, keď videla Willov výraz plný očakávania, „pre malých školákov. Mohli by z nich robiť koláže. Ktovie, či by sa dali prilepiť obyčajným lepidlom."

Zachichotala sa, keď sa na ňu zahnal rukou a povedal: „Boli by úžasné s ľahkou smotanovou omáčkou, ty nevzdelaná ženská."

„Hm, nie som si tým istá," zvraštila nos.

Napriek jazykovej bariére sa Willovi podarilo nadpriasť nadšený rozhovor s majiteľom stánku. Čierna a blond hlava sa kývali hore-dolu, muži sa dohovárali lámanou angličtinou a gestikulujúc ukazovali na tovar.

Keď Will kúpil vrecko čiernych špagiet a *tagliatelle* normálnej farby, majiteľ mu vnútil dve vrecká zadarmo a stali sa z nich najlepší priatelia.

„S výsledkom som nadmieru spokojný." Will jej ukázal vizitku, potom ju strčil do peňaženky. „*Signor* Giordano mi dal kontakt na výrobcu cestovín."

Lisa dúfala, že Will si tie čierne cestoviny nedá do nákupného zoznamu a neuvarí ich na večeru.

Blúdili okolo stánkov s ovocím a so zeleninou. Všetky plody sa leskli a boli oveľa väčšie a zrelšie, než poznala z anglických supermarketov. Sušené čili papričky pripomínali hrčovité prsty čarodejníc, obrovské misy boli plné bucľatých olív v bylinkovej marináde a boli tam vystavené aj fľaše olivového oleja rozličných odtieňov zelenej farby, ponúkali ich na ochutnanie v bielych mištičkách s domácim chlebom.

Will zastal pri stánku s olejom, zdvihol jednu fľašu, preskúmal vinetu a skúmal jej obsah proti svetlu. Majiteľ stánku pochvalne prikývol a ukázal na vzorky. Willa nebolo treba ponúkať druhý raz – chopil sa príležitosti ako teriér vetriaci korisť.

„Ochutnaj ho," obrátil sa k Lise. „Najprv tento. Má sýtu ovocnú chuť."

Lisa pokrčila nos. „Čože? Len tak bez všetkého? Nie, ďakujem."

„S chlebom," ukázal na košík s kúskami chleba a potom na tmavozelený olej farby morských rias.

Dívala sa, ako Will namočil chlieb do misky, bola si istá, že ak má niečo takú zelenú farbu, musí to chutiť odporne. „Mňam." Will sa zhlboka nadýchol a privoňal k oleju. „To je dobrota! Má úžasne sýtu chuť trávy!"

„Vážne?"

„Ochutnaj ho."

„Ďakujem, neprosím."

„Je to panenský olivový olej z oblasti Lucca." Will ju nadšene pozoroval, akoby mu záležalo na jej mienke. Podľa nej to mohol byť palivový olej z Aberdeenu.

Dvojica turistov, ktorá dychtivo sledovala Willa, si vzala kúsok chleba, ponorila ho do oleja a začala ho ochutnávať.

„Je naozaj dobrý," povedala žena manželovi, obaja mali rovnaké bejzbalové šiltovky s javorovými listami na šiltoch. Žena pochvalne kývla Willovi.

Pôsobil na ľudí ako Potkaniar. „Teraz ochutnajte tento," ukázal na svetlejší olej, namočil doň chlieb a tí dvaja nasledovali jeho príklad.

„No tak, Lisa."

Musí? Váhavo namočila chlieb do najsvetlejšieho oleja.

Našťastie Will upriamil pozornosť na manželov z Toronta, ktorí hovorili po anglicky, ale nie veľmi zrozumiteľne.

Úctivo mrmlali slová „ovocná, kvetinová, eukalyptová, maslová a trávová chuť". Preboha, bol to len olej! Mastný olej.

Will znova sústredil pozornosť na Lisu, manželia z Toronta prešli k inému stánku. Čo je? Má vykrikovať heuréka a skákať hore-dolu?

„Je trochu… ehm…" usilovala sa zbaviť nepríjemnej chuti v ústach, „veď vieš."

„Pokračuj," povedal zrazu zastretým hlasom a zameral pozornosť na jej pery.

Zaliala ju horúčava.

Preboha, je to len olej, mohol by prestať tak uprene pozerať na jej pery? Oblizla si ich a okamžite si uvedomila, že to nemala robiť. „Má tak trochu… trochu…" Dofrasa, celá horela. „Má chuť ako saponát."

„Ako saponát? To nie je…"

„Áno, naozaj chutí ako saponát," povedala škodoradostne a tešil ju výraz na Willovej tvári, „alebo skôr ako špinavá voda po umývaní riadu so saponátom."

„Skutočne ti v žilách koluje talianska krv, *signorina* Vetteseová?" naoko zúfalo pokrútil hlavou.

„Je to len olej, Will. A chutí ako olej. Prepáč, ale…" pokrčila plecami a uškrnula sa naňho.

„Hm, aspoňže si úprimná. Tak poď." Znova ju chytil za ruku. Prečo to stále robí? A upriamil pozornosť na rad balzamikových octov.

„Figový, mandľový, zrelý," mrmlal a skúmal vinety. „Tieto by sa ti mohli viac páčiť."

„Will, musíš sa zmieriť s tým, že pokiaľ ide o potraviny, som nevzdelaná."

„Nikdy."

Pokiaľ išlo o Lisu, sladový ocot sa jej zdal dobrý, najmä k rybe a hranolčekom, a už to chcela povedať, keď zbadala výraz na Willovej tvári. Pery sa mu podvedome vykrivili v úsmeve, v očiach mu horelo očakávanie. Pozrel na rad fliaš, načiahol sa za jednou z nich, potom za druhou, akoby sa nevedel rozhodnúť, ktorú má ochutnať prv, a z jeho pohybov vycítila potláčanú energiu, akoby sa chcel vrhnúť na všetky fľaše.

Keď videla, ako vášnivo pristupuje k potravinám, dojalo ju to. Akoby ten frajer, ktorý mal vždy naporúdzi cynickú poznámku, prestal existovať. Toto bol Will, ktorý pred ľuďmi skrýval túto stránku. Hoci Jason bol jeho obchodný partner, väčšinou sa len tak doberali a viedli prázdne reči. Pred kým Will odhalil túto svoju stránku?

Dívala sa, ako ponoril kúsok chleba do balzamikového octu hnedého ako melasa. Zastonal, blažene zatvoril oči. „Páni, to je úžasné!" Šťastne sa na ňu uškrnul. „Daj si."

„Je lepší než voda na riad?"

„Ochutnaj ho, ženská."

Urobila grimasu. „Videl si niekedy figu?"

Vyzerali nepekne, pripomínali jej scvrknuté orgány malých zvieratiek, čosi ako srdiečka fretiek alebo psie ľadvinky.

Vzal si druhý kúsok chleba, namočil ho a podal jej ho.

Dofrasa, nedokázala mu odolať. Keď sa jej prstami obtrel o pery, zatajila dych, a keď jej strčil chlieb do úst, ten krátky dotyk vyvolal také iskrenie, až išla vyskočiť z kože. Takmer jej zabehlo a musela sa sústrediť na prežúvanie kôrky, pričom sa vyhýbala Willovmu sústredenému pohľadu.

Na jazyku cítila nečakanú sladkú chuť, ktorá sa miešala s kyslou, usúdila, že tú sladkosť octu dodala figa.

„Páni, to je úžasné!" A naozaj to bolo úžasné. Znova si odhryzla, nebola pripravená uveriť, že niečo, čo nevyzerá dobre, môže mať takú skvelú chuť.

„Vidíš."

„No dobre, výnimočne súhlasím. Toto ujde. No stojím si za tým, čo som povedala o olivovom oleji."

„Vezmem jednu fľašu," povedal Will zmätenému mužovi pri stole. „Dáma mi ho schválila." Vzal fľašu a skúmal vinetu, potom ju podal predavačovi, ktorý ju zabalil do hodvábneho papiera a ostrým pohybom skrútol vrchnák.

Pokojnými uličkami zamierili k Španielskym schodom, ukrývali sa v tieni, kde to bolo možné, prechádzali okolo skrytých kostolov. Bolo čoraz horúcejšie a Lisa cítila, ako z kamenných chodníkov stúpa teplo. Will vyzeral vo voľnej plátennej svetlomodrej košeli a v tmavomodrých bermudách dobre. Celkom akoby práve odišiel z cornwallskej pláže, ale hoci nepôsobil tak elegantne ako deň predtým Giovanni, dostalo sa mu dosť pozornosti.

„Ten chlapík od teba nevedel odtrhnúť pohľad," poznamenala Lisa, keď sa konvenčný Talian obzeral ponad plece a takmer vrazil do skútra nedbanlivo zaparkovaného pri obrubníku. Zachichotala sa a pozrela na slová na svojej taške, ktorú Will niesol na pleci. Možno ho mala upozorniť na motív šibalského panáčika.

„Čo ti mám na to povedať? Som neodolateľný pre obe pohlavia. Je to dar."

„A úžasne skromný. Stelesnená dokonalosť."

„A blondiak. Nezabúdaj, že Taliani majú radi blondiakov."

„Myslela som, že blondínky."

„Nie si tak trochu sexistka?" Will našpúlil pery, ruku si dal v bok a vykročil ako modelka po móle, potom sa na ňu uškrnul a v modrých očiach sa mu zračilo šibalstvo.

„Ak sa niektorým ženám zdáš krásny," úmyselne sa odmlčala a vzdychla, akoby naznačovala, že všetky tie ženy sú šibnuté, „prečo nie aj mužom?" Sladko sa naňho usmiala. Nemalo zmysel vyvolávať v ňom ešte väčšiu samoľúbosť.

„Je to zvláštne, nie? Aký vkus majú niektoré ženy." Premeral si ju pohľadom. „Hoci tebe sa očividne nezdám krásny."

„Prepáč, to budú asi tie dlhé vlasy, akosi na ne neletím," zaklamala. Husté vlasy, miestami takmer biele, mu siahali po plecia, neboli až také dlhé, ale… pristali mu a pripomínal jej filmovú hviezdu Chrisa Hemswortha, ktorý hral v *Rivaloch* Jamesa Hunta, pretekára formuly 1.

„Ženy majú rôzny vkus," zmĺkol, ale bola si takmer istá, že sa ho to nedotklo. Will mal celý život zástupy obdivovateliek. Od prvého dňa v školskom autobuse ho obletovali, hoci vždy sedel pri nej a navzájom sa šteklili. Presne vedel, kde je najcitlivejšia, a vždy sa až prehýbala od smiechu. Páčilo sa mu, ako ju trápil. Znova s hrdým úsmevom pozrela na nápis na svojej taške.

Kapitola 15

Španielske schody boli preplnené. A keďže na nich ľudia nielen stáli, ale aj sedeli, bolo ťažké dostať sa hore, museli sa doslova predierať davom.

„Tak čo, moja skvelá sprievodkyňa, vieš, koľko je tých schodov?" spýtal sa Will, keď zastali v polovici schodov a pozreli dolu za seba.

„Nie," dychčala Lisa. „Je ich veľa a moja knižka je v taške." Stúpanie nahor jej dalo zabrať.

„Chceš, aby som ťa odfotil zhora so záberom ulice v pozadí?" odmlčal sa, potom dodal: „Potom si môžeš oddýchnuť."

Drzý chlap!

„Áno, prosím ťa." Urobila už dosť fotiek, ale takmer na žiadnej nebola ona, aby mala dôkaz, že tam bola.

Will kľučkoval medzi ľudmi na schodoch a skákal šikovne ako kamzík. Bol to úžasný pohľad. Pevné lýtka sa mu na dlhých nohách napínali. Dobre jej padlo, že si mohla vydýchnuť. Za pás šortiek jej stekal pramienok potu a dotkla sa rozhorúčenej pokožky na chrbte. Bola napätá. Spätne si uvedomila, že tričko s holým chrbtom zrejme nebolo v tej horúčave najlepšie oblečenie.

Keď slnko tak pieklo, mala obavy, že sa spáli. Strieška na klobúku jej trochu tienila tvár, ale slnko teraz bolo v zenite a ani klobúk ju veľmi neochránil. Pozrela na Willa, blížil sa k hornej terase. Len čo ju odfotí, pôjde za ním a vyberie z tašky opaľovací krém.

Odvrátila sa od slnka a pozrela na ulicu dolu. Fontána pod schodmi bola vtlačená medzi obchodnými domami Dior a Prada, každý z nich bol na jednom nároží dlhej ulice ťahajúcej sa do diaľky, autá trúbili a usilovali sa prejsť po ceste, no z úzkych chodníkov sa na ňu valili davy.

Keď sa obrátila, Will už bol navrchu a kýval na ňu ponad biele zábradlie. Zastala, aby zapózovala, a takmer sa potkla na remeni fotoaparátu japonského turistu. Páni, bolo horúco! Pomaly stúpala hore schodmi, na čele pod strieškou klobúka sa jej perlil pot. V tejto horúčave nebolo dobré náhliť sa.

Keď prišla navrch, Will sa tváril rozladene.

„Dala si si na čas,“ zafrflal, keď sa k nemu pripojila pri kamennom zábradlí a vychutnávala si ten neuveriteľný výjav. Prekvapilo ju, keď ju okamžite bezstarostne objal okolo pliec, pritiahol si ju a ukázal na kupolu v diaľke. „San Carlo al Corso,“ povedal.

„Páni, teraz si ma fakt dostal. Už si tu niekedy bol?“

Pobavene sa usmial a rýchlo jej pozrel ponad plece. „Začul som sprievodcu.“

„Si v pohode? Vyzeral si dosť…“

„Nejaký debil ma štipol do zadku.“

Lisa sa zasmiala, tváril sa otrávene.

„To nie je zábavné. V živote sa mi to nestalo.“

Pokúšala sa potlačiť ďalší výbuch smiechu, nakoniec vyprskla: „P-prepáč, viem, že to nie je zábavné, ale… tváriš sa fakt smiešne." Plecia sa jej triasli od potláčaného smiechu.

Pritiahol si ju bližšie a predstieral, že jej chce vykrútiť krk. „To od teba nie je pekné."

„P-prepáč," chichotala sa. „Mal by si to brať ako kompliment."

„Čože? Ty by si brala ako kompliment, keby ťa niekto štipol do zadku?" zatiahol Will znechutene. „Ďakujem za pochopenie."

Na chvíľu vytriezvela. „Nie, fakt ma to mrzí. Ale ženám sa to stáva odnepamäti. Teraz vieš, aké to je."

„To teda viem. A ten chlapík sa vôbec netváril zahanbene. Žmurkol na mňa. Jeho gej radar musí byť mimo."

„Ešte šťastie, že som ťa zachránila."

„Veru," zmätene sa od nej odtiahol. „Plecia máš hrozne horúce."

„Áno, potrebujem, aby si mi natrel chrbát."

Will zvesil tašku z pleca a podal jej ju.

Keď do nej strčila ruku, zarazila sa a zahryzla si do pery. Možno by sa mu mala priznať. Vybrala opaľovací krém a pozrela na Willa. Mala by mu vysvetliť, prečo púta neželanú pozornosť mužov.

„Chceš, aby som ti natrel chrbát?"

Prikývla a rozmýšľala, či mu to má povedať teraz, alebo až keď ju nakrémuje.

Prv než sa stihla rozhodnúť, vzal jej krém z ruky.

„Otoč sa. Bože, už je znova tu."

„Kto?"

„Ten chlapík v ružových šortkách…" Will ju obrátil, takže bol chrbtom k tomu mužovi.

„Ejha, sú mu dosť tesné, čo?" Lisa jakživ nevidela také priliehavé šortky.

„Áno," odsekol Will podráždene.

„Tuším na teba vyvaľuje oči," povedala a zhíkla, keď jej nastriekal krém na chrbát.

„Je taký studený?" Will sa jej pomstil a rozotieral jej krém na pleciach a chrbte.

„Nie," zapišťala, „som v pohode. Zapôsobil si naňho." Pozorovala pekného Taliana v okuliaroch s rámom z korytnačiny, ktorého fascinoval Willov zadok.

Will jej vzal klobúk z hlavy, strčil si ho pod pazuchu a naklonil sa bližšie. „Musím sa postarať, aby si bola poriadne chránená," zašepkal a ústami sa jej takmer dotýkal ucha. Zrazu sa jej podlomili kolená. Potom znova zašepkal a tentoraz sa jej dotkol perami. „A toto máš za to, že si sa mi smiala. Budeš môj živý štít." Keď sa jej perami obtrel o citlivú pokožku na krku, mala pocit, že ňou prebehlo tisíc voltov.

Nemyslel to vážne. Len to hral, ale jej telo si nevšímalo ten fakt a citlivo reagovalo na jeho zmyselné dotyky. Proti vlastnej vôli vyzývavo nastavila krk. Čo si myslela? Ibaže nerozmýšľala. Keď jej perami blúdil po pokožke, zatvorila oči a cítila, ako ju elektrizuje.

Dofrasa, zrejme to vyvolali tie ružové šortky, ale bolo to úžasné. Až priveľmi úžasné.

Keď sa jej dotýkal prstami a nežne jej rozotieral opaľovací krém po pleciach, takmer zastonala. Pomaly, nežne jej prechádzal po pokožke a hormóny sa jej rozbúrili.

Ako tam stála pod horúcim slnkom, omámená jemným rytmickým pohybom jeho rúk, cítila medzi nohami horúčavu. To nebolo dobré, ale údy mala priveľmi meravé, aby sa pohla. Poddávala sa jeho dotykom, takmer ho pobádala, kolená sa jej podlamovali, chcela sa oňho oprieť. Zaliala ju túžba, v ústach jej vyschlo. Chcela, aby nikdy neprestal, a zdalo sa, že tak skoro ani nemieni prestať.

Pomaly jej prechádzal pomedzi lopatky, rázne blúdil hore-dolu, akoby ju masíroval, potom jej prstami prešiel na rebrá a na boky. Pri jeho jemných dotykoch privrela oči a zrazu cítila, ako sa jej zrýchlil pulz a hormóny sa rozbúrili. Nádherná letargia teraz prešla do spaľujúcej žiary a zrazu si uvedomila, ako mučivo blízko sú bruská jeho prstov k jej prsiam, takmer sa ich dotýkali.

Dofrasa! Z pŕs jej vyžarovala zúfalá túžba, bradavky ju šteklili, túžili po jeho dotykoch. Preboha, čo to robí?

Už takéto čosi zažila a posledných deväť mesiacov sa usilovala na to zabudnúť. Bola by hlúpa, keby si mýlila sexuálnu príťažlivosť s niečím iným.

Pokúsila sa skrotiť rozbúrené emócie, ktoré na ňu dorážali ako príboj na útes, vystrela sa a tvárila sa nonšalantne, hoci sa tak necítila. Bola rozochvená, roztúžená, rozpálená. Celým telom túžila mať viac. Oveľa viac.

Plytko sa nadýchla, odľahlo jej, že tú červeň na lícach, krku a hrudi môže pripísať rímskemu slnku, a odtiahla sa od Willa.

„Ďakujem, myslím, že stačilo."

Obrátila sa tvárou k nemu, srdce jej veselo tancovalo, prestalo pravidelne biť ako zvyčajne.

Keď pozrela na Willa, smiech sa mu vytratil z očí a na chvíľu medzi nimi zavládlo ticho, v pozadí bolo počuť slabé šumenie Ríma.

Will prikývol, akoby mlčky súhlasil.

Lise skrúcalo žalúdok. Toto nedokáže. Nie znova. Vytrhla mu z ruky svoj klobúk a nasadila si ho na hlavu.

„Myslím, že to splnilo účel. Ružové šortky už plačú do vreckovky."

Will to prijal dobre. „Výborne. Čo hovorí o Španielskych schodoch tvoja múdra knižka?" Chvíľu mlčal, potom pokračoval: „Nie, počkaj, budem hádať. Sú to schody. Sú tu už dlho. Dal ich postaviť nejaký pápež. Je ich veľa. A je z nich pekný výhľad."

Zalovil v taške, usiloval sa neštuchať pritom lakťami do ľudí naokolo, potom vybral knihu a podal jej ju.

Vzhľadom na množstvo ľudí, ktorí sa usilovali mať dobrý výhľad, mala problémy nalistovať správnu stranu.

„Páni, presne tak," ustúpila japonskej rodine, ktorá sa chcela odfotiť pri kamennom zábradlí. „Ako si to vedel?" Vyšli z davu a zamierili k najvyššej časti schodov vedúcej k obelisku a kostolu.

„Mám na to talent," usmiali sa na seba a trmácali sa po oslepujúco bielych schodoch. Lisa cítila, ako jej lýtkové svaly protestujú a na čelo jej vyrazil pot. Zrejme to nebol najlepší nápad zdolať tieto schody za najväčšej horúčavy.

„Čo sa tam píše? Povedz mi päť faktov," prikázal jej.

„Postavili ich, aby spojili kostol s *Piazza Spagna*, čiže so Španielskym námestím, ktoré dostalo to meno preto, lebo v sedemnástom storočí tam bolo španielske veľvyslanectvo."

„A ďalej?"

„Sú to najširšie schody v Európe. Je ich stotridsaťpäť. Básnik John Keats býval v dome napravo a zomieral tam pri špľachote fontány. Obelisk je kópiou starého rímskeho obelisku."

„No dobre. A kde si môžeme dať studené pivo a zmrzlinu?"

„To je tvoja parketa, ale je to dobrý plán."

Keď odbočili na tichšiu ulicu, obaja zmĺkli, akoby ponorení do svojich myšlienok. Lisa spomínala, ako ju Will prvý raz pobozkal, neubránila sa tomu.

V bare skončili, všetky stoly boli prestreté na ďalší deň a všetko bolo pripravené. Vtedy zazvonil telefón. Zdvihol ho Marcus, práve išiel za Alom hore schodmi, tam boli izby pre personál. Will práve zalial horúcou vodou kávu, Lisa sa opierala o bar a vychutnávala si zaslúženú šálku.

Zvláštne, ako jasne si to vedela predstaviť.

„Volá ti Eloise," Marcus mu podal slúchadlo a zaželal im dobrú noc.

„Ahoj, mami… áno, jasné. Nie, dva týždne bez neho nemôžem byť." Lisa zdvihla pohľad, plecia mal unavene zvesené, hlas rezignovaný. Až vtedy si všimla, aký je strhaný. „Pozriem sa na poistku a ozvem sa ti."

Opatrne odložil slúchadlo, akoby potláčal nutkanie hodiť ho na druhú stranu miestnosti.

„Všetko v poriadku?" spýtala sa Lisa.

„Áno," vzdychol. „Typická rodinná dráma. A všetci čakajú, že ich budem zachraňovať." Kútiky úst mal vykrivené nadol, na čele vrásky. Málokedy priznal, ako mu dá rodina zabrať.

Cítila s ním možno preto, lebo bola vyčerpaná a hádala sa so starkou, ktorá mala zdravotné problémy. Najradšej by ho objala. Po chvíli sa rozhodla a položila mu ruku na rameno.

„Môžem ti nejako pomôcť?"

Zatváril sa znechutene. „Iba keby si bola automechanik. Mama mala autonehodu a chce si na niekoľko dní požičať moje auto. Chce, aby som zistil, ako je to s poistkou a či je krytá. A to hneď," túžobne pozrel na mokka kanvičku s kávou, ešte si ani nestihol naliať.

„Čo keby som to tu dokončila, ty sa môžeš pozrieť na tie papiere a ja ti prinesiem kávu?"

Najprv pokrútil hlavou. „Nie, to je..."

Pohladila ho po ramene, možno preto, lebo vyzeral tak osamelo a v poslednom čase ten pocit dobre poznala. Unavene na ňu pozrel. „Vieš čo? To by bolo... skvelé."

Nechal v hale rozsvietené a počula, ako buchol zásuvkou v malej pracovni vľavo.

„Nesiem ti kávu," zakričala a rýchlo sa poobzerala dookola. Willova pracovňa ju vždy prekvapila, pôsobila veľmi útulne, hoci bolo vidieť, že tam úraduje chlap – bola v nej obrovská plochá obrazovka, ale aj tmavočervená pohovka s vankúšmi a okolo nej lampy vytvárajúce intímne osvetlenie.

Keď Will neodpovedal, zaváhala, rozmýšľala, či jej inštinktívny pocit, že potrebuje spoločnosť, nesúvisí s tým, že netúžila ísť domov do prázdneho bytu. Položila šálky na stolík a počúvala. Nič nepočula.

Niečo ju nútilo hľadať ho.

Stál chrbtom k nej a jeho skľúčenosť bolo vidieť v porazeneckom postoji. Ticho podišla k nemu a dotkla sa jeho pleca, chcela, aby vedel, že nie je sám. Na chvíľu stuhol, potom sa obrátil. Keď sa pohol, rukou sa mu dotkla hrude a bez rozmýšľania pristúpila bližšie. Videla mu v tvári vrásky spôsobené obavami a najradšej by ich vyhladila. Zapôsobil na ňu jeho zmysel pre zodpovednosť k rodine a bolestná túžba nebyť od nikoho závislý.

Rukou ju objal okolo pása, sklonil hlavu a dotkol sa jej čela. Keď mu videla v tvári utrpenie, túžila ho utešiť. Chvíľu tak zostali stáť. Nebola si istá, kto sa pohol prvý, ale pery sa im dotkli a ten bozk bol pomalý a sladký, jej inštinktívne objatie ponúkajúce útechu a porozumenie sa zmenilo na čosi iné, čo zapálilo ohnivú túžbu a zdalo sa jej to v tej temnej noci dokonale správne.

Spomenula si na to, ako skončili takmer nahí a prepletení na pohovke a ako jej Will vnikol jazykom do úst a skúmal ich, a zaplavila ju eufória. Nespomínala si, o čom sa rozprávali pomedzi bozky, až kým nezačalo svitať.

Zato si spomínala na ten pocit uvoľnenosti, šťastie z jeho blízkosti a dotyk jeho tela. Keď nevedela zadržať zívnutie, navrhol, aby sa presunuli do jeho spálne. Hoci medzi nimi preblesla túžba, ovládol sa a chytil jej tvár do rúk.

„Nie som pre teba ten pravý, Lisa. Myslíš, že je to dobrý nápad? Nemôžem ti nič sľúbiť. Najmä keď mám pocit, že neuniknem. Moji rodičia sú beznádejní. Nemôžem sa viazať, mám toho vyše hlavy.“

Dotkla sa mu tváre, chcela ho uistiť. „Netúžim sa viazať. Nechcem sa spoliehať na iných ľudí. Starká tu nebude večne. A keď odíde, nebudem mať nikoho. Nemôžem si dovoliť byť na niekoho odkázaná.“ Dlho bola sama, vedela, že nič netrvá večne. Mama jej zomrela, otec ju opustil. Stala sa sebestačná a bola na to hrdá.

„Možno sa k sebe hodíme. Jedno viem naisto, veľmi dlho som túžil pobozkať ťa a nie som si istý, či dokážem prestať.“ Keď na ňu pozrel, zachvela sa. „Chcem ťa.“ Pritisol sa k nej, potvrdil svoje slová.

„Aj ja ťa chcem, ale nič od teba nežiadam.“

„Možno na to môžeme ísť pomaličky a uvidíme, čo sa stane.“ Hoci cítili telesnú túžbu, dohodli sa, že na to pôjdu pomaly, a Lisa zaspala na jeho posteli v jeho náručí.

Teraz pozrela na Willa a znova rozmýšľala, či si aj on tak jasne spomína na tú noc a prečo jej nezavolal na druhý deň, nezavolal jej celé tri dni, hoci jej to sľúbil.

Bola priveľmi hrdá a nahnevaná na seba, že sa poddala rodiacim sa citom. A tak zdvihla hlavu, na druhý týždeň nastúpila do služby a udržiavala chladný odstup, akoby tú noc nikdy neprežili. Odľahlo jej, že ani on sa o nej nikdy nezmienil.

Kapitola 16

Usadili sa na drevených stoličkách pod veľkým krémovým slnečníkom, šťastní, že na chvíľu unikli pred slnkom. Pri bare vo vedľajšej uličke bola vzadu terasa a ľahko by mohli prejsť okolo bez povšimnutia, ale Will mal neomylný talent nájsť správny podnik a uchmatnúť si posledný stolík.

Zbadal ho okamžite a rozhodne k nemu zamieril.

„Už si tu bol?" spýtala sa Lisa.

„Nie, ale je super, čo?" Už čítal jedálny lístok a tváril sa ako pes, ktorý zavetril korisť.

„Je super, no zvonku tak nevyzerá. Ako si to vedel?"

Výnimočne sa tváril vážne. Ako správny biznismen. „Nevedel som to."

„Tak čo? Máš čuch na dobré reštaurácie? Alebo existuje nejaká tajná šifra, nápis na okne, že tento podnik je dobrý?"

Will sa zasmial. „Nie, za to vďačím Trip Advisoru. Okolo tejto reštaurácie bolo dosť veľké haló, tak som si pomyslel, že jej dám šancu."

„Čo si dáš na pitie?"

Videla, ako prebehol pohľadom okolité stoly, aby zistil, čo pijú ostatní.

„Čo tak dať si Aperol spritz?" ukázal na stolík naproti, kde sedeli dva páry v strednom veku a popíjali z bucľatých pohárov oranžový nápoj.

Zamyslene sa zamračil, zalovil vo vrecku na šortkách a vybral ceruzku a ošúchaný zápisník. „To je obľúbený nápoj Talianov. Celkom som naň zabudol. Rozhodne ho musím zaradiť do nápojového lístka."

Dívala sa, ako si to náhlivo zapisuje, tie rázne pohyby boli preňho typické. Bol rázny a rezolútny. Keď sa raz rozhodol, konal rýchlo. Zdvihol hlavu a Lisa sa usmiala.

„Čo je?"

„Nič." Zhrozil by sa, keby vedel, s kým ho porovnávala. Starká nikdy dlho neváhala, rozhodovala sa rýchlo a nikdy neľutovala ani nepriznala, ak sa rozhodla zle. Jej prístup k životu mal svoje plusy aj mínusy.

Will spokojne odložil zápisník. Keď išlo o biznis, nikdy neváhal.

„Už máš vymyslený jedálny lístok?" spýtala sa.

„Zhruba. Viem, aké jedlá chcem podávať a aký pocit chcem vytvoriť, ale to, že som sem prišiel, mi pomohlo. Marketing by som chcel postaviť na miestnych surovinách, tie by dodali jedlám autentickosť."

„Nikdy som sa nespýtala, ako sa ti páčilo v tej syrárni."

„Bolo to perfektné, Mario mi dal kontakt na chlapíka, ktorý vyrába salámu *nduja*." Vybral mobil a pozrel na displej, čo robil obsedantne celý deň. „Dúfam, že zajtra ho navštívim. Rád by som s ním nadviazal spoluprácu." Kývol hlavou čašníčke na druhej strane.

„Vyskúšam tamto," ukázal na vedľajší stôl.

„Čo v tom je?" spýtala sa Lisa a ľutovala, že to znelo podozrievavo. Mala by sa spoľahnúť na Willa a vyskúšať neznámy nápoj. Je to len drink, nie otázka života a smrti.

„Dva diely Aperolu, tri diely prosecca a jeden diel sódy." A prv než sa stihla spýtať, vysvetlil jej, že Aperol je aperitív, ktorý sa vyrába z horkých pomarančov a byliniek.

„No dobre, skúsim ho," súhlasila a cítila sa ako svetáčka, keď Will objednal drinky sebaisto ako rodený Talian. Nesprával sa ako typický turista, ktorý ďobne prstom do nápojového lístka a neisto si objedná drink.

Sedeli v príjemnom tichu, prezerali si jedálne lístky a vychutnávali si atmosféru. Na terasu sa zmestilo dvanásť stolov, všetky boli obsadené a bolo počuť tlmené rozhovory, čo bola príjemná zmena oproti hlučným davom na Španielskych schodoch.

Jedálny lístok bol písaný po anglicky a bolo v ňom dosť známych jedál, a hoci vyzerali lákavo, jej žalúdok sa bránil.

„Tuším nie som hladná," poznamenala ľútostivo a odložila jedálny lístok. „Na sýte jedlo je dosť horúco. Myslela som si, že zájdeme do poriadnej talianskej *trattorie*, kde podávajú pravú pizzu a chutné cestoviny a kde si môžem dať červené víno. Ale tuším mi nie je súdené jesť ozajstné talianske jedlo, keď som tu."

„Vážne? A na čo si sa tešila? Rybie prsty a fazuľa nie sú na mnohých talianskych jedálnych lístkoch."

„Na pizzu," ohradila sa. „Mám chuť na pizzu a cestoviny… nie na tieto nóbl jedlá."

„Na akú pizzu? Budem hádať. Margheritu?" doberal si ju s úškrnom.

„Tú mám najradšej a ešte bolonské špagety, ale," začala rátať na prstoch, „včera večer som mala mrazenú pizzu a v ten prvý večer sme boli v bare a uvaril si cestoviny, čo bolo fajn, hoci v nich boli tie hnedé čudá…"

„Artičoky."

„To boli artičoky? Vyzerali ako zhnitá cibuľa."

„Ale chutili dobre, nie?"

Lisa pokrčila plecami.

„Ty si ich ani neochutnala, čo?" Will s úsmevom pokrútil hlavou, takže jeho slová nezneli tak obviňujúco.

„Nemám ich rada," vyhlásila Lisa dôrazne a prekrížila si ruky na hrudi.

Will na ňu chvíľu zamyslene pozeral. Keď sa im pohľady stretli, Lisa mierne vystrčila bradu.

„Skúsila si ich niekedy?"

„Viem, že by mi nechutili."

Will zdvihol obočie a zahľadel sa na ňu, na perách mu pohrával úsmev a ona si uvedomila, ako hlúpo to znelo.

„Ako to vieš?"

Očervenela. Tento rozhovor jej nepríjemne pripomínal iný rozhovor, ibaže vtedy mal Will štyri roky.

Will na ňu teraz ďalej pozeral, akoby chcel počuť odpoveď.

„No dobre, nikdy som artičoky neochutnala, dofrasa," prevrátila oči. „Tuším som horšia ako škôlkarka."

Will odložil jedálny lístok. „Žiješ v slobodnej krajine a nikto nemá právo nútiť ťa, aby si jedla niečo, čo nechceš… ale," dodal nežnejšie, „je mi ľúto, že zamešká veľa dobrých jedál."

Spomenula si na intenzívnu chuť sušených paradajok v jeho cestovinách a bola nútená dodať: „Tie sušené paradajky mi chutili, hoci vážne vyzerali ako zbabraný pokus šialeného genetika." Zdvihla ruky, akoby sa vzdávala. „Alebo nie?"

„Všeličo tak vyzerá, ak na to nie si zvyknutá."

„Až do desiatich rokov som si myslela, že hranolčeky sú zvláštny druh potraviny, ktorá sa vyskytuje v našej mrazničke. Šokovalo ma zistenie, že sa vyrábajú zo zemiakov, a ešte viac ma dostalo, že hoci oficiálne je to zelenina, neodporúča sa jesť päť ráz denne."

„Tak to je naozaj hrozné," pripustil Will vážne.

„Tuším si aj ty šokovaný, čo, ty mudrák z Mudrákoviec?"

„Nie."

„Klameš."

„No dobre, som trochu prekvapený."

„Hovorila som ti, že starká si nepotrpí na cudzokrajné jedlá. Možno to bola reakcia na to, že otec zdúchol. *Vidíš, hovorila som ti, že tie cudzie veci sú nespoľahlivé. Ani sa ich nedotkni.*"

„Alebo patrí ku generácii, ktorú vychovali na mäse a dvoch druhoch zeleniny."

„Áno, krava a zelenina z vlastnej záhradky."

„Počul som aj čosi oveľa horšie. To je celkom dobrá strava, ale dnes môžeš ochutnať jedlo z celého sveta. Nečudo, že tvoje vedomosti o jedle sú biedne."

Vzdychla si. „Nerada skúšam niečo nové. Viem, že by som mala, ale... je to ako tie sušené paradajky. Vyzerajú tak hrozne, že sa k tomu neviem donútiť." Zmraštila tvár. „Ale keď som ich ochutnala v tvojich cestovinách, boli celkom dobré."

„Je to otázka chuti," zasmial sa Will. „Mám nápad. Čo keby sme si teraz spoločne dali predjedlo," odmlčal sa, „a keď navštívime tvojho otca, môžeme zájsť na poriadne jedlo. V tých končinách je odporúčaná reštaurácia a varia tam rímske jedlo, ktoré by som rád ochutnal. A robia veľmi dobrú pizzu."

„To znie perfektne." Keď Lisa vzala lístok, ruky sa jej mierne triasli. Povedal to. Pôjdu tam. Nájdu jej otca.

Will akoby jej čítal myšlienky, položil jej dlaň na ruku a odstrčil jedálny lístok nabok.

„Všetko dobre dopadne."

Prikývla, jeho ruka jej pripadala ako záchranné lano. Dnes jej viac ráz pomohol, aby sa cítila lepšie, takmer akoby boli tím. Nie párik, ale dvaja ľudia, ktorí sa spolu cítia dobre. Cítila sa akosi inak, silnejšia, hoci to nedávalo zmysel. Človek je silnejší, keď je sám, keď sa na niekoho spolieha, je slabší, nie?

Lisa vzala jedálny lístok, chcela presne vedieť, čo je v tom predjedle, prv než si ho dá, ale Will jej vzal lístok z rúk a zatváril sa šibalsky, akoby presne vedel, o čo Lise ide.

„Tváriš sa ustarostene," poznamenal.

Vystrčila bradu. „Nie," vyhlásila a rozhodla sa, že sa nespýta, z čoho pozostáva to jedlo. Keby sa jej niečo nepozdávalo, môže jedlo odmietnuť. V predjedlách zvyčajne bola mozzarella, saláma… To mala rada. A bude k tomu chlieb.

Pohrávala sa s príborom na bielom obrúsku, a keď si uvedomila, čo robí, rýchlo spustila ruky do lona.

Will naklonil hlavu nabok, akoby presne vedel, čo jej chodí po rozume. Bol v tom nezvyčajne dobrý. „Mám nápad. Čo keby sme skúsili urobiť malý pokus?"

„Neviem, či sa mi to páči."

Čašník, ktorý im priniesol drevenú tácňu, sa predieral pomedzi stoly a držal tácňu vo výške ako nejakú trofej. Will vstal a pozdravil ho, prv než prišiel k stolu.

Kým popíjali aperolový spritz – Lisa musela uznať, že ide hladko dolu hrdlom a kombinácia pomarančovej arómy s osviežujúcimi bublinkami jej naozaj chutila –, Will upravil stôl. Keď si čašníčka zapísala ich objednávku, odmietol jej vrátiť jedálne lístky a dal ich doprostred stola ako barikádu.

Lisa zazrela biele plátky mozzarelly, natenko nakrájané ružové *prosciutto*, dozlata opečenú *focacciu* s kryštálikmi soli a iné prísady, ktoré nevedela identifikovať, prv než čašník šikovne položil tácňu za barikádu z jedálnych lístkov.

„Nepozeraj sa," Will majetnícky rozložil lístky tak, aby nevidela, čo je za nimi.

„No dobre." Zrazu sa tváril veľmi sústredene a to ju znervóznilo.

„Chcem, aby si zatvorila oči."

„Čože? Tu? Teraz?"

„Áno."

Zahniezdila sa na stoličke, prekrížila si nohy.

„Budem ťa kŕmiť," stíšil hlas a ona preglgla, pulz sa jej mierne zrýchlil.

„Kŕmiť?" zvolala. „To nejde!" Poobzerala sa po okolitých stoloch.

„Nikto to nebude vedieť."

„Ja to budem vedieť. Bude to… divné."

„Budem ťa vzdelávať."

Prekrížila si ruky a zagánila naňho, na koži jej naskočili zimomriavky. „Kto hovorí, že sa chcem vzdelávať?"

„Pracuješ v škole."

„To je úder pod pás," zamrmlala. „Okrem toho mám prázdniny."

„Neskladajú učitelia čosi ako doktori Hippokratovu prísahu? Sľubujem, že budem učiť všetko, čo treba učiť?"

„Ja som len asistentka učiteľky."

Will na ňu pozrel skepticky. „No dobre, neprekáža ti, že ti všeličo ujde?"

„Ale neviem, že mi to ujde. Nezabúdaj, že nevedomosť prináša blaženosť."

„Vzdelanie ti pomôže zistiť, že si žila v nevedomosti." Will žmurkol, takže to neznelo pompézne.

„Presne tak, to znamená, že prídem o blaženosť," zagánila naňho. „Zabudla som, že si chodil na súkromnú školu."

Will sa na ňu trpko uškrnul. „Vďakabohu, mala aj nejaké výhody. Rozhodne bola poriadne drahá. Len nedávno som prestal splácať pôžičku." Pozrel jej ponad plece, akoby sa zahanbil, že mu to ušlo.

Nemusel sa hanbiť, každý vedel, že Will držal rodinu nad vodou.

„No dobre," tvárila sa nahnevane, ale zmocnila sa jej nervozita a skrúcalo jej žalúdok. „Ale ak skončím ako závislá od sušených paradajok, bude to tvoja vina."

Will prikývol a krivo sa na ňu usmial. „Viem si predstaviť aj horšie veci."

„Buď ku mne ohľaduplný. Nijaké chápadlá ani kaviár či surové jedlo, ktoré by sa malo uvariť. A už vôbec nie ustrice," striasla sa. „Ja by som nemohla…"

Will zdvihol ruku, aby ju zastavil.

„Prepáč, už som ticho," pokrútila hlavou. „Je to hlúpe. Som nervózna. Nie je to šibnuté?"

„Nebuď nervózna," Willov tichý hlas ju upokojil a vyvolal v nej túžbu – ktovie po čom. Zrazu sa jej zdalo veľmi dôverné robiť čosi také na verejnosti, cítila sa zraniteľná. Ešte k tomu jesť. Cítila sa tak trochu ako vo filme *9 a 1/2 týždňa*.

„Ver mi," položil jej dlaň na ruku a stisol jej ju, pri tom dotyku jej poskočilo srdce. Potom so šibalským úsmevom dodal: „Budem k tebe jemný."

Toho sa bála najviac.

„Zatvor oči."

Hluk naokolo akoby zosilnel. Počula rytmickú taliančinu od susedného stola, kde sedeli dvaja biznismeni v oblekoch, štrngot kávovej šálky na tanieriku, rinčanie príboru na tanieri, škrípanie stoličiek na kameni a náhly výbuch smiechu. Teplý vzduch akoby jej pohládzal pokožku, jemný vánok jej dvíhal vlhké pramienky vlasov, ktoré sa jej lepili na tvár. Okolo nej sa vznášalo množstvo vôní, až ju šteklili chuťové poháriky, zrazu si uvedomila význam slov „zbiehajú sa mi slinky".

Keď počula, ako Will vzal do ruky príbor a kov cinkol o porcelán, preglgla.

„No dobre, poďme na to." Len si to predstavovala, alebo skutočne znel jeho hlas zmyselne?

Váhavo otvorila ústa a oblizla si pery, nevedela, čo má očakávať.

„Nechcem ťa otráviť, Lisa."

„Tebe sa to ľahko povie."

Počula, ako vzdychol, a vedela si predstaviť jeho krivý úškrn. Sústreď sa na jedlo, ty ťava, hovorila si dôrazne, ale myseľ sa jej uberala iným smerom.

Prvý hlt bol ľahký. Studená mozzarella bola jemná, krémová. Nič nové. Potom prišlo na rad koliesko salámy so slanou cesnakovou chuťou.

„A teraz poďme ďalej," znova stíšil hlas a ona takmer otvorila oči. Robil to úmyselne?

V ústach pocítila vidličku. Toto bolo čosi nové. Pevná konzistencia, takmer gumová, cítila slanú chuť ryby a vôňu byliniek. Najprv si nebola istá, ale keď to požula, tie prísady splynuli a vytvorili dokonalú chuť.

Prekvapene otvorila oči.

„Opíš mi to. Nezamýšľaj sa nad tým. Povedz prvé, čo ti príde na rozum."

„Je to zelené... takmer sladké... cítim v tom rybu."

„Výborne."

Lisa sa rozžiarila. „Dostanem zlatú hviezdičku?"

„Ešte nie," pozrel na tácňu, zvraštil čelo, akoby sa rozhodoval, čo bude ďalej.

„Čo to bolo?"

„*Acciughe in salsa verde.*"

„A ako by si to nazval doma? Mne to nič nehovorí."

„Sardinky s bylinkovou zálievkou."

Lisa urobila grimasu. „Nenávidím sardinky."

Znova sa zasmial. „Chceš povedať, že si ich ochutnala?"

Lisa sa zachichotala. „Len náhodou."

„A chutili ti?"

„Áno," prekvapene prikývla. „Nechutili ako tie, ktoré som jedla predtým. Tie boli suché, slané, chlpaté, nešli mi dolu hrdlom."

„Toto sú čerstvé sardinky. Celkom iné. Sú slané, ale tak trochu sladkasté. A čo olivy?"

„Tými nie som nadšená. Už som ich ochutnala."

„No tieto možno nie. *Castelveltrano.*"

Podržal jej pred ústami veľkú zelenú olivu. Rýchlo ju zhltla, ledva jej ju strčil do úst.

Bola šťavnatá a voňavá, celkom iná ako tie tmavé, horké olivy, ktoré skúšala predtým. „Hm, je lepšia ako väčšina, ale... nie."

„No dobre, a čo toto?" Prv než si to stihla rozmyslieť, strčil jej do úst plátok nasoleného mäsa. Chvalabohu, venoval sa druhému plátku, takže sa mohla sústrediť na chuť, nie na pocit dôvernosti, ktorý vyvolával ten, kto ju kŕmil. Poobzerala sa dookola, dúfala, že ich nikto nepozoruje. Tento plátok mal výraznejšiu chuť ako prosciutto, mäso bolo akési tuhšie, takže ho musela prežúvať. Vychutnávala si slanú chuť hovädziny.

„Dobré."

„Bresaola. Pozri." Keď otvorila oči, ukázal jej plátok tmavočerveného mäsa na vidličke.

„Dalo by sa povedať, že je surové. Nie je tepelne spracované, hoci bolo niekoľko mesiacov naložené v soli."

Strčil si mäso do úst a očividne s chuťou prežúval. Keď mu na blond vlasy dopadalo slnečné svetlo a oprel sa na stoličke, znova si uvedomila, ako dobre vyzerá. Všimla si, ako ho ukradomky pozorujú dve dámy od náprotivného stolíka.

„No dobre, zatvor oči, ide ďalší kúsok." Zrazu si uvedomila, ako zvláštne na ňu pozerá. Dúfala, že jej nečítal myšlienky.

Ďalší kúsok ponúkal zmes chutí a niektoré dokázala pomenovať – bola medzi nimi mierne štipľavá cibuľa, rajčiny a ešte čosi na povrchu, hladké a tak trochu chrumkavé ako mäkký orech. Potom jej Will prešiel prstami po perách, zachytil kúsok, ktorý na nich zostal, a takmer mala pocit, akoby ju pohládzal. Otvorila oči. Will sa tváril nevinne. Chvíľu počkala, potom znova privrela oči, sústredila sa na jedlo, analyzovala ho. Malo sladkú, výraznú chuť. Bolo ostré ako balzamikový ocot, sladké ako rajčiny, malo nádych byliniek a orechov. Prikývla. Všetky prísady jej vybuchli v ústach, ani nehovoriac o jeho dotyku, ktorý ju pálil na perách, čo bol zrejme následok priveľmi bujnej fantázie. Akoby si vôbec neuvedomoval, čo to s ňou robí.

Odkedy odišli zo Španielskych schodov, cítila, akoby jej brnelo celé telo, ani čo by sa jej hormóny prebrali zo zimného spánku a zrazu sa o všetko zaujímali.

„Páni!" znova otvorila oči. Hovorila o chuťovej extáze v ústach, nie o skrúcaní žalúdka. „Čo to bolo?"

„Chutilo ti to?"

„Áno," odvetila opatrne a pozrela mu do tváre. Will vždy vedel, čo robí, ale teraz sa tváril ako stelesnená nevinnosť.

„Bolo to silné," oblizla si pery, „a malo to zaujímavú chuť. Ale určite sa toho nedá zjesť veľa."

„*Caponata*. To je sicílska dusená zelenina pozostávajúca z baklažánov, zeleru a kapár."

„Baklažány nejem," Lisa sa zamračila. „Ale toto bolo skvelé."

„No dobre, teraz posledný kúsok."

Neochotne zatvorila oči, tentoraz bola pripravená na telesný dotyk.

„To bolo ľahké." Chvalabohu, nemusela povedať, čo jej práve dal do úst. Cítila na perách chlebovú placku, nie jeho prsty. „*Focaccia*."

„Dal som ti ju, aby si sa zbavila chuti *caponaty*. Nech sa páči," napichol na vidličku ďalší kúsok mozzarelly, strčil jej ho do úst a celý čas ju pozoroval.

„Aj ty by si mal jesť." Zdvihla drink, odvrátila pohľad. Will očividne nemal potuchy, čo to s ňou robí. „Myslím, že stačilo." Položila jedálne lístky na stôl.

Will zdvihol pohár a pripil si s ňou.

Keď Will zaplatil účet, lebo na tom trval, a Lisa preglgla posledný dúšok lahodného aperolového spritzu, spokojne sa ponaťahovala, hoci to nepôsobilo práve dôstojne.

„To bolo skvelé, ďakujem."

„Nebolo to zlé, čo?" Will vstal.

„Nie, nič som na teba nevypľula," odvetila milo a vzala si klobúk.

„No tak, všetko ti chutilo." Keď kľučkovali pomedzi stoly, Lisa kráčala pred ním.

„Oliva nie," prehodila ponad plece.

„Tak teda okrem olivy, to ti odpustím, lebo mnohí ľudia nemajú radi olivy. Aspoň kým im neprídu na chuť," žmurkol na ňu.

Počkala, kým ju dobehol pri dverách.

„Ty si im už tuším prišiel na chuť."

Keď vyšli na slnko, Will vykrivil pery. „Priamy zásah. Ale?"

„No dobre, *bresaola* a *caponata* mi chutili a priznávam, že by som ich nikdy neochutnala, keby som vedela, čo to je."

„Ani nebudeš vedieť ako a nahovorím ťa aj na chobotnicu."

„Vylúčené. Nezabúdaj, nijaké chápadlá ani prísavky."

„Čo chceš robiť celé popoludnie?" pozrel na ulicu. „Mohli by sme si dať siestu a potom ísť vyhľadať tvojho otca, alebo môžeme ďalej chodiť po pamiatkach."

Pozrela na svoj top s holým chrbtom a šortky a mierne ohrnula nos.

„Nie som si istá, či sa s niekým chcem stretnúť... keď vyzerám takto."

„Tak navrhujem, aby sme šli do apartmánu, osviežili sa a potom môžeme znova vyraziť von."

Prikývla.

„Dobre, ale keď vyrazíme, mala by som niesť toto." Zdvihla mu z pleca tašku a ukázala mu ju spredu, kde bol obrázok veľkého perníkového mužíčka s veľkým sloganom. *Milujem vášnivých chlapov.*

Will si trpiteľsky vzdychol a vzal od nej tašku. „Zrejme by som mal byť rád, že tam nie je: *Ak nosíš ružové šortky, vrhni sa na mňa.*"

Kapitola 17

Will pokrútil hlavou. Lisa mu nemala odpustiť ani zabudnúť, že boli zaprisahaní nepriatelia. No dobre, možno trochu dramatizuje, ale mala zachovávať odstup a správať sa pri ňom ostražito, akoby bol zlý vlk. Nie pokračovať tam, kde prestali a správať sa k nemu... ako? Typická Lisa, všetko brala za pochodu, bola bezstarostná, veselá. Keby to nebol pohnojil, mohli byť stále priatelia. Pohnojil si to, kričalo jeho svedomie, mal by myslieť mozgom, nie nesprávnou časťou tela.

Will sa rozladene hodil na posteľ, ešte bol celý vlhký od veľmi dlhej studenej sprchy, založil si ruky za hlavu a hľadel na strop.

Bolo pekelne ťažké byť priateľom mladej ženy, ktorú by najradšej vybozkával, držal ju v náručí a – toto bolo sentimentálne – staral sa o ňu.

Celý život sa o niekoho staral. Teraz by sa mal starať o seba, preto si nekomplikoval život s dievčatami, s ktorými chodil. Niežeby mnohé chceli pri ňom zostať, keď pochopili, aký má pracovný čas. Dievčatá si v piatok a v sobotu večer túžili vyraziť von. Chceli si víkendy užívať. Predstaviť mu svojich rodičov. On však mal vždy dobrú výhovorku.

Pri Lise nepotreboval výhovorku. Jej desivá stará matka by odplašila každého. Keď sa po tej osudnej noci dovalila tá stará harpya za Willom, najradšej by ju poslal do čerta. Keby ju Lisa nemala tak rada, aj by to bol urobil.

Spomenul si, ako v pondelok o deviatej ráno zastal na dláždenom dvore taxík. Vtedy sa tam nachádzali iba Jason a Ben a v tom čase boli obaja v pivovare v odľahlej stodole.

„Dobré ráno, pani Whitakerová. Čo vás k nám privádza?"

„Pre teba nie som nijaká pani Whitakerová, Will Ryan, a strč si svoj šarm za klobúk. Poznám ťa od tvojich ôsmich rokov, keď si sestre dával do cereálií žaby. A potom si robil to isté Lise, keď som ju priviedla do práce so sebou." Nespokojne vykrivila ústa. „Vtedy si nebol džentlmen."

Hoci jej chcel pripomenúť, že vtedy mal osem rokov a dostal poriadnu bitku za ten priestupok, čo mu pripomenulo, že otca vždy sklamal, neodvážil sa skočiť jej do reči.

Stará mama Whitakerová bola taká naštartovaná, že nemalo zmysel stavať sa jej na odpor. „A počula som, že ani teraz nie si džentlmen." Na to, aká bola drobná, sa vedela poriadne rozohniť, čo by Willa pobavilo, ale vedel, že by mu odfikla guľky, keby čo len zdvihol obočie.

„No dúfam, že dnes ukážeš svoje lepšie ja a že v hĺbke duše si možno čestný muž." Jej jedovatý pohľad naznačoval, že to preňho bude veľká výzva.

Čo na to mohol povedať, keď mal predo dvermi tú drobnú dračicu?

„Chcete ísť dnu?"

Will sa teraz v duchu uškrnul, keď si spomenul na tú scénu.

Starká rýchlo vrhla pohľad na taxík za sebou, potom mu podozrievavo pozrela ponad plece a on si neodpustil nemiestnu poznámku: „Brloh neresti je dnes ráno celkom čistý."

A ona si neodpustila jedovatú poznámku: „O tom nepochybujem. Musím uznať, že vždy si bol poriadkumilovný, dobre som ťa vycvičila." Zacerila sa a dodala: „Skôr mám obavy, či nenaruším nejaké orgie."

„Orgie sa dnes nekonajú. Bolo tu len pár striptérok, ale tie už dávno odišli."

„Vieš, ako to myslím."

Keď si Will uvedomil, o čo jej ide, vzdychol a neveriacky sa spýtal: „Nehovorte, že ste prišli kvôli Lise."

„Kvôli komu inému by som sa sem trmácala?"

Will onemel, bol zhrozený. Keď sa včera podvečer lúčil s Lisou, ani vo sne by mu nenapadlo, že jej stará matka bude búšiť na jeho dvere a brániť česť svojej vnučky. Bože, hádam nebude trvať na tom, aby sa s ňou oženil...

„Ach, nemáš slová?"

„Pravdupovediac, neviem, čo na to povedať. Netuším, prečo ste prišli."

„Naozaj máš takú krátku pamäť? Alebo si sa preorientoval na inú? V tom prípade tu strácam čas."

Will sa pokúšal spracovať, čo hovorí, a mal nepríjemný pocit, že vyzerá ako korunovaný somár, keď sa pokúša nájsť správne slová. S Lisou to bolo iné. Nebola... bola... no dobre, nevedel, čo k nej cíti. Celé mesiace sa usiloval odolávať pokusom o zblíženie, vedel, že keď sa o niečo pokúsi, bude to iné a pekelne sa toho bál. No tento víkend sa priťahovali ako magnety a nevedel jej odolať.

„Lisa je dospelá žena, to, čo sa medzi nami stalo tento víkend, je len a len naša vec, netýka sa to nikoho iného." Will

194

si spomenul na ten pocit zúrivosti. Ako sa jej stará matka opovažuje naznačovať... čo naznačuje? Vystrel sa a mrazivo vyhlásil: „Nepáči sa mi, čo naznačujete."

Starká si jeho slová vysvetlila po svojom. „Pomiluješ ich a necháš ich, to si celý ty. Striedaš ženy častejšie, než ja mením obliečky. Nechcem, aby Lisa bola ďalšou odvrhnutou ženou. Je to dobré dievča, nemala to ľahké, ako dobre vieš. Potrebuje... potrebuje..." Starká bola zrazu biela ako stena a priložila si ruku na hruď, otvorila ústa a zalapala po dychu.

Will sa načiahol za najbližšou stoličkou a odviedol ju k nej.

„Sadnite si. Už vám je dobre?"

Mávla rukou. „Nič... nič mi nie je."

Sedela tam asi minútu s rukou na hrudi, už dýchala normálnejšie a nebola taká biela.

Priniesol jej pohár vody a bez slova ho vypila – čo jasne dokazovalo, že nie je vo svojej koži.

Pritiahol si stoličku a sadol si k nej, kým sa jej do tváre nevrátila farba.

„Mám problémy s krvným tlakom," uprela naňho nepríjemný pohľad. „Môžem kedykoľvek umrieť. Nie si pre ňu ten pravý."

„Nemyslíte, že to by som mal posúdiť ja, pani Whitakerová?" spýtal sa jemne.

„Zabúdaš, že poznám tvojho otca aj mamu. Vernosť nemáte v krvi a ty si toho dôkazom. Prosím ťa, mohol by si nechať Lisu na pokoji?" uprela naňho prísny pohľad. „Chcem vedieť, že sa usadila... prv než odídem. Potrebuje niekoho... muža, ktorý jej bude oporou. Ako vidíš, necítim sa dobre. Daj jej pokoj."

Will sa vystrel, tá spomienka ho mátala. Potvorská starká. Vzdychol si, ale keď bola očividne chorá a mohla kedykoľvek umrieť, nemohol ju ignorovať. S Lisou by im to asi dlho nevydržalo. Ako starká podotkla, Will nebol dobrá partia. A veru nepotreboval ďalšiu osobu, ktorá by naňho bola odkázaná. Starká mala pravdu, napriek tomu, čo hovorila Lisa, potrebovala v živote istotu a tú jej nemohol poskytnúť. Zaslúžila si niekoho oveľa lepšieho.

Ohromene sa vrátil do prítomnosti a počul Lisu chodiť v susednej izbe, prebleslo mu hlavou, či práve vyšla zo sprchy. Čo má oblečené? Navoňala sa tým jemným parfumom, ktorý cítil na jej krku? Je korunovaný somár. Ešte vždy sa mu páčila a nevedel, čo má robiť. Starkej čosi sľúbil. Videl, ako si jeho rodičia ubližovali, a hoci otec s ním nebol spokojný, Will by sa mohol k Lise zachovať správne.

Z nočného stolíka vzal mobil a znova prečítal esemesku, ktorú dostal predtým. Rýchlo vyťukal odpoveď.

Lisa postávala pri dverách. Keďže išli na večeru, rozhodla sa vyparádiť. Žalúdok jej neznesiteľne skrúcalo a zdalo sa jej, akoby ho mala zauzlený. Momentálne netúžila jesť. To bolo pre ňu typické, čaká ju ďalšia večera, ktorá nesplní jej očakávania? Tri večere a ani jedna dobrá.

Will sa vynoril zo svojej izby a veselo si pískal. Najradšej by mu vylepila.

Keď videl, ako sa tvári, prudko zastal.

„Pískam až tak falošne?" spýtal sa.

„Je to nevhodné," vyprskla a cítila sa previnilo.

„Nevhodné pískanie, to je čosi nové. Z toho ma tuším ešte neobvinili." Prevrátil oči, akoby nad tým vážne premýšľal.

„Chceš ma znova vytočiť?"

„Funguje to?"

„Áno."

„Tak chcem.“

„Vidím ti do žalúdka, Will Ryan,“ tľoskla jazykom. „Robíš to len preto, aby si ma odpútal od nepríjemných vecí.“

„Akože ja? Prečo by som to robil?“

„Pretože si milý,“ štuchla ho do ramena.

„Ja že som milý? Tak to sa určite mýliš.“

„Milý nie je veľký kompliment.“

„Aha, tak dobre. Nechcem byť úžasný alebo čosi také.“

„Nie, to ani zďaleka nie.“

„Ani fantastický? Pekný? Boh sexu?“

„Nedaj sa uniesť. Len milý.“

Prešiel si rukou po čele a žalostne vzdychol. „Milý mi zrejme musí stačiť. Tak čo, si pripravená? Mimochodom, vyzeráš dobre.“

„Ďakujem,“ očervenela. „Ideme na vec?“

„Áno, a nijaké strachy. Čo sa má stať, sa stane.“

„*Che sera, sera.*“

„Presne tak. Toto nemáš v rukách. Vyrovnaj sa s tým,“ odmlčal sa. „A poznám aj iné otrepané frázy, môžeš si vybrať. Netušíme, čo sa stane, ale,“ modré oči mu horeli, „nie si na to sama.“

Srdce jej zamrelo a v ústach jej vyschlo. Stála na špičkách, ruku mu položila na plece a pobozkala ho na oholené líce.

„Ako vravím, si veľmi milý.“

Keď sa odtiahla, chytil ju za zápästie, akoby si ju chcel pritiahnuť. Zoči-voči videla trochu peny na holenie, ktorú si nevšimol, a keď na ňu uprene hľadel, zatajila dych.

„Lis…“ V tvári cítila horúčosť, ale nech chcel povedať čokoľvek, rozmyslel si to.

„Poď, mali by sme ísť.“ Chytil ju pod pazuchu a viedol ju z bytu, hoci by prisahala, že si čosi mrmlal popod nos.

Či už to boli otrepané frázy, alebo nie, Willove poznámky sa jej zdali veľmi rozumné. Ibaže Lisa sa necítila rozumne. Skôr si pripadala rozpoltená, napoly ako školáčka pripravená zaliezť do myšacej diery a zabudnúť, že jej otec existuje, napoly cítila napätie, ktoré ju nútilo vrhnúť sa strmhlav do víru udalostí a neriešiť následky. Čo môže stratiť? Tak poďme na vec.

A zrazu to bolo jednoduché. Sedeli na zadnom sedadle auta, Will nadšene rozprával o výhodách Uberu, objednal ho cez svoju aplikáciu v mobile. Odtiaľ prešiel na tému Airbnb a na aplikáciu, ktorá ho upozorňovala na najlepšie kaviarne, a ani nevedela ako a cesty boli čoraz užšie, dlažba hrboľatá, a kým sa natriasali v aute, Will ju upokojoval svojimi rečami. Ocitli sa na ulici, kde možno býva a možno nebýva jej otec. Vedela len to, že kedysi tam býval a jej mama ho tam raz navštívila.

Slnko už kleslo nižšie a ešte vždy bolo teplo, no nie horúco. Lisa si posunula na nose slnečné okuliare. Počuli detský krik, vzdialený smiech sa odrážal od trojposchodových budov po oboch stranách ulice. Na chodník tu nezostalo miesto. Zopár skútrov sa opieralo pri dverách, akoby sa chceli vtlačiť dnu, keby sa nejaké auto rozhodlo prejsť úzkou ulicou a riskovať, že príde o bočné zrkadlá. Na všetkých poschodiach boli v oknách kvetináče s muškátmi. Staré kamenné budovy vyzerali bezvýrazne, na oknách boli staré vyblednuté okenice a dvere zastrčené v kamenných výklenkoch. Cez ulicu sa ťahala šnúra s vypranými montérkami. Lisa mala pocit, že za tými oknami aj dverami pulzuje rušný život, hoci ulica pôsobila ticho a opustene.

Lisa sa medzi turistami v Ríme necítila cudzo, ale tu si zrazu pripadala ako votrelec. Hlavou jej chodilo veľa myšlienok začínajúcich sa slovami čo ak, až mala pocit, že jej exploduje.

Ak tu žije on alebo jeho rodina, čo im povie? Čo urobí?

Takmer by jej odľahlo, keby tam nebol. Zastavilo by to jej beznádejné pátranie. Otázky by zostali nezodpovedané, ale aspoň sa pokúsila nájsť ho.

Váhavo sa nadýchla, na tej tichej ulici to znelo dosť nahlas. Will jej stisol ruku. „Všetko dobre dopadne.“

„Hrozne sa bojím.“

Znova jej stisol ruku, palcom jej prešiel po palci.

„Ďakujem, že si tu, že si sem so mnou prišiel.“

Will pokrčil plecami a pritiahol si ju bližšie. Keď kráčali, predlaktia sa im dotýkali. Bola rada, že keď už boli tam, nepokúšal sa hovoriť nič múdre ani vtipné. Jeho dotyk ju upokojoval.

„Čísla domov veľmi nevidieť,“ zastal pred tmavými dverami.

„Poštár možno každého pozná.“

„Nie, pozri.“ Vedľa dverí bola kachlička s číslom 16. Na jeho adrese bolo číslo 32. Boli v polovici ulice.

Ich kroky klopotali na hrboľatej dlažbe.

Konečne prišli k domu číslo 32. Lisa sa zhlboka nadýchla a hľadela na budovu. Tak ako ostatné domy, ani tento neprezrádzal, či v ňom niekto žije.

Zaklopala na dvere, mierne zahrmotali. Čakali a držala si za chrbtom palce. Pozrela na Willa a vzdychla.

Znova zaklopala, tentoraz silnejšie. Bolo ľahko možné, že tam nikto nie je. Bolo pol ôsmej. Ľudia sa možno ešte nevrátili z práce. Keď zaklopala štvrtý raz, odstúpila a pozrela na budovu.

„Tuším nikto nie je doma,“ poznamenala.

„Vyzerá to tak."

„Dofrasa." Hoci najprv s návštevou otáľala, keď už tam bola, nechcela sa vzdať.

„Môžeme skočiť na drink a vrátiť sa o hodinu. Alebo môžeme zaklopať u susedov. Zistiť, kto tu býva."

Lisa sa poobzerala po ulici. „Pripadám si ako v nejakom horore. Akoby nás z okien pozorovali ľudia, ale nikto nevyjde von."

„Máš bujnú fantáziu. Počuli sme detské hlasy. Za tými dverami je pravdepodobne veľa talianskych matiek, ktoré chystajú olovrant pre deti."

Odstúpili a hľadeli na domy po oboch stranách. Pred jednými dverami stála malá trojkolka, visela na nej farebná mucholapka.

„Zdá sa, že tam niekto je doma."

„Len musíme dúfať, že hovoria po anglicky."

Keď zaklopali na tie dvere, okamžite im otvoril vážny, asi štvorročný chlapec, a kým na nich hľadel, cmúľal si prst.

„Skúsiš to po taliansky?"

„To nezvládnem."

„*Buon giorno,*" povedala Lisa a čupla si na úroveň jeho očí. „Mama?"

Chlapček na ňu chvíľu skúmavo hľadel, strčil si prst hlbšie do úst a pobral sa preč, keď po tmavej chodbe náhlivo prišla mladá žena a hrešila ho. Lisa usúdila, že mu vyčíta, že otvoril dvere neznámym ľuďom.

Žena si zastrčila dieťa za chrbát, prišla k dverám a tvárila sa podozrievavo.

„*Ciao.*"

„*Ciao, parli Inglese?*"

„Nie," dôrazne pokrútila hlavou.

„Ehm… *signor* Vettese?" Lisa ukázala na susedný dom. „*Ici?*"

Nechápala, prečo si myslela, že francúzština ju zachráni.

Žena sa zamračila a mierne sa predklonila.

„*Signor* Vettese?" skúsila znova Lisa.

Žena prikývla. „*Si, signor* Vettese."

„Býva tu?"

Žena začala čosi chrliť po taliansky, rukami gestikulovala.

Lisa sa obrátila na Willa. „Čo si o tom myslíš?"

„Ťažko povedať. Možno tam býval a utiekol s jej najlepšou priateľkou, ktovie. Možno tam býval a odsťahoval sa. Je v práci? Na dovolenke? Očividne pozná jeho meno."

„*Un momento,*" žena zdvihla ruky a zakričala dozadu.

„Vraj máme chvíľu vydržať," preložil Will.

„To som pochopila aj bez teba."

Lise búšilo srdce ozlomkrky.

„Ja len pre istotu," Will nevedel potlačiť úškrn, ale potom si všimol, ako sa tvári.

„Si v pohode?"

„Áno," zašepkala, zrazu akoby nemohla dýchať. Nečakala, že otec tam bude, a keď teraz bolo možné, že je, cítila sa zvláštne. Krútila sa jej hlava. Bolo jej nevoľno.

Na matkino zavolanie prišla zhrbená tínedžerka, plecom sa opierala o stenu, akoby sa nevedela udržať na nohách bez opory.

V ruke mala mobil, na ušiach obrovské biele slúchadlá. Lisa aj odo dverí počula basgitaru.

„Greta, Greta," mama na ňu čosi vychrlila po taliansky.

Dievča si zamračene zložilo slúchadlá. Medzi matkou a dcérou prebehla rýchla výmena, potom matka potisla dievča k Willovi a Lise.

„Mi... parl... hovorím po anglicky." Jej nezrozumiteľný prízvuk naznačoval, že jazyk ovláda len slabo, ale vždy to bolo lepšie ako nič. Jej mama žiarila, akoby dievča získalo olympijskú medailu.

„My dvaja," Will ukázal na seba a Lisu a venoval dievčaťu svoj stokilowattový úsmev, „hľadáme *signora* Vetteseho."

Dievča sa prestalo mračiť. Will zapôsobil ako vždy.

„*Si, si, signor* Vettese," dievčina prikývla, očividne chcela potešiť krásneho Adonisa, pekná mladá tvár sa jej rozžiarila.

„Býva tu?" spýtal sa Will jemne a ukázal na susedný dom.

Lisa mala čo robiť, aby doňho neštuchla.

Dievča zvraštilo tvár, zamyslelo sa. „*Signor* Vettese." Znova prikývlo a pokrútilo hlavou.

„Býva tu?" spýtal sa opäť Will obdivuhodne trpezlivo a ovládol sa, aby nehovoril hlasom, akým sa Angličania rozprávajú s nahluchlými a s cudzincami.

„*Si.*"

A potom znova pokrútilo hlavou.

„Presťahoval sa?"

Opäť sa zamračilo. „*Signor* Vettese?" Prikývlo a ukázalo na dom.

„Zdá sa mi, že nerozumie," zamrmlala Lisa a jej emócie boli ako na hojdačke.

Dievčina na ňu zagánila, potom milo pozrela na Willa.

Lisa sa usmiala. Vôbec sa jej nečudovala, aj skúsenejšie ženy podľahli jeho šarmu vrátane jej samej.

Dievča zdvihlo prst. „*Aspetta.*" Strčilo ruku do zadného vrecka najtesnejších džínsov, aké Lisa kedy videla, šikovne vytiahlo mobil a bleskurýchlo prešlo po displeji. Ukázalo ho Willovi a pozrelo na Lisu, akoby hovorilo: Stavím sa, že to nedokážeš.

Will sa na ňu žiarivo usmial, potom mobil ukázal Lise. „Skvelé. Múdre dievča. Má tam prekladateľskú aplikáciu."

Kým hovoril, naskakovali na displeji slová a dievča sa nadšene usmialo.

„Býva v susednom dome *signor* Vettese?"

„*Si,*" dievča dôrazne prikývlo, vzalo Willovi mobil z ruky, prešlo po displeji a pomaly, zrozumiteľne hovorilo čosi po taliansky, potom mu ho vrátilo.

Ale na pár dní odišiel na služobnú cestu.

Znova si vzalo mobil. Očividne bolo treba stlačiť nejaké tlačidlo, aby zmenilo jazyk.

„Vieš, kedy sa vráti?"

Lisa čakala, kým dievča odpovie a podá mobil Willovi. Bol to dosť neznesiteľný proces, ale možno preto, že mala našponované nervy.

Zatajila dych.

„*Non. Di solito tre o quattro giorni. A volte piu.*"

Lisa si prečítala preklad. *Zvyčajne je preč tri-štyri dni. Niekedy aj viac.*

Niekedy aj viac. Záleží na tom? Tri alebo štyri dni. Nevidela ho dvadsať rokov.

Našli ho. Býva tu. To musí byť dobré. Áno, je to dobré.

No v kútiku duše sa jej to nezdalo dobré.

Neodvážila sa pozrieť na Willa, len nehybne stála, nohy akoby mala vrastené do zeme, bradu vystrčenú. Sťažka preglgla.

O štyri dni jej letí lietadlo.

Srdce jej zovrela úzkosť. Nedokázala pozrieť na Willa, jednoducho nedokázala. Vyhŕkli by jej slzy, ktoré zadržiavala. To je ako naschvál, že prišla tak ďaleko a všetky pochybnosti potlačila. Chcela sa stretnúť s otcom. A teraz sa jej to možno nepodarí. Keď sa možnosť zmenila na potenciálnu realitu, túžila po tom tak silno, ako nikdy nečakala. Nevedela, že je schopná takého citu.

Will jej položil ruku na chrbát. Nepohládzal ju, akoby vedel, že to by spustilo príval sĺz. Len tam držal ruku, aby vedela, že je pri nej.

Srdce jej poskočilo.

Ruku tam nechal, cítila jeho hrejivý dotyk.

Čosi sa v nej prebralo, zalialo ju teplo. Na Willa sa mohla spoľahnúť. Hoci mal povesť plejboja, toto bol skutočný Will, ktorého si pamätala z detstva.

Zašla rukou dozadu a dotkla sa jeho ruky. Prsty jej zovrel prstami, a kým tam stáli plece pri pleci, držal ju.

Zrazu sa jej zdalo, že nie je dôležité nájsť otca, bezvýznamného človeka, na ktorého sa ani nepamätala.

Keď Will prehovoril, omámene naňho pozrela, oči sa mu nežne usmievali.

„Čo chceš robiť?"

Nevedela si pomôcť, vpíjala pohľadom jeho črty, v hrdle cítila rýchly pulz. Keď si uvedomila, že mu hľadí na ústa, očervenela.

Willovi sa zdvihli kútky pier a ten darebák sa naklonil k nej a zašepkal: „Okrem toho."

Prísne naňho pozrela, ale ani to mu nezmazalo diabolské ohníky, čo mu tancovali v očiach, a rýchlo jej stisol ruku.

Teraz na ňu upierala zvláštny pohľad aj tá tínedžerka. Musí sa dať dokopy.

„Ak tu nechám odkaz, odovzdáš mu ho, keď sa vráti?"

Prv než nabehol na mobile preklad, Will vylovil z vrecka na svojich najlepších bermudách pero a malý notes a vytrhol z neho stránku.

„Nie, nie," matka priskočila k nemu, tvárila sa zhrozene. Počas celej výmeny ich skúmavo sledovala a očividne dospela k vlastnému záveru. „*Aspetta, aspetta,*" odbehla a vrátila sa s papierom a obálkou. Strčila ich Willovi do rúk a potľapkala mu ich.

Na tieto Talianky očividne zapôsobil, ale Lisa im to nemohla zazlievať.

Podal jej papier.

Lisa si zahryzla do pery, trasúcou sa rukou vzala pero.

Preboha, čo mu napíše? Ahoj, oci. Milý otec. Vážený *signor* Vettese. Zdravím, som Tvoja dávno stratená dcéra. Chceš sa so mnou stretnúť? Ak áno, tu je moje číslo. Nie, to znelo hrozne melodramaticky. Myslel by si, že dramatizuje.

Zatiaľ urobila na papieri len pár bodiek.

„Je to ťažké."

„Ty to zvládneš," Will sa jej prihovoril tichým, ráznym hlasom a štuchol ju do chrbta, aby pokračovala.

Zvraštila tvár a rozmýšľala, čo napísať. Malo by to byť niečo jednoduché. Nechcela, aby to znelo zúfalo, a nechcela ho odplašiť. Len chcela, aby vedel, že už je dospelá, nezávislá žena. Bolo to ťažké. Mohla napísať oveľa viac, ale nakoniec vecne, nudne napísala:

Ahoj, niekoľko dní budem v Ríme. Rada by som sa s Tebou stretla, ak nemáš nič proti tomu.

Lisa Vetteseová

Will do nej strčil. „Telefónne číslo."

Plesla si rukou po ústach. Hlupaňa! Rýchlo ho doplnila na papier, potom ho zložila, strčila do obálky a napísala na ňu jeho meno. Vittorio Vettese.

Matka dievčaťa mala slzy na krajíčku, vzala obálku, vrúcne si ju pritisla na hruď, hovorila piate cez deviate, ale očividne sľubovala, že bude obálku strážiť ako oko v hlave a postará sa o jej doručenie.

Jej dcéra opovržlivo pokrútila hlavou a naposledy povedala niečo do mobilu.

Potom nahlas zadŕhavo prečítala preklad: *Vyzeráš ako on.*

Kapitola 18

„Dám si *bucatini amatriciana*."

„A ja si dám pizzu Margheritu," povedala Lisa, spokojne zaplesla jedálny lístok a podala ho čašníkovi.

„Istota je istota," doberal si ju Will.

„Presne tak. Myslím, že po dnešku si ju zaslúžim. Okrem toho som sa na ňu tešila, odkedy som pristála na rímskom letisku, kamarát." Poobzerala sa po rušnej reštaurácii a odpila si z červeného vína, tvár sa jej takmer stratila vo veľkom baňatom pohári. „Mimochodom, to víno je skvelé."

„Je dobré," spokojne k nemu privoňal. „Miestna odroda hrozna. *Cesanese.* Chcel som ho vyskúšať. Aj tie *bucatini*."

„V živote som o nich nepočula. Čo je to?"

„Čosi ako hrubšie špagety, ale duté. V Ríme sú bežné a chcem ich mať na jedálnom lístku."

„Kedy asi otvoríš?"

„Dúfal som, že otvorím víkend po Camovej a Laurinej svadbe v prvý septembrový týždeň. Pravdupovediac, tá ich svadba mi urobila škrt cez rozpočet. Hoci po tomto týždni by som mohol vedieť, čo ponúknem na jedálnom lístku. Na zajtra ráno sa mi podarilo vybaviť pozvanie do miestneho veľkoobchodu Virginnies. Dúfam, že budú mať všetky suroviny. Rád by som našiel dobrý olivový olej a balzamikové octy, ako bol ten, čo sme ochutnávali dnes. A ak sa mi ozve Charles, podvečer plánujem navštíviť," pozrel na mobil, „vinárstvo, kde vyrábajú víno, ktoré práve piješ."

Lisa mierne povädla. Zajtra. Čo bude robiť zajtra? Čas sa bude vliecť ako slimák, kým bude na ihlách, či sa jej ozve otec.

Will videl, ako sa tvári. „Ak chceš, môžeš ísť so mnou," uškrnul sa na ňu. „Ďalšia lekcia v oblasti gastronómie. Charles a Dorothea sú starí priatelia mojich rodičov a pozvali ma na návštevu. Rád by som šiel na ochutnávku do vinice v ich susedstve. Je to asi hodinu od Ríma, ale keďže si musím prenajať auto, mohli by sme trochu preskúmať okolie. Na chvíľu sa vyhnúť davom. Pokochať sa prírodou."

„To znie dobre."

Keď jej priniesli pizzu, vychutnávala si každý hlt, hoci Will si ju doberal, že nemá zmysel pre dobrodružstvo.

Chrumkavá pizza pečená na ohni s chutnou paradajkovou omáčkou bola taká lahodná, ako vyzerala.

„Ach," zastonala po prvom hlte, „to čakanie stálo za to. A čo povieš ty?"

Will s plnými ústami zdvihol palce.

Pozrela na jeho tanier.

„Hm, tuším ti závidím. Čo je v tom?"

„To ti nepoviem, musíš to ochutnať." Posunul tanier k nej a smial sa, keď si nešikovne naberala cestoviny.

„Takto." Willovi sa nejakým zázrakom podarilo namotať cestoviny na vidličku a strčil si ich do úst.

Zhíkla. „To je pikantné!" Dala si poriadny dúšok vody a Will sa ležérne usmieval, keď si ovievala tvár. „Tak už mi povieš, čo v tom je?"

„Ty mi to povedz."

Zaklonila sa. „Nejaké mäso. Slanina?"

„*Pancetta,* ale bola si blízko."

„Čili a paradajky."

„Tuším z teba urobím gurmánku."

Pri malom stolíku sa uvoľnene rozprávali a v reštaurácii okolo nich bolo počuť šum rozhovorov. Bavilo ju pozorovať Willa, ako so záujmom pokukuje na jedlá, ktoré servírovali pri okolitých stolíkoch, obracal hlavu ako dychtivý labrador, hoci pritom bol pozorný spoločník, kradol jej kúsky pizze, ponúkal jej cestoviny a dolieval víno.

Lisa si ani nespomínala, kedy si naposledy tak vychutnala jedlo. A nešlo len o jedlo a víno, ale aj o Willovu snahu, aby jej chutilo.

„Kvapni si na mozzarellu trochu balzamikového octu a ochutnaj to."

Naučil ju omáľať víno v ústach, aby si naplno užila jeho chuť. Nedržal jej prednášku ani sa pri ňom necítila hlúpo, jednoducho nevedel ovládnuť nadšenie. Uvedomila si, že inokedy si nemôže vychutnať jedlo takto uvoľnene. V bare mal vždy práce vyše hlavy – musel riešiť dodávateľov, objednávať suroviny, prať obrusy, platiť personálu. Will bol stále v jednom kole.

Práve sa smiala na anekdote o jeho kuchárovi Alovi, ktorý mal rád bizarné kombinácie, a vtedy jej zazvonil mobil. Pozrela na displej a zamračila sa. Starká.

Málokedy jej telefonovala, a keď zavolala, bolo jej jedno, že Lisa možno práve niečo robí. No nevolala by jej do Talianska, keby to nebolo dôležité, nie?

„Prepáč, volá mi starká. Nebude ti prekážať, ak prijmem hovor?"

„Vôbec nie."

Lisa sa ustarostene zamračila. „Ahoj, starká. Všetko v poriadku?"

„Nevieš, kde sú tie semienka?"

„Aké semienka?" Lisa si vzdychla a okamžite sa uvoľnila. Pokiaľ išlo len o semienka, všetko bolo v poriadku.

„Papuľky. Kúpili sme ich minulý týždeň u Morrisona."

„Nie sú v škatuli so semienkami?" Lisa mierne pokrútila hlavou na Willa, ten s úsmevom popíjal víno. „Prepáč," naznačila mu ústami.

„To je v poriadku," naznačil jej.

„Keby tam boli, asi by som ti nevolala, nie?" Keď Will počul jej hlasnú odpoveď, zrazu sa uškrnul. Očividne zachytil každé slovo.

„Prepáč, ale naozaj neviem. Ty si vybaľovala nákup. Nedala si ich do skrinky s čajom?"

„Prečo by som ich tam dávala? Vieš, ešte nie som senilná."

Lisa jej nechcela pripomínať, že niekedy je zábudlivá. Pred pár týždňami našla v rúre bielizeň na pranie.

„Je to susedná skrinka, mohla si to urobiť bez rozmýšľania." Počula, ako v kuchyni búchajú dvierka na skrinke.

„Starká, som v Ríme. Nemôže to počkať, kým sa vrátim?"

„Hm, takže musím tancovať, ako mi pískaš, čo? Zrejme mi iné nezostáva, keď tam zbytočne strácaš čas. Našla si už toho ničomníka?"

„Nie celkom. Len..."

„Myslela som si, že ho nenájdeš. Už je preč celé roky. Ale aj tak dobre. A čo ten tvoj taliansky fešák?" Will si teraz so záujmom prezeral obraz na stene oproti.

„Giovanni? Ten je fajn."

„Hm."

„A čo tvoje georgíny?"

„Topia sa v daždi. Stále tu leje."

„A užívaš lieky?" Lisa vedela, že jej otázka ju nepoteší, ale musela sa spýtať.

„S tým nezačínaj. Bolí ma z nich žalúdok."

„Starká, sľúbila si mi to."

„Nič som ti nesľúbila."

„Musíš ich užívať. Vieš, čo ti povedal doktor."

„Ten fušer? Odkedy môže človeka zabiť to, čo má rád?"

Dosť často ho to môže zabiť, pomyslela si Lisa, ak deň čo deň jedáva to, čo má rád.

„Keby som sa napchávala tým, čo mi kázal, to akoby som už bola nebohá."

„Tak nehovor."

„Prečo? Je to pravda. Každý deň môžem zomrieť." Lisa povädla. „Aha, našla som ich. Boli hneď pri čaji. Strčila si ich do nesprávnej skrinky. Tak ich idem zasiať." A ukončila hovor.

Lisa zastonala a položila si hlavu na stôl. „Bože dobrý, mám ju rada, ale privádza ma do zúrivosti. Chce zasiať semienka v tomto čase."

„Takže nič vážne?" spýtal sa Will.

„Nie!" Lisa nešťastne vzdychla. „Pokiaľ užíva lieky. Je to hotová nočná mora. Odmieta poslúchnuť doktora." Frustrovane stisla pery.

„Ale nemá… problémy, však?" Will sa tváril veľmi ustarostene.

Lisa s povzdychom pozrela na plafón. „Má vysoký krvný tlak." Slová sa jej zasekli v hrdle. „Ak nebude užívať lie-

ky, hrozí jej mŕtvica. No nechce poslúchať doktora ani...
m-mňa." Zahanbene zažmurkala, potláčala slzy. „Tá mŕtvica
by ju..." ironicky sa zasmiala, „zabila. A to doslova. Nezniesla by, keby bola telesne slabá a od niekoho závislá. Môžem urobiť len to, že sa postarám, aby sa vyhýbala stresu a užívala tie potvorské lieky."

Will bol z toho celý nesvoj, hral sa s mlynčekom na čierne korenie a nepozeral jej do očí.

„Neuvedomil som si, že je taká chorá..."

„Ani ona si to neuvedomuje. Keď som s ňou naposledy bola v špitáli, doktor jej to jasne povedal, ale nechce počúvať."

Will si zamračene trel čelo.

Keď čašník vzal ich taniere, dal im lístok s dezertmi.

„No dobre, čo mi odporúčaš?" Lisa študovala ponuku. „Upozorňujem, že chcem, aby bola v dezerte aspoň tretina čokolády, inak nemám záujem."

Will bol očividne duchom neprítomný a neodpovedal.

„Čo mi navrhuješ?" naliehala.

„Hm, čokoládovú zmrzlinu."

Lisa sa zasmiala. „Čakala som, že navrhneš niečo originálnejšie. Čokoládová zmrzlina je istota. Čo tiramisu? Aké je?"

„V tiramisu je kofeín." Odložil mlynček na čierne korenie a hral sa s vreckami cukru na stole.

Lisa ešte chvíľu študovala lístok.

„Ty si čo dáš?"

„Nemám chuť na dezert... ale ak chceš, daj si ho."

„Tak si teda dám tiramisu." Lisa sa vystrela, bola na seba hrdá, hoci Will akoby si to nevšimol. „Tiramisu. Nezapôsobila som na teba? Nie som vzorná študentka?"

Will prikývol, zaujatý vreckami cukru. „Áno, to je veľký pokrok."

Prišiel čašník, aby si zapísal ich objednávku.

Will pokrútil hlavou. „Ďakujem, ja si nedám nič.“

Lisa zošpúlila pery. Ona si veru dá dezert, presnejšie tiramisu. Alebo nie? Ale zrazu na to nemala chuť.

„Kávu?“ Čašník sa zatváril smutne, akoby bral osobne, že odmietli dezert.

„Máte čaj?“ Lisa pozrela na Willa, ale rozhodla sa riskovať.

„Áno, *signorina,* máme zelený čaj, mätový alebo čierny čaj.“

„Prosím si čierny.“

„A vy, pane?“

„Ďakujem, nič viac.“

Čašník prikývol a odišiel, prv než Lisa stihla zrušiť objednávku.

„Prepáč, nebola by som si objednala čaj, keby som vedela, že ty...“

„To je v pohode.“ Jeho zaťatá sánka však nasvedčovala, že to nie je v pohode.

„Stalo sa niečo, Will?“ spýtala sa napokon.

Aspoňže mal dosť slušnosti a zatváril sa zahanbene.

„Prepáč,“ znova sa zamyslene zamračil. „Trochu ma bolí hlava. Bol to náročný deň a zajtra mám nabitý program.“

„To mi je ľúto, prečo si mi to nepovedal?“

Pokrčil plecami.

„Nechceš paracetamol?“

„Nie, ďakujem.“

Odpila si z čaju, ale vzdala to. Will mlčal a cítila sa previnilo.

„Tak poďme. Zaplatíš?“

Vonku na nich čakal Uber. Will použil svoju zázračnú aplikáciu.

„Páni, vonku je dosť rušno."

„Mmm," zamrmlal Will a skroloval v mobile.

Lisa pozerala cez okno, zrazu bola veľmi unavená.

Bol to dlhý, citovo náročný deň a Will jej bol veľkou oporou. Nečudo, že ho bolela hlava. Od skorého rána boli v jednom kole.

Keď sa Uber predieral dopredu, premávka bola aj v tomto čase rušná ako cez deň. Spustila okienko, aby vyvetrala, ale dnu preniklo len trúbenie klaksónov a výfukové plyny.

Hľadela cez okno a premýšľala, že ešte zostalo veľa pamiatok, ktoré nevidela. Večer boli kostoly ožiarené správne umiestnenými reflektormi, ktoré osvetľovali siluety sôch, kupol a veží na pozadí nočnej oblohy.

Will si to nevšímal a celou cestou sa venoval mobilu, jeho svetlo žiarilo v tme a uvedomovala si, že je duchom neprítomný.

Konečne Uber zastal pred bránou k ich apartmánu. Mlčky prešli po príjazdovej ceste, cikády v tráve naľavo cvrlikali, a keď začuli ich kroky, stíchli, len čo sa vzdialili, znova sa ozvali.

Keď prišli k dverám do apartmánu, Lisa vrazila do Willa, lebo obaja hmatkali v tme po vypínači. Prstami sa obtrela o jeho prsty a obaja stuhli. Pri tom letmom dotyku Lise stislo srdce. Hoci v skutočnosti sa nič nezmenilo, skôr sa to zhoršilo. Po dnešnom dni zrejme ľúbila Willa viac než pred deviatimi mesiacmi.

V krátkom záblesku svetla zazrela, že Will má bolestne zvraštenú tvár.

Dotkla sa jeho ramena. „Ach, Will, tuším skutočne trpíš."

Strhol sa, čo ju prekvapilo.

„Určite nechceš tabletku?"

„Nie," zahundral. „Len potrebujem trochu pokoja." S tým vošiel do svojej izby a zatvoril dvere.

Kapitola 19

„Ránko..." zamrmlala Lisa.

„*Buon giorno*," Gisella jej nonšalantne kývla od stola s raňajkami, kde s Willom študovali mapu.

„Ránko," odzdravil Will trochu priveľmi veselo.

Bolesť hlavy mu očividne prešla. Lisa rozpačito postávala, mala pocit, akoby vstúpila na javisko uprostred dejstva, v ktorom nemala úlohu.

Kde sa tam vzala Gisella? Will sa o nej včera nezmienil. Lisa mala pocit, akoby bola zavalená informáciami, ale nič nedávalo zmysel.

Nevšímala si nepríjemnú bolesť v hrudi, naliala si kávu a rozhodla sa, že si ju vezme do svojej izby.

„Ako sa ti páči Rím?" Gisella uvoľnene sedela pri Willovi, ktorý popíjal kávu, prekrížila si nohy a obdivovala svoje drahé kožené topánky.

Lisa k nej nemohla byť hrubá, hoci najradšej by utiekla a skryla sa. „Je to krásne mesto. Množstvo pamiatok," odvetila odmerane a dúfala, že čím skôr unikne.

„Veru. Ani ja som nevidela všetky," stíšila hlas, takže znel zmyselne. „Nikdy som nebola v Sixtínskej kaplnke." Prehodila si vlasy cez plece. „Vždy bolo rušno."

Mala rušno ona, alebo bolo rušno v kaplnke?

„Vždy sú tam davy turistov," Gisella zošpúlila pery, potom sa jej tvár rozjasnila a dodala: „Ale ty by si tam mala ísť."

„Ďakujem," zrazu sa jej zmocnil hnev, že ju tak odbila.

„Kam sa chystáš dnes?" spýtala sa Gisella, ale prv než Lisa stihla odpovedať, Willova spoločníčka dôležito vyhlásila: „My s Willom ideme na ochutnávku do Virginnies."

Lisa pozrela na Willa. Študoval obsah šálky, akoby skrývala tajomstvá vesmíru.

„No... ani neviem..." Pichlo ju pri srdci. Zdalo sa jej, že odvčera sa všetko zmenilo.

Will na ňu ostro pozrel, na chvíľu mu tvár znežnela, potom povedal: „Môžeš ísť s nami, ak chceš, ale obávam sa, že by ťa to smrteľne nudilo."

Zvláštne, že včera sa mu to nezdalo, keď naliehal, aby ochutnala figový balzamikový ocot a kúpil fľašu. A čo ten výlet do vinárstva? Zaprela sa prstami do dlážky, akoby sa nechcela pohnúť z miesta, hoci by najradšej utiekla. Aká je hlúpa!

Gisella sa zasmiala. „Určite Lina..."

„Lisa," opravila ju ostro, vystrela plecia a maskovala zúrivosť ľadovým pokojom. Will môže ísť, s kým chce, nie je jej... hm, nie je jej nič. Včera sa nad ňou zľutoval, keď jej pomáhal nájsť otca. No má dosť svojich povinností.

Gisella bezstarostne mávla rukou. „Určite nechce ísť s nami."

Ak to bude také nudné, prečo tam chce tá Talianka tak veľmi ísť? Veru nebola oblečená na ochutnávku octov, keď mala na sebe biele džínsy a červenú blúzku odhaľujúcu dohneda opálené hladké plecia. Lisa sa chvíľu cítila ako úbohá slúžka. Dofrasa, nechcela stráviť s Willom ani o minútu viac, než bolo treba, ale nedovolí Giselle, aby sa pri nej cítila druhoradá.

„Vlastne," Lisa pohodila vlasmi, mala ich dlhšie, hustejšie a blond na rozdiel od Giselly, „myslím, že to môže byť fascinujúce. Ako vravíš, do Sixtínskej kaplnky môže ísť hocikto."

Gisella sa zamračila. Očividne nič také nemala na mysli.

„Kedy budem mať možnosť ísť na ochutnávku balzamikového octu?"

Lisa sa neodvážila pozrieť Willovi do tváre a vybehla z miestnosti.

„Musíš si sadnúť na zadné sedadlo," vyhlásila Gisella upäto, neusilovala sa upratať neporiadok vzadu. „Nečakala som ďalšieho spolujazdca."

„To je v pohode," vyhlásila Lisa až prehnane milo a odstrčila veci nabok.

Will v duchu vzdychol. Mal vedieť, že to nie je najlepší nápad. Bol somár, keď včera večer zavolal Giselle.

Keď prechádzali rušnou dopravou na predmestí Ríma, Gisella neprestajne rozprávala, ale tak ticho, aby ju Lisa vzadu nepočula.

„Tak teda Fabriganzi sa špecializujú na morské špeciality." Položila mu ruku na koleno. „To by sa ti páčilo. Na stôl sa čaká aj dva týždne, ale mohla by som ho vybaviť na večeru."

Bol by radšej, keby naňho nevrhala tie zmyselné pohľady a sústredila sa na šoférovanie. Jazdila ešte horšie než iní Taliani.

„Alebo je tu ešte Odin, ten získal minulý mesiac dve michelinské hviezdičky. Poznám tam šéfkuchára, Gino Lorenzini je skvelý kuchár, hrozný milenec. Vlastne tam nemôžeme ísť."

V poslednej chvíli odbočila tak prudko, až auto takmer išlo na dvoch kolesách. „Zúri, že som bola na večeri s jeho hlavným rivalom Giorgiom. Tak ten je dobrý v oboch smeroch."

Gisella si očividne robila zárez na peľasti za každú michelinskú hviezdičku.

„Zavolám Giorgiovi, určite pre nás nájde voľný stôl," významne pozrela na Willa. „Koniec koncov dlhuješ mi večeru. Mimochodom, ako sa ti páčilo u tých výrobcov syrov? Nebolo to bohviečo? Nijaké strachy," potľapkala mu po kolene a prešla na stehno, „Giorgiova reštaurácia je fakt dobrá."

Will zaťal sánku a zježili sa mu chĺpky na šiji. Vycítil, že Lisa počúva každé slovo. Gisellino nehanebné flirtovanie ho z nejakého dôvodu uvádzalo do rozpakov. Ktovie prečo? Veď preto ju dnes pozval. Túto hru mal radšej hrať vo sne. Zvyčajne bez problémov opätoval flirtovanie, čakal, kam povedie. Preto ho tá noc s Lisou tak vyplašila. Pri nej cítil čosi, čo považoval za nemožné.

„Mám na programe ďalšie návštevy. Uvidíme. Možno na to nebudem mať čas," uvedomoval si, že Lisa mlčí.

Gisella sa nevzdávala. Jednoducho mu stlačila stehno a zašla prstami vyššie. „Čas sa vždy dá nájsť," povedala hrdelným hlasom, ktorý znel ako pradenie a patril skôr do erotického filmu.

Keď prišli do Virginnies, odľahlo mu, keď vystúpil z auta pri rade tmavých skladov pod oblúkmi mosta, po ktorom jazdil vlak.

Lisa vyliezala z auta, a keď jej podržal otvorené dvere, opovržlivo naňho pozrela a vystrčila nos dohora.

Dofrasa! Zagánil na ňu a odstúpil, aby mohla prejsť, podal jej ruku, aby jej pomohol. Úmyselne ruku ignorovala, zacho-

vávala odstup, akoby mal nejakú nepríjemnú chorobu, a obrá-
tila sa mu chrbtom. Keď zacítil jemnú vôňu jej parfumu zmie-
šanú s opaľovacím krémom, spomenul si, ako na Španielskych
schodoch prechádzal rukami po jej jemnej pokožke.

V žalúdku pocítil šteklenie. Dofrasa! Včera nemal veľké
očakávania. Uzavreli prímerie, aby nejako prežili ten deň, ale
v priebehu predpoludnia rezignované kamarátstvo prekro-
čilo nedefinovateľnú hranicu a prešlo do príjemného flirto-
vania, aké spolu prežívali predtým. Keď mu porozprávala
o svojom otcovi, musel jej pomôcť. Chápal, prečo sa cíti od-
mietnutá a chce zistiť, prečo otec odišiel.

Od chvíle, keď si uvedomila, že otec nie je doma, zmocnil
sa ho nepokoj a pud sebazáchovy bojoval s túžbou uistiť ju,
že na to nie je sama. Alebo si možno uvedomil, aký je sám
osamelý, a nebol to dobrý pocit.

Dnes ráno sa mu zdalo, akoby bol nútený tancovať tanec,
ktorého kroky nepoznal, ale, žiaľ, nemohol to zazlievať niko-
mu inému, len sebe.

Keď prešli cez vysoké klenuté drevené dvere, ochutnávka
bola v plnom prúde, v studenom interiéri boli na dlhých stoloch
rozložené číslované oleje a octy s opisom zloženia a výroby.

„*Signor* Manelli, teší ma, že sa s vami konečne stretá-
vam." Will si s ním v posledných dňoch mailoval.

„Hovorte mi Franco. Aj mňa teší, že vás vidím. A Gisella
je vždy príjemná spoločnosť. Kto je táto mladá dáma?" Ho-
voril s výrazným talianskym prízvukom, čo Lisu pobavilo.

„Toto je Lisa, moja…" odmlčal sa, na chrbte mu naskočili
zimomriavky, keď videl, ako ho obe ženy pozorujú – Lisa vy-
zývavo, Gisella chladno, ale s prižmúrenými očami. „Býva
u môjho kolegu Giovanniho, ten, žiaľ, musel odísť kvôli ne-
jakej rodinnej záležitosti." Odkedy hovorí ako nejaký veľ-

komožný pán z devätnásteho storočia? Lisa sklonila hlavu a skúmala si prsty na nohách.

„Teší ma, že vás spoznávam, Lisa. Dúfam, že sa vám u nás bude páčiť. Pripravili sme skvelé výrobky, ktoré môžete ochutnať."

„Ach, to nech vás netrápi, Will je na to odborník," vrhla naňho ľadový pohľad, „rád skúša viac vecí naraz. Ja netuším, o čo ide."

Will si pomyslel, že asi je tam jediný, kto v jej hlase vycítil náznak uštipačnosti. Jej slová v ňom vyvolali pocit viny. Vôbec naňho nepozrela.

Franco spojil ruky, bucľatá tvár mu žiarila. „S radosťou vám všetko ukážem."

Viedol ich okolo radov dlhých stolov, pri ktorých ľudia s písacími podložkami v rukách chodili hore-dolu. Vo vzduchu sa vznášala vôňa olív, mandlí a pomarančov. Ľudia si potriasali ruky, namáčali chlieb a pomaly pochvalne prikyvovali. Will sa nevedel dočkať, kedy aj on začne ochutnávať. Mal predstavu, čo chcel, ale vždy keď si v duchu premietal svoj zoznam, počul Lisin ľahký smiech, a keď videl jej blond hlavu pri Francovej tmavej, bol rád, že má plešinu.

Gisella mu strčila ruku pod pazuchu a pritisla sa k nemu. Keby pozrel dolu, uvidel by jej pôsobivý dekolt. „Franca tuším Lisa uchvátila."

„Mmm," zamrmlal Will a vybral svoj ošúchaný zápisník. Znova pozrel na Francovu plešinu. Vyzerala ako mníška tonzúra.

„Ideme tadiaľto? Môžeme ich dobehnúť neskôr," Giselle znel v hlase prísľub a viedla ho uličkou opačným smerom.

O hodinu sa Will ocitol vedľa Lisy stojacej pred stánkom s ochutenými balzamikovými octami.

„Nemôžu chutiť ako čokoláda alebo káva, nie?" chichotala sa Lisa s chlebom v ruke.

„Si, si, ochutnajte ho," nabádal ju mladý Talian za stolom.

Opatrne namočila chlieb a kúsok si z neho odhryzla.

„Ach!" zvolala, keď zbadala Willa. Keď sa naňho usmiala, uľavilo sa mu. „Páni moji, Will, toto musíš ochutnať. Je to úžasné. Skutočne to má chuť čokolády a kávy."

Strčila mu kúsok chleba do úst, a keď sa mu prstami obtrela o pery ako v spomalenom filme, uvedomila si, čo urobila. Ruka jej zavisla, prstami ho takmer pohládzala, a keď sa im stretli pohľady, preskočila medzi nimi iskra.

Prestal vnímať okolitý hluk. Mal zvláštny pocit, akoby ho niekto kopol do hrudnej kosti.

Potom ruku odtiahla.

„Ty ťava! Tie nohavice sú od Armaniho," skríkla Gisella, keď jej na stehná dopadli kvapky tmavého octu, také scény sa odohrávajú iba v kriminálkach.

Gisella sa vtlačila medzi nich dvoch v nesprávnej chvíli a Lisa zavadila rukou o tanierik na stole, ten letel elegantným oblúkom vzduchom.

Doparoma! Prečo to robím? premýšľal Will. Gisellin výkrik znel ako volanie sirény upozorňujúce na všetky jeho chyby, ktoré sa zrazu zmenili na veľkú katastrofu. To, že sa pozval do Talianska v tom istom čase ako Lisa, bol len prvý z celého radu chybných nápadov.

Keď s ňou včera strávil deň, potvrdilo sa to, čo celý čas vedel. Pocity, ktoré sa pokúšal popierať, prerástli do túžby, ktorá mu zaplavila telo adrenalínom, až mu bolo zle. Vyvolávalo to v ňom silné obavy a nádej.

„Urob niečo, Will!" Gisellin krik takmer spôsobil, že mu praskol bubienok.

Napríklad čo?

Rozliaty ocot sa rozpíjal na látke ako atrament na pijaku.

„Neboj sa, Gisella," Lisa zúfalo pozrela na Willa, zdalo sa mu to neférr. Čo od neho čakala? Čo má urobiť?

„Určite sa to dá vyprať. Ale nech sa páči, mám tu vlhčený obrúsok." Prehrabávala sa v taške s Perníkovým mužíčkom ako novodobá Mary Poppins.

„To tie fľaky len rozmaže."

„Nie, sú to obrúsky na odstraňovanie fľakov."

„Kto so sebou nosí také obrúsky?" spýtal sa Will neveriacky, keď Lisa vylovila balíček.

„Niekto, kto celý život lozí po dlážke pri malých deťoch a odstraňuje všetko od moču, hovienok, grcaníc, farby až po lepidlo," vyprskla Lisa, a keď si prehodila vlasy cez plece, vyzerala tak úchvatne, až ju túžil hodiť na najbližší stôl a pomilovať.

Will si trasúcou sa rukou prehrabol vlasy. Teraz mal vážne problémy.

„Sú zničené." Aj Gisella pohodila vlasmi, očividne si uvedomovala, že všetky oči sa upierajú na ňu. „Dúfam, že mi kúpiš nové nohavice, Will."

„Najprv sa pokúsim ich vyprať," odbil ju Will stroho, zošpúlil pery, hanbil sa za seba, ale jej teatrálny výstup ho rozčúlil. Tak mu treba, že sa zahrával.

Lisa naňho opovržlivo zagánila, a to veľmi nepomohlo.

„Tak poď, Gisella, zájdeme na toalety, určite to očistíme."

„Hm," Gisella zagánila na Lisu, ale potom zbadala istého muža a celá sa rozžiarila. „Gino, *tesoro*."

Keď sa dramaticky vybozkávali a vychrlili prúd vášnivých, zrejme aj obviňujúcich talianskych slov, rytier Gino, ktorého podnik mal dve michelinské hviezdičky, vďakabohu schytil Gisellu do náručia, vysvetlil, že ju odvedie do svojho neďalekého bytu, a keď s Giselle odišiel, Will a Lisa len neveriacky hľadeli za nimi.

„Pripadám si ako v melodráme," Lisa znechutene vzdychla a prevrátila oči.

„Áno," Will si prehrabol vlasy prstami. „Vie dobre dramatizovať."

Lisa naňho vrhla zúrivý pohľad.

„Si hnusák," vyprskla a vybehla von.

Najhoršie bolo, že mala pravdu.

Najradšej by Willa zahrdúsila. Rukami zovrela uchá tašky.

Zviezla sa na lavičku v tieni stromu na námestí oproti Virginnies, zazerala na dvere a dúfala, že nevyjde. Keby sa k nej čo len priblížil, možno by urobila niečo hlúpe a vyhŕkli by jej slzy.

Bola hlúpa, keď sa včera dala uniesť. V skutočnosti sa vôbec nezmenil. Včera takmer uverila, že vie byť milý.

Ale je to ten starý Will.

Bolestne zastonala nad vlastnou hlúposťou a zaborila si hlavu do dlaní. Prstami sa obtrela o dve slzy, ktoré jej nespravodlivo unikli. Včerajšok bol dokonalý. Až priveľmi dokonalý. Klamala sama seba, keď si namýšľala, že znova môžu flirtovať ako priatelia. Porušili nepísané pravidlá. Všetky pocity, o ktorých si myslela, že sa jej ich podarilo zatlačiť, sa zrazu vynorili. Vo chvíli, keď sa dotkol jej chrbta na prahu domu rodiny Vitelliovcov, jej srdce poskočilo. Tomu darebákovi sa podarilo dosiahnuť, že sa doňho znova zaľúbila.

Vyhŕkli jej ďalšie slzy. Zradné slzy.

Ach, dočerta!

Pred sebou uvidela Willove nohy.

„Odíď," zamrmlala, ani nezdvihla pohľad.

„Lisa," jeho zastretý hlas ju rozochvel, ale ďalej hľadela dolu.

„Prosím ťa… daj mi pokoj." Dofrasa, hlas sa jej zlomil. A keď si k nej prisadol, stuhla.

„Lisa."

Prstami jej zdvihol bradu a obrátil si jej hlavu k sebe.

Zúrivo zažmurkala. Doriti, doriti, doriti! Uvidí, že plakala. Hoci ten sviniar je možno zvyknutý, že ženy kvôli nemu plačú. Bol to darebák. Ibaže nebol, vedel byť aj milý. Šarmantný, starostlivý. Včera sa jej zdalo, že mu na nej záleží.

Predklonil sa a zotrel jej palcom tú hlúpu slzu. A potom ju objal a napočudovanie ju pobozkal.

Pri tom nečakanom dotyku jeho pier sa jej rozprúdila krv v žilách. Ticho vzdychla. Srdce sa jej pri tom nežnom bozku rozbúšilo, potom sa odtiahol a oprel si čelo o jej čelo, takže nosy sa im dotýkali.

„Prepáč, máš pravdu. Som hrozný darebák. Ale myslím, že môžem byť darebák, ktorý je do teba zaľúbený."

Lise zamrelo srdce v hrudi, bolestne skákalo, až sa jej zrýchlil pulz. Len naňho hľadela, nedokázala robiť nič iné. Mozog jej vypovedal službu a nič jej nefungovalo: hlas, jazyk, dokonca aj tvár akoby jej stuhla a v ušiach jej zunelo.

Keď naňho uprene, pátravo hľadela, jeho výraz sa nezmenil. Vôbec sa netváril namyslene, akoby bol spokojný sám so sebou. Na peknej tvári sa mu zračili obavy.

„Prejavuješ to dosť zvláštne," poznamenala ticho.

„Viem, že som hlupák." Dotkol sa jej tváre, stieral stopy po slzách. „Mrzí ma to. Gisella bola…" pokrútil hlavou, vykrivil pery, „ďalšia príležitosť, ako oklamať sám seba. Spanikoval som…"

Lisa neveriacky zdvihla obočie, vystrela sa a odtiahla sa od neho.

Tam už boli. Znova to nedokáže.

„Tak to bolo aj minule?" Tie obviňujúce slová z nej doslova vyhŕkli.

Otvoril a zatvoril ústa.

„Ehm… mhm…"

„Stratil si reč? To sa na teba nepodobá, Will." Zmocnilo sa jej sklamanie. Will sa nikdy nezmení.

„Mal som na to dôvod." Potiahol ju za ruku. „A znie to hlúpo. Viem to. Aj keď ti to teraz hovorím, znie to trápne, ale mal som na to veľmi dobrý dôvod."

Pri nohe jej zatrepotal krídlami holub. Bola rada, že má dôvod odvrátiť pohľad od Willovho úprimného výrazu, ktorý robil zvláštne veci v jej útrobách, takže zabúdala, aký v skutočnosti je.

„No jasné. Hovoril si, že mi zavoláš, a nikdy si to neurobil."

Will si ticho vzdychol. „Vieš, ja…" Zamračil sa, akoby si na niečo spomenul, a namiesto toho sa priznal: „Pravdupovediac, zľakol som sa."

Predklonil sa a lakte si oprel o stehná. „Pri iných ženách to bolo ľahké. Keď človek robí v bare, môže sa vyhovárať na dlhý pracovný čas, ak sa nejaká žena dostane priveľmi blízko alebo prejavuje priveľký záujem."

Nikdy si nemyslela, že jeho pracovný čas mu bráni vo vzťahoch. Keď cez víkendy pracovala na skrátený úväzok v bare, zostala občas na drink s Marcusom, Alom, Willom a inými čašníčkami. Tie niekedy išli do iného baru, ale ona sa k nim nikdy nepridala.

„Nikdy som sa nechcel viazať. Ani neviem, ako na to," dodal pridusene.

Jeho zrútený postoj prezrádzal porážku. „Väčšine žien v konečnom dôsledku ide o to a ja nie som správny typ. Moji rodičia mali zlé manželstvo. Na povrchu pôsobilo úžasne, ale ani jeden z nich nebol verný. Obaja mali aférky a akoby sa predbiehali, kto komu viac ublíži." Zamračene si odhrnul vlasy z tváre a v hlase mu zrazu znel hnev. „Fakt netuším, prečo ešte spolu žijú. Ani by ma neprekvapilo, keby som zistil, že mám niekde zopár nevlastných súrodencov. Ja nechcem byť ako oni, ale... nie som si istý... Možno to mám v génoch. Netúžil som to zistiť."

Šokovane mlčala. Jeho detstvo muselo byť peklo. Chcela ho chytiť za ruku, aby ho utešila a zbavila bolesti, ktorú počula v jeho slovách. Toto bol Will, s ktorým strávila pred dlhými mesiacmi noc. Nebol to ten arogantný, nadradený, cynický Will, ako sa ukazoval svetu. Bol to obranný mechanizmus. A zrazu mala výčitky svedomia, že to nevidela skôr. Keď ako malé dievča chodila so starkou do ich domu, jeho úžasní spoločenskí rodičia ju očarili, ale vtedy nevedela nič o ich aférkach ani o tom, ako ich výchova pôsobila na Willa a jeho sestru.

„Je oveľa ľahšie niečo predstierať než brať ľudí vážne." Will si prstami prešiel po záplate na šortkách, hlavu mal odvrátenú.

„No s tebou to bolo iné. Po tej noci som sa vyplašil."

„No..." skočila mu do reči, „nechápem. Čoho si sa zľakol? Záväzku? Dala som ti predsa jasne najavo, že nechcem byť od nikoho závislá, aspoň od nijakého muža. Moja mama aj starká si poradili bez muža. Nehľadám nikoho, kto by sa o mňa postaral."

„Ale čo rodina?"

„Nepotrebujem rodinu."

Zvraštil obočie, tváril sa zmätene. „A čo tvoj otec?"

Zmeravela. „Len chcem spoznať svoje korene. Chcem vedieť, že mám rodinu, ale nemienim sa na nikoho spoliehať. Viem, že si to odporuje, no podľa mňa to dáva zmysel."

„Vždy som si hovoril, že sa nechcem o nikoho starať, ale ty..." Pokrčil plecami. „S tebou túžim byť."

Keď na ňu pri tom priznaní intenzívne hľadel, akoby si chcel vryť do pamäti každú jej črtu, rozbúšilo sa jej srdce. Bola z toho nervózna, ale zároveň vzrušená.

„Potom je iróniou, že ani ja nechcem rodinu, alebo aspoň mojich rodičov. Najradšej by som sa od nich odstrihol. Napriek tomu si myslím, že my dvaja sme jedna fajta."

„Možno sme, ale," úprimne naňho pozrela, „nechcem byť len jedna z dlhého radu žien."

„Nikdy si ňou nebola," dotkol sa jej tváre. „Bol som hlupák." Prstami jej prechádzal po sánke a po šiji, tam zostali.

Pocítila príval emócií a zakrútila sa jej hlava.

„Stále si hlupák," usmiala sa.

„Mrzí ma to s tou Gisellou."

„Mrzí ťa, že si ju pozval, alebo ťa mrzí, že je taká otravná?"

Vykrivili sa mu pery. „Oboje. Keď som od nej večer dostal esemesku, zdalo sa mi, že je dobrý nápad pozvať ju na ochutnávku."

„Vyspal si sa s ňou?" tvrdo naňho pozrela.

„Nie! Nie som taký prelietavý. Hoci mám podozrenie, že by nemala nič proti."

„Vrátil si sa veľmi neskoro." Dofrasa, vyznelo to, akoby žiarlila. Akoby jej na tom záležalo.

A Will sa tak pyšne usmial, že presne to si myslel.

„Nechala ma na tej farme. Zostal som na večeru s rodinou. Stará mama, ktorá by zrejme získala titul Najúžasnejšia stará matka na svete, ma naučila vyrábať cestoviny. Gisella tam nebola."

„Do dnešného rána."

„Teraz už viem, že to bol fakt zlý nápad." Chytil ju za ruku a preplietol si s ňou prsty. „Vlastne som už včera večer vedel, že to nie je dobrý nápad, ale spanikoval som. Včera som ťa chcel aj sto ráz pobozkať."

Lisa sa začervenala.

„Bál som sa, že mi vylepíš."

„Zo dva razy som bola v pokušení vylepiť ti," vyhlásila rázne, potom stíšeným hlasom dodala: „Ale nie včera."

Prisunul sa bližšie, až sa dotýkali stehnami.

„Tak teda."

Obrátila sa k nemu. „Tak teda?"

„Premárnili sme pekelne veľa času."

„Ty si premárnil veľa času."

„No dobre, pripúšťam. Čo keby sme si to po zvyšok pobytu v Ríme vynahradili? A zistili, kam to povedie." Hoci jeho slová možno vyzneli ľahkomyseľne, jeho pohľad taký nebol. Tie slová zavisli medzi nimi.

„Tak teda dobre," jej zastretý hlas mu vyvolal na perách spokojný úsmev.

„Nebudeš mať nič proti tomu, ak ťa teraz pobozkám?"

S úsmevom, ktorý akoby žil vlastným životom, pokrútila hlavou. „Vôbec nie."

Kapitola 20

„Páni, toto je fakt krásny výhľad!" Will si ju privinul a spolu obdivovali panorámu pod nimi, ruka mu uvoľnene spočívala na jej pleciach, akoby spolu chodili celé mesiace, nielen pár hodín.

Keď skončili vo Virginnies, kde Will čosi objednal pre svoju reštauráciu, znova ju pozval do vinárstva. A vôbec sa to naňho nepodobalo, keď sa jej ostýchavo spýtal, či tam s ním nechce prenocovať.

Aj ona ostýchavo súhlasila a vrátili sa do apartmánu, aby si vzali nejaké oblečenie a zviezli sa prenajatým autom – pekným športovým BMW.

„Je to krásne mesto!" Lisa sa opájala tým pohľadom a dala si záležať, aby sa nepozerala ponad nízky múrik pred nimi. „Či už som hodila alebo nehodila mincu do tej fontány, pevne verím, že raz sa sem vrátim." Spokojne si vzdychla, ale hlavne preto, lebo ju tešila Willova ruka na jej pleciach a vzrušujúce očakávanie v žalúdku.

Ten prekrásny výhľad ponúkal pestrú farebnú škálu od terakotovej, okrovej, broskyňovej po zlatožltú. Strechy pokrývala zájdená medená vrstva a strácali sa v hmlistom opare ako na obraze impresionistov. Zastavili sa na kopci Gianicolo na okraji mesta, kde bola obľúbená vyhliadka.

„Rád by som vedel, čo je tamtá budova." Keď sa Will obrátil, pobozkal ju na citlivé miestečko medzi krkom a kľúčnou kosťou, takže jej naskočila husia koža, potom ukázal na výraznú budovu na obzore, ktorá mala dve veže s okrídlenými postavami držiacimi opraty kočov – vyzerali, akoby mali každú chvíľu vzlietnuť.

„Aha, to!" zvolala Lisa pyšne, čo pramenilo z vedomia, že vie, o čo ide, ale aj z pocitu, že Willa vzrušuje, „to je *Altare della Patria*, dokončili ho v roku tisícdeväťstodvadsaťpäť a postavili ho na počesť Viktora Emanuela Druhého, prvého talianskeho kráľa, ktorý zjednotil krajinu."

Will odstúpil. „Teraz si na mňa fakt zapôsobila. Ešte k tomu bez knihy."

„Také čosi sa na človeka nalepí," nonšalantne zdvihla plece.

„Vážne?" spýtal sa Will skepticky.

„Nie," Lisa sa rozosmiala. Dobre ju poznal. „Videla som ho v prvý deň s Giovannim a fascinoval ma. Pozrela som si to v knihe. Tie postavy sú úžasné. Akoby mohli každú chvíľu ožiť."

„Čože? Ako v *Krotiteľoch duchov*?" doberal si ju Will, keď doňho s chichotom štuchla.

„Tak kto je tu nevzdelanec?"

„Poď, urobíme si selfie a potom vyrazíme na cestu." Zdvihol mobil nad ich hlavy a urobil zopár fotiek.

Usmievala sa do objektívu, nevedela ovládnuť šťastie, akoby sršalo z každého jej póru. Potom ho požiadala, aby ich odfotil jej mobilom. Chcela navždy zachovať tento okamih.

Kým sa Will nakláňal ponad múrik, skúmala ho z profilu, pokúšala sa pochopiť, prečo je taký príťažlivý. Spoznala by ho všade. Mužná brada, široké ústa, výrazné lícne kosti, dokonalé obočie, akoby bolo umelo tvarované, ale takto ho poznala odnepamäti. Prstami by najradšej prešla po rovnom nose a túžila pohladiť jamku na brade. S úsmevom rozmýšľala, ako by zareagoval, keby mu povedala, že je rozkošný.

Ešte tam chvíľu zostali, kým ich z toho skvelého miesta nevytlačila horda nemeckých turistov, osemdesiatnikov v šortkách a vo vychádzkových topánkach, ktorí chceli urobiť čo najlepšie fotky.

Lisa celou cestou cítila vzrušené očakávanie, ktoré doslova vybuchlo ako ohňostroj, keď zastali pred vilou Liguria.

Vila? Skôr palác! Dom postavený zo zlatistého kameňa mal tmavozelené okenice a medzi cyprusmi, ktoré ho obklopovali a vrhali tieň, pôsobil chladno a pokojne.

„Určite im nebude prekážať, že som prišla s tebou?" zašepkala a užasnuto skúmala krásnu budovu.

Vila mala trojposchodovú vežu, z dvoch strán mala štvorhranné krídla. Na oboch krídlach sa vynímali balkóny prekypujúce žiarivými červenými muškátmi, ružovou bugenvileou a inými popínavými zelenými rastlinami, ktoré prevísali cez železné zábradlie.

Štrkovú príjazdovú cestu lemovali nahé sochy, zrejme Venuše a iných rímskych bohýň. Pred vilou bola fontána, na jej vrchole sa kamenný delfín chystal skočiť do vody, ktorá striekala z kamenných kvetov po obrube.

„Nijaké strachy," Will na ňu žmurkol. „Už som ti hovoril, že Taliani zbožňujú blondínky."

„Ale možno nezbožňujú nečakané návštevy."

„Neboj sa, keby bolo treba, neďaleko je kemping," uškrnul sa. „Prepáč, nemal by som si ťa doberať. Tuším som ti už hovoril, že majitelia tejto vily sú starí priatelia mojich rodičov. Dorothea chodila do školy s mojou mamou a vydala sa za vikomta Lanziu, ale dlhé roky žili v Londýne. Tak ako moji rodičia vášnivo milujú dostihy. Na rozdiel od mojich rodičov sú si verní."

„Vikomt!"

„Údajne," zašepkal Will. „Vikomt Charles Giancarlo Lanzia. Narodil sa a vyrástol v Londýne."

Lisa si prekrížila ruky. Práve jej povedal, že títo manželia boli starí priatelia jeho rodičov. Také čosi nečakala.

„Lisa," štuchol do nej a škeril sa ako hlupák, keď vyberal z kufra auta dve tašky. „Pred odchodom z apartmánu som im zavolal. Rozprával som sa s Dorotheou. Vysvetlil som jej, že privediem hosťa."

„Darebák!" Lisa sa naňho uškrnula. „Myslela som si, že budem neželaná návšteva."

„Nie, Dorothea bola nadšená. Nemá vlastné deti, tak zbožňuje deti iných ľudí. A rada zabáva spoločnosť. No možno by som ti mal povedať, že Gisella je jej neter."

„No super! Dúfajme, že moja povesť ma nepredišla."

„Dorothea nie je hlúpa. Zrejme vie, že Gisella má slabosť na mužov."

„Jéj!" Po schodoch zľahka zbehla korpulentná žena, čo bolo umenie, lebo bola taká široká, aká vysoká.

„Prišli ste! Skvelé!" Bez dlhých rečí objala Willa, potom sa obrátila k Lise a v bucľatej tvári jej žiarila radosť. „Vitajte, moja milá. Teší ma, že vás vidím. Aký si ty fešák! Hoci sa veľmi nepodobáš na mamu." Sprisahanecky sa usmiala na Lisu. „A to je naozaj krásna žena, to vám poviem! Už ste sa s ňou stretli?"

„Kedysi dávno," priznala Lisa.

„Preboha!" Dorothea lascívne vyvalila oči. „Predpokladám, že je za tým zaujímavý príbeh." Gestikulovala tak prehnane, až sa Lisa rozosmiala, vtedy ju Dorothea chytila pod pazuchu a povedala: „Viem, že sa mi budete páčiť. Môžem vám tykať?"

Will zastonal a Dorothea ho chytila pod bradu, akoby mal desať rokov.

„Tak poď, chlapče. Zanes tie tašky dnu."

Dorothea im povedala, aby nechali tašky pod impozantným schodišťom, a potom ich viedla svetlou vzdušnou chodbou s množstvom drevených dverí do zadnej časti vily. Okolo budovy sa ťahala široká terasa s drahým záhradným nábytkom, aký človek vidí iba v katalógoch, a kríky vo vysokých kvetináčoch boli ozdobne ostrihané do tvarov šachových figúrok. Hojdacia sieť sa ešte knísala, akoby z nej niekto práve vyskočil, a vtedy Lisa zbadala vikomta. Bol vysoký a chudý, na rozdiel od svojej nízkej a korpulentnej manželky, ale kráčal rovnako radostne, a keď ich privítal, jeho rozgajdané tepláky akosi neladili s elegantnou bielou bavlnenou košeľou a panamským klobúkom.

„Will a jeho krásna priateľka. Už sme vás netrpezlivo čakali." Hovoril po anglicky bezchybne, takmer bez prízvuku.

„Charles, teší ma, že vás vidím. Toto je Lisa Vetteseová."

„Vitajte, moja milá. Môžem vám tykať? Práve sme sa chystali otvoriť k obedu fľašu vína. Dáte si prosecco? Alebo chceš niečo tvrdšie, Will? Mám rád bublinky, ale tie nie sú pre každého."

Prv než Will stihol odpovedať, zaviedol ich k drevenému letohrádku obrastenému viničom. Tráva bola úhľadne pokosená ako na kriketovom ihrisku. Dorothea išla za nimi ako spokojná kvočka, pritom veselo mrmlala: „Vetteseová, Vetteseová. Odkiaľ poznám to meno?"

Charles na ňu čakal, odtiahol jej stoličku, potom ju veselo potľapkal po veľkom zadku. „Dottie moja najdrahšia, ty si myslíš, že poznáš každého."

Vo vedierku s ľadom nebola jedna, ale dve fľaše prosecca, vedierko stálo na elegantne tepanom stolíku, pri ktorom boli štyri stoličky.

Obed podávala o pol druhej pekne oblečená Talianka, priniesla ho vo veľkom prútenom košíku.

„*Salami di Milano*, parmská šunka, *cacciatore*, *capicola*," trilkovala Dorothea. „A syry, *provolone*, *bel paese*, *caciotta* a môj obľúbený *wensleydale*. Chudák Charles ho objednáva len kvôli mne, ale neviem bez neho žiť." Doprostred stola Talianka položila misu plnú salámy, údenín a syrov, ale aj košík s nahrubo nakrájaným chlebom. Potom priniesla ďalšie misy s predjedlom vrátane nakladaných malých uhoriek, šalátu z červenej a žltej papriky a šalátu z paradajok a mozzarelly.

„Dáme si len ľahký obed. Popoludní môžete navštíviť vinárstvo a ochutnať vína. Žiaľ, dnes večer musíme s Charlesom ísť na hrozne nudný večierok, z ktorého sa nemôžeme vyhovoriť." S povzdychom pokrútila hlavou, ale potom sa jej tvár rozjasnila. „Ale vy nebudete mať nijaké problémy. Tu Annunzia je božská kuchárka a už naplánovala večeru." Stíšeným hlasom dodala: „Tak nebude sklamaná, že som zmenila plány. Poviem vám, je to poklad a neviem, čo by som si bez nej počala."

„Ach, nemusí nám variť," poznamenala Lisa. „Môžeme zájsť do reštaurácie." Zdalo sa jej nespôsobné čakať od Dorothey, že im dá pripraviť večeru, keď na nej sama nebude.

Kým Lisa popíjala prosecco s vikomtom a vikomtkou Lanziovcami v dome, ktorý skôr pripomínal palác, rozmýšľala, čo by si o tom myslela starká. Hoci sedela vedľa Dorothey a oproti Willovi, bytostne si uvedomovala jeho prítomnosť a vždy keď zachytila jeho pohľad, zrýchlil sa jej pulz.

Will sa rozprával s Charlesom o svojich plánoch otvoriť reštauráciu, zatiaľ čo Dorothea vypočúvala Lisu s takou veselou zvedavosťou, že jej nemohla odolať.

„Prepáč, srdiečko, nepotrpím si na dekórum, ale mám dať teba a Willa do jednej spálne? Načo by som chystala dve spálne a menila posteľnú bielizeň, keď uprostred noci pôjdeš po špičkách do jeho izby, ako sme to robili my? Hoci vlastná posteľ má tiež svoje výhody." Potom sa nevinne spýtala: „Chodíš s Willom dlho?"

Lisa zúfalo stískala pery, aby sa nerozosmiala, veľmi dobre vedela, že Will jej oznámil až dnes ráno, že privedie hosťa.

Dorothea sa srdečne usmiala. „Rada by som to vedela, najmä keď poznáš jeho matku. Vieš, chodili sme spolu do školy."

„Willa poznám odmalička," Lisa zdvihla bradu a dodala: „Moja stará matka sa im starala o domácnosť."

Dorothea sa doslova rozžiarila. „Ach bože, to je úžasné! Vie Eloise, že ste tu s Willom spolu? Niekedy sa správa hrozne snobsky."

Jej slová uviedli Lisu do rozpakov.

Dorothea šibalsky dodala: „Mala by som jej zavolať. Už dávno som sa s ňou nerozprávala."

„Radšej nie," Lisa stuhla. „Je to pomerne čerstvé." Lisa si nevedela predstaviť, že by to Will prezradil matke. Prezradí Dorothea ich tajomstvo?

„Ale dlho ste priatelia. To vidím. Správate sa spolu veľmi uvoľnene."

Lise sa zaiskrilo v očiach. „Naozaj? Posledných deväť mesiacov sme boli skôr nepriatelia."

„Ach, celkom ako v mojej obľúbenej romanci o Beatrice a Benedickovi. A prečo si zmenila názor? Musím uznať, že je to fešák, a zrejme má svoje prednosti. Nepozeraj na mňa tak šokovane, zlatko."

Lisa kútikom oka skúmala Willa, dúfala, že ich nepočuje. Prečo zmenila názor? Bol k nej milý, ale nezdalo sa jej, že je to dobrý dôvod, aby sa doňho zaľúbila, no bola doňho zaľúbená už veľmi dlho. Ak bol Will na jej strane, dalo sa naňho spoľahnúť. Stopercentne spoľahnúť, že jej bude oporou. V bare ho videla v akcii, jeho excentrickí zamestnanci ho zbožňovali, najmä Siena, ktorej dal prácu napriek tomu, že ako čašníčka nemala nijaké skúsenosti.

Aj keď k Lise nebol milý – ako v lietadle, kde ju provokoval.

Páčilo sa jej, že sa nesprával obradne a ku každému pristupoval rovnako, hoci pochádzal z privilegovaného prostredia. Vážila si, že tvrdo pracoval, aby mal jeho bar úspech.

Najviac sa jej však páčilo, že bol úprimný. Dobre si spomínala na jeho slová: *Som hrozný darebák. Ale myslím, že môžem byť darebák, ktorý je do teba zaľúbený.* Veľa to o ňom prezrádzalo. Bol taký úprimný, až sa sám zľakol. Aj ju to vyplašilo.

„Bože dobrý, to sa mi podarilo. Ešte si s ním nespala, čo? Netreba sa ponáhľať. Asi by som ti mala pripraviť vlastnú izbu."

Možno Will zachytil ich rozhovor, lebo na ňu pozrel tak zmyselne, až sa jej podlomili kolená, a to sedela.

„Nie, t-to netreba," Lise chvíľu trvalo, kým to rozdýchala.

V polovici obeda Dorothea zrazu vyskočila.

„Nikam nechoď, práve som si spomenula." S tým odbehla a napriek svojej postave sa pohybovala veľmi svižne ako ve-

verička, predrala sa cez živý plot a bylinkovú záhradku. Keď sa vrátila, rozžiarene mávala čímsi v pravej ruke.

„Vedela som, že poznám to meno," Dorothea zdvihla fotografiu. „Vettese, Vittorio Vettese, spomenula som si. Poznal aj Willových rodičov. Poznáš ho?"

„Áno, je to môj otec," vzdychla Lisa.

Dorothei sa od vzrušenia rozžiarili oči a nevedela potlačiť zvedavosť.

„Vážne? Bol to náš džokej."

Na fotke bola päťčlenná skupinka pri koni, na ktorom sedel človek s kolenami takmer pod bradou. Mal na sebe žiarivo zelenú košeľu so štyrmi bielymi hviezdičkami v strede, jazdeckú prilbu rovnakej farby a pretekárske okuliare.

„Toto som ja," Dorothea ukázala na oveľa mladšiu a štíhlejšiu verziu samej seba v ružovo-bielom kostýme a vo výrazne ružovom klobúku s perami, ktoré padali dolu ako vodopád. „Tu je Charles." Ten mal na sebe vychádzkový oblek. „A tvoji rodičia, Will. A sir Robert, majiteľ stajne."

Lisa spoznala Willových rodičov a, samozrejme, aj sira Roberta, ale jej otec mohol byť ktokoľvek, keď mu tvár zakrývala strieška prilby a okuliare. Na prilbe mal smaragdový hodváb so štyrmi hviezdičkami ako sever, juh, východ a západ. Ten hodváb mala na toaletnom stolíku, bola to jedna z mála pamiatok, ktoré jej zostali po matke.

Dorothea ukázala na koňa. „Loco." Pokrútila hlavou. „Poviem ti, ten nás stál kopu peňazí. Zarobil na ňom iba sir Robert. Museli sme byť blázni, keď sme investovali do toho koňa. Nikdy nič nevyhral. Hoci to nie je pravda, raz vyhral. Ale to je jedno." Vystrela sa. „Vždy bolo zábavné chodiť na dostihy, keď sme tam mali koňa. Bolo to vzrušujúce. A tvoj otec bol šarmantný."

„Žiaľ, veľmi si naňho nespomínam. Opustil mamu, keď som mala dva roky." Lisa sa dotkla fotky. „No sira Roberta som poznala, mama uňho pracovala."

„Ach, to mi je ľúto, zlatko," tučnými prstami si skladala sukňu. „Tú fotku si môžeš nechať, keby si chcela. Mám ešte jednu."

„Ďakujem, to je od vás veľmi milé," Lisa vzala fotku a strčila ju do vnútorného vrecka kabelky, potom ho zazipsovala. Či už otec mal alebo nemal okuliare, o túto fotku nechcela prísť.

Dorothea si nešťastne vzdychla. „Netušili sme, aké hrozne drahé budú poplatky za stajňu. Ani nehovoriac o štartovnom a krmive." Potom ožila. „Ale bolo to zábavné. Páni moji, páčilo sa mi, že sme majiteľmi koňa a môžeme ísť do areálu pre majiteľov. A tvoj otec," Will a Lisa na seba pozreli, nevedeli, o ktorom otcovi hovorí, „si každé preteky užíval. Bol to veľký fešák. Páni moji, to boli krásne časy!" Zrazu sa zatvárila prešibane a pozrela na Willa. „Samozrejme, prv než si sa narodil."

Potom sa zamračila. „Vždy som si myslela…" Lisa videla, ako sa nadýchla a tvár sa jej zvraštila, ale vzápätí sa rozjasnila.

Postavila sa za manžela, tučnými rukami mu zovrela plece. „Mali by sme mladým dovoliť, aby šli do vinárstva. A určite sa predtým budú chcieť osviežiť."

Kapitola 21

„Toto sa mi páči," Will chodil po izbe, otváral zásuvky a dvere na skriniach, potom zastal pred televízorom na stene. „Môžeme v posteli pozerať telku."

„Super." Lisa odložila svoju tašku na starodávnu posteľ s baldachýnom, všimla si, ako sa jej trasú ruky. Veď ani nevedela, na ktorej strane postele spáva Will.

Nebola si istá, čo má robiť, a tak skúmala vysoký strop. Z dvoch okien bol výhľad na záhradu a videla, že z letohrádku trčia Charlesove nohy. Mala podozrenie, že si po obede zdriemol. Medzi oknami stál toaletný stolík s tromi zrkadlami, v ktorých sa odrážala posteľ. Nevedela od nej odtrhnúť pohľad. Skrúcala si ruky a rozmýšľala, či má vybaliť tašku. Zavesiť jedny šaty, ktoré si priniesla, a strčiť spodnú bielizeň do parádnej komody, ktorá stála pri vchode do obliekarne.

„Pekná kúpeľňa," zakričal Will z vedľajšej miestnosti.

Nemohla sa k nemu pripojiť. Kúpeľne sú intímne. Tie majú spoločné páry. Odkedy sa budú považovať... za pár? To bolo neprebádané územie. Veď ešte ani nemali poriadne rande. Hoci dnešný deň sa dal považovať za rande.

Keď naposledy strávili spolu noc, neplánovali to vopred. Jednoducho sa to stalo. V priebehu večera sa postupne prehlbovala dôvernosť. Zdalo sa im celkom prirodzené poddať sa únave, ktorú obaja potláčali, lebo ani jeden nevedel prestať rozprávať.

Keď prišla do Ríma za Giovannim, bolo to oveľa jednoduchšie. Všetko držala pevne v rukách, a hoci flirtoval, nemala v úmysle vyspať sa s ním.

Odrazu si zdesene uvedomila, že Will ju pozoruje v zrkadle na toaletnom stolíku a zrejme všetko vyčítal z jej tváre, nedalo sa povedať, že má ľadovú tvár.

Zrazu rýchlo prešiel krížom cez izbu, hodil ju na veľkú posteľ a začal ju štekliť.

„Au!" pokúšala sa odtlačiť ho, ale stále jej behal prstami po rebrách. „P-p-prestaň." Samozrejme, neprestal.

„Vždy si bola šteklivá," uškrnul sa na ňu, a keď sa pokúšala nadýchnuť, bránica ju bolela od chichotu.

„To je nepekný trik," nadýchla sa.

„Ale účinný." Dúhovky mu potemneli a sklonil hlavu. „Tvárila si sa vystrašene ako panna vo svadobnú noc."

„A teraz?" hlas mala zastretý od túžby.

Obaja zmĺkli.

„Teraz je to celkom iné," pobozkal ju na hrdlo. „Možno by som sa ja mal báť."

Preglgla, zaklonila hlavu, zatajila dych.

Will určite počul, ako jej búšilo srdce, až to takmer bolelo, lebo pomaly pritisol pery na jej pery ako strelec, ktorý ju má na muške.

Klesla na páperový paplón, cítila ťarchu Willovho tela a posunula sa, aby mohol strčiť nohu medzi jej nohy, potom ho objala okolo krku a ohromujúco zúfalo si ho pritiahla.

Ten bozk vyvolal okamžitý výbuch a za pár sekúnd prešli od hravých dotykov k vášnivým. Už nemali nijaké zábrany. Poddali sa svojim pocitom, potláčaná túžba posledných nekonečných mesiacov dosiahla vrchol. Lisa nadvihla boky k nemu, Will sa znova posunul a cítila celé jeho svalnaté telo. A vždy keď vrazil do jej kolena, stehna, boku, zaplavili ju výbuchy radosti.

„Lisa." Keď začula v uchu jeho zastretý hlas, zmocnilo sa jej vzrušenie. Omámene naňho hľadela modrými očami plnými túžby a viečka sa jej zatrepotali, hrozilo, že jej zmysly zlyhajú. „Povedz, že presne toto si chcela."

Pri tých slovách sa doslova roztápala. Nadýchla sa, akoby stála na skokanskom mostíku a chystala sa skočiť.

To jednoduché vyhlásenie jej priam zastavilo srdce. Chvíľu váhala. Čo ak urobí niečo zle a všetko sa skončí zle? Vydrží to jej srdce?

Potom mu pozrela do tváre, čakal a jeho intenzívny pohľad ju fascinoval. Niekedy jednoducho treba skočiť a užiť si ten skok.

„Chcem to," zašepkala a chytil ju ešte nežnejšie. Uľavilo sa mu?

Obavy ju prešli, ale neodpustila si tvrdý pohľad. „Ale ak mi teraz nezavoláš, zabijem ťa."

Čakala, že zažartuje, ale keď Will chytil jej tvár oboma rukami, zachvela sa. Z jeho vážneho výrazu jej skrútilo žalúdok. Zračila sa v ňom tichá otázka. Pôjdeme do toho? Akoby obaja vedeli, že sa nemôžu vrátiť.

Pobozkala ho. Nie vášnivo, horúčkovito, len precítene kĺzala perami po jeho perách, dotyk jej úst hovoril áno. Žiadne otázky, žiadne odpovede.

Ľútostivo vzdychol a odtiahol sa.

„Máme dohodnuté stretnutie vo vinárstve," prstami jej prechádzal po brade a krku. „A zvyšok noci... aj celý týždeň máme pre seba." Znelo to ako príjemný prísľub a nevedela sa dočkať večera.

„Áno."

Miestnosť, kde sa konala degustácia, bola chladná a tmavá ako jaskyňa, dokonalý kontrast páľavy vonku. Keď za sebou zatvorili dvere, zazvonil zvonec, sklené tabule boli také staré, až sa Lisa bála, že sa roztrieštia. Biele steny boli ovešané obrazmi, ktoré pôsobili ohromujúco súčasne v tom stredovekom prostredí.

V jednom výklenku Lisa uvidela dubové sudy s obrovskými zátkami, ktoré boli sfarbené červeným vínom, čo pôsobilo ako rúž. V druhom výklenku boli veľké kovové klietky plné tmavozelených fliaš, ktoré so štrngotom presúvali po dlažbe k čakajúcej dodávke. Vo vínnej pivnici sa stretávala romantika s obchodom.

Pri vysokom pulte vpravo degustoval víno manželský pár v strednom veku, videli tam rady otvorených fliaš s červeným, bielym a sem-tam dokonca aj s ružovým vínom.

Príťažlivá štyridsiatnička za pultom nalievala inému páru zamatovo červené víno, podržala pohár vo svetle, zakrúžila vínom, potom dlhými elegantnými prstami na niečo ukázala.

Will podišiel bližšie, vzal do rúk fľašu, skúmal vinety vpredu aj vzadu, potom si zamračene prečítal tú zadnú a prešiel k ďalšej fľaši. Videla, že sa tam cíti ako doma. Keď si spomenula, ako tými rukami prechádzal po jej tele, začervenala sa. Preglgla. S očakávaním premýšľala o tom, čo sa môže stať neskôr. Ešte aj teraz ju po tých bozkoch šteklilo celé telo. Rozhodne na ňu zapôsobil, to mu musela uznať.

Keď tie druhé páry strčili nosy do pohárov, žena sa obrátila k nim.

„*Buon giorno, signor* Ryan?"

„Áno," prikývol Will.

„Vitajte v Casa Felloni." Jej zmyselný pohľad prezrádzal, že by si na Willovi rada pochutnala.

Neodstrašilo ho to, jednoducho sa usmial, potom si pritiahol Lisu bližšie. „Toto je Lisa."

Lisa musela uznať, že jej široký úsmev mal stále silu stoviek kilowattov. Privítala Lisu rovnako srdečne a začala vysvetľovať.

Lisa s radosťou počúvala jej melodický hlas, hovorila po anglicky s výrazným prízvukom. Väčšinu jej slov nevnímala, zachytila len zopár zvláštnych výrazov.

Žena naliala do vysokého pohára na dva prsty bieleho vína.

Lisa netušila, čo má robiť. Will obracal pohár sem a tam, jemne krúžil jeho obsahom, potom ho podržal proti svetlu ako profesionál. A napokon sa postavil za ňu.

Objal ju, viedol jej prsty, aby chytila stopku pohára. „Drž ho tu, aby tvoje prsty nezohriali sklo a víno vnútri." Bradu si takmer oprel o jej plece a na krku cítila jeho dych, keď dodal: „Spôsob, ako držíš pohár, je veľmi dôležitý."

„A prečo tak krúžiš tým vínom?" Lisa obrátila hlavu. „Nechcela by som to urobiť zle."

„Ach nie," ľútostivo sa usmial, hoci v očiach mu tancovali šibalské ohníky. „Takto." Veľmi pomaly naklonil pohár, pritom sa telom dotkol jej tela a zavlnil sa ako to víno v pohári.

„M-myslím, že už som to pochopila." Chvíľu jej trvalo, kým sa zmohla na ďalšie slová. V hlave mala chaos. „A prečo ním krúžiš?"

„Podľa všetkého to pomáha uvoľniť chuť vína. Prenikne doň veľa kyslíka.“ Prestal krúžiť a nehybne držal pohár s jej rukou. „Ale myslím, že je to len súčasť teórie, ktorá ťa krok za krokom privedie k čomusi úžasnému.“

Lisa preglgla.

„A každý krok treba urobiť pomaly, pomaličky, aby si to robila správne.“ Keď počula ten jeho hlboký hlas, zachvela sa.

„Potom ho podržíš proti svetlu a vidíš, či nie je zakalené alebo v ňom nie sú nejaké nečistoty. A vidíš, ako víno steká po vnútornej strane pohára.“

Ukázal na stopy na pohári, ktoré pripomínali akvadukt, ona by im nevenovala pozornosť.

„Hovorí sa tomu nohy.“ Vrhol na ňu šibalský pohľad. „Niektoré sú od seba ďalej, iné bližšie. Vzdialenosť medzi nimi ti čosi napovie o obsahu alkoholu vo víne. Tieto nie sú ďaleko od seba, čo svedčí o nízkom obsahu alkoholu.“

Podržal pohár vysoko pred sebou, ich ramená sa prepletali, líce mal tak blízko jej líca, až si nebola istá, či si to len predstavuje alebo cíti jemný dotyk. Hoci všetku pozornosť akoby venoval poháru s vínom, telo mal zladené s jej telom, stehnami sa dotýkal jej nôh a ľavou rukou ju držal okolo pása.

„Prv než víno ochutnáš, pocítiš esenciu vína. Môžeš ho posúdiť. A teraz si k nemu dobre privoňaj, strč nos do pohára.“

Viedol jej ruku s pohárom k nosu. Vdýchla, ale necítila nič viac, len víno.

„Čo cítiš?“

Lisa zvraštila čelo. „Víno.“

„No dobre,“ privoňal k jej poháru, celý čas ju objímal rukou a pritískal si ju k sebe.

„Na čo myslíš, keď cítiš tú vôňu?“

„Na trávu," odvetila Lisa okamžite. Myslela na to, ako stála na čerstvo pokosenom trávniku.

„Perfektné," Will jej stisol ruku.

„Ale to nie je ono."

„Môžeš to opísať, ako ty chceš. Je na to istá terminológia, ale povedz to po svojom. Víno si treba vychutnať, podeliť sa o svoje pocity."

„No dobre, toto je buket prekypujúci ovocnými tónmi, ktoré sú typické pre tento druh," vyhlásila trochu cynicky.

„Na niekoho by to možno zapôsobilo, ale na mňa nie." Stíšeným hlasom dodal: „Viem, čo sa mi páči, a nemusí to byť oblečené. Vlastne to mám radšej nahé."

Zachvela sa.

„A teraz k veci. Toto je dôležité. Uvidíš, kam to smeruje." Žmurkol na ňu, rukou zablúdil pod jej tričko, palcom jej krúžil po pokožke. „Môžeš do toho skočiť rovnými nohami a urobiť to rýchlo, čo je absolútne v poriadku, alebo na to môžeš ísť pomaly a vychutnať si tú chvíľu."

Lisa prestúpila z nohy na nohu.

„Ja na to radšej idem pomaly, vychutnávam si každú minútu prvého dúška." Sklonil hlavu a dal si výdatný dúšok vína, potom ho omáľal v ústach. „Koniec koncov prečo sa ponáhľať? Času dosť." Prezeral si ju spod privretých viečok, v očiach mal prísľub a zrazu jej bolo horúco. Uvedomovala si, že isté časti jej tela sa dožadujú pozornosti.

„Poriadne sa napi, omáľaj víno v ústach a nadýchni sa. Pocítiš zmenu textúry, bude hodvábnejšia."

Urobila, ako jej radil, a ohromene si uvedomila, že mal pravdu. Zrazu sa jej víno zmenilo v ústach, akoby sa otvorilo a na jazyku cítila rozdiel. Obrátila sa na Willa. „Už vidím, ako si to myslel."

Naklonil pohár k sebe, znova si odpil a zdvihol hlavu. Pozorovala, ako pregĺga, a potláčala nutkanie prejsť mu perami po sánke a krku.

„A čo cítiš teraz?"

Zamyslela sa. Vedela, čo chce ochutnať. „Stále cítim víno. Hoci by som povedala, že je ľahké a suché, nemá kvetinovú ani ovocnú chuť."

„A to je správne. Ja by som dodal, že má arómu byliniek a trávy."

Znova si odpila. „No," začala váhavo, „viem, čo máš na mysli, ale zrejme by som to nezistila, keby si mi to nepovedal."

Vtedy sa na ňu uškrnul. „Ale ja mám výhodu, lebo viem, že to je *frascati* a toto sú charakteristické vlastnosti tej odrody."

„Doparoma s tebou! Ja neviem o víne nič. To nie je fér. Podvádzaš." Štuchla doňho.

„Degustáciu naslepo zvládnu len profíci alebo ľudia, ktorí rozumejú vínu. Ja to nerobím rád. Pripomína mi to rýchlovku na jednu noc. To je len sexovanie bez zvádzania."

Will na ňu hľadel ponad okraj pohára. „Ja cítim dokonalé uspokojenie len pri pomalom zbližovaní. Očakávanie. Chvíľu, keď vieš, že ochutnáš víno, ktoré sa ti bude páčiť a ktoré si chcela ochutnať celé veky."

Dopil *frascati*.

„Keď prechádzaš od vína k vínu, pocit očakávania rastie, lebo každé ďalšie víno je silnejšie, plnšie a má bohatšiu chuť, keď prejdeš z bieleho na červené."

Kým sa dostali k červenému vínu, Lisine hormóny vyvádzali ako dychtivé deti, ktoré sa potkýnajú na vlastných nohách, keď sa niekam ponáhľajú.

V skutočnosti si pripadala ako dieťa v škôlke, ktoré sa ošíva a nevie sa upokojiť, no netuší, čo ho trápi. Ibaže Lise bolo jasné, čo ju trápi, a že Will presne vie, čo robí.

No nebude vo výhode dlho.

Ochutnala červené víno a úmyselne si nechala stekať po brade kvapku, potom si ju zotrela prstom a oblizla ho špičkou jazyka. Nevšímala si, ako sa jej pritom trasie ruka, a dúfala, že tentoraz sa karty obrátia a vyvedie z miery ona jeho.

Žiaľ, ten plán zlyhal. Prv než stihla ochutnať víno na svojom prste, chytil jej zápästie a pritiahol si jej ruku k ústam. Oči sa mu smiali, keď jej jazykom zľahka prešiel po pokožke, čo okamžite vyslalo signály do dolných partií jej tela. Keď pocítila tú elektrinu, zhíkla.

Uvedomila si, že po hrudi jej stúpa červeň, a odvrátila sa. Už ich čakali len dve vína. Prebehla zrakom po oboch fľašiach a zachytila Willov intenzívny pohľad. Zaťala sánku.

Ako to prežije, ak v tom Will bude pokračovať?

Podlamovali sa jej nohy, zmocnil sa jej nepokoj, túžila, aby ju pobozkal. A aby ona pobozkala jeho. Chcela ho objať okolo krku, pritiahnuť si jeho ústa k svojim.

Medzi nohami cítila horúčosť. Túžbu. Netrpezlivosť.

Dopila zvyšok vína, hoci nechcela.

„Myslím, že mi stačilo," hlesla chabo a odložila pohár.

Will dopil zvyšok vína, celý čas na ňu uprene hľadel. Cítila, ako jej očerveneli líca a po hrdle jej stúpala horúčosť.

„Chceš odísť?" spýtal sa, ale v hlase mu znela iná otázka.

„Ehm... Nie, dokonči tú degustáciu."

Už znova sa šibalsky usmieval. „Môžeme ju dokončiť spoločne."

Vzal si ďalší pohár, žena spoza pultu sa, chvalabohu, utiahla do úzadia. Ktovie, čo si myslela.

Will opakoval ten istý rituál. Lisa zatajila dych, nevedela od neho odtrhnúť pohľad.

Dlhými štíhlymi prstami zvieral stopku a podržal rubínové víno proti svetlu. Veľmi sa usilovala nehľadieť mu na ruky. Nespomínať na tie dotyky pred mnohými mesiacmi, ale márne. V duchu si vzdychla, a keď beznádejne potláčala tú spomienku, zmocnilo sa jej napätie. V mysli sa jej vynorilo, ako jej lenivo kreslil kruhy na bruchu, pomaly ju pohládzal po hrudi, ako jej prechádzal popod prsia a potom sa dotýkal jej bradaviek, ktoré prahli po tých dotykoch. Vyschlo jej v ústach. Keď jej teraz ponúkol pohár, takmer mu ho vychmatla. Pocítila plnú chuť hrejivého vína. Vychutnala si ho do poslednej kvapky. Zmysly mala napäté. Do uší jej doliehal štrngot skla a šum rozhovorov v diaľke, ale ona počula iba Willovo chrapľavé dýchanie. Zaliala ju horúčosť, horelo jej celé telo a takmer cítila, ako jej pulzuje krv v žilách, v ramenách, v nohách. Vnímala vôňu vína a muža stojaceho tak blízko, až cítila na pokožke chĺpky na jeho predlaktí.

Chvíľu jej trvalo, kým sa sústredila. Dezorientovane zažmurkala, v miestnosti akoby sa vyjasnilo. Rozmazane videla Willa, ako schytil nejaké letáky a potom ju vzal za ruku tak rýchlo, až takmer minula pult, na ktorý chcela odložiť pohár, lebo ju ťahal z budovy.

Takmer bežali k autu, tam ju Will pritlačil na dvierka, z celej sily jej pritískal pery na pery.

„Vráťme sa do palazza," zavrčal.

Dokázala len nemo prikývnuť.

Kapitola 22

Keď si celí rozrušení zapínali bezpečnostné pásy, takmer sa do nich zamotali, lebo sa náhlili späť do vily a pri krátkej ceste autom nevytriezveli. Will sa pri preraďovaní rýchlosti občas dotkol jej ruky, palcom jej prechádzal po citlivej pokožke na zápästí, takže pulz mala stále zrýchlený. Obaja boli nabudení ako dostihové kone na štarte. Keď Will prudko zastal pred vilou, štrk lietal na všetky strany. Pritom na ňu pozrel tak vášnivo, až v lone pocítila žiaru.

Keď sa pokúšala otvoriť dvierka, ruka sa jej trochu triasla.

Len čo vystúpili z auta, Dorothea zbehla po kamenných schodoch, tvárila sa rozrušene, takmer spanikovane.

„Zlatíčka moje, tu ste," sťažka preglgla a pozrela za seba. Lisa sledovala jej pohľad a uvidela v tieni olivovníka pod schodmi svoju a Willovu tašku.

„Žiaľ, mám hrozne nepríjemnú správu." Oči jej žiarili a behala nimi sem a tam, akoby sa na nich nedokázala pozrieť. „Vypadol prúd. Nemáme elektrinu. Veď viete, ako to v Taliansku chodí. Môže trvať celé hodiny, kým znova naskočí. Niekedy aj pár dní. Veľmi ma to mrzí. S Charlesom pôjdeme k priateľom. Ale bude najlepšie, ak sa dnes večer vrátite do Ríma, tu to bude hrozné. Nebude teplé jedlo, nebude svetlo. Anunziu som poslala domov. Nemôžete tu zostať. Ak odídete teraz, prídete do Ríma akurát na večeru."

Keď Dorothea zmĺkla a skrúcala si tučné ruky, zavládlo rozpačité ticho. Lisa sa sústredila na ligotavé prstene škrtiace jej bucľaté prsty, pri jej rozrušených pohyboch sa drahokamy trblietali vo svetle slnka.

„Netrápte sa. To nič. Nechceme vám robiť problémy."

„Mrzí ma to. Jednoducho… bude to oveľa ľahšie. Áno, lepšie."

Will ju potľapkal po ramene. „My s tým nemáme problém."

„No dobre," Dorothea odstúpila a ukázala na ich tašky. „Viete, s Charlesom odídeme a radi by sme zamkli dom."

„Chápeme. Samozrejme." Will to prijal obdivuhodne pokojne a vzal obe tašky. „Ďakujeme za… obed. A Charlesovi ďakujeme, že nám sprostredkoval tú degustáciu."

„Vybavím," zacúvala dozadu. „Tak teda šťastnú cestu. Tešilo nás, že ste k nám prišli. Som rada, že som ťa spoznala… ehm, Lisa."

Znova zaspätkovala, akoby sa zúfalo túžila vzdialiť. Akoby chytili nejakú pliagu.

Keď vyrazili, nič nepovedali a Dorothea im kývala odo dverí vily. Will zastal autom pri bráne medzi dvoma stĺpmi s levmi, napravil si spätné zrkadlo a chvíľu doň hľadel s prižmúrenými očami, potom ho znova upravil.

Cestou od domu mlčali.

„Zaujímavé," povedal napokon Will.

„Čo to malo znamenať?" V živote sa neocitla v takej situácii. Hoci Dorothea nebola otvorene nespôsobná, bolo to nepríjemné. A pre Lisu ešte viac než pre Willa, lebo nebola pozvaná.

„Nemám potuchy. No fontána funguje."

„Fontána?"

„Áno. Človek by si myslel, že čerpadlo poháňa elektrina."

„Zrejme." Lisa bola mierne šokovaná. Hanbila sa a cítila sa ponížená. Zbehlo sa to hrozne rýchlo. Dorothea očividne túžila čím skôr sa ich zbaviť. „Takže nevypadol prúd."

„Myslím, že nie. Okrem toho sa veľmi ponáhľala poslať nás do čerta."

„Čo sa zmenilo?"

Will si odfrkol. „Jediné, čo mi napadá, je to, že sa rozprávala s mojou matkou. Hoci neviem, prečo by to malo mať také následky..."

Lisa chvíľu premýšľala. Dávalo to zmysel. Samozrejme. Len čo odišli, Dorothea zrejme zavolala svojej starej priateľke. Čo jej mohla Eloise povedať?

Čo to hovorila Dorothea? Vraj Eloise je snobka. Mala námietky proti tomu, že Will sa dal dokopy s vnučkou jej bývalej upratovačky, a trvala na tom, aby im Dorothea odmietla poskytnúť ubytovanie? Zdalo sa jej to dosť predpotopné a vzhľadom na to, čo sa Lisa dozvedela o Willových rodičoch, aj trochu pokrytecké. Ani jeden z nich nebol vzorom cnosti. Vystrčila nos dohora, ani si to neuvedomila. Eloise si môže myslieť, čo chce. Lisa sa nemá za čo hanbiť.

Will akoby jej čítal myšlienky a stisol jej ruku.

„To je jej problém, nie náš. Takže zajtra sa môžeme celý deň venovať len sebe. Čo chceš robiť?"

Lisa mu takisto stisla ruku. „Nemáš nijaké plány?"

„Popoludní mám stretnutie, ale až o tretej. Dovtedy som len tvoj."

„A čo máš na programe? Už si bol na ochutnávke vína, syrov, olivového oleja a octu." Bola rada, že v hlase jej nepočuť vrčanie, ako keď práčka žmýka na plné obrátky.

„Mám sa stretnúť s dodávateľom mäsa."

Nevedela, čo na to povedať. Rozhovor viazol, zhovárali sa zdvorilo, aby sa vyhli téme, ktorá v nich vyvolávala stiesnený pocit.

„Kam by si chcela ísť?"

V hlave mala prázdno. Kam chce ísť? Domov? To sa jej zdalo hrozne zbabelé, ale pomyslenie na jej malý domček ju zrazu veľmi lákalo. Na toto nemala silu. Mala rada všetko priamočiare. Starká hovorila vždy po lopate. Nepríjemný pocit z poloprávd a intríg spôsobil, že zrazu zatúžila ísť domov a dať si šálku čaju. Tam by vedela, kde je a kým je.

Z neznámeho dôvodu si spomenula na Gisellu. Tá by sa Eloise bezpochyby páčila. Bola príbuzná vikomta, aj keď talianskeho.

„Do Sixtínskej kaplnky. Som predsa turistka."

„No dobre, pôjdeme do Sixtínskej kaplnky, ale musíme vstať zavčasu, aby sme sa vyhli návalu."

Zmĺkli a ticho prerušoval iba mechanický hlas navigácie prenajatého auta, ktorá ich viedla domov po čoraz užších cestách, čo sa kľukatili v strmých kopcoch.

Ešte aj Willovi obeleli hánky, keď zvieral volant a veľmi opatrne vyberal ostré zákruty. Tie serpentíny by možno boli malebné a ponúkal sa im krásny výhľad na vily hlboko dolu a skalnaté výbežky posiate stromami, ktoré vyrážali dych, no cesty boli také strmé, až bol zázrak, že po nich dokáže prejsť auto, a Lisa nevedela odtrhnúť pohľad od palubnej dosky na dlhšie ako päť sekúnd.

„Si v pohode?" spýtal sa Will, keď sa cesta na chvíľu vyrovnala, ale pred sebou mali ďalšie stúpanie.

„Je mi fajn." Po chrbte jej stekal pot, ale zaťala zuby. „A čo ty?"

„Potrebujem si trochu oddýchnuť. Môžem na chvíľu zastať, nemáš nič proti? Už nie sme ďaleko od Ríma. A na dohľad je mestečko, o ktorom som počul. Preslávilo sa svojím námestím. Mohli by sme sa tam zastaviť na večeru."

Lisa rozochvene vydýchla. „Áno, prosím ťa."

Zdvihla ruku, ktorou si kŕčovito zvierala koleno, a vďačne mu ju položila na ruku na volante. Nepokúšal sa zľahčovať jej obavy, neodbil ju.

„Už je to len kúsok," krivo sa na ňu uškrnul. „Mohli by sme sa porozprávať o Giovannim. Ozval sa ti? Chýba ti?"

Pridusene sa zasmiala, spomenula si, ako ju v lietadle vytáčal poznámkami o Giovannim, aby ju odpútal od letu. „Nie, neozval. A nie, nechýba mi."

„Hovoril som ti, mamičkin maznáčik."

„Teší ťa, že si mal pravdu?"

„Áno," povedal stíšeným hlasom, ktorý tomu slovu dodával zvláštny význam.

Potešilo ju to. Will neurobil nič zlé. Ako hovoril, nech sa v tej vile stalo čokoľvek, nebol to ich problém.

„Pretože keď zmizol zo scény, dal mi možnosť, aby som ťa získal."

„Ach!"

Will sa ticho zasmial. „Chvíľu mi trvalo, kým som si priznal, že…" znova sa zasmial, „… že neznesiem pomyslenie, že s tebou chodí po Ríme. Nechápem, ako som presvedčil sám seba, že je to ideálny čas na služobnú cestu."

„Žiarlil si?"

„Hrozne, hoci vtedy som si to neuvedomoval. Nahováral som si, že viem, čo je pre teba najlepšie."

„Bol si arogantný."

„Ako vždy."

„Nemal by si byť na seba taký hrdý," odbila ho, hoci ako ženu ju jeho priznanie tešilo. „Nie je to pekná vlastnosť." No arogantný muž by sa tak veľmi neusiloval rozptýliť ju, aby myslela na čosi iné, než na zráz napravo.

Pokrčil plecami, ale videla mu v tvári náznak úsmevu.

„Aleluja! Už len kilometer. Myslím, že to dáme. A potom ti kúpim poriadny drink."

Keď prišli do mestečka, najradšej by otvorila dvierka auta a bozkávala zem.

„Je to veľmi obľúbené mestečko." Ukázal na kopec, kde sa vynímali zrúcaniny nejakej starej budovy. „V stredoveku to bola pevnosť. Chodia sem plné autobusy turistov, ktorí ju chcú vidieť pri západe slnka."

Odfotila Willa na nízkom kamennom múriku. V diaľke za ním žiarili svetlá Ríma. Potom zišli po kamennom chodníku do centra mestečka.

Ten chodník viedol na pekné a prekvapujúco živé námestie, kde bolo zopár reštaurácií, v ktorých bolo dosť rušno, na námestí sa vynímala fontána, z papule leva striekala voda. Pretínali ho dláždené chodníky vedúce k reštauráciám.

„No teda, máme na výber. Kde si chceš vypiť drink?" spýtal sa.

„Ty si na to expert." Veru nebol arogantný. Keby bol, rozhodol by o tom sám, ani by sa jej nepýtal.

„Nie, chcem, aby si si vybrala ty a povedala prečo."

„Páni moji, ty všetko berieš ako prieskum trhu."

„Prečo nie? Si potenciálna zákazníčka."

„Nechceš prilákať boháčov s vreckami plnými peňazí?"

Skúmavo na ňu pozrel, musela sa odvrátiť.

„Tuším máš komplex menejcennosti, čo?"

„To naozaj nie." Neveriacky sa zamračil, rozhodla sa brániť.

„Ja nepochádzam z takého prostredia ako ty, nestýkam sa s takými ľuďmi. Stačí pozrieť na Dorotheu a Charlesa. Alebo na tvojich rodičov."

Ostro sa zasmial, až sa strhla. „Tí dvaja sa tu usadili, lebo tu je lacnejšie ako v Londýne a môžu sa tu hrať na veľkých pánov. Charles jazdí na svojom starom Mercedese len preto, lebo je ešte pojazdný. A moji rodičia sú po uši v dlhoch."

„Nejde o peniaze, ale o princíp," pokrčila plecami, „o tú nadradenosť. Čakajú, že všetko bude podľa ich predstáv." Upriamila pozornosť na tabuľu pred jednou z mnohých reštaurácií na námestí.

Prezreli si rad-radom všetky jedálne lístky. Ceny boli porovnateľné, nič sa im nezdalo drahé.

„Ktorá sa ti páči?" spýtal sa Will.

„Tamtá," ukázala Lisa prstom.

„Prečo?"

Zasmiala sa. „Lebo sa mi páčia tie stoličky."

„Vážne?"

„Nie. Je v nej najrušnejšie a nachádza sa pri fontáne. Ľudia tam skôr popíjajú než jedia." Krásny úsmev jej prežiaril tvár a najradšej by si ten okamih uchoval navždy.

„Dobre som ťa vyškolil." Chytil ju pod pazuchu a vykročili cez námestie. Jeho srdce náhle zaplavil príval emócií. Vyrazilo mu dych.

Doparoma. Pokúšal sa nahovoriť si, že tie bláznivé hrejivé pocity spôsobuje sexuálna príťažlivosť, ale teraz si nebol istý. Keď jej povedal, že je do nej možno zaľúbený, bola to úprimná odpoveď, nechcel jej klamať, ale v tejto chvíli vedel, že to nie je len *možno*.

Kapitola 23

Keď oznámili svoju objednávku čašníkovi, jej výnimočne nabitý mobil pípol. Zamračila sa. „Dofrasa, zmeškala som hovor. Ako je to možné?"

„Zrejme si doteraz nemala signál."

„Neznáme číslo," zvraštila tvár. „Predvoľba plus tri deväť. Zvláštne číslo."

„To je miestne číslo... talianske..."

„Ach!" Lisa schytila mobil. „Ach bože..." vzdychla, „nechali odkaz. Myslíš, že to bol on?" Prešla do šepotu a pozrela na displej.

„Vypočuješ si odkaz, alebo na mňa budeš mávať mobilom?" Will jej ho vzal z rúk a položil ho na stôl. „Mám odísť, aby si si ho vypočula v súkromí?"

Zdvihla hlavu. „Nie!" Položila ruku na mobil. „Nechcem. Prišiel si sem so mnou." Zvraštila tvár. „Tuším sa bojím vypočuť si ten odkaz. Čo ak mi povie, aby som šla do čerta? Čo ak so mnou nechce nič mať?"

„Potom je somár," vyhlásil Will a pomyslel si, že z toho chlapa vymláti dušu, ak jej povie niečo nepekné.

Prechádzala rukou po mobile, prstami behala hore-dolu.

„Páni, je mi zle," nadýchla sa. „Toto je šialenstvo." Zdvihla mobil.

Počul odkaz celkom jasne, aj keď držala mobil pri uchu, pozorne počúvala a bola nervózne rozrušená.

„Lisa, tu Vittorio Vettese. Si milá, že si sa mi ozvala. Rád sa s tebou stretnem. Dva dni budem v Ríme, potom znova odídem."

Položila telefón na stôl, až to zadunelo.

„Zavolal," zasmiala sa. „Nečakala som, že sa mi ozve. Nemôžem tomu uveriť. Rozprávala som sa s otcom. Teda, on sa rozprával so mnou." Slzy mala na krajíčku. „Jednoducho mi zavolal."

Žiarila, akoby z jej vnútra vychádzalo svetlo. „Ach, Will. Zavolal."

Chytil ju za ruku. „Veru zavolal."

Zrazu si zahryzla do pery a vyzerala… nedalo sa povedať, že previnilo, ale akoby nemala čisté svedomie.

„Nepovedala som ti to," víťazoslávne naňho pozrela, žiarila šťastím. „Ani jemu som to nepovedala. Chcela som, aby sa so mnou stretol kvôli mne, nie kvôli tomuto."

Will netušil o čom hovorí.

Strčila ruku do kabelky a vytiahla škatuľku – klenotnícku škatuľku –, položila ju na stolík medzi nich a otvorila vrchnáčik.

V živote nevidel taký prsteň. Pravdepodobne to bola starožitnosť. Vyzeral nezvyčajne, a ak mal súdiť podľa obrovského diamantu v strede, bol veľmi cenný.

„Toto bol mamin snubný prsteň."

Will nevedel, čo na to povedať. Nastala presne tá chvíľa, keď každý vie, čo povedať… každý okrem Willa.

„Je… ehm… veľmi pekný."

„Mama chcela, aby sa vrátil otcovi."

Will zdvihol hlavu, skúmal jej tvár a videl jej na čele a okolo úst vrásky, očividne bola zmätená. Tešila sa, že sa jej otec ozval, no ovládli ju obavy.

„Nechcela, aby som ho mala ja." V jej slovách znela bolesť, hoci pery sa pokúšali vyčariť úsmev, ktorý by zmiernil to utrpenie.

Chytil ju za ruku. Čo na to povedať? Lisa nemala rada otrepané frázy.

„To človeka žerie."

Vtedy sa usmiala. „Nežerie ma to, skôr ma to bolí."

„Ako vieš, že nechcela, aby si si ho nechala?"

„Napísala list a žiadala v ňom, aby sa prsteň vrátil otcovi. Myslím, že to dala najavo celkom jasne."

„Možno mu len chcela pripomenúť, že ešte vždy existuješ."

„Mám sa preto cítiť lepšie?"

Will sa zháčil. „Zrejme sa ťažko budeš cítiť lepšie. Odišiel od vás. Nemôže odčiniť, že sa zachoval nepekne. Máš právo byť nahnevaná."

Lisa sa oprela, chvíľu premýšľala, potom sa jej tvár rozžiarila. „Nikdy predtým som to tak nevnímala. Vždy som rozmýšľala, prečo odišiel. Prečo mňa ani mamu nemal natoľko rád, aby zostal?"

„Jeho chyba," Will ju chytil za ruku. „A pozri, čo si bez neho dosiahla."

„Tým si nie som istá," Lisa sa hrala s okrajom obrusu, „nie som nijaká Wonder Woman."

„Chvalabohu. Ten kostým sa mi nikdy nepáčil. Bolo na ňom priveľa trblietavých flitrov."

„Vieš, ako to myslím," pokrčila plecami. „Chystáš sa otvoriť si reštauráciu. A baru sa neuveriteľne darí. Je to skvelý úspech. Siena je veľmi ambiciózna a má Jasona. Ja mám rada svoju prácu, ale neurobila som kariéru."

„No páči sa ti, čo robíš, nie je to dôležité? Ako sa cítiš, keď sa ráno zobudíš a chystáš sa do práce?"

„Kým škola platí, neviem sa dočkať, kedy tam prídem. Vždy mám čo robiť."

„A nevlečú sa ti dni? Nepozeráš na hodiny a nečakáš, kým padne?"

„To nemyslíš vážne. Nemám čas pozerať na hodiny. Väčšinou ani nestíham odskočiť na vécko."

„A ktorá časť dňa je najkrajšia?"

„Keď deti ráno prídu a vyzliekajú si bundy v šatni. Niekedy s tým majú problémy, ale vždy sú vyumývané a nedočkavé. Tešia sa na ďalší školský deň." Lisa až žiarila, slová sa z nej priam valili a Will sa usmial.

„Tešia sa všetky okrem Frasera. Vždy je celý rozospatý a drží v ruke deku. A Noah sa ulieva od prvej chvíle, keď príde. Tie deti mi budú chýbať. No prídu ďalšie, aj s tými bude zábava," nadýchla sa a všimla si, ako sa Will smeje.

„No dobre, mám fakt rada svoju prácu."

„A to nemôže povedať veľa ľudí. Možno sa im práca páči, ale ty máš svoju prácu naozaj rada. A úprimne povedané, robíš čosi pozitívne. Tvoja práca je záslužná. A hoci ja rád zasýtim ľudí a doprajem im príjemný zážitok, nerobím veľa pre budúcnosť ľudstva. Nikto nikdy nepovie – áno, spomínam si na Willa Ryana, jeho reštaurácia mi zmenila život. No mám podozrenie, že tie deti si budú pamätať slečnu Vetteseovú ešte roky. A uisťujem ťa, že to je viac než vedenie reštaurácie, písanie módneho blogu alebo čapovanie piva."

„Ďakujem. Ešte nikdy som sa necítila taká ušľachtilá."
Lisa sa podceňovala ako vždy. „No aj tak nikdy nebudem
taká úspešná ako ty. Máš môj obdiv."

„Nehovorím, že si ušľachtilá," v hlase mu znel náznak
podráždenia. „Si úprimná, vkladáš do toho srdce. Moji ro-
dičia nie sú nečestní, len sú plytkí. Povrchní. Otec istý čas
pracoval v City. Zarobil nejaké peniaze, ale žil nad svoje po-
mery. S mamou žili v bubline, mimo reality. Vždy rozmýšľa-
li, čo by im prinieslo radosť. Akoby cítili potrebu uisťovať sa,
že na to majú. Nedalo sa s nimi vydržať. Tvoja starká urobila
pre mňa a Alice viac než oni dvaja dokopy. Keď odišla, boli
sme nahratí."

„Vážne?" tvárila sa skepticky. „Ale bola iba vaša uprato-
vačka."

„To nebolo podstatné. Bola pre nás dôležitá, a hoci sa
vždy nesprávala ukážkovo, bola našou istotou. A presne to
sme potrebovali."

Dotkla sa jeho ruky a bez slov mu dala najavo súcit. Vždy
dobre vedela, kedy to potrebuje.

„Pri nej sme vedeli, na čom sme. Len vtedy nie, keď od
nás odišla."

„Nemala na výber," Lisa odtiahla ruku. „Možno vieš, že
posledné tri mesiace jej neplatili. Kvôli tebe a Alice u vás vy-
držala, ale museli sme jesť."

Will sa zhrozil. „To som nevedel."

„A tvoja mama jej odmietla dať odporúčanie."

Zahanbene, nahnevane vzdychol. „To ma fakt mrzí."

„Prečo? Ty za to nemôžeš. Prečo by si sa mal cítiť vin-
ný pre čosi, čo urobili tvoji rodičia? Ty si nemohol za to, čo
spravili."

„To je pravda. Ich nikto nemohol mať pod kontrolou. Nečudo, že tvoja starká nechcela, aby som mal..." Nedopovedal. Nie, nie, čo má povedať? Ako má dokončiť vetu? Nevedel nájsť slová, zmohol sa iba na to, čo bolo jasné. „... aby som mal niečo s tebou."

Lisa zdvihla hlavu ako pes, ktorý zavetril líšku.

Dofrasa, ešte aj nozdry sa jej chveli ako teriérovi.

„Kedy?"

„No..." Nedalo sa to napraviť, ale urobí, čo je v jeho silách. „Nikdy ma nemala veľmi rada."

„To je nezmysel," Lisa sa usmiala, akoby sa jej to zdalo smiešne.

„Podľa nej nie som dosť dobrý."

„To mi je jasné, ale... odkedy ti na tom záleží?"

Keď už, tak už. Mal pocit, akoby stál nad priepasťou a rozmýšľal, či skočí alebo neskočí. Mal by jej konečne povedať pravdu?

„Spomínaš si, ako som ti nezavolal po tej noci?"

„Áno, ja..." Zrazu zatajila dych a slová sa jej zasekli v hrdle. Zaplavila ju bolesť a zmätok. Nežne jej priložil na pery prst.

„Veľmi to ľutujem, ale mal som na to dôvod."

Svet okolo nich akoby stíchol. Hľadeli na seba, obaja si spomínali na okamihy tej noci. Noci, ktorá mu utkvela v pamäti, keď mal na výber a zvolil si zlú možnosť. Noci, keď ich priateľstvo sľubovalo čosi viac.

„Všetko, čo som v tú noc povedal, som myslel vážne." Dúfal, že počula dôraz v jeho hlase.

Lisa sa zamračila.

„Ale na druhý deň za mnou prišla tvoja starká."

Nôž, čo jej ležal pri lakti, spadol zo stola a zarinčal na dlažbe. „Starká?" spýtala sa neveriacky, podozrievavo.

Chcel zadržať tie slová, ale bolo neskoro. „Nechcela, aby som si s tebou začal. Vraj ti mám dať pokoj."

Lisa naňho len hľadela, zmätene sa mračila. Nevedel si vysvetliť jej výraz.

„Ja... ja..."

„Nezavolal si mi, lebo starká ti to zakázala," pokrútila hlavou. „Neviem, či sa mám na teba hnevať, cítiť sa urazená alebo ohromená."

„Čo by bolo lepšie?" Will ju nervózne skúmal.

„Nič." Vstala a odtisla stoličku.

Chystala sa odísť.

On však nedovolí, aby sa to znova stalo.

Vstal a schytil ju do náručia. „Chcela pre teba to najlepšie. A nemyslela si, že som to ja."

„Ani jeden z vás si nepomyslel, že na to môžem mať vlastný názor?" Napätie vo vzduchu by sa dalo krájať.

„Bola chorá." Chcel to pred ňou tajiť, aby si nerobila obavy. „Takmer mi tam omdlela. Myslel som, že dostane infarkt. Hovorila, že nechce, aby si zostala sama. Vraj ti chce nájsť niekoho spoľahlivejšieho, než som ja. Mala o teba obavy. Aj ja som mal obavy, veď čo keby som naozaj nebol spoľahlivý?"

Lisa sa mu zachvela v náručí.

„Nevedel som, že je taká chorá." Keď skolabovala, zmocnila sa ho panika.

Lisa vzlykla.

„No tak, už je dobre," odhrnul jej vlasy z tváre.

„Nie je dobre." Lisa zvraštila tvár a na mihalniciach sa jej zaleskli slzy. „Je to stará... rafika," zúrivo si utierala oči. „Ona ti to naozaj povedala?"

Zatackala sa, chytila ho za rameno a pozrela naňho so zatajeným dychom.

„Áno, niečo v tom zmysle.“

„Hmm,“ Lisa pokrútila hlavou, prísne stisla pery. „Zahrala to na teba. Uisťujem ťa, že keby bola naozaj vážne chorá, nedala by to najavo.“

„Vážne?“

„Žijem s ňou celý život. Poznám ju. To je celá ona – presne to robí, keď si chce sadnúť v autobuse alebo sa dožaduje zľavy.“

„Chcem, aby si dal mojej vnučke pokoj?“

Lisa sa zarazila, zvraštila obočie. „Ibaže to nedáva zmysel. Nechápem, prečo mútila vodu. A mne o tom nepovedala ani slovo.“

Nechápal to. Lisa hľadela Willovi do tváre, pôsobila úprimne. Tak trochu previnilo. Nechcela spochybniť jeho motívy. Starká to naňho zahrala, ale Lisa nevedela prečo.

Celé mesiace si myslela, že je typický plejboj, a pritom sa len usiloval urobiť správnu vec. Dojalo ju to a z nejakého hlúpeho dôvodu jej znova vyhŕkli slzy. Predklonila sa, aby ho pobozkala, dúfala, že ju slzy nezradia. Celý čas si myslela, že sa zachoval nepekne, a pritom sa správal ako gavalier a poslúchol jej starú matku.

Pri tom bozku sa im len zľahka dotkli pery, usilovala sa uvoľniť atmosféru, no potom sa bozk zmenil na jemné ospravedlnenie, sladké a nežné. Keď sa od seba odtiahli, chytil ju za ruku a nežne jej pobozkal každý prst. Nepotrebovali slová, odpustili si aj bez nich.

„Tak poďme odtiaľto,“ povedala Lisa a chytila ho za ruku.

Ruka v ruke prešli k autu, obaja ponorení do myšlienok, ale udržali spojenie stiskom prstov. Lisa si myslela, že slová by pokazili tú cestu ožiarenú hviezdami a zdalo sa jej, že Will s ňou súhlasil.

Will otvoril auto diaľkovým ovládačom, ale prešiel na jej stranu a pritisol ju oboma rukami na dvere.

„V tú noc som ti sľúbil, že zavolám. Nedodržal som sľub. Tentoraz ho dodržím."

Sklonil sa k nej, aby ju pobozkal, a srdce sa jej rozbúšilo. Tváril sa pritom sebaisto, odhodlane.

Pevné pery silno pritisol na jej pery. Chytil ju za plecia a podržal ju.

Keď sa odtiahol, precedil cez zuby: „Pobláznila si mi hlavu a nemohol som ti nič povedať. Veľa ráz som ťa chcel pobozkať, aby som ťa umlčal."

„To neznie veľmi lichotivo."

„Nemala to byť lichôtka. Bola si hrozná."

„Ty veru nie si romantik."

„Pri tebe sa necítim romanticky. Skôr zúfalo… naliehavo." Zaťal zuby a videla, ako sa mu napla sánka. „Šialene."

Znova ju pobozkal, keď sa jej dotkol perí, zaplavil ju príval emócií. Chytil ju silnejšie, privinul si ju, akoby sa jej nevedel nasýtiť, akoby ju chcel pohltiť.

Kapitola 24

„Ach!" Lisa odložila mobil do lona. „To je beznádejné."

Svetlá Ríma pripomínajúce Mliečnu cestu žiarili čoraz jasnejšie a pôsobili ako maják, keď sa cesty vyrovnali a ich auto sa zaradilo do hustej premávky na predmestí.

Tri razy sa pokúšala zavolať Vittoriovi a zakaždým sa jej telefón vypol, prv než stihol zdvihnúť.

„Dočerta s telefónom! Je úplne nanič!" Lisa ním zatriasla, akoby to prebralo batériu k životu. „Tuším sa mi vybije."

„Môžeš to skúsiť z môjho mobilu."

Lisa rýchlo vyťukala číslo, ale hoci tentoraz mobil zazvonil, Vittorio to nezdvihol a potom signál znova vypadol.

„Dofrasa, znova nemám signál." No v kútiku srdca sa jej uľavilo. Čo mu vlastne chcela povedať?

„Čo keby si mu poslala esemesku?"

„Dobrý nápad. Ale… čo mu napíšem?"

„Navrhni, že sa s ním chceš zajtra stretnúť. Napíš mu, kde sme ubytovaní, a požiadaj ho, aby navrhol miesto stretnutia a vhodný čas."

Will hovoril, akoby to bolo ľahké, a ako zvyčajne navrhol dobrý plán.

Esemeska bola úspešnejšia, a keď auto konečne zastalo pred ich apartmánom, mala dohodnuté stretnutie v reštaurácii kúsok od Kolosea.

„Výborne. Predpokladám, že ma nechceš vziať so sebou. O pol štvrtej mám stretnutie."

„Nie, myslím, že na prvé stretnutie s otcom by som mala ísť sama." Nervy mala našponované. „Bolo by ľahké zbabelo ťa požiadať, aby si šiel so mnou, ale mám pocit, že by som to mala vybaviť sama."

„Áno," Will na ňu žmurkol. „Na predstavovanie rodičom je priskoro."

„To nemyslíš vážne. Sklamal si ma, Will Ryan. Myslela som, že keby som ťa požiadala, išiel by si so mnou."

Will to chcel poprieť, ale Lisa videla, že keby potrebovala jeho oporu, urobil by to. Jednoducho bol taký. Vždy bol ochotný pomôcť ľuďom, na ktorých mu záležalo, aj keď ho rozčuľovali.

Jej prenikavý pohľad ho znervóznil. „Áno, je to tak, vážený."

Keď konečne zastali pred apartmánom a vystúpili z auta, zaplavila ich spara, hoci už bolo po jedenástej. Nevedela, ako sa jej podarilo na poslednom úseku cesty nezaspať. Bolo ťažké udržať oči otvorené, ale zdalo sa jej nespôsobné zaspať, keď Will celý čas šoféroval.

Horúčava ju doslova omráčila, a keď konečne bola von z auta, zívla a mala problém klásť nohu pred nohu.

„Tak poď, spachtoška," Will ju objal okolo pliec.

V apartmáne bolo vďaka dlažbe chladnejšie.

Will ju nežne pobozkal na čelo, a keď prešli cez dvere a zažali svetlá, zamierili do kuchyne, kde ležal na stole jeho laptop.

Will si ju s povzdychom privinul, nežne sa obtrel perami o jej pery. „Dofrasa, musím sa prihlásiť a vybaviť pár pracovných mailov. Marcus mi celý večer esemeskoval. Má nejaké problémy s dodávateľom," pokrútil hlavou „Bol by som bez toho, ale to je nevýhoda, keď je človek živnostník. Nikdy nevypnem," unavene zažmurkal.

Objala ho a nežne mu masírovala plecia. „Urob, čo treba. Neboj sa, chápem ťa." A naozaj ho chápala. Mal by byť hrdý na to, čo dosiahol tvrdou prácou.

„Viem, čo by som robil radšej," pozrel na hodinky, „ale musím zamailovať Marcusovi. Čo keby si išla do postele?"

Lisa preglgla, rozmýšľala, čo sa od nej očakáva.

Prstom jej prešiel po líci, to nežné gesto ju donútilo, aby sa oňho skleslo oprela.

Všetky kosti jej oťaželi a ešte aj keď obrátila hlavu, aby mu pobozkala prsty, zdalo sa jej to namáhavé.

„Tak už bež," kútiky úst sa mu vykrivili dolu, povinnosť zápasila s túžbou. „O chvíľu za tebou prídem... ak môžem."

Will vybavil maily čo najrýchlejšie, ale potreboval vyhľadať nejaké dokumenty, a kým ich našiel a poslal ich Marcusovi, prešlo takmer štyridsať minút. Stresujúca cesta serpentínami ho vyčerpala. Neodvážil sa priznať Lise, ako sa bál v tých krkolomných zákrutách. Spoliehala sa, že ich bezpečne dopraví domov.

A on bol ten posledný, na koho sa dalo spoľahnúť. Dofrasa, pošúchal si šiju. Čo keby ju znova sklamal? Plecia ho boleli. Zrejme to spôsobilo napätie, keď sa sústredil na to, aby zvládol tie cesty. Nemalo to nič spoločné s obavami z podnikania. Čo keby nemal úspech? S otcovými ironickými poznámkami by sa vyrovnal, ale čo Lisa? Teraz ho obdivovala, no čo keby reštaurácia krachla? Unavene zívol, natiahol sa, zhasol svetlá a vykročil dlhou chodbou za svetlom v Lisinej spálni.

Keď ju videl tvrdo spať na boku s ramenom pod hlavou, vlasy rozhodené na vankúši, pichlo ho pri srdci. Dokáže sa o ňu dobre postarať?

Lampička na jeho strane postele svietila ako maják, ktorý ho lákal domov, a bol rád, že si nezabudla dať nabíjať mobil. Na jej nočnom stolíku sa hadil známy biely kábel.

Rýchlo a ticho sa vyzliekol, hodil oblečenie na drevenú komodu konča postele a opatrne vkĺzol pod prikrývku, aby ju nezobudil. Keď si k nej ľahol, ani sa nepohla, a keď si položil hlavu na lakeť, prebehol jej pohľadom po tvári. Viečka sa jej zatrepotali, tmavé mihalnice sa jej vynímali na bledej pokožke, ale dýchala pomaly a pravidelne. Hlboko spala. Usmial sa a odolal pokušeniu prejsť jej prstom po perách, prekvapila ho neha, ktorú pocítil, keď ju videl spať vedľa seba. Váhavo zhasol svetlo a keď sa uložil v posteli, cítil teplo jej štíhleho tela kúsok od seba. Zľahka sa dotkol jej ramena, aby vedela, že je tam, možno chcel uistiť sám seba, že je tam ona. Chcel pre ňu to najlepšie a urobí, čo bude v jeho silách.

Kapitola 25

Hrozne ju bolel krk. Bolo by oveľa ľahšie ľahnúť si na dlažbu, ibaže tam bolo ledva miesto na státie a aj vtedy ste boli stlačení.

No kvôli tým krásnym farbám a Michelangelovmu majstrovskému dielu na strope Sixtínskej kaplnky stálo za to hodinu sa pretláčať po chodbách plných neuveriteľných umeleckých diel.

Podľa Lisinho osvedčeného sprievodcu predstavovali expozície Vatikánskeho múzea trasu dlhú sedem kilometrov a trvalo by im aspoň štyri hodiny, kým by si prezreli všetko. Mala pocit, že jej mozog to nedokáže vstrebať. To, čo videla doteraz, jej vyrážalo dych – inak sa to nedalo povedať –, ale rozbolela ju hlava.

Keď Lisa pozrela na náprotivnú stenu, pri pohľade na fresku zobrazujúcu Posledný súd sa cítila malá a bezvýznamná. Ohromili ju detaily rúch, napäté svaly mnohých postáv a žiarivé farby. Zdalo sa jej neuveriteľné, že to Michelangelo namaľoval pred päťsto rokmi. Aj keď veľa toho o umení nevedela, ocenila tú monumentálnu maľbu.

Vyplatilo sa vstať ráno zavčasu a tešiť sa z toho, že medzi ňou a Willom už nevládne nevraživosť. Zdalo sa jej neuveriteľné, že pred pár hodinami sa zobudila pri ňom. V duchu sa usmiala, keď si ho vybavila predtým, než sa zobudil, vychutnávala si ten pocit, keď ho videla ležať vedľa seba. Peknú tvár mal výnimočne uvoľnenú. Bola v pokušení prejsť mu prstami po svaloch na hrudi a plavých chĺpkoch na zlatej pokožke. Niekedy v priebehu noci odhrnul prikrývku, takže Lise sa naskytol neodolateľný pohľad na jeho dlhú, štíhlu postavu, jednu nohu mal prehodenú cez prikrývku, akoby chcel uniknúť pred horúčavou.

Ešte aj teraz, keď na to spomínala, jej vyrazilo dych, ako keď dôkladne skúmala jeho telo a od túžby jej skrúcalo žalúdok. Všetka tá námaha v bare, kde musel stále niečo dvíhať a nosiť, sa na ňom odzrkadlila. Videla mu tehličky na bruchu a chĺpky smerujúce dolu, až sa jej rozbúrili hormóny. Neodvážila sa ani pohnúť, aby ho nezobudila, túžila mu prechádzať prstami po pokožke, po bradavkách, po tom napätom bruchu.

Už len pri pohľade na jeho telo jej skrúcalo žalúdok, túžila po ňom.

Takmer sa nahlas zasmiala. To by prekvapilo turistov v preplnenej miestnosti okolo nej. Nikto z nich netušil, aká je napätá, že prežíva rovnaké napätie ako ráno, keď medzi nimi vládla taká horúčosť, že ju nemohla ignorovať. Napriek sexuálnej túžbe si bytostne uvedomovala, že chce viac. Chcela si ho vychutnávať, dopriať si na to čas.

Bolo by ľahké poddať sa tomu, užiť si s ním divoký, nespútaný sex, ale to robil veľa ráz predtým. Hruď jej zovrelo. Naozaj môže veriť, že mu bude stačiť? Keď sa vrátia do normálneho života, nezmení Will názor?

„Priveľmi rozmýšľaš." Keď sa konečne zobudil, prekvapila sa. „Až ma z toho rozbolela hlava."

„Will!"

Jeho pomalý, ospalý úsmev robil divy s jej srdcom, takmer akoby sa obrátilo naruby.

„Čakala si vedľa seba niekoho iného?"

„Len Toma Hiddlestona, ale zrejme mi musíš stačiť."

„Koho?" Vrhol sa k nej, stiahol ju na seba, vášnivo ju pobozkal a ten bozk sa rýchlo zmenil na čosi iné. Cítila pod sebou jeho mužné telo. Pod boxerkami sa vynímal jeho tvrdý úd, pripravený uspokojiť ju.

Chvíľu si vychutnávala ten bozk, potom sa odtiahla. Pri každom pohybe akoby sa pýtal – budeme v tom pokračovať?

Spomenula si, ako sa pokúšala nájsť vhodné slová, ale hoci ich nenašla, prezradila sa. Uvoľnil objatie a skúmal jej tvár.

Aj keď počula v rušnej kaplnke šum cudzích jazykov, v duchu si vybavila, ako povedal: „Ránko." Znelo to nežne, akoby chápal každú myšlienku, ktorá ju mučila.

Keď si spomenula, ako zastretým hlasom povedala: „Dobré ráno," do tváre jej stúpla horúčosť.

Pohladil ju po ramene a povedal: „Vieš, že sa nemusíme ponáhľať. Času dosť."

Zaplavil ju príval vďačnosti. Úžasný Will! Nezdal sa jej sklamaný, akoby niečo čakal. Vtedy pocítila v srdci čosi nedefinovateľné, hoci ešte vždy tam bol tieň neistoty. Tak dlho mu dokázala odolávať! Urobí správne, ak mu dá svoje srdce?

Spolu vstali, naraňajkovali sa, osprchovali sa a vyšli z domu dosť zavčasu, aby predbehli davy vo Vatikánskom múzeu.

Keď do nej vrazil japonský turista a zdvorilo sa jej ospravedlnil, vrátil ju do súčasnosti a do miestnosti plnej ľudí.

Will zachytil jej pohľad a žmurkol. Prešiel jej rukou po krku a ona zaklonila hlavu, aby si naplno vychutnala jeho masírovanie.

„To je..." usilovala sa sústrediť na maľbu na strope.

„Veru je. Ani nenachádzam dosť slov, aby som vyjadril svoj obdiv."

„A ja nemám dosť sily," priznala Lisa. „Cítim kultúrny pretlak."

Upriamila pozornosť na obrovskú fresku pred sebou, pokúšala sa nájsť známe prvky.

„Po Michelangelovej smrti očividne prebehla figová cenzúra. Mnohé postavy sú zahalené listami."

„Už mi chýbala moja sexi sprievodkyňa."

Zahnala sa naňho knihou, odkedy vošli do kaplnky, ani do nej nepozrela. V tom dave nemohla listovať v knihe.

„Ale neodviedli dobrú prácu," poznamenal Will a skúmal postavy pred nimi.

„Toto je zaujímavé. O niekoľko desiatok rokov neskôr poverili istého chlapíka, ktorý dostal prezývku Il Braghettone, aby premaľoval tie holé postavy."

„Ako hovorím, neurobil to veľmi dobre."

„To preto, lebo na konci dvadsiateho storočia fresky reštaurovali a mnohé postavy znova odhalili."

„Poznám niekoho, koho by som chcel znova vidieť odhaleného," šepol jej Will hravo do ucha, perami sa jej obtrel o pokožku.

Stisla ústa, potom ho šeptom napomenula: „Správaj sa slušne."

„Musím? Tieto nahé postavy vo mne vyvolávajú lákavé predstavy."

„Pst, dávaj si pozor, aby som ti neplesla."

Keď sa Will zatváril kajúcne, zachichotala sa. Nešlo mu to dobre.

Po tomto kultúrnom zážitku vyšli na nádvorie a podarilo sa im uchmatnúť si lavičku v tieni.

Lisa pozrela na hodinky. Ešte mali pár hodín.

„Naozaj nechceš, aby som šiel s tebou?"

„Nie, ja to zvládnem." Lisa vedela, že Will ju prekukol. „Môžem svoje stretnutie zrušiť."

Chytila ho pod pazuchu. Veľa pre ňu znamenalo, že to bol ochotný urobiť. Pracovné povinnosti boli preňho dôležité. „Priznám sa ti, som trochu nervózna. Nie, viac ako trochu. Ale musím to urobiť."

„Máš nabitý mobil, čo? Pošli mi esemesku, keby ťa bolo treba zachrániť."

„Ďakujem."

„Keď sa mi skončí to stretnutie, pošlem ti správu, dohodneme sa, či mám prísť alebo sa stretneme v apartmáne. Pokiaľ nebudeš chcieť stráviť viac času s otcom. V každom prípade daj mi vedieť."

„Uvidím, ako sa to bude vyvíjať." Absolútne netušila, čo má očakávať. Keď tam teraz sedela a do stretnutia s otcom zostávalo len pár hodín, bolo jej zle.

„Je to fakt pôsobivé," Will pozrel cez záhradu na múzeum. „Ale trochu znepokojujúce. Mám pocit, akoby som sem nepatril. Som veľký pohan."

„Nie si pohan, si dobrý človek. Možno nie si veriaci, ale vyznávaš správne hodnoty."

„Preboha, prečo si to myslíš?" spýtal sa Will nečakane nevrlo.

„Jednoducho to viem." Vyrovnane naňho pozrela, nevšímala si záblesk paniky v jeho očiach.

„Možno sa pri tebe ukazujem z lepšej stránky."

Lisa sa usmiala. V skutočnosti bol lepší, než sa tváril.

„Tak poď, ešte máme dosť času na Baziliku svätého Petra."

Kapitola 26

Zablúdila, takže meškala, a teraz si bytostne uvedomovala, že jej horí tvár a vlhké vlasy sa jej lepia na krk a líca. Bazilika svätého Petra bola nádherná, ale vyvolávala v nej rešpekt. Po návšteve múzea Lisu mierne prekvapila prehnaná výzdoba.

Usilovala sa trochu schladiť v tieni stromov oproti reštaurácii a skúmala ľudí sediacich vonku. Väčšina stolov bola obsadená. Keď si obzerala skupinky hostí, cítila úľavu i sklamanie.

Nečakala tam na ňu početná rodinka s dieťaťom zababraným od zmrzliny, ani dve ženy v strednom veku v bezchybných šatách šitých na mieru, ktoré popíjali prosecco. Vylúčila dvoch bruchatých starších mužov s prešedivenými vlasmi aj tri mladé mamičky, ktoré si nevšímali, že ich deti sa pod stolom hrajú s mačkou. Takže zostalo zopár mužov, ktorí tam boli sami.

Boli tam traja potenciálni kandidáti – muž zahĺbený do mapy, blondiak čítajúci noviny a veľmi príťažlivý muž v elegantnom obleku. Ten muž mal vlasy na sluchách mierne prešedivené a telefonoval. Prvého vylúčila ako turistu, druhý mal na Taliana veľmi svetlé vlasy. Lepšie preskúmala muža v obleku, bola rada, že sa môže ukrývať pod stromami. Hoci bol prešedivený, mohol mať okolo štyridsaťpäť rokov, a to bol správny vek. Mama ju mala, keď bola veľmi mladá.

Lisa si hrýzla líce zvnútra, uvedomovala si, že týmto teoretizovaním len odďaľuje rozhodný krok. Netúžila osloviť nesprávneho muža a celkom sa znemožniť. Muž v obleku odložil mobil, očividne ukončil hovor.

Vtedy jej niečo napadlo – môže mu zavolať. Blahoželala si k dobrému nápadu, vylovila mobil, bola rada, že ho má nabitý. Keď hľadala otcovo číslo, ruka sa jej mierne triasla. Trochu sa odvrátila, ale kútikom oka pozorovala výjav, zavolala a so zatajeným dychom čakala na spojenie.

Kým čakala a počúvala vyzváňanie, stuhla. Vtedy začula zvoniť mobil a srdce mala až v hrdle. Muž v obleku sa chystal prijať hovor, ruka mu zavisla nad telefónom. Zaplavil ju príval adrenalínu. No muž mobil nezdvihol. To vážne? Nezdvihne to? Chcela, aby to zdvihol. Zmocnilo sa jej sklamanie. Neodpovie jej? Videl, kto mu volá? Takmer si neuvedomila, že mobil prestal vyzváňať.

„Ahoj, Lisa."

Čo to má byť? Ušlo jej niečo? Keď počula ten hlas s talianskym prízvukom, sťažka preglgla, akoby chcela zhltnúť uvarené vajce. Mierne sa ukryla ako špiónka, stiahla sa do tieňa a blúdila pohľadom po zákazníkoch.

Nie! To naozaj?

Nikdy by jej nenapadlo, že otec môže byť blondiak. Predpokladala, že má tmavé vlasy. Nie sú všetci Taliani tmavovlasí? Blondiaci pochádzajú zo severu, zo Škandinávie, tmavovlasí muži z juhu. To si aspoň vždy myslela.

Blondiak zdvihol mobil a videla, že rozpráva. Hoci na chvíľu zapochybovala, presvedčená, že sa mýli, jeho ústa sa pohybovali v súlade s tým, čo počula v uchu. Bol to Vittorio Vettese, jej o… Obrátil sa a na bielom pozadí reštaurácie sa vynímal jeho profil.

Mobil jej vykĺzol z prstov do tašky. Nie, určite nie.

Hruď jej zvieralo a len hľadela. Hľadela a hľadela. To nie je možné. Ale ten rovný nos a výrazná brada ho prezradili. Aj známa jamka na brade. Tvar čela. Všetko sa jej zdalo hrozne, hrozne známe.

Akoby pozerala na Willa. Staršieho, ale bezpochyby Willa.

Mala pocit, akoby sa jej ten logický záver roztrieštil v hlave ako rozbité kúsky zrkadla. To poznanie jej spôsobilo fyzickú bolesť.

Teraz si to uvedomila. Dorothea nebola v rozpakoch, ona bola zdesená. Nečudo, že starká nechcela, aby sa s Willom dali dokopy.

Samozrejme, preto jej mama chcela, aby sa prsteň vrátil jej otcovi. Prstami zovrela škatuľku v taške. Will bol starší ako ona. Prvorodený. Taliani si potrpia na tradície.

Starší syn zdedí prsteň. Starší súrodenec. Jej brat. Nevlastný brat. Kto tvrdí, že dve polovice tvoria celok?

Fascinovane znova pozrela na Vittoria Vetteseho, hoci pred sebou mala jasný dôkaz, stále dúfala, že si to zle vysvetlila, že si to len predstavovala.

Bozkávala tie pery… nie, tieto nie, ale také podobné. Do hrdla jej vystúpila žlč, pálila ju na jazyku.

Ohromene sa dívala, ako zmätene odložil mobil. Vďakabohu, že mu nenapadlo poobzerať sa dookola. Len si odpil z kávy, znova venoval pozornosť novinám na stolíku, netušil, že pár metrov od neho sa jej zrútil svet. Závidela mu tú nonšalantnosť. Bol naozaj celkom ako Will, aj nohy mal dlhé, ukryté pod stolíkom.

Nevedela od neho odtrhnúť pohľad, ale odstúpila, dýchalo sa jej tak ťažko, že mala pocit, akoby ju ťahalo k zemi. Najradšej by sa prepadla pod čiernu zem, dolu, dolu, ďaleko od všetkých. Znova zaspätkovala, potom znova a znova, kým do niekoho nevrazila a ten človek na ňu zagánil.

Ďalej cúvala a modlila sa, aby nezdvihol pohľad, kým nebude dosť ďaleko, aby odbočila a rozbehla sa.

Sťažka oddychovala, akoby strácala sily. Prekliaty chlap! Vrazila doňho, aj keď mal dosť času uhnúť. Keď ju po tom náraze zadržal, aby nespadla, až príliš ju ohmatkával. Šokovalo ju to a sústredila sa. Aspoň na to, kde bola.

Predklonila sa a pokúšala sa nabrať dych. Nechcela utiecť. Nikdy neutekala. A teraz si uvedomila prečo! Bolelo to, keď ste utekali, bolelo to, keď ste prestali utekať, a najviac to bolelo na druhý deň. No nič nemohlo bolieť ako toto. Srdce sa jej roztrieštilo na kusy.

Mala to vedieť. Keby bola nezávislá, bola by chránená pred takouto bolesťou. Keby bola sama, nemusela by sa takto cítiť.

Will je jej brat. Nevlastný brat. Nech sa na to pozrie z ktorejkoľvek strany, slovo brat tam navždy zostane.

Brat, brat, brat.

Ako mu to povie, dofrasa? Ako sa mu postaví zoči-voči?

Práve ho našla. Cítila sa otupene. Dočerta, čo má teraz robiť?

Nemohla vymyslieť nič lepšie, než sa vrátiť do bytu.

Chcela vytiahnuť mobil, ale nebol tam. Musí tu niekde byť. Dva razy prezrela každé vrecko v taške.

Mobil sa stratil. Spomenula si na muža, ktorý do nej vrazil a ohmatkával ju. Zle si vysvetlila jeho zmyselný úsmev, v skutočnosti mal za lubom čosi celkom iné.

Ten deň už ani nemohol dopadnúť horšie.

Kapitola 27

Otvoril dvere, zastal a počúval. V byte vládlo ticho, tiesni-vá prázdnota, ako keď nikto nie je doma. Vytiahol si koše-ľu z nohavíc a po ďalšom horúcom a upotenom dni v Ríme privítal chlad v byte. Potešilo ho pomyslenie na príjemnú studenú sprchu, takmer sa vyzliekol rovno vo dverách. Aj keby Lisa bola doma, zrejme by nemala nič proti. V duchu sa usmial. Možno by na ňu mal počkať a presvedčiť ju, aby sa k nemu pridala.

Lisa si očividne užívala stretnutie s otcom. Zabudla na čas aj naňho. Will potlačil mrzutosť. Stretli sa prvý raz. Bolo prirodzené, že stratila pojem o čase. Určite si majú dosť čo povedať.

Mohla mu aspoň napísať esemesku. Ráno dozrel na to, aby mala nabitý mobil. Nemohol sa jej znova vybiť.

Keď sa vrátia do Anglicka, kúpi jej nový.

Šiel do kuchyne po studené pivo a keď si ho vzal z chlad-ničky, vykročil na balkón. V tomto čase tam už bol chládok a bolo to dokonalé miesto, kde si mohol posedieť a vyložiť nohy. Jeho stretnutie dopadlo dobre, a keďže Lisa sa mu neozvala, zostal tam dlhšie a rozprával sa s majiteľom, potom sa vydal na malebnú cestu naspäť.

Na polceste k balkónu si uvedomil, že zabudol otvárač na fľaše. Keď sa vrátil do kuchyne, okamžite to zbadal.

Srdce sa mu rozbúšilo pri pohľade na tú škatuľku položenú v strede stola.

Ležala tam ako dôkaz v nejakej kriminálke a vyvolalo to v ňom nepokoj.

Lisa sa vrátila.

Vzal škatuľku a otvoril ju. Prsteň ležal na vyblednutom zamate, veľký diamant naňho nevinne žmurkal.

Lisa ho tam položila z nejakého dôvodu. Jej otec zrejme chcel, aby si ho nechala. No keď ho ostentatívne položila na miesto, kde ho mohol vidieť, nemal pocit víťazstva.

Odložil škatuľku na stôl.

„Lisa!" zakričal, hoci vedel, že v byte nikto nie je. Náhlivo vošiel do spálne.

Vyzerala presne tak, ako ju zanechali ráno, keď Lisa ustlala posteľ, takže izba pôsobila upratane. Všimol si, že nabíjačka nie je pri posteli.

A vtedy si uvedomil, že chýba aj jej kufor na kolieskach.

Hoci tušil, že nič nenájde, dôkladne prezrel všetky zásuvky, skriňu aj kúpeľňu, akoby dúfal, že tam budú jej veci a kufor zmizol z nejakého dôvodu, ale márne. Vzala so sebou všetko.

Lisa odišla.

Utiekla? To sa na ňu nepodobalo. Bola typ ženy, ktorá vedela čeliť problémom. Ako keď jej nezavolal. Aj tak chodila do baru a pracovala preňho. Pravda, vystrčila nos do vzduchu a nevšímala si Willa, ale neutiekla.

Preboha, čo sa stalo na stretnutí s otcom? Určite ju privítal ako stratenú dcéru, ale keby jej navrhol, aby bývala uňho,

Lisa by mu nechala odkaz alebo by mu zavolala z toho nemožného telefónu.

Žeby ju otec predal do otroctva? No dobre, to bolo pritiahnuté za vlasy, ale prečo tu teda nie je?

Keď sa obzeral po spálni, v hlave sa mu stále dookola premietal výjav, ako Lisa včera večer ležala vo svetle lampy.

Schytil pivo a otvárač, otvoril fľašu a dal si výdatný dúšok, potom tresol fľašu na stôl a zdvihol mobil.

„Haló?" ozvalo sa po prvom zvonení.

„Zdravím, hovorím s Vittoriom?"

„Áno. Kto volá?"

„Volám sa Willy Ryan. Som s Lisou v Ríme. Dnes sa s vami mala stretnúť, tak by som rád vedel, či ste ešte s ňou."

„Nie, neprišla."

„Čože?" klesol na stoličku. „Ako to myslíte?"

„Čakal som na ňu hodinu. Neprišla. Hoci zavolala, ale zložila, nič nepovedala."

„Zvláštne! Chcela sa s vami stretnúť. Keď som sa vrátil do nášho bytu, nebola tu. O koľkej vám volala?"

„Čosi po tretej."

Will tomu nerozumel. Mala dosť času. Rozlúčili sa pár ulíc odtiaľ. Aj keď nemala dobrý orientačný zmysel, nemohla zablúdiť. Zľakla sa? Kam mohla za tých pätnásť minút zmiznúť?

Nič nenasvedčovalo tomu, že na to stretnutie nepríde. Také čosi pre ňu nebolo typické. Lisa nikdy nikoho nesklamala. Nechápal to.

A ak sa nestretla s Vittoriom, čo sa zmenilo? Prečo si zrazu zbalila kufor a odišla bez slova z bytu? Musí to nejako súvisieť s jej otcom.

A prečo hovoril celkom nevzrušene? Takmer akoby sa mu uľavilo.

Will si uvedomil, že pohládza škatuľku s prsteňom. Mal by sa stretnúť s Vittoriom a vrátiť mu ten prsteň, to bolo najmenej, čo mohol urobiť. Možno dostane odpovede na pár otázok.

Keď dopil pivo, začul nejaké zvuky a vyskočil na nohy, zaplavila ho úľava. Vrátila sa. Radosť poznačil hnev. Bude mu mať čo vysvetľovať. Donútil sa zostať sedieť a nebežať za ňou, aby ju privítal. Keď sa kroky blížili, nasadil nonšalantný výraz.

„Will.“

Keď počul ten hlboký hlas, strhol sa.

„Giovanni!“

Mladý Talian hodil tašku na kuchynskú stoličku. „Hrozná cesta! Zabudol som, ako je tu horúco.“

Will zvädol.

„Vrátil si sa.“

Giovanni pokrútil hlavou. „Nie nadlho. Starká sa má oveľa lepšie, ale mama je dosť otrasená. Len som prišiel po nejaké papiere.“ Poobzeral sa. „Kde je Lisa?“

Will pokrčil plecami, nedal najavo nepokoj. „Neviem.“

Giovanni sa rozžiaril. „Stále obdivuje pamätihodnosti?“

Will mu na to nevedel odpovedať.

„Nemôžem sa tu zdržať. Odkážeš jej to?“

„Čo jej mám odkázať?“

Giovanni sa zamračil. „Že som tu bol, ale nemohol som zostať, mrzí ma to.“

„Vybavím.“ Keď Giovanni počul jeho chladný tón, pozrel naňho.

„Lisa sa má dobre?"

„Má sa fajn."

„Pomohli jej tie mapy?" Giovanni šmátral vo vreckách, napokon vytiahol kľúč. „Musím ísť do domu." Will videl, že je duchom neprítomný.

„Zvládla to," odsekol Will, podráždila ho tá bezmyšlienkovitosť.

Willovi sa podarilo nájsť posledný voľný stolík v preplnenej reštaurácii a okamžite si objednal Peroni. Nevedel, či urobil dobre, že si stretnutie s Vittoriom dohodol na tom istom mieste, ale bolo to blízko ich bytu a očividne aj blízko bytu Vittoriovej priateľky.

Kým čakal, hral sa s mobilom. Giovanni sa nezdržal dlho a Willovi odľahlo. To, čo bolo medzi ním a Lisou, bolo priveľmi vzácne a krehké, aby to vysvetľoval niekomu inému.

Vytlačil Giovanniho z mysle a donútil sa odložiť mobil. Nepozrie sa na esemesky, kým mu čašník neprinesie pivo. Nepozrie sa znova na mobil, kým čašník okolo neho neprejde tri razy. Nepozrie sa na mobil, kým neodíde rodina s tromi malými deťmi.

Pri plnení tých hlúpych výziev mu čas neubiehal rýchlejšie. Lisa sa mu stále neozvala.

Na stôl dopadol tieň. Pozrel do modrých očí, mali presne ten odtieň ako jeho oči, a pulz sa mu zrýchlil.

„Vittorio."

„Will."

Kývli si hlavou. Farba mu tak rýchlo vyprchala z tváre, až mal pocit, že sa mu sťahujú žily. Bolo zvláštne pozerať na svoje staršie ja. Na niekoho známeho, aj keď ho nepoznal.

Vittorio naklonil hlavu nabok. „Hm, budem hádať, ty si Eloisin syn." Tvárou mu prebehol šibalský výraz a zoširoka sa usmial. Vrásky okolo očí a úst prezrádzali, že sa usmieva často.

Privolal čašníka a hlavou naznačil, že si dá to isté čo Will.

„Zdá sa," odvetil Will sucho a zmocnila sa ho zúrivosť. Cítil sa absolútne bezmocne.

Keď sa dnes ráno prebudil a Lisa ležala po jeho boku, bol si celkom istý. Jeho život bol zrazu úplný. Nijaké otázky, nijaké možno a čo ak. Mal dokonalú istotu. A tá mu dávala pocit pokoja a uvoľnenia, vedel, že všetko bude v poriadku.

A teraz mal pocit, akoby sa zrazu všetko rozplynulo, akoby stratil pôdu pod nohami.

A tento vyškerený somár absolútne netuší, ako jeho výzor musel šokovať Lisu.

Will zatvoril oči, takmer cítil jej bolesť, ale musel sa to spýtať.

„Vy ste Lisin otec?"

Vittorio sa zasmial a pobavene zdvihol výrazné obočie. „Preboha, nie! To si to kuriatko myslí? Teraz už chápem, prečo sa mi ozvala."

Will pod stolom zaťal päste. Ten príval úľavy, ktorý ho zaplavil ako cunami, kontrastoval s napätím, ktoré cítil ešte pred chvíľou.

„Lisina mama otehotnela s iným, než som sa s ňou oženil, hoci to nebolo vidieť. Ale mal som ju rád, bola to krásna žena. No ja nie som typ chlapa, ktorý sa rád viaže," pokrčil plecami, akoby chcel, aby ho Will pochopil.

„Takže ste môj otec?" podpichol ho Will.

„Eloise sa rozhodla, že bude jednoduchšie, ak si všetci budú myslieť, že si Richardov syn. A náš vzťah," luskol prstami, „bol fuč."

Will naňho pokojne hľadel a snažil sa potlačiť zúrivosť. Ako poznal svojich rodičov, ani ho to neprekvapovalo. Vedel Willov otec, že nie je jeho syn? To by vysvetľovalo, prečo s ním nikdy nebol spokojný. No pri pomyslení na Lisu musel zaťať sánku. Musela Vittoria vidieť, stačil jej jeden pohľad a dospela k najhoršiemu záveru. Kde je? Očividne v panike utiekla. Ubytovala sa v hoteli? Lietadlo im letí až pozajtra. Vzdychol a donútil sa uvoľniť. Pošle jej esemesku, vysvetlí jej to a všetko bude v poriadku.

„Prečo sa Lisa rozhodla po takom dlhom čase, že sa chce so mnou stretnúť? Jej mama zomrela dávno." A potom Vittorio prikývol. „Aha, to má na svedomí moja svokra, čo? Zomrela?" Will sa zahniezdil na stoličke. Čo ten chlap nemá v sebe ani štipku súcitu?

„Nie, ešte žije." Will nemienil poskytnúť tomuto chlapovi zadosťučinenie, že Lisa hľadala útechu pre prípad, že by zostala sama. Ani mu nechcel prezradiť, že jeho údajná dcéra uverila mýtu o znovunájdenom otcovi. Will si zrazu vrúcne želal, aby sa starká dožila deväťdesiatky.

„Boli ste súčasťou Lisinho života prvých pár rokov? Zrejme si myslela, že o ňu prejavíte záujem. Prišli sme do Ríma na dovolenku a rozhodla sa vás vyhľadať."

Vybral z vrecka škatuľku s prsteňom, ale držal ju pod stolom, neukázal mu ju. Ešte sa nerozhodol, čo s ňou urobí.

„Spomínam si na ňu. My Taliani máme radi deti. Bola veľmi dobré dieťa. Hovorili sme jej kuriatko, lebo skackala ako kuriatko. Vždy bola šťastná. Mala veľmi dobrú mamu. Ale pochopte, bolo to veľmi dávno. Tvrdo som pracoval, bol som džokej. A potom som dostal prácu v dostihovej stajni na severe Anglicka… vo Wetherby. Bol to správny čas, aby som to ukončil. A ako sa majú tvoji rodičia? Eloise je stále taká krásna? Povedz jej, že ju pozdravujem. Ako sa má?"

„Má sa dobre." Will sa oprel a položil si rameno na stoličku, donútil sa počúvať Vittoria, nie poddať sa túžbe rozmlátiť mu fasádu. Bol to presne ten typ muža, aký by sa jeho rodičom páčil. Nezodpovedný a egocentrický. Už si na to mal zvyknúť. Dávno pochopil, že rodičov nezmení. No zrazu si uvedomil, že ich správanie a postoje ho nemuseli ovplyvniť. S pochmúrnym úsmevom si pomyslel na všetko, čo urobil. Nečudo, že jeho otcovi, alebo údajnému otcovi, to nikdy nestačilo. Will sa vystrel. Bol hrdý na to, čo dosiahol, a nepotreboval niekomu niečo dokazovať.

„To boli pekné časy. Sir Robert bol dobrý zamestnávateľ a s tvojimi rodičmi bola zábava. Chodili sme spolu na večierky, na dostihy. To bol môj život. Teraz už nepretekám. Pracujem na rímskej dostihovej dráhe. Mohli by ste ma tam niekedy navštíviť. Ty aj Lisa."

„Neviem, kde je Lisa." Will zošpúlil pery, dobre vedel, že nemá zmysel rozoberať vzťah Vittoria a Eloise, ani Richardov nezáujem – už nikdy nevysloví slovo „rodičia", ale v tejto chvíli ho žralo čosi iné. „Obávam sa, že vás videla a… šokovalo ju to."

Vittorio sa zasmial. „To musel byť naozaj šok."

Will sa predklonil a mrazivo vyhlásil: „Hrozný šok." Samozrejme, Vittorio to nemohol pochopiť. Bol bezcitný. Will v duchu použil slovo, ktoré nikdy nepoužíval.

Vstal a zachytil škatuľku, prv než spadla na zem.

„Toto vám Lisa chcela vrátiť. Mama ju o to požiadala."

Vittorio otvoril škatuľku a zdalo sa, že vytriezvel. Will prvý raz videl v jeho tvári emócie, napočudovanie posmutnel. „Nonnin prsteň."

Smútok mu zmenil tvár, akoby si nasadil masku. Will videl, ako zvesil plecia, všetku pozornosť sústredil na prsteň.

„Pravdupovediac, Lisinu mamu Hattie som úprimne miloval," Vittorio hovoril tak rýchlo, akoby sa rozprával sám so sebou. „Veľmi som ju miloval. Bola poklad. Vždy usmiata. Vždy šťastná. Vždy v každom videla len to dobré. Aj v lady Mary."

Lady Mary?

Vittorio poklopkal po škatuľke dlhým štíhlym prstom, presne taký ukazovák mal aj Will. Zmocnil sa ho zvláštny pocit. História sa opakovala. Lisa bola jeho poklad. Vždy šťastná. Vždy usmiata. Aj keď sa neusmievala, pery mala vždy veselo vykrivené dohora.

„Spomínam si na deň, keď som jej dal tento prsteň. Vedel som, že jeho má radšej ako mňa, ale dúfal som, že jej budem stačiť. A keď mi povedala áno, bol som veľmi šťastný." Vittorio sa tváril roztúžene, už sa nesmial ako pred chvíľou. „No nestačilo to. Neľúbila ma tak ako jeho. Vždy išlo oňho. Pokúšal som sa ju presvedčiť, aby bývala so mnou, aby sme začali odznova. Keď zomrela, nespojil som sa s Lisou. V prvých rokoch po jej smrti som zopár ráz zašiel do stajne. Lisa akoby matke z oka vypadla. Bolo to hrozne bolestné."

Will bol zmätený. „Kto bol Hattinou láskou? Kto bol Lisiným otcom?"

„Jej šéf." Vittorio pokrútil hlavou, rezignovane sa zamračil. „Môj šéf. Sir Robert. Keby bol mohol, rozviedol by sa s lady Mary a oženil by sa s Hattie, ale potom sa lady Mary stala tá nehoda. Keď si Hattie uvedomila, že je tehotná, prerušila s ním vzťah. Vedela, že by to k lady Mary nebolo férové, lebo po tom páde nemohla mať deti. Taká bola Hattie."

Will nepodotkol, že mať pomer s manželom inej ženy nebolo správne.

„Myslím, že lady Mary musela vedieť pravdu. Poriadne to Hattie osladila. Niekedy Hattie prišla na dostihovú dráhu s Lisou, ale lady Mary tam zakázala deťom vstup. Tvrdila, že z bezpečnostných dôvodov, ale všetci vedeli, o čo jej išlo. Nezniesla ani pohľad na Lisu." Vittoriovi sa náhle zračil v tvári smútok. „Ani ja." Hlas sa mu zlomil, hľadel do prázdna.

Will si predstavil statného majiteľa stajne, ako sedí pri bare. Chodieval tam bez výnimky každý štvrtok, keď niekto robil spoločnosť jeho manželke. Lady Mary si pred tridsiatimi rokmi zlomila väzy pri nehode. Will zrazu pochopil smútok, ktorý sa zračil staršiemu mužovi v tvári. Veľa stratil – dokonca aj manželku.

Will sa strhol. Vie o tom jeho matka a Richard? Vie o tom starká?

A kde je teraz Lisa? Musí sa dozvedieť, že Vittorio nie je jej otec. Will nie je jej brat. Vzal do ruky mobil a napísal jej esemesku, Vittorio bol ponorený do myšlienok. Prečo mu neodpovedá? Nech je kdekoľvek, má so sebou nabíjačku, a keď dostane jeho správu, spojí sa s ním.

Kapitola 28

„Máme jedno voľné miesto na let do Leedsu/Bradfordu. Nič iné vám neviem ponúknuť."

Lisa sa odhodlane usilovala dostať do tretieho, štvrtého, piateho lietadla. Už bola zúfalá, že sa nikdy nedostane domov.

„Beriem to."

„Máte šťastie. Dnes je to posledný let."

Lisa sa chabo usmiala. Veru sa necítila šťastná. Zdalo sa jej veľmi nešťastné, že sa zaľúbila do svojho brata.

Trasúcou sa rukou podala žene kreditnú kartu, nemala energiu zhroziť sa nad tou nehoráznou cenou. Bolo jej to jedno. Chcela ísť domov. Vrátiť sa k svojmu životu – ďaleko od tohto všetkého. Utiecť a nikdy neprestať utekať. A potom jej v hlave cinklo a v duchu sa vrátila do reality. Čo si musí myslieť Will? Mala mu nechať odkaz, ale nenašla slová. A nedokázala by sa mu pozrieť do očí.

Ako by sa mu mohla postaviť zoči-voči a povedať mu to? Cítila sa hrozne krehká, zabilo by ju to. A ako by to prebiehalo, keby sa zrazu nemohli navzájom dotknúť, akoby medzi nimi bolo sklo? Zdalo sa jej nemožné, aby mali spoločnú budúcnosť. To, čo medzi nimi bolo, nebolo správne, aj keď sa to zdalo správne. Zaplavila ju hanba. Je to jej brat. Pokúšala sa vytlačiť z mysle spomienky, ako ju držal, bozkával, dotýkal sa jej. Bolo to nesprávne. Nebolo to fér.

Vďakabohu, nikto iný to nevedel. A nemusí vedieť. Zostane to ich hrozným tajomstvom. Najradšej by vrátila čas a nepoznala samu seba. Najradšej by nikdy nevidela Vittoria Vetteseho. Bolo to od nej nepekné?

Do odletu jej zostávalo pol druha hodiny, a tak zašla do internetovej kaviarne na druhom konci terminálu. Jej mobil bol možno mizerný, ale užitočný. Bude jej trvať celú večnosť, kým nájde všetky čísla, ktoré potrebuje do nového mobilu.

Lisa chcela poslať Siene cez Skype odkaz: *Chcem ti oznámiť zmenu plánu, nemusíš ma vyzdvihnúť. Stratila som mobil. Onedlho sa ti ozvem,* ale Siena bola online a okamžite odpovedala:

Čau, Lisa! To je smola. Odvezie ťa niekto iný?

Lisa si v duchu predstavila Sienu, ako ťuká do klávesov. Teraz by ju potešila jej vždy dobrá nálada. Prsty jej zavisli nad klávesnicou. Jej emócie boli veľmi rozjatrené, nedokázala jej povedať, čo sa stalo, ale zrazu sa potrebovala porozprávať so Sienou.

Vraciam sa domov. Som na letisku.

Prečo o dva dni skôr? Pohádali ste sa s Giovannim? Taliansky žrebec nebol žrebec???

Lisa sa chabo usmiala. Keby len vedela. Popri Willovi vyzeral Giovanni ako krotký poník.

Nie. Chcela sa jej zdôveriť, ale nie so všetkým. *Giovanni musel odísť. Jeho stará matka ochorela. Je to na dlhé rozprávanie.*

Vedela som to. Takže si tam bola sama s Willom?

Lise stuhli prsty nad klávesmi, úprimnosť bojovala s obozretnosťou a pocitom hanby. Will je jej brat. Na tie bozky musí zabudnúť. Aj na jeho dotyky. Musí všetko zahrabať. Nemohla z toho viniť Willa a ani ho nebude viniť, nebude sa tváriť, že sa pohádali. To by nebolo správne. Keby povedala, že to je komplikované, Siena by to chcela vyriešiť.

Prv než stihla niečo napísať, Siena vyrukovala s vlastnou hypotézou.

Vedela som, že medzi vami dvoma niečo je. Stále po sebe pokukujete. Hašteríte sa ako brat a sestra, ale mňa tým neoklamete. Zdá sa mi, že ste jeden pre druhého ako stvorení.

Lisa vzlykla. Displej videla rozmazane. Už znova jej skrúcalo žalúdok.

S Willom sme len priatelia, nič viac. Strávili sme spolu nejaký čas a uzavreli sme prímerie. Takmer ju zničilo, keď písala ďalšiu vetu. *Ale uvedomila som si, že pre mňa nie je ten pravý.*

Môžu byť priatelia? Bože, sú príbuzní. Zmeravela. Dokáže sa s ním ešte niekedy rozprávať? Dívať sa naňho bez túžby po tom, čo nikdy nemôže mať? Tá túžba ju ničila. Keď starká zomrie, Will a Vittorio budú jej jediná žijúca rodina.

Vážne? Možno nemám právo sa k tomu vyjadrovať, ale podľa mňa ste pre seba stvorení. Smutná tvár (neviem nájsť správny smajlík). Si si tým istá? Myslím, že mu na tebe záleží, ale maskuje to tými babami.

Lisy sa zmocnila ľútosť a po tvári jej stekali slzy.

Keď sa vrátim, uvidíme sa.

Máš sa dobre? Rada by som tam bola s tebou. Čo si mi nepovedala? Určite si v poriadku? Dovoľ, aby som ťa vyzdvihla. Kedy priletíš?

Priletím o trištvrte na dvanásť v noci... ale na letisko
v Leedse/Bradforde. Nijaký iný let som nenašla. No neboj sa.
Dnes prespím v hoteli. Keď sa vrátim domov, poviem ti viac.
Zavolaj mi... rýchlo si zožeň mobil. Chýbaš mi. Objímam
ťa. Cmuk.xx

Lisa bola načisto otupená. Keď teraz nemusela rozmýšľať, mozog vypla. S červenými očami podala pasovej kontrole pas a napadlo jej, že jej nejaký britský úradník môže zakázať vstup do krajiny. V tomto stave zrejme vyzerá skôr ako upír než človek.

Ani nevedela ako a prešla cez colnú kontrolu do neznámej budovy. Dezorientovane sa poobzerala po taxíku, ktorý by ju odviezol do najbližšieho hotela.

Takto neskoro v noci po príletovej hale blúdilo len pár zúfalcov čakajúcich na svojich priateľov a blízkych, niektorí držali nad hlavou cedule. Pán Smith. Veľa šťastia s takým menom. Pán Van Etterlink. Pán George Vassou. Slečna Lisa Vetteseová.

Pozrela znova na tú ceduľu. Na veľkom papieri stálo jej meno napísané veľkými písmenami, takmer na ňu kričalo, akoby niekto skutočne nechcel, aby si ho nevšimla.

Žena s tým papierom si úzkostlivo obzerala ľudí, svetlohnedé vlasy mala štýlovo postupne ostrihané a k džínsom si obliekla sveter limetkovozelenej farby, s ktorým si zladila šatku. Vyzerala pekne, šik a Lisa sa pri nej cítila dosť neupravená. Kto je to? A čo tu robí?

Po tvári jej stekali slzy, ktoré akoby čakali, kedy môžu vyhŕknuť. Musela ju poslať Siena. Nikto iný nevedel, že priletí týmto lietadlom. Lisa k nej vykročila, nohy sa jej podlamovali.

„Zdravím, ja som…" ukázala na papier.

„Zdravím," žena sa na ňu ostražito usmiala. „Ja som Laurie, Sienina sestra. Zavolala mi, vraj ťa treba vyzdvihnúť. Dúfam, že ti môžem tykať."

Lisa sa takmer na mieste zosypala. Zaplavila ju úľava a vďačnosť, ale aj pocit prekvapenia.

„Ach, ja… ehm." Siena jej veľa rozprávala o Laurie, ale nikdy sa s ňou nestretla. Dlhé roky žili odcudzene, hoci nie vlastnou vinou, ale posledných pár rokov si znova našli k sebe cestu.

Laurie úhľadne poskladala papier a strčila si ho do kabelky. „Siena mala obavy, že priletíš tak neskoro a celkom sama, a ja žijem v Yorku."

Lisa nevedela celkom presne, kde sa nachádza York, ale bola si takmer istá, že nie je veľmi blízko. Toto bolo od Laurie naozaj pekné. Lisa už znova mala slzy na krajíčku. Siena je úžasná priateľka.

„To je od teba fakt milé," jachtala Lisa. „Ja… ehm."

Laurie sa tvárila vážne. „Siena by ma o to nežiadala, keby to nebolo dôležité. Veľa mi o tebe rozprávala." Na tvári sa jej mihol milý úsmev. „Vraj si jej pomáhala, keď prišla bývať do Anglicka. Bola si jej prvá ozajstná priateľka. To bolo to najmenej, čo som mohla urobiť pre svoju mladšiu sestru."

„Ja som neurobila až tak veľa. Siena je veľmi pozitívna bytosť. Poradila by si aj bezo mňa." Pozreli na seba. Siena prišla do Anglicka bez peňazí a bez priateľov. Podarilo sa jej postaviť sa na nohy, a pritom sa na nič nesťažovala, nestonala.

„Pomohla si jej. Pomysleli sme si, že dnes večer môžeš ísť so mnou do Merryview a zajtra ťa naložím na vlak. U nás ti bude oveľa lepšie než v neznámom hoteli."

„To by b-bolo… milé," hlas sa jej zlomil. Hrozilo, že sa celkom zosype, a to by nebolo dobre. Vystrela sa, ale svaly na pleciach mala také stuhnuté, že protestovali. „Ďakujem. Ja… si zlatá. Neviem ani vypovedať, ako si to vážim."

Čo jej Siena povedala? Laurie sa jej zdala oveľa rezervovanejšia ako jej sestra, ale zdalo sa, že má pochopenie. Nevyťahuje z človeka informácie, pokiaľ ich sám dobrovoľne neposkytne. A v tejto chvíli bola dokonalá spoločníčka.

Ticho, pokojne viedla Lisu na parkovisko a k autu.

„Bez obáv si môžeš v aute pospať. Cesta domov nám potrvá asi hodinu. Stavím sa, že si ustatá. Mňa cestovanie vždy vyčerpáva, aj keď len sedím v lietadle."

Lisa ocenila, že nepovedala to, čo bilo do očí – keď je niekto citovo zrútený.

V tej tme sa cítila v aute ako v zámotku, tam bolo ľahké vypnúť a odstrihnúť sa od reality. Bolo od Laurie naozaj milé, že merala takú cestu. Hodinu sem a hodinu nazad kvôli niekomu, koho nepozná. Lisa vedela, že by si mala dať námahu, aby sa tvárila normálne.

„Siena hovorila, že sa ideš vydávať."

Laurie dôrazne prikývla. „Veru, a hoci to bude malá svadba, je dosť čo vybavovať," zasmiala sa. „Nechápem, prečo som si myslela, že koniec leta je dobrý nápad. Cam nechcel čakať." Posledné slová povedala šťastne a hrdo. „To by bolo fajn, ale nečakali sme, že počas prvej sezóny budeme mať toľko hostí. A dala som sa na štúdium vinárstva. Je to šialenstvo, ale nesťažujem sa."

„Siena vravela, že ste si otvorili penzión. Takže sa vám darí?"

„Áno, bolo to riskantné, lebo ani jeden z nás dvoch nikdy predtým nič podobné nerobil. Je to tak trochu ako divoká jazda, ale učíme sa. Zdedila som po strýkovi dom a pre mňa a Cama bol dosť veľký. A patrí k nemu aj skvelá vínna pivnica a zbierka veteránov, ktoré zozbieral strýko Miles. Chceli sme ponúknuť zážitkový pobyt – ako sa tomu oficiálne hovorí – ľuďom, ktorí majú záujem o jedno či druhé, alebo o oboje. Pôvodne sme plánovali spojiť ubytovanie s autami, ale vymklo sa nám to z rúk. Ja mám na starosti degustáciu vína a Cam jazdí s klientmi na veteránoch. Netušili sme, že sa to takto rozbehne. Šíri sa to hlavne ústnym podaním."

„To musí byť tvrdá práca." Lisa si pomyslela na bar, ktorý takisto prekvital vďaka ústnemu podaniu, ale aj Willovým dlhým hodinám v práci a jeho obetavosti.

„Áno, ale páči sa mi to," Laurie pokrútila hlavou. „Kedysi som robila v knižnici, čo je veľký rozdiel."

„Predpokladám, že tam si mala väčší pokoj."

Laurie sa zasmiala. „Presne tak, a chýbajú mi pravidelní návštevníci. A čo robíš ty?"

„Ja učím v škole, hoci cez prázdniny vypomáham ako čašníčka v bare, kde robí Siena. Do začiatku školy mi ešte zostávajú tri týždne."

„Je ťažké dozerať na množstvo detí?" Tá otázka vyznela dosť roztúžene. „Nie som si istá, či by som sa vedela postarať o jedno. Bála by som sa, že to robím zle."

Lisa na ňu kradmo pozrela a videla, ako si rukou prešla po bruchu.

„Nedá sa povedať, či to robíš dobre alebo zle," uistila ju. „Deti jednoducho potrebujú byť milované a mať pocit istoty, bezpečia. Ak im ho dáš, urobíš dobre. Poslúchaj svoje inštinkty. Nenadarmo sa tomu hovorí materinský inštinkt. Niežeby som bola matka."

„Hmm," zahmkala Laurie.

„Ach," Lisa si zrazu spomenula na rozhovor so Sienou, „mňa vychovávala starká a na mamu sa poriadne nepamätám."

„Takže si počula o Celeste," poznamenala Laurie sucho.

„Trochu," odvetila Lisa opatrne. Hoci z toho, čo počula o Sieninej a Laurinej matke, usúdila, že je veľmi chladná, no stále to bola ich matka. Zdalo sa jej dosť bezcitné, že opustila Laurinho otca a vzala so sebou do Francúzska len jednu dcéru. Tieto dve sestry sa stretli, až keď mali čosi vyše dvadsať.

„Rozmýšľam, či ju mám pozvať na svadbu."

Lisa nevedela, čo na to povedať. Keby sa vydávala, pozvala by Vittoria?

„Cam mi pritom veľmi nepomáha. Ale nie, to nie je pravda. Je mi veľkou oporou. Hovorí, aby som urobila, ako chcem, a netrápila sa, či sa to niekoho dotkne, no nie som si tým istá," vzdychla. „Prepáč, neviem, prečo ťa tým zaťažujem."

„Niekedy sa človeku ľahšie rozpráva s cudzími ľuďmi." Lisa sa vystrela, uvedomila si, že skĺzla na sedadle. „Vidia to z inej perspektívy."

Lisa si skrúcala ruky v lone, napokon povedala: „Siena ti niečo spomínala?" Nerada sa cítila tak pateticky, ale ten pocit bezmocnosti ju vykoľajil. Aj keď sa otvorene rozprávala s Willom, udržiavala si odstup. Niekedy treba dať emóciám voľný priechod, ale toto nebolo také jednoduché.

Laurie sa ozvala až po chvíli, akoby váhala, ako diplomaticky odpovedať. „Nie veľa. Hovorila, že niečo sa pokazilo a vraciaš sa domov skôr. Myslela si, že Will ti zlomil srdce. Ja ho dobre nepoznám, hoci Cam aj Jason o ňom majú vysokú mienku."

„Aj ja," odvetila Lisa slabým hláskom, zvieralo jej hruď. Zdalo sa jej, že môže dôverovať Laurie, očividne bola pokojná a mala zdravý rozum. To, že jej Will zlomil srdce, bola pravda, ale nebolo by správne obviňovať z toho Willa alebo dovoliť, aby si o ňom Laurie myslela niečo zlé. Nezaslúžil si to, najmä keď sa k nej v Ríme celý čas správal pekne. „Will za nič nemôže. Neurobil nič zlé. Najhoršie je, že nám tam spolu bolo dobre. Naozaj dobre." Hrča v hrdle jej nedovolila hovoriť. „Šla som do R-ríma vyhľadať otca a…" usilovala sa potlačiť vzlyk, „nedopadlo to dobre. Fakt neviem, ako sa mám vrátiť domov."

Musí to zo seba dostať, bolo jednoduchšie zdôveriť sa Laurie než Siene.

„S Willom máme… spoločného otca."

Keď Laurie precítene vzdychla: „Ach," presne vyjadrila Lisinu bezmocnosť.

Kapitola 29

Posledných dvanásť hodín bola únava jej vernou spoločníčkou, ale teraz sa, chvalabohu, skončila. Len čo ju Laurie zaviedla do peknej jednoposteľovej izby, vyzliekla sa a nechala oblečenie ležať na dlážke. Ľahla si, zakryla sa príjemným páperovým paplónom, a hoci mala pocit, akoby sa jej oči vyváľali v pilinách, nezaspala hneď, hlavou jej vírili myšlienky. Pokúšala sa vyhodiť ich z hlavy, ale podchvíľou zrýchlili ako horská dráha a prichádzali nové a nové, a keď ich vytláčala, odišli.

Starká, Will, Siena, Vittorio. Musí zvládnuť veľa rozhovorov. Pichlo ju pri srdci, ľutovala, že bola taká zbabelá... že Willa sklamala.

Chudák Will nič nevie. Čo si asi myslí? Hovoril, že ju miluje. Takmer si želala, aby to nemyslel vážne. A aj to ju bolelo, lebo zrazu si bola istá, že ju naozaj miluje. Zatvorila páliace oči a predstavila si ho, ako sedí sám pri stole v rímskom byte. Zrejme je dobre, ak si myslí, že jednoducho odišla. Bude preňho lepšie, ak ju bude nenávidieť. Bude to lepšie než tento pocit viny, ktorý v nej vyvolával nevoľnosť, keď myslela na to, ako veľmi Willa miluje a aké je to zlé, zlé, zlé.

Objala sa rukami, akoby jej poskytli ochranu a zatlačili pocit bezmocnosti. Nechala slzy stekať po tvári a telo sa jej otriasalo od tichých vzlykov.

Kapitola 30

„Dobré ráno, priniesla som ti čaj," Laurie ukázala na tácňu a so šibalským úsmevom, ktorým jej pripomínala Sienu, dodala: „Aj kávu, lebo som nevedela, čomu dáš prednosť."

Lisa sa pozviechala a posadila. „To si nemusela. Koľko je hodín? Prepáč, je veľmi neskoro?"

Laurie jej položila tácňu na nočný stolík a zdvihla ruku, aby ju zastavila. „Nijaké strachy. Je to v pohode."

„Prepáč, už aj tak si bola neuveriteľne milá." Cítila sa ako v hoteli a zrejme v ňom aj bola, lepšie povedané v penzióne, ibaže nebola platiaci hosť a nemali by sa k nej tak správať. „Teda... nechcem ti zaberať miesto."

„Táto izba bola prázdna. Bez problémov. Včera večer nám neprišli nijakí hostia," Laurie mierne zvesila plecia. „Dnes príde nová várka."

Lisa jej v rannom svetle videla pod očami kruhy.

„Bolo jednoduchšie priniesť ti to do izby, lebo nevieš, kde je jedáleň. Prízemie je dosť rozvetvené. Keď máme hostí, s Camom jedávame v súkromnom salóne. Keďže dnes tu nikto nie je, naraňajkujeme sa v jedálni. Raňajky budú hotové asi o pol hodiny, ak sa na to cítiš. Ale nemusíš mať pocit, že sú povinné alebo že ťa chcem vykopnúť." Tvár jej znežnela. „Ako ti je?"

„Som zmätená, smutná, cítim sa previnilo."

„Previnilo? Prečo? To nie je tvoja vina."

„Stále musím myslieť na Willa. Nič nevie. Zrejme rozmýšľa, prečo som zmizla. Ale neznesiem..." V hrudi cítila fyzickú bolesť, akoby v nej mala obrovský kameň.

„Chceš, aby som povedala Siene, nech sa s ním spojí?"

Lisa pokrútila hlavou. „Nechcem, aby to vedel niekto iný. Cítim sa... pošpinená. Je to hrozný pocit. A čo si pomyslia ľudia? Neznesiem predstavu," pozrela na Laurie, „že sa to dozvie ešte niekto."

„Neboj sa, Camovi som nič nepovedala. A nepoviem to ani Siene. Nechám to na teba."

„Som hrozne zmätená. Sama neviem, čo chcem."

„Tak si niečo vypi. Si hladná?"

„Ako vlk," chabo sa na Laurie usmiala. „Nikdy nebudem taká zaľúbená chudera, ktorá nedokáže nič zjesť." Ak bude vyplakávať, veľmi jej to nepomôže. Musí sa pohnúť ďalej.

„To rada počujem. O chvíľu sa uvidíme."

Zvláštne, ako človeka postaví na nohy sprcha a vidina jedla. Niežeby kráčala svižne po zdobenom drevenom schodišti, ktorého krásu predošlý večer neocenila, ale usilovala sa dohovoriť si. Situácia sa nezmení. Spočiatku to bude ťažké, ale časom sa to zlepší. Hoci bolo ťažké predstaviť si to, jedného dňa budú s Willom... nie, nevedela si ani predstaviť, že ho ešte niekedy uvidí. To pomyslenie musí zatlačiť do úzadia. Život zakrátko pôjde ďalej. Má prácu, priateľky, starkú. Ďalej nedokázala myslieť. V duchu zastrčila Willa a Vittoria dozadu, ako keď ukladala knihy na policu, a úmyselne sa sústredila na prostredie, v ktorom sa ocitla.

Prstami prešla po tapetách so vzorom Williama Morrisa, spoznala slávny vzor „zlodeja jahôd", lebo vlani to s deťmi preberala na hodine výtvarnej výchovy. Hodili sa do veľkolepej vstupnej haly, ktorá bola zrejme väčšia než celé prízemie v jej domčeku. Pod schodišťom zastala, ruku položila na tmavý, ozdobne vyrezávaný koncový stĺpik zábradlia. Ten dom jej pripadal ako dejisko nejakej tajomnej detektívky. Dozadu viedla dlhá úzka chodba s kamennou dlažbou, vpravo boli pootvorené masívne drevené dvere, takže videla do svetlej jedálne. Bola si istá, že našla správnu miestnosť, a otvorila dvere dokorán. Okamžite jej padol pohľad na prestretý stôl vo výklenku s arkierovým oknom a na dvojicu, ktorú zalievalo slnečné svetlo. Laurie hľadela do smejúcich sa očí vysokého muža, ten ju pohládzal po chrbte, akoby ju utešoval. Úzkostlivo sa mračila a Cam – kto iný to mohol byť – sa jej prihováral pokojným hlasom.

Lisa takmer cítila spojenie medzi tými dvoma. Zľakla sa, že ruší, zastala a rozmýšľala, či nemá diplomaticky zmiznúť, ale neskoro, Cam si ju všimol.

„Zdravím. Lisa?"

„Áno," odvetila dosť ostýchavo. Mal zelené oči, a hoci kučeravé vlasy mal mierne strapaté, vyzeral ako model. Keď sa mu na tvári mihol pohotový úsmev, vyrazilo jej dych, ale podľa toho, ako si pritískal Laurie k sebe, videla, že preňho existuje iba jedna žena.

„Teší ma, že ťa spoznávam. Dúfam, že si môžeme tykať. Povedz, prosím ťa, že chceš raňajky, lebo Laurie ma donútila zachovať sa zdvorilo a počkať na teba."

Laurie mu štuchla lakťom do rebier. „Ospravedlň ho, je nespôsobný."

Veselo sa zaškeril a odtiahol stoličku pre Laurie, potom druhú pre Lisu.

„Ľudia mu to tolerujú len preto, lebo je taký šarmantný." Laurie klesla na stoličku, pokrútila hlavou, ale srdečný úsmev svedčil o tom, že aj ona mu to toleruje.

Cam ju rýchlo pobozkal na pery. „A prečo nie?" žmurkol na Lisu.

Keď sedela s nimi dvoma, očividne zaľúbenými jeden do druhého, mohla im závidieť a túžiť po Willovi, ale ich šťastie ju napočudovanie utešovalo.

„Hrianka? Croissant? Mafin?" Laurie jej podala tanier a Lisa si vzala croissant.

„Domáci jahodový," povedal Cam a posunul k nej peknú sklenú misku s jasnočerveným džemom a so striebornou lyžičkou.

„Máte to tu krásne!" Lisa obdivovala biely porcelán s kvietkami a potriasla damaskový obrúsok.

„Môj strýko mal dobrý vkus a veľa peňazí. Zanechal mi kopu pekných vecí. Vážne, máme tu lyžičky na džem, naberačky na med, lyžice na horčicu z korytnačiny, krásne soľničky, koreničky, omáčniky, klieštiky na cukor..."

„Máme všetko, na čo si len spomenieš," uzavrel Cam.

„A bola by škoda, keby sme to nepoužili," dokončila Laurie.

„Stavím sa, že hosťom sa to páči. Moja izba je prekrásna. Ak sú všetky izby také, nečudo, že je váš penzión taký obľúbený."

Laurie si odkašľala. Vymenila si s Camom veľavravný pohľad a ten prikývol.

„Niekedy je to poriadna drina. Nemá zmysel chodiť ako mačka okolo horúcej kaše. Rozmýšľali sme, či by si nechcela pár týždňov zostať tu a vypomáhať nám. Včera večer si povedala, že máš tri týždne do začiatku školského roka. A že sa nechceš vrátiť domov. Zaplatili by sme ti."

„Ale..." Lisa si uvedomila, že otvorila ústa. „Teda... to by bolo," absolútne úžasné, „geniálne." Zamračila sa. „Ste si tým istí?"

„Laurie je tehotná," Cam to vyslovil veľmi hrdo. „Bolo by skvelé, keby jej niekto vypomáhal, keď je... unavená."

Laurie chcela zakryť úsmev, ale nepodarilo sa jej to. „Chcel povedať, že som momentálne dosť precitlivená a nemôže sa spoľahnúť, že sa pred hosťami nerozplačem a neutečiem uprostred rozhovoru, aby som pred nimi nevracala."

Teraz už Lisa chápala tú auru šťastia, ktorá z nich vyžarovala.

„Blahoželám. Musíte byť veľmi vzrušení."

„Momentálne som len v začiatkoch tehotenstva. Nikomu inému to nehovoríme. Som stále unavená. Netlačím na teba, ale fakt by sa mi zišla pomoc. Cam sa zastrájal, že dá inzerát do novín, ale pomysleli sme si, že sa spýtame najprv teba. Teda, si zvyknutá obsluhovať v bare. Vieš, ako pristupovať k zákazníkom. Máme tu deväť hosťovských izieb."

„A ak unesieš naraz dva taniere, si prijatá," Cam sa na ňu zaškeril.

„Zrejme sme ťa dosť zaskočili," poznamenala Laurie. „Ale keby si tu chcela pár dní zostať a skúsiť to, boli by sme radi."

„Ach bože!" Lisa si utrela oči. „Znova si ma rozplakala. To by bolo... teda, bolo by to... áno, prosím vás. Páčilo by sa mi to."

„Výborne," vyhlásil Cam. „Tak už na to nemusím myslieť. Potrebuješ niečo? Musím ísť nakúpiť." Rázne pozrel na Laurie.

„Ja môžem..."

„Nie, ty zostaneš tu a budeš oddychovať. Ja dokážem nakúpiť."

Laurie komicky, frustrovane a nahnevane zvraštila tvár a Cam ju blahosklonne potľapkal po ruke, akoby si ju doberal.

„Dokážem nakúpiť jedlo a Lisa mi môže pomôcť, keby som si nevedel poradiť."

Hoci pri Willovi sa čo-to naučila, nebola si istá, či by Camovi veľmi pomohla, ale rozhodla sa, že to mu radšej neprezradí. A tak len prikývla a dodala: „Samozrejme. Okrem toho si musím kúpiť nový mobil. To mi dokonale vyhovuje."

Cam ju usadil do najluxusnejšieho auta, v akom kedy sedela, bol to tmavomodrý, dlhý a nízky Aston Martin s krémovými koženými sedadlami, do ktorých sa doslova zaborila, a na úzkych vidieckych cestách šoféroval veľmi spoľahlivo.

Šli do veľkého Tesca v Yorku, kde si vybrala nový mobil a podarilo sa jej ho nastaviť, prv než sa pripojila ku Camovi pri pokladnici, kde kontroloval, či nakúpil všetko, čo bolo v Laurinom zozname.

„Zelená fazuľka vcelku, nie s orezanými koncami," zamrmlal. „Veľké vajcia z voľného výbehu, nemusia byť bio. Malinovka sladená, značka Fever Tree."

„Kto u vás varí?" spýtala sa Lisa. Predtým jej to nenapadlo.

„Naša gazdiná Norah. Zdedili sme ju s domom, doslova a do písmena, musíme si ju nechať. Ale začiatkom roka sa necítila dobre a nechceme, aby sa preťažovala. Preto sa fakt tešíme, že si súhlasila a zostaneš pár týždňov."

„To by si si nemyslel, keby si čakal, že budem variť."

„V tom smere ti nič nehrozí."

„To čo má byť...?" Cam vyvalil oči na zoznam. „Liči?"

„To je v uličke s konzervovaným ovocím, zlatko," poradila mu pokladníčka.

„Chceš, aby som po ne šla?" Lisu pobavil jeho vydesený výraz.

„Prosím ťa. Tehotenské chúťky," pokrútil hlavou.

Pokladníčka mu ohromene pozrela na brucho.

Cam ani okom nemihol, no potľapkal si brucho. „Hrozné."

Lisa utiekla a prvý raz za posledné dva dni sa usmievala.

Nečakala, že jej Cam niečo povie, ale keď si odkašľal a pozrel do spätného zrkadla, potom vyšiel z parkoviska, takmer cítila, ako zbiera odvahu.

„Laurie mi povedala, čo sa stalo. Je mi to ľúto."

„To je v poriadku. Ty s tým nič nenarobíš. Nikto s tým nič nenarobí." Pokrčila plecami a uprene hľadela na biele čiary v strede cesty. Akoby jej v žalúdku ležal obrovský kameň.

„Takže si sa ešte nerozprávala s Willom?"

„Nemá to zmysel, vážne. Zrejme sa mu uľavilo, keď som zmizla. Nie je známy svojou vernosťou k ženám," poznamenala zatrpknuto.

„Nemyslíš, že by z toho mohol byť rovnako nešťastný ako ty?" Keď počula, ako pokojne bráni Willa, pozrela naňho. Hoci oči upieral na cestu, tváril sa vážne.

„Zabudla som, že to bol tvoj priateľ," preglgla, a kým čakala na jeho odpoveď, do tváre jej vystúpila horúčosť. No on si nechal svoju radu pre seba. Tak jej skrúcalo žalúdok, až jej z neho vystreľovala bolesť do celého tela a s bolesťou prišiel hrozný pocit hanby. Will si to nezaslúžil.

On ju nesklamal. Tá situácia sa im vymkla z rúk. Ona ho sklamala. Tentoraz utiekla ona. Ba čo viac, nemala ani toľko slušnosti, aby sa s ním spojila a povedala mu, kto je v skutočnosti jeho otec, aj keď sa jej zdôveril, ako zlyhal jeho vzťah s mužom, ktorého považoval za svojho otca.

Vystrela sa na sedadle, ukradomky znova pozrela na Cama, ten obrátil hlavu a smutne, chápavo sa na ňu usmial.

„Je mi ľúto aj Willa. Pre vás oboch je to neriešiteľná situácia."

Do očí jej vhŕkli slzy, videla rozmazane. Nikdy sa necítila tak beznádejne, ako keď zašepkala: „Viem."

Kapitola 31

Lisa klesla na pohovku a vďačne prijala od Laurie šálku čaju. Za celý deň sa nezastavila, ustlala dvanásť postelí, pozbierala špinavé uteráky, podávala občerstvenie na privítanie hostí, potom upratala v jedálni. Všetko zvládla, ale aj tak to nestačilo rozptýliť pochmúrnosť, ktorá ju zaplavila.

„Povedz, keby sa ti zdalo, že ťa preťažujeme, ozvi sa," povedala jej Laurie a decentne si odpila z čaju. Bola trochu bledá a Lisa ju musela poslať preč, keď jej chcela pomôcť pri výmene obliečok na vankúšoch. „Mala by si si robiť prestávky. Pozriem sa, čo sa píše vo vyhláške o právach zamestnancov. Určite máš nárok na poriadny obed a prestávku na kávu. Norah mi povedala, že si dnes nič nejedla."

Norah jej tak trochu pripomínala starkú: dosť štekala, trochu hrýzla, ale pod povrchom bola láskavá. Laurie očividne zbožňovala, takže Lisa si u nej urobila očko, keď Laurie pomáhala.

„Je mi fajn. Nezabúdaj, som zvyknutá robiť v bare. Uisťujem ťa, že v sobotu večer nemám ani pomyslenie na prestávku."

„Tak čo keby si si teraz urobila prestávku? Dnes podávame večeru pre hostí o pol ôsmej. Môže byť?"

„Naozaj? Môžem pre teba ešte niečo urobiť?"

„Čo tak najesť sa?"

Lisa si vzdychla. „Pokúsim sa, ale... Nechceš, aby som umyla tie dvere?" Ukázala na sklenené dvere, na ktorých boli v okolí kľučky odtlačky prstov.

„Nie! Choď zavolať Siene," Laurie na ňu úprimne pozrela, očividne pochopila, že to takticky odkladá. „Zomiera od zvedavosti, a ak mi pošle ešte jednu esemesku, ako sa máš, náhodou mi mobil spadne do záchoda. Tá baba nemá ani potuchy o trpezlivosti."

„Musím sa jej poďakovať. Som jej veľkou dlžníčkou." Lisa vstala. Laurie jej podala žltý lístok so Sieniným telefónnym číslom, celý deň ho nosila v zadnom vrecku.

„Nemusíš jej povedať nič, čo nechceš. Aha, a bola by som ti vďačná, keby si jej neprezradila moje tajomstvo," ukázala na svoje ploché brucho. „Ešte som len v začiatkoch a mohlo by sa niečo stať." Usmiala sa a milú tvár jej prežiaril zasnený výraz. „Cam hovorí, že ten pinďúr ešte musí dorásť."

„Mohli by sme uzavrieť dohodu."

Laurie spýtavo zdvihla obočie.

Lisa nikdy v živote nehrala tvrdo, ale teraz rázne vyhlásila: „Siene nič nepoviem, pokiaľ jej ty nepovieš, že tu chcem zostať."

Laurie z toho nebola šťastná, ale súhlasne prikývla. „Dobre."

„Mám Willa zmlátiť?"

Lisa sedela na svojej posteli opretá o vankúše, hľadela cez okno a predstavila si krehkú Sienu v boxerskom postoji, pripravenú bojovať za ňu. Naozaj bola Sieninou dlžníčkou, preto jej zavolala a teraz to oľutovala. Ako mohla zabudnúť, že Siena sa vie správať ako pes, ktorý si uchmatol kosť? Chcela, aby všetci okolo nej boli šťastní.

„Nie!" preložila si mobil k druhému uchu a urobila si pohodlie. Výhľad na polia a široké ploché yorské údolie bol celkom iný, než bola zvyknutá vidieť v posedných dňoch, mozaika hnedých a zelených polí bola odlišná od terakotových farieb Ríma.

„Mám mu odfiknúť gule?"

„Nie!"

„Rozmýšľala som, prečo si sa vrátila predčasne. Ak Giovanni odišiel z Ríma za rodinou a boli ste tam s Willom sami, musel urobiť čosi, čo ťa nahnevalo."

Detektívka Brownová-Martinová zasahuje. Typická Siena, chce riešiť problémy všetkých ľudí.

„Siena, vážne, neurobil nič zlé." Keby to len bolo také jednoduché. Silno zovrela mobil a modlila sa, aby sa Will necítil tak ako ona. Znechutená, okradnutá, zničená.

Hoci to bolelo, predstavovala si jeho tvár, keď ju pobozkal na rozlúčku na námestí pred Bazilikou svätého Petra. To bol ich posledný bozk. A ani jeden z nich to nevedel.

„Aha, je za tým tvoj otec? Našla si ho?"

„Áno, našla."

„No a?"

„Bol služobne mimo, nakoniec som sa s ním nestretla, ale vymenili sme si zopár esemesiek a…"

„To je skvelé. Kedy sa s ním stretneš? Vrátiš sa do Ríma? Príde ťa navštíviť sem?"

Lisa hľadela cez okno, stuhnutá a rozpačitá, so zatajeným dychom.

„Boli sme… v kontakte."

„V kontakte. Ach, Lisa, je všetko v poriadku?"

Lisa vedela, že Siena si myslí, že ju otec odmietol.

„Som v poriadku, len ma to dosť... vykoľajilo."

„Viem, ako sa cítiš. Keď som sa prvý raz stretla s Laurie, tiež som mala divný pocit, ale časom to bude lepšie."

„Laurie je veľmi milá. Ďakujem, že si ju požiadala, aby ma vyzdvihla. Som ti vďačná, že si jej zavolala," Lisa sa rozhodla zmeniť tému, bola rada, že Siena sa dá ľahko rozptýliť.

„Bez problémov. Som rada, že si sa s ňou zoznámila. Je super, čo? Už sa neviem dočkať svadby."

Lisa sa v duchu usmiala, dúfala, že dovtedy Laurie prestane trápiť ranná nevoľnosť, inak by sa jej nepodarilo utajiť pred ľuďmi tehotenstvo.

„Tak kedy sa vrátiš domov?"

„Ehm... idem k priateľom. Urobím si na pár týždňov voľno, než sa v septembri vrátim do školy."

„Kam pôjdeš? Bude ti tam dobre?"

„Bude mi fajn. Len potrebujem trochu času, ale nie je to Willova vina. Nemôžem ti povedať, o čo ide, ale neurobil nič zlé."

„Aha, takže to súvisí s Willom."

Dofrasa, ako je možné, že jej to uniklo?

„Nie, len mám toho dosť, o čom musím premýšľať."

„Určite?"

„Stopro." Lisa stuhla, v hrudi cítila známu bolesť. Vôbec nepoľavila. Vždy sa bude cítiť tak zle?

„Nič mi nepovieš, čo?"

„Nie."

Siena sťažka vzdychla a povedala: „No dobre, už ťa nebudem vypočúvať, ale sľúb mi, že mi brnkneš, keď ma budeš potrebovať."

„Sľubujem."

„Čo mám povedať Willovi, keď sa s ním stretnem? Nebude sa pýtať, kde si?"

„Nie," Lisa bola rada, že to znelo rozhodnejšie, než sa cítila. Stále si predstavovala, ako prišiel do prázdneho bytu a zistil, že zmizla. A prsteň ležal na stole. No nevedela urobiť nič iné. Zvraštila tvár. Bola zbabelá. „Nebude sa pýtať."

„No dobre," Sienine pochybnosti zneli v mobile jasne.

„Ak sa bude pýtať, o čom pochybujem, povedz mu, že som na pár týždňov odišla." Cíti sa Will tiež tak zle ako ona? Nevedela si predstaviť, že by ju túžil vidieť po tom, čo od neho utiekla, no pre istotu dodala: „Onedlho sa ti ozvem. Ale nedaj mu toto číslo."

„Fajn, uložím si ho ako číslo MI5, takže aj keby sa zmocnil môjho telefónu, nič nezistí."

Lisa sa proti vlastnej vôli zasmiala. „Ešte čosi. Môžeš mi urobiť veľkú láskavosť? Mohla by si si zájsť za starkou a vysvetliť jej, že som stratila mobil, uisti ju, že som v poriadku, a pošli mi jej číslo na mobil."

„Jasné. Ešte niečo?"

„Mohla by som ťa požiadať, aby si zistila, či užíva lieky, ale to by bolo neférové. Momentálne ťa má celkom rada, nechcem, aby sa to zmenilo."

V priebehu ďalších dní mala Lisa dosť čo robiť, lebo prišlo a odišlo niekoľko veľkých skupín hostí. Ako chyžná a čašníčka zistila, koľko je s tým práce. Ako to Laurie celé leto zvládala sama?

„Preboha, ženská, sadni si na chvíľu!" povedal jej Cam a na jej tretí deň v Merryview ju rázne usadil na kuchynskú stoličku, keď ju pristihol, ako nesie plnú náruč posteľnej bielizne, hoci ju uistil, že to dozajtra počká. Vymenila ob-

liečky na piatich manželských posteliach a ôsmich jednolôž-
kových, lebo v ten deň odchádzalo osemnásť hostí a ďalších
dvanásť čakali popoludní.

„Áno, dievčinka, daj si šálku čaju," dodala Norah. „Na-
mojveru, unavuje ma už len to, keď sa na teba pozerám."

„Mne je fajn," uistila ju Lisa. „Páči sa mi tu." Únava bola
užitočná. Vďaka nej dokázala v noci spať.

Cam na ňu zagánil. „Laurie bude mať o teba obavy, ak
budeš robiť takýmto tempom. A ja nechcem, aby si robila
starosti."

Lisa sa zasmiala a zdvihla ruky. „Nie je od teba čestné, že
sa oháňaš Laurie."

Pokrčil plecami, akoby hovoril, že mu je to ukradnuté,
a vyzývavo sa na ňu usmial.

„No dobre, dobre, urobím si prestávku a dám si šálku
čaju."

Mala však v úmysle vrátiť sa ešte dnes do izieb a natiah-
nuť čisté obliečky na všetky postele, hoci niektoré nebudú
pár dní využité.

„Uštveš sa tu," Cam si ju ostro premeral, akoby jej čítal
myšlienky.

„Poviem ti, keby mi nebolo dobre."

„Hm," Cam jej neveril. „Mám nápad. Čo keby si sa šla
s Laurie a so mnou pozrieť na autá? A potom si musíš urobiť
poriadnu prestávku. To ti prikazujem ako tvoj šéf."

„No dobre." Nevedela o autách celkom nič, ale v posled-
ných dňoch o nich veľa počula a musela priznať, že ju to
fascinovalo. Okrem toho, ak je Cam rozhodnutý, že si musí
urobiť prestávku, bude lepšie, ak sa niečím zamestná.

Nevedela prestať myslieť na Willa. Keď vymieňala oblieč-
ky, predstavovala si, ako ju u Dorothey hodil na posteľ, ale-

bo keď ustielala manželskú posteľ v inej izbe, vynorila sa jej spomienka, ako pre ňu pripravil ochutnávku jedla v talianskej reštaurácii. Zdalo sa jej, že tých pár krátkych dní mala vrytých do mozgu a nemohla sa ich zbaviť. Nech sa akokoľvek pokúšala zbaviť tých spomienok, držali sa jej ako kliešť.

Kapitola 32

Will tresol dverami.

„Páni moji, kryte sa. Jeho kráľovská ofučanosť prichádza." Keď počul Marcusov neveľmi tichý komentár, zaťal ruku do päste. Nemôže mlátiť zamestnancov, žiaľ, zákon to zakazuje. Marcus bol skvelý barman a hlavný čašník, ale teraz to boli jeho jediné pozitívne vlastnosti.

Will zúril. Obrátil sa k Marcusovi stojacemu pri bare, zagánil naňho, nevedel sa tomu ubrániť, zmocnila sa ho číra zúrivosť. „Chcel si mi niečo povedať, Marcus?" Keď tie slová precedil cez zuby, mladý barman sa strhol.

Na Willovo prekvapenie ten muž odhodil utierku na pult, podišiel bližšie a trochu roztrasene vystrčil bradu. „Vieš čo? Áno, chcel."

„Tak hovor!" Will zaťal sánku, svaly sa mu napli, knísal sa na pätách a proti vlastnej vôli obdivoval Marcusovu odvahu. Barman sa inokedy vyhýbal konfrontáciám.

„Prestaň si vybíjať zlosť na nás. Neviem, ktorá pipka ťa teraz dožrala, ale vykašli sa na ňu a daj sa dokopy, preboha! Už mám plné zuby tvojich zlostných nálad. Možno si tu šéf, ale to ešte neznamená, že si musíme dať srať na hlavu."

Will naňho chvíľu uprene hľadel. Hoci Marcus bol väzba, bol veľmi mierumilovný.

Al nebol vôbec mierumilovný a teraz sa postavil vedľa Marcusa, potom sa k tým dvom pridala aj Siena. Tí traja tvorili jednotný front a hľadeli naňho s tichým, odhodlaným vzdorom, hoci Siene sa zračilo v tvári pochopenie a v zrkadle za pultom videl, že si drží palce a Al s Marcusom sa chytili za ruky.

Boli skvelý tím. Nezaslúžili si to. Čosi akoby v ňom puklo. Akoby stratil pevnú pôdu pod nohami a pokúšal sa znova získať životnú istotu.

Dočerta! Will na nich zazeral.

„Prepáčte," zamrmlal, sklonil hlavu, nedokázal im pozrieť do očí a vyšiel z baru.

Vonku na dvore si sadol na plechový sud, jeho okraj sa mu zarýval do zadku a zaboril si hlavu do dlaní.

Odkedy sa mu život tak vymkol z rúk? O polhodinu otvárajú a ešte nestihol naraziť nové sudy ani napísať na tabuľu ponuku dňa. Ak to takto pôjde ďalej, mal by radšej nechať zatvorené. Včera sa pohádal s nespokojnou zákazníčkou a povedal jej, aby si trhla nohou, a ona to zverejnila na TripAdvisore, kde prirovnala Willa k arogantnému Basilovi Fawltymu zo sitcomu *Fawlty Towers*. Dnes ráno vrátil zásielku rýb dodávateľovi, lebo šofér pri cúvaní vrazil do jeho auta a zostal na ňom škrabanec. S tým, čo inokedy bežne zvládal a mávol nad tým rukou, sa teraz nedokázal vyrovnať. Bol obklopený samými magormi.

„Will?"

Unavene zdvihol hlavu. Pred ním stála Siena a očividne v rozpakoch si skrúcala ruky.

„Áno?" zamrmlal nevľúdne. Siena mu nepomôže, nech urobí alebo povie čokoľvek. Lisa utiekla a zúril na ňu. Vzdala to a zdrhla pri prvom náznaku problémov. Musel uznať, že jej to zrejme pripadalo ako neprekonateľné problémy, ale keby zostala, veľmi rýchlo by zistila, že Vittorio nie je jej otec. Ona však radšej zdúchla. Nebola ochotná bojovať. Will jej za to nestál.

To ho žralo najviac. Vzdala sa ho čertovsky rýchlo. Pri prvej príležitosti utiekla. Nenamáhala sa vyčkať a overiť si fakty. Nenamáhala sa porozprávať s Vittoriom. Bolelo to, ale skutočnosť, že ignorovala jeho esemesky, ho tak vytočila ako ešte nič. Dofrasa, veď jej telefonoval, posielal správy, vysvetlil, že Vittorio nie je jej otec, ale aj tak sa nenamáhala odpovedať.

Očividne sa rozhodla, že jej bude lepšie samej. A to mu veľa prezradilo. Nezáležalo jej na ňom. Ak má človek niekoho rád, určite si ho natoľko váži, aby sa s ním porozprával zoči-voči, nie? Lisa jednoducho zdupkala.

Will sa pokúšal krotiť hnev, ale aj vyrovnať sa s bolesťou srdca, ktorá ho neopúšťala. Bolo to nad jeho sily. Takéto hlúposti nikdy neriešil.

„Ako ti je?"

„Čo myslíš?" Bože, nedokáže si odpustiť ten zlostný tón?

„Hlúpa otázka, čo?"

„Fakt hlúpa," vzdychol a pozrel na stromy na Chiltern Hills, vynímajúce sa nad dedinou. To sýtozelené lístie vytváralo celkom iný ráz krajiny než zemité tóny Ríma.

Siena sa zmätene zamračila a vyhŕkla: „Hovorí, že si neurobil nič zlé."

„To je od nej pekné," Will si nevedel odpustiť ten trpký tón. „Vieš, kde je?" Už neraz sa jej na to spýtal, ale hovorila, že to nevie.

Siena si vzdychla. Takmer videl, ako bojuje so svojím svedomím. „Viem, kde bola, ale neprezradila mi, kam ide."

„Ale ty stále držíš zaťaté päste za chrbtom."

Siena previnilo zdvihla ruku pred seba. „Fakt neviem, kde je teraz, ale mám jej nové číslo na mobil."

„Nové číslo na mobil? Čo sa stalo so starým mobilom?"

„Ukradli jej ho."

„Ukradli? Kedy?"

Siena odstúpila, zrejme ju vyplašil jeho zúrivý výraz, keď vyskočil na nohy.

„Myslím, že v p-posledný deň v Ríme."

Skrúcalo mu žalúdok. Zatvoril oči. A on jej poslal kopu esemesiek. Úzkostlivých odkazov. To hádam nie!

Nevie to. Nič nevie. Sienu od radosti takmer objal.

„Nevie to," napätie, ktoré ho trápilo celé dni, sa rozplynulo. „Stále nič nevie, dočerta!" Preto sa pred ním stále skrýva.

„Čo nevie?" Siena naňho ostražito pozrela.

„To je zložité."

Siena zošpúlila pery. „Aj ona to povedala," nešťastne vzdychla. „Vy dvaja ste fakt čísla."

„Povedz mi jej nové číslo."

„Nechcela, aby som ti ho dala, a neporuším sľub." No povedala to dosť váhavo.

„Ale?"

„Myslím, že by si mal zájsť za jej starkou. Tá možno má Lisino nové číslo." S tým Siena odbehla do baru.

„William Ryan. Čo ťa ku mne privádza?" Starká si ho premeriavala od hlavy po päty. „Mal by si sa dať ostrihať."

„Už mi to ktosi povedal."

„Tak poď radšej dnu. Myslím, že by si mi mal niečo vysvetliť."

„Mám vám niečo vysvetliť?" Will na ňu pozrel s prižmúrenými očami.

Odfrkla si a vystrela svoju drobnú postavu v plnej výške. „Poď ďalej."

Zaviedla ho do kuchyne a ukázala na starý stolík s umakartovým povrchom. Tá kuchyňa vyzerala, akoby sa v nej v päťdesiatych rokoch zastavil čas, ale bola dokonale čistá.

„Sadni si. Uvarím čaj."

Sadol si, výnimočne urobil, čo mu kázali. Pripomenulo mu to detstvo, keď bola v ich rodinnej kuchyni. V tých časoch bola takmer jedinou istotou v jeho živote. Teraz je to možno stará fúria, ale vie, čo je správne a nesprávne, okrem toho jej dôveroval. Vždy chcela pre Lisu to najlepšie.

„Vy ste vedeli, že Vittorio je môj otec?"

Starká zošpúlila pery. „Mala som podozrenie," pokrútila hlavou. „Ty si bol v Taliansku s ňou, čo? Nevedel si ju nechať na pokoji. Snažila som sa vás držať od seba."

Will sa zamračil. „Bolo by oveľa jednoduchšie, keby ste mi boli povedali pravdu."

Starká prevrátila oči. „Nebolo mojou úlohou hovoriť ti, čo vyviedla tvoja matka."

Will prikývol. „Zrejme nie, ale asi ste nevedeli, že Vittorio nie je Lisin otec."

Starkej s hrmotom vypadla kanvica z ruky, až sa horúca voda rozliala na všetky strany. Odskočila, zahrešila, ako sa v jej pokročilom veku nepatrilo, a mávala popálenou rukou, akoby to pomohlo. Will vyskočil, dotiahol ju k vodovodu a strčil jej ruku pod studenú vodu.

„Prestaň vyvádzať."

„To je základné pravidlo prvej pomoci." Držal jej ruku pod tečúcou vodou, a keď sa chvíľu pokúšala brániť, pochopil, aká je krehká. Cítil, že kosti má tenké ako konáriky, ľahko sa mohli dolámať.

„Takže nebol Lisin otec… No teda toto! Moja Hattie si to nechala pre seba. Nikdy mi nepovedala, že nie je Lisin otec."

„Vittorio hovoril, že Hattie bola v druhom stave, keď sa vzali."

„To som nevedela. Hlupák! Bol do nej zbláznený. Vedela som, že to nedopadne dobre. Nečudo, že zdúchol. Ale nemohla som Lise povedať, že jej o… Vittorio o ňu nemal záujem. Vždy mu išlo iba o Hattie."

Stíchla a Will dovolil, aby si odtiahla ruku spod vody.

„Vieš, kto je v skutočnosti Lisin otec?" prenikavo mu pozrela do tváre.

„Vittorio mi povedal, že je to sir Robert."

„Samozrejme, teraz mi to dáva zmysel. Rozmýšľala som, prečo stále posiela tie vianočné darčekové koše," starká prikyvovala, akoby všetky kúsky skladačky zapadli na svoje miesto. „A lady Mary nechcela v stajni vidieť deti. Aspoň nie Lisu."

Will by ju najradšej chytil a zatriasol ňou. Prečo si to nedala dokopy skôr?

„V Ríme som sa stretol s Vittoriom. Hovoril, že sir Robert raz požiadal manželku, aby sa rozviedli. Z toho, čo som počul, sa zdalo, že plánoval opustiť lady Mary kvôli Hattie. No potom mala lady Mary tú nehodu. Nemohol sa na ňu vykašľať, hoci Hattie už čakala Lisu."

„Banda hlupákov! A tvoja matka nebola o nič lepšia. Môžem povedať jedno – odľahlo mi, že vy dvaja nie ste súrodenci, ale keďže Lisa sa nevrátila domov, zrejme o tom nevie."

Willovi sa zdalo neuveriteľné, že starká prijala tie odhalenia tak chladnokrvne. Hoci musel priznať, že ho veľmi nesklamalo, keď zistil, že muž, ktorého považoval za svojho otca, nie je jeho otec. Už nemal pocit, že zlyhal a nesplnil Richardove očakávania.

„Viete, kde je?"

Starká chvíľu mlčala. „Čo plánuješ robiť?"

„Čo asi? Musím sa s ňou čím skôr porozprávať."

„Nemyslíš, že bude lepšie nechať to tak? Lisa je šťastná aj bez teba. A ty nie si práve verný chlap."

„Prečo si to myslíte?" zavrčal Will.

„Videla som, čo stvárali tvoji rodičia. Aj Hattie. A je pravda, čo sa hovorí – jablko nepadne ďaleko od stromu. Chcela som Lisu udržať mimo. Zaslúži si lepší život. Trochu stability."

Will očervenel a mal pocit, že mu vybuchne hlava, taký tlak cítil v sluchách.

„Viete, hrozne sa bojí, že zomriete a necháte ju samu. Tak veľmi sa tým zožiera, že si nikdy nedopriala zakúsiť šťastie."

„Samozrejme, že zomriem. Každý raz zomrie," starká vydula líca. „To je hlúposť. Okrem toho tak skoro neotrčím kopytá. Som zdravá ako rybička."

„Naozaj?" Dal si ruky v bok, akoby si to s ňou chcel rozdať, ale potom si uvedomil, aké je to trápne, veď bola o hlavu menšia. Nemusí mať obavy.

„No počuj, Will Ryan," ďobla ho do hrude, čo vyzeralo komicky, ale on nemal ten pocit. „Áno, stále mám všetkých päť pohromade."

„Tak prečo sa Lisa bojí, že každú chvíľu môžete dostať porážku? Prečo sa stále zožiera, či užívate lieky?"

„Na vine sú doktori. Nič nevedia. Stále ľudí zastrašujú."

„Lisa si to nemyslí. Nosí so sebou leták o mozgovej porážke. Každý deň vám esemeskuje, aby vám pripomenula, že máte užiť lieky, ale vy na to kašlete, čo?"

Starká pokrčila plecami. „Občas zabudnem."

„Nemali by ste zabúdať. Lisa vám to pripomína."

Starká sa zatvárila trochu zahanbene. „Priveľmi sa bojí."

„Nie, nebojí sa priveľmi. Lisa je jedna z najpokojnejších žien, aké poznám. No o vás sa bojí stále."

„Ja za to nemôžem, nemyslíš?" starká sa od neho odvrátila a začala utierať osamelú šálku a tanierik, čo ležali na pulte.

„Veru môžete."

„Stačilo!" postavila sa na špičky, aby odložila riad. „Dúfam, že mi nezačneš držať kázne o škodlivosti vyprážaných rýb a hranolčekov ako doktor Gupta."

Will sa oprel, prekrížil si ruky na hrudi a tváril sa akoby nič.

„Mne je ukradnuté, čo jete, ale trápi ma, že Lisa má o vás obavy. Mali by ste poriadne užívať tie lieky. Potom by sa Lisa nemusela tak strachovať."

„Takže o nič nejde, čo?" starká si odfrkla a vystrčila nos dohora.

„Lisa vás nechce pripraviť o rybu s hranolčekmi, len chce, aby ste žili naplno a šťastne, ale ak dostanete porážku, už nebudete žiť naplno a šťastne."

Starká naňho zagánila: „Si taký hrozný ako ona."

„Mne je to jedno. Len sa mi nepáči, že Lisa má o vás obavy. Trápi ma, ako sa bojí, že stratí jediného člena rodiny, ktorý jej zostal. Trápi ma, keď sa bojí, že jej nikto nezostane."

Keď to všetko zo seba dostal, necítil ani štipku zadosťučinenia, lebo videl, že starká vyzerá ešte krehkejšie než predtým. Ústa sa jej pohybovali, ale slová nevychádzali.

Rýchlo k nej priskočil, chytil ju za rameno a odviedol k stoličke v jedálni.

„Nič mi nie je. Prestaň robiť cirkus," odstrčila mu ruku.

Poslúchol ju, ale pozorne ju sledoval a videl, aká je krehká. Sadla si, chytila sa stola, stisnuté ústa mala biele. Keď na chvíľu privrela oči, znova ju chytil za ruku.

„Nič mi nie je," zavrčala. „Len som ráno neužila tie nemožné lieky."

Zlovestne naňho zagánila. „Nemám ich rada. Cítim sa hlúpo, keď ich užijem. Hrozne sa mi z nich krúti hlava. Keď som ich užila naposledy, trafikantka si myslela, že som opitá."

„Povedali ste to doktorovi? Mohol by ich zmeniť, predpísať vám čosi, čo vám nebude robiť problémy."

Znova zavrčala. „Nerada robím cirkus. Nič mi nie je, som len stará."

„A máte vysoký tlak, no správne lieky by vám mohli pomôcť."

Zrazu vyzerala stará a porazená. „Nerada chodím po doktoroch. Správajú sa ku mne ako k starej babke. To naozaj nenávidím. Možno som stará, ale nie som padnutá na hlavu. Ja som tu šantila, prv než sa narodili. Všetci sú na jedno kopyto. Blahosklonní, namyslení mudráci, ktorí nemajú potuchy o živote."

Usmial sa, ale potom zrazu dodala: „Bola by som rada, keby tu bola Lisa." Povedala to tak netypicky trasľavým hlasom, až ho to takmer dostalo. Keď tam sedela na stoličke ako dieťa na tróne, vyzerala bezbranná a stratená.

Keďže takmer celý život ukradomky dozeral na svojich nemožných rodičov a mladšiu sestru a zaprisahal sa, že v budúcnosti nebude za nikoho zodpovedný, uvedomil si, že to bolo preňho príznačné. Rodina je rodina. Ak na niekoho treba dozerať, treba naňho dozerať a zdalo sa mu, že mu je súdené pomáhať, kde sa dá.

„Poďte, oblečte si kabát."

Starká naňho podozrievavo pozrela. „Prečo? Čo sa ti nepáči?"

Znova videl jej starú iskru.

„Nehovor, že ma vezmeš na bingo."

Will sa zasmial, uľavilo sa mu, že jej bojovnosť sa nestratila, len si urobila krátku prestávku. „Nie, ale okamžite vás vezmem k doktorovi, nech vyrieši tie problémy s liekmi."

Starká prevrátila oči, ale zdalo sa mu, akoby sa jej rozžiarili. „No dobre, ale potom ma musíš vziať na nákup do supermarketu. Lisa ma tam berie každý štvrtok."

„Dnes je utorok."

„No a čo? Môžeš ma tam vziať v utorok. A ona vo štvrtok."

Zvesila starý mohérový kabát, vytriasla z neho prach alebo možno malé termity a vzala si kabelku z krokodílej kože.

„Ale nemysli si, mladý muž, že si u mňa urobíš očko."

„To by sa mi ani nesnívalo."

Will otvoril vchodové dvere, uklonil sa jej a vyšiel za ňou na ulicu.

„To je dobre, lebo ak si myslíš, že ti poviem, že Lisa je u Sieninej sestry v Yorku, robíš chybu. Tak ideme alebo čo?"

Kapitola 33

Lisa potlačila zívnutie. Bol to veľmi dlhý deň, ale nechcela byť nespôsobná. Sedeli v Camovej a Laurinej obývačke a Lisa bola v pokušení ľahnúť si na obdratú zamatovú pohovku, ktorá bola taká mäkká, až ju mohla pohltiť. Jej unavené telo privítalo páperové vankúše, protestovalo, že je hore od siedmej, keď Lisa pomáhala Norah podávať raňajky skupine hostí, ktorí tam prišli osláviť niečiu šesťdesiatku. Chuderka Laurie tak zavčasu ráno nezniesla vôňu pečenej slaniny. V skutočnosti ju nezniesla v ktorúkoľvek hodinu.

Kto by bol povedal, že Cam má tak rád scrabble? Zívla na celé kolo a trochu sa posunula, rozmýšľala, či mu môže povedať, že musí ísť do postele, ale Cam si ju nevšímal a pozrel na hodinky.

„Ešte jedna hra?"

Tuším žartuje.

Laurie sa oňho rozospato opierala.

„Nie, musím ísť spať," odvetila Lisa a pošúchala si stŕpnutú ľavú nohu. Únava konečne zvíťazila nad slušnosťou.

328

„Čo tak dať si horúcu čokoládu a pohárik na dobrú noc?" Cam vyskočil na nohy, akoby to bol najlepší nápad.

Laurie sa ospalo zahniezdila. „To znie skvele..." zamrmlala.

Tí dvaja sú šialení. Už bolo po jedenástej. Laurie to normálne vzdala o desiatej, vtedy ju Cam zvyčajne odviedol do postele.

Dnes večer boli obaja ako párik mačiek čakajúcich mačiatka. A Cam stále pokukoval na svoj mobil, hoci také správanie u iných kritizoval. Zrejme sa niekde konala dražba auta, o ktoré mal záujem. Cam navrhol, aby si zahrali scrabble a Laurie to privítala, ale po jednej hre bolo jasné, že Cam nemá trpezlivosť ani záujem, hoci Laurie sa hra skutočne páčila, prv než jej začala klinkať hlava nad kôpkou písmeniek.

„Nieže mi dáš do horúcej čokolády brandy," varovala ho Laurie, „ale rada si dám šľahačku a marshmallows."

„Nepojedla si všetky marshmallows včera?" spýtal sa Cam.

„Norah kúpila nové."

Cam len pokrútil hlavou, odišiel do kuchyne v zadnej časti domu, kde Norah ešte vždy čosi robila. Zrejme ona im prinesie tú horúcu čokoládu.

„Mám rada tehotenské chúťky," zašepkala Laurie. „V tomto stave mám dovolené všetko."

Kým Cam priniesol horúcu čokoládu s kopou šľahačky a s ružovými a bielymi minimarshmallows, Laurie sa uložila na pohovku a tvrdo zaspala.

Cam chvíľu len stál, nežne pozeral na Laurie. Potom si sadol na okraj pohovky a jemne ju pohladil po tvári. „Tak poď, ideme do postele."

„Prepáč," zamrmlala Laurie rozospato a zažmurkala, „fakt som sa snažila."

Cam ju chytil na ruky a zdvihol. „Ty moja hrdinka." Laurie ho objala okolo krku, oprela si hlavu o jeho plece, zatrepotala viečkami a zatvorila oči.

„Myslím, že aj ja pôjdem spať," povedala Lisa.

Keď videla Camov rezignovaný výraz, rozmýšľala, prečo tak veľmi chcel, aby zostali hore.

Camova a Laurina radosť z očakávania dieťatka Lisu trochu vyvádzala z miery – ktovie, ako sa budú správať, keď sa to malé narodí. Zvalila sa do postele, bola rada, že Laurie má taký skvelý vkus a v zásobe má kvalitnú posteľnú bielizeň, aj páperový paplón bol veľmi príjemný, ale ani tak nevedela zaspať a potrebovala si oddýchnuť.

Nastavila si budík a ľutovala, že Cam trval na scrabbli, aj keď to očividne nebola jeho obľúbená hra. Vzdychla, ponatriasala vankúše a zhasla. Mozog jej začal pracovať na plné obrátky ako každú noc. Čo v tejto chvíli robí Will? Zbiera v bare prázdne fľaše? Zamyká dvere za posledným zákazníkom, ktorý donekonečna vysedával pri ligotavom drevenom pulte? Možno sa smeje s Marcusom, Alom a Sienou, rátajú tržbu v pokladnici.

Myšlienky sa jej vždy naladili na rovnakú vlnu. Aj keď ráno vymieňala obliečky, predstavovala si, ako otvára bar. Sedí s Marcusom a Alom v kuchyni a preberajú jedálny lístok. Vybavujú objednávky.

Udrela do vankúša, zdalo sa jej, že je nejaký hrboľatý. Prečo nikto nevymyslí diaľkový ovládač na resetovanie mozgu? Úmyselne sa sústredila na ďalší deň, vedela, že aj keď zaspí, zobudí sa zavčasu ráno a uvidí, ako prvé slnečné lúče prenikajú cez oblaky sfarbené do zlatoružova.

Partia, čo prišla osláviť šesťdesiatku, vyhlásila, že zavčasu ráno chce vyraziť do Yorku a navštíviť Minster. Vyzerali ako ľudia, ktorí si potrpia na výdatné typicky anglické raňajky. Muži sa správali ako vzrušení chlapci, ktorí sa tešia na popoludňajšiu prehliadku garáže plnej exkluzívnych veteránov a na možnosť zajazdiť si na niektorých z nich.

Pokúšala si vypnúť mozog, ale stále musela rozmýšľať o všetkom, čo musí urobiť zajtra. Sľúbila Laurie, že jej pomôže vybaviť nejaké svadobné záležitosti, ale musela to zachovať v tajnosti, lebo Cam nesmel o tých detailoch vedieť. Cam ju zasa požiadal, aby mu pomohla pri vybavovaní svadobnej cesty, čo mala tajiť pred Laurie. Dúfala, že si všetko udrží v hlave a nikomu nič neprezradí.

Keď počula, ako na štrku pred domom so škrípaním bŕzd zastalo auto, stuhla. Oneskorený hosť? Nespomínala si, že by Cam alebo Laurie hovorili, že čakajú ďalších hostí. Napínala uši a počula buchnúť dvere na aute. Má vstať? Chuderka Laurie bola hrozne unavená a keby Cam vstal, mohol by ju zobudiť. Čakala, že zazvoní starodávny zvonec. Nič. Počula len kroky a tiché mužské hlasy. Zdalo sa, že Cam to má pod kontrolou.

Vďačne si vzdychla a zababušila sa do paplóna.

Keď ktosi zaklopal na dvere, zastonala. To vážne? Konečne si našla pohodlnú polohu.

„Ďalej," zavolala.

Keď sa nikto neozval, odhrnula paplón a cupkala bosá k dverám. Žeby Laurie zabudla vydať pokyny na zajtra? Poslala Cama, aby niečo vybavil?

Znova sa ozvalo tiché klopanie.

Lisa sa usilovala skryť rozhorčenie a so zdvorilým úsmevom otvorila dvere.

Srdce jej zamrelo. Vyjavene hľadela pred seba. V ušiach jej zunelo. Keď otvorila ústa, nevyšiel z nich nijaký zvuk.

Všimla si jeho pokrčené oblečenie a kruhy pod očami, odpadával od vyčerpania.

Zaplavila ju túžba, vzápätí strach a pocit hanby.

Strhla sa.

Urobil krok dopredu, ona ustúpila dozadu, bála sa, že keby sa ho dotkla, utopila by sa v žiali. Hoci to nebolo správne, vpíjala ho očami. Keď sa pokúsila prehovoriť, zovrelo jej hrdlo a len pridusene zachrčala. „Will."

„Nie je to tvoj otec," tie slová zavisli vo vzduchu medzi nimi, kým na seba uprene hľadeli.

Pokúsila sa pochopiť ich, mozog jej pracoval na plné obrátky a telo zalial príval adrenalínu, mala pocit, akoby jej v žilách vybuchoval ohňostroj.

„Vittorio nie je tvoj otec."

„Ale…" zamračene sa snažila sústrediť, záplava pocitov ju zavalila ako cunami.

„Je to môj otec, nie tvoj."

Jeho naliehavý výraz na ňu zapôsobil viac než slová, ale nevydala ani hláska. Pery sa jej pohybovali, ale všetko, čo chcela povedať, jej uviazlo v hrdle.

„Tvoja mama bola tehotná, keď sa s ňou oženil. Miloval ju, hoci čakala dieťa iného muža," chrlil tie slová, a keď jej doľahli do uší, pokúšala sa ich pochopiť, srdce jej zaplavila nádej, no potom sa bránila proti tomu prílivu. Je to pravda? Alebo to len chcela počuť?

„Nie je to tvoj otec. Nie sme príbuzní."

„A-ale…"

Will pristúpil k nej, položil jej ruky na ramená, oči uprel do jej očí. „Nie sme… on nie je…"

Všetko napätie posledných dní vybuchlo ako balón. Ledva sa udržala na nohách.

Potom ju objal a privinul si ju tak silno, že ledva dýchala, ale to jej neprekážalo. Zúfalo ho držala, akoby sa doňho chcela prevteliť, líce pritláčala na pokrčenú bavlnenú košeľu, takú jemnú, že cítila jeho hrejivú pokožku a údery srdca. Jeho i jej srdce duneli ako kopytá cválajúcich koní.

Keď tam stála v jeho pevnom objatí, cítila jeho pravidelný dych, hlavu mala pod jeho bradou a dýchala jeho nedefinovateľnú vôňu muža, pracieho prášku a sprchovacieho gélu s nádychom dreva, mala pocit, akoby sa vrátila domov.

Konečne bola v bezpečnom prístave. Zrazu si uvedomila, že Will je spoľahlivý muž. Našli k sebe cestu, aj keď im okolnosti nepriali. A teraz ju drží, akoby ju nikdy viac nechcel pustiť.

Pozrela dohora naňho. Milo sa na ňu usmieval, ale bol to nežnejší úsmev než inokedy.

„Prepáč," trasúcou sa rukou sa mu dotkla tváre. „Mrzí ma to. Keď som uvidela Vittoria, utiekla som. Tak sa na teba podobal, až ma to rozhodilo. Ale mala som zostať a porozprávať sa s tebou."

Chytil ju za ruku. „Chápem, prečo si utiekla. Musel to byť hrozný šok. Aj mňa šokovalo, keď som ho uvidel. Akoby som sa pozeral do zrkadla o dvadsať rokov neskôr."

„Nevedela som, čo robiť. Musela som odísť. Keď som si myslela, že si môj brat, cítila som sa pošpinená, zahanbená… Nedokázala som sa ti pozrieť do očí. Ale to je výhovorka. Utiekla som, lebo som sa bála… všetkého." Keď na to teraz znova myslela a spomínala na ten pocit, že stojí na pohyblivom piesku, slabá a bezmocná, vhŕkli jej do očí slzy a zúfalo potláčala vzlyk. Nechcela všetko pokaziť plačom.

„No tak, už je všetko v poriadku," zaviedol ju k posteli, sadli si vedľa seba, stehná i plecia sa im dotýkali. Chytil ju za ruku a ona mu zložila hlavu na plece.

Niekoľko minút len bez slova, pokojne sedeli v slabom svetle nočnej lampičky.

„Lisa," ozval sa neisto.

„Áno?" v hlase jej zneli obavy. Nechcela sa na to pýtať. „Vittorio vie, kto je môj skutočný otec?"

Will k nej obrátil tvár a pobozkal ju na čelo. „Áno."

Lisa preglgla. „A povedal ti to?"

Will prikývol.

„Poznám ho?"

Will znova prikývol. „Poznáš."

„Ach bože!" Lise zvlhli dlane. „Dúfam, že nie tvoj otec... teda, ten druhý otec."

Will ju chytil za ruku a stisol jej ju. „Vďakabohu, nie. To by bolo divné. Je to..." zmĺkol, očami jej blúdil po tvári, akoby skúmal, či je v poriadku. „Je to... sir Robert."

Zatvorila oči. Samozrejme. Posielal im vianočné darčekové koše. Vždy sa s ňou rád porozprával, keď ho videla v bare. Tajné návštevy v stajni, keď bola malá. Spomenula si, ako plakal na maminom pohrebe. Vždy bol na periférii jej života, ale nikdy tomu nepripisovala dôležitosť. Bol to šéf jej mamy.

„Prečo som to nevidela? Teraz sa mi to zdá jasné."

„Nemala si dôvod pochybovať, že Vittorio je tvoj otec."

„To je pravda a myslím, že starká si to nikdy neuvedomila. Predpokladala, že sir Robert sa o nás zaujíma, lebo mama zomrela, keď uňho pracovala."

„Nie, nevedela to. Bola presvedčená, že tvojím otcom je Vittorio. Mám podozrenie, že sir Robert všetko tajil kvôli lady Mary. Nemohla mať deti. Počul som, že teraz je v hospici."

„Myslíš, že sir Robert... ma prijme?"

Will jej zdvihol bradu a uprene sa jej zahľadel do očí. „Prečo nie?"

Neisto pokrčila plecami.

„Lisa, som si istý, že sa poteší," a dôrazne dodal: „Ak nie, bude to jeho chyba."

Do očí jej vhŕkli slzy. „Nemyslela som, že chcem mať rodinu... že niekoho potrebujem. No mýlila som sa."

„Zatiaľ čo ja mám rodiny viac ako dosť."

Lisa naňho vyjavene pozrela. „Ach bože, Will, mrzí ma to. Na to som ani nepomyslela. Tvoj otec... nie je tvoj otec. Ako mu... budeš hovoriť?"

Will akoby sa uzavrel a trochu sa zahniezdil, ani čoby chcel zachovať odstup. „Teraz už chápem, prečo bol vždy taký odťažitý a nikdy so mnou nebol spokojný. Bol som za mamou." Vzdychol si, zvraštil tvár a ohryzok mu poskakoval, krčné žily sa mu napli. Lisa si rýchlo zotrela osamelú slzu, cítila s ním. Vyhýbal sa jej pohľadu, pobozkal jej zápästie, potom pokračoval: „Zdalo sa jej to... zábavné. Keď som sa jej spýtal, či otec vie, že nie je môj otec, zasmiala sa." Neveriacky pokrútil hlavou. „Vieš, čo povedala? *Vieš, miláčik, nikdy nežiadal, aby som dala urobiť test DNA, ale určite to vie. Myslím, že Alice je možno jeho dcéra, takže je to v poriadku.*"

Lisa zhíkla a objala ho.

Pokúsil sa striasť jej ruky. „Nemal som čakať nič iné."

Zaplavila ju hanba. „Veru mal. Zaslúžiš si čosi lepšie, Will Ryan. Zaslúžiš si byť milovaný, lebo si úžasný muž," držala mu tvár oboma rukami a dôrazne vyhlásila, lebo to myslela vážne a bolo jej jedno, či jej opätuje lásku. „Ľúbim ťa a nikdy na to nezabudni."

Cítila, ako stuhol, pohľadom skúmal jej tvár, akoby sa neodvážil tomu veriť.

„Ľúbim ťa, Will."

Napočudovanie mu v očiach videla úľavu a srdce sa jej splašene rozbúšilo. Potom na ňu spokojne pozrel s majetníckym výrazom. Keď sa pomaly, vážne usmial, skrúcalo jej žalúdok.

Neodtrhol od nej pohľad, zdvihol ruku a palcom ju pohladil po lícnej kosti. „Ďakujem."

„S radosťou," opätovala mu úsmev.

„Samozrejme," palec mu zastal, „nemusím ti to hovoriť, lebo... by si to už mala vedieť, dočerta..." Keď videla jeho vážny výraz, v žilách jej kolovala horúčava.

„Viem to..." prikývla a v očiach sa jej zrazu zaiskrilo, „ale potešilo by ma, keby si mi to povedal."

Náhle ju schytil, posadil si ju na kolená, privinul k sebe a ústami sa jej dotýkal líca, takže cítila jeho pery, keď ju pri každom slove nežne pobozkal. „Hrozne ťa ľúbim."

Potom jej prešiel perami na ústa.

Pri prvom dotyku jeho jazyka na jej jazyku ju zaplavilo vzrušenie a horúčava. Opätovala mu bozky, poddala sa potláčanému hladu. Spočiatku si skúmali ústa, pomaly sa navzájom ochutnávali, akoby mali čas, ich jazyky uvoľnene tancovali a privykli si na vzájomný rytmus. Postupne boli ich kroky zložitejšie, nadobudli istotu, zrýchľovali tempo, prerývane dýchali.

Will jej prechádzal rukou po chrbte, chytil ju za zadok a pritiahol si ju k svojmu telu, tvrdému a dlhému, Lisa ticho zastonala a pritlačila sa k nemu.

Pri tom vášnivom bozkávaní dospeli až k bodu, odkiaľ niet cesty späť, rukami sa dotýkali holej pokožky, pohládzali sa navzájom. Will jej vyhrnul tričko, ona mu vytiahla košeľu z džínsov a prebehla mu rukami po hrejivom chrbte. Pritisla k nemu panvu, a keď jej rukou prešiel po stehne, vzdychla.

„To nie je fér. Si hrozne naobliekaný," zašepkala.

Uškrnul sa. „Mne to neprekáža," sklonil sa a pobozkal ju nad prsník, potom prešiel ústami dolu a neomylne smeroval k stvrdnutej bradavke, ktorá už bola pripravená a kričala áno, áno.

„Mmm," zastonala Lisa a spokojne sa zahniezdila, páčili sa jej tie božské muky. Ruka mu zastala hore medzi stehnami, mozoľnatým palcom hypnoticky krúžil a vzrušoval ju, takže nehanebne roztiahla nohy. „Will," prosila ho, zatiaľ čo jej horúcimi, vlhkými ústami robil úžasné veci s bradavkou, takže z nej vystreľovala horúčava medzi nohy.

Horela od nedočkavosti. Netrpezlivo zastonala, prešla mu rukou po džínsoch, prstom odopla gombík a stiahla zips, dotýkala sa ho cez džersejové boxerky.

Dych sa mu zrýchlil a znova zišiel ústami nižšie. Cmúľal jej bradavku a horúcim jazykom vyvolával také silné vzrušenie, až zastonala. Bolo to nad jej sily, doslova horela. Prehla chrbát, hmatkala po džínsoch, zúfalo túžila cítiť jeho pokožku na svojej.

Zdvihol hlavu a zahľadel sa na ňu. „Treba ti pomôcť?" spýtal sa a v očiach sa mu zračil taký spaľujúci pohľad, až sa zachvela.

„Ach bože, áno," vzdychla nadšene.

Spoločnými silami mu stiahli džínsy, a kým si vyzliekal boxerky, rozopla mu všetky gombíky na košeli, rukami mu prechádzala po tvrdom bruchu, sledovala líniu tmavých blond chĺpkov.

Keď sa jej znova dotkol, jej pocity doslova vybuchli a rukou, ktorou ju pohládzal po stehne, sa vrátil na miesto, takže v nej vyvolal falošný pocit istoty, a potom bez varovania vnikol prstom do jej intímnej jaskynky, vlhkej a klzkej. Bola pripravená. Keď ju dráždil na miestach, kam mu konečne umožnila prístup, pridusene vykríkla. Will ju skúsenými pomalými, ráznymi pohybmi privádzal do varu a ticho pretínali jej čoraz hlasnejšie stony.

Jej boky akoby žili vlastným životom. Tuším každú chvíľu vybuchne. Chytila ho za predlaktie, chcela ho spomaliť.

Na chvíľu sa odtiahol, oči sa mu nezbedne ligotali. „Je to na teba priveľa?"

Hruď sa jej dvíhala, ale s radosťou videla, že on je na tom rovnako.

„Mmm." Jej hlas znel zadychčane, škrípavo. Zmenila polohu, odtisla ho, rukou mu prešla po tele, vzala to do svojich rúk, zvolila vyhovujúce tempo. „Vyrovnáme svoje sily."

Usmiala sa ako šelma, dotkla sa mu perami hrdla a prechádzala nižšie, skúmala mu hruď, jazykom mu cmúľala bradavky, a keď nechtiac vzdychol, zovrelo jej žalúdok. Vychutnávala si tie dotyky, nevedela sa nabažiť jeho prsných a brušných svalov.

Bolo ťažké udržať svoje predsavzatie, nevrhnúť sa naňho, nebozkávať ho a neprosiť, aby do nej vkĺzol, a pri tom pomyslení s ňou každý kúsok tela súhlasil, ale chcela, aby aj on bol taký rozpálený, zúfalý a vybičovaný ako ona. Rukou zablúdila do rozkroku a skúmala každé miestečko jeho dokonalého tela, a ak mala súdiť podľa jeho tichých vzdychov, užíval si to rovnako ako ona.

Z hrdla sa mu vydral tichý ston, vykríkol jej meno, a keď konečne zovrela rukou jeho tvrdý úd, hrdo sa postavil, akoby túžil po jej dotyku. Špičkou prsta mu krúžila po penise, cítila, ako zvlhla a on potlačil ston, zaťatou rukou zovrel plachtu. Pomaly, pomaličky mu prstom prechádzala po úde. Keď prišla k ohanbiu, otvorila ruku a kĺzavým pohybom ho pohládzala.

Keď zavzdychal od rozkoše, zrýchlila tempo, chcela ho dostať do rovnakého delíria ako pred chvíľou on ju.

„Ach, Lisa, to je…" hlava mu padla na vankúš, na čelo mu vyrazil pot. „Prestaň! Ach… prestaň!" Pri jeho výkrikoch jej skrúcalo žalúdok, a keď ju chytil za ruku a stiahol na chrbát, roztiahla nohy.

Hladko vkĺzol dnu a ona zaťala vnútorné svaly.

Nabádala ho, aby pokračoval, niežeby to bolo treba. Boli dokonale zladení. Cítila, že sa blíži vyvrcholenie, a teraz sa do toho obaja vložili zo všetkých síl. Splynuli a v tej chvíli boli jedno telo.

Kapitola 34

„Páni!" Will to povedal už tretí raz, akoby vyčerpal slovnú zásobu.

Kráčali po ligotavej dlážke v modernej garáži.

„Ktoré by si si vybral, keby si mohol?" spýtala sa Lisa.

„Jaguar E-type," Will zastal pred tmavozeleným autom.

Cam sa zasmial. „To je Laurino obľúbené auto. Ak chceš, neskôr ťa vezmem na cestu a môžeš si ho vyskúšať."

Willovi sa rozžiarila tvár ako malému chlapcovi. „To by bolo úžasné!"

„Aspoň budeš mať čo robiť, kým sa budem rozprávať s Laurie." Postavila sa na špičky a zašepkala mu do ucha: „Nikomu ani muk, ale ide o svadobné tajomstvá."

„Počul som ťa," ozval sa Cam. „Začína ma to znervózňovať. Zrejme nie je šanca, že ťa podplatím, aby si mi prezradila, čo plánuje?"

Lise sa roztancovali oči. „To by som mohla," zmĺkla, „ale ona by rada vedela, čo plánuješ ty… takže by som musela hrať na obe strany. Zrejme je v záujme vás oboch, aby som nikomu z vás nič neprezradila."

Cam pokrútil hlavou, akoby bol znechutený. „Jeden za osemnásť, druhý bez dvoch za dvadsať. Práve som si spomenul, že musím vybaviť pár telefonátov, kým nie je nablízku Laurie. Nemusíte zamykať, je tu Eddie, ten sa o všetko postará, chystá autá na popoludňajšie jazdy."

Len čo Cam odišiel, Will ju objal okolo pása, pritiahol si ju a tak vášnivo ju pobozkal, až jej vyrazil dych.

„To bolo za čo?"

„Za to, že som ťa už..." pozrel na svoje masívne hodinky, „... hodinu a štvrť poriadne nepobozkal."

„Chceš povedať, že toto bol poriadny bozk?" ovievala sa a uškŕňala sa naňho.

„Dúfam, že sa nesťažuješ?" krivo sa usmial, ako to vedel len on.

„Nie," odvetila Lisa, položila mu ruky na plecia a on si ju pomaly pritiahol, potom ju znova tak vášnivo pobozkal, až sa jej podlomili kolená.

Keď zdvihol hlavu, aj on vyzeral omámený, ale dostal zo seba otázku: „Toto bolo lepšie?"

Prikývla, ústa mala také citlivé, že nedokázala hovoriť.

Prešli k dverám garáže a vyšli na nádvorie. Lisa nemohla uveriť, aké má šťastie, že môže byť na takom krásnom mieste, a teraz navyše aj s Willom.

Vyšli z nádvoria, ale nevrátili sa do domu, zamierili k výbehu pre kone vedľa domu. Opreli sa o drevenú ohradu a obdivovali výhľad na yorskú krajinu, zlatisté polia pretínali zelené živé ploty.

Will bol hlboko ponorený do myšlienok. Lisa mu blúdila pohľadom po tvári, cítila veľkú vďačnosť. Nemohla uveriť, že keď včera obdivovala tento výhľad, bola taká nešťastná.

„Prestaň na mňa tak pozerať, lebo ťa znova odtiahnem do postele." Zdalo sa, že Will je so sebou spokojný. „Vlastne to nie je zlý nápad."

„Mala by som sa o chvíľu vrátiť a pustiť sa do práce. Cam a Laurie boli úžasní... veľmi láskaví, nechcem ich sklamať." Chytila ho za ruku. „Musíš si urobiť pauzu."

„Predpokladám, že som Camovým dlžníkom." Obrátil si ju k sebe a veľkým teplým telom ju pritisol na ohradu.

„Zato ja si s ním musím vybaviť účty. Tým nezmyselným scrabblom ma zničil."

Will sa zasmial. „Nečakal som, že mi cesta bude trvať tak dlho. Zákon schválnosti, na diaľnici bola hrozná zápcha. Volal som Camovi, aby som sa uistil, že si tu, a oznámil som mu, že som na ceste."

„Darebák! Rozmýšľala som, čo mal za lubom. On aj Laurie sa zúfalo usilovali udržať ma čo najdlhšie hore." Lisa sa s úsmevom oňho oprela a položila mu hlavu na plece. „Veru si jeho dlžníkom. Odviedol skvelú prácu. Mám podozrenie, že scrabble nenávidí."

„Sľúbil mi, že sa pokúsi udržať ťa hore, ale bál som sa, že znova utečieš."

„Predpokladám, že Siena ti povedala, kde som."

„Nie," Will sa triasol, akoby sa v duchu smial. „Povedala mi to starká."

„Starká!" Lisa prudko zdvihla hlavu. „Ale ona ťa nenávidí... teda, veľmi ti nefandí."

„Možno zmenila názor, hoci ma donútila, aby som ju vzal do toho nemožného supermarketu. A potom na mňa na celé kolo zakričala zo susednej uličky, či som mal niekedy zápchu a čo si myslím o figovom sirupe."

„Typická starká. Má sa dobre?"

„Bola uštipačná, rázna, nevrlá. Nič nové pod slnkom. Má sa dobre.“

Lisa pokrútila hlavou. „Možno sa o ňu priveľmi bojím, dúfajme, že si ešte dlho požije.“

„A vybavil som jej aj nové lieky.“

„Čože?“ prekvapene sa spýtala Lisa.

Keď jej vysvetlil, že vzal starkú k doktorom, len naňho vyvalila oči. „Niekedy by som ju najradšej zahlušila. Prečo mi nepovedala, že jej tie lieky robia zle?“

„Zrejme ťa len svojím spôsobom chránila, aby si sa o ňu nestrachovala.“

„Páni! Teraz ste kamoši, čo? Ale niečo ti poviem. Štve ma to. Za celé roky o tebe nepovedala nič dobré.“

Will sa uškrnul. „Musel som ju veľmi prehovárať sladkými rečičkami. Problém bol v tom, že Vittoria považovala za tvojho otca. Preto sa tak snažila udržať nás od seba.“

Lisa stisla pery. Veľmi dobre si vedela predstaviť, ako sa starká musela vydesiť, keď zistila, že spolu strávili noc. Starká poznala kopu ľudí v dedine – zrejme netrvalo dlho, kým sa dopočula, že Lisa uňho prespala. S úľavou sa zasmiala, potom dodala: „A preto nás Dorothea tak rýchlo vyhodila z domu.“

„Bude sa hanbiť, keď sa to dozvie.“

„A dozvie sa to?“ Lisa si nevedela predstaviť, že by sa s ňou ešte niekedy stretli.

„Mám podozrenie,“ strčil ruku do vrecka na mikine, „že mama jej to vyklopí.“

Lisa prevrátila oči.

„Zrejme vieš, prečo tvoja mama chcela, aby sa prsteň vrátil Vittoriovi.“

„Áno, už mi to dáva zmysel.“

„Keď si ho nechala v Ríme..."

Strhla sa. „Nič mi nehovor... ja som..."

Umlčal ju bozkom. „Pst! Zatelefonoval som mu. A takmer som dostal infarkt, keď mi povedal, že si neprišla." Naoko na ňu zagánil a ten jeho pohľad sľuboval celkom príjemnú pomstu. „Stretol som sa s ním."

„Aké to bolo?" Lisa si s ním preplietla prsty a nechala ich ležať na jeho stehne.

„Odhliadnuc od toho, že mohol byť môj starší dvojník, čo si videla, prv než si zdrhla, bol celkom milý, keď prestal byť... no, zrejme sa chcel chrániť. Miloval tvoju mamu. Vážne ju miloval. Ale ona, žiaľ, vždy dávala prednosť sirovi Robertovi, čo nezniesol, preto odišiel a nevzal ťa so sebou. Svojím spôsobom som ho ľutoval. Rád by sa s tebou stretol."

„Aj ja s ním," kradmo mu pozrela do tváre.

„Vittorio povedal, že ten prsteň si teraz môžem nechať."

Lisa prikývla. Samozrejme. Oprávnený dedič a podobne.

„Ale," pozorne na ňu pozrel modrými očami, vytiahol ruku z vrecka a ukázal jej zamatovú škatuľku, „rád by som ho dal tebe."

Vyjavene naňho pozrela a mala pocit, že ňou prebehlo tisíc voltov.

Zovrelo mu hrdlo. „Nikto z našich rodičov, či už biologických alebo tých druhých, nie je vzorom vernosti, ale... milujem ťa. Milujem ťa, Lisa Vetteseová, viac než som považoval za možné. Chcem, aby si ten prsteň mala ty. Týmto ti sľubujem, že urobím všetko, čo bude v mojich silách, aby si bola šťastná, a že ty si pre mňa jediná žena, s ktorou si viem predstaviť život." Jeho krivý úsmev prezrádzal nervozitu, ale aj nádej. „Viem, že je to tak trochu pomotaná žiadosť o ruku, veď sme... spolu ani nechodili... nemali sme poriadne rande.

Máš právo ma odmietnuť. Možno ma nechceš, ale neviem si predstaviť, že by som chcel niekoho iného. V posledných dňoch som myslel len na teba. Chýbala si mi. Rozmýšľal som, či nájdem dôvod, prečo to neskúsiť, ale nijaký som nenašiel. Nechcem ti dávať falošné sľuby. Tých som už zažil viac než dosť. No myslíš, že by si mohla povedať áno, keby som ťa požiadal o ruku? Keby sme sa jedného dňa vzali?"

Lisa sa usmiala, páčili sa jej jeho slová. V tomto štádiu ju vidina manželstva tak trochu desila, ale mohla mu sľúbiť, že raz... „Myslím, že je to možné. Jedného dňa."

Keď si sťažka vydýchol, priložila mu prsty na pery a potešilo ju, keď videla, ako trasúcimi sa rukami otvára škatuľku.

Slávnostne jej nastokol prsteň na prostredník, a keď videla jeho vážny výraz, išlo jej puknúť srdce. „Toto je veľký záväzok." A keď sa usmial, akoby vyšlo slnko, potom dodal: „Zvládneš to?"

Uškrnula sa naňho. „Ak to zvládneš ty..."

„Tak teda platí."

„Rozhodne."

Zdvihla ruku a diamant sa zatrblietal vo svetle slnka. Will si s ňou prepletol prsty a chytili sa za ruky, ich budúcnosť sa jagala ako ten diamant. Život je hneď krajší, keď ho máte s kým prežívať. Chvalabohu, uvedomila si to, prv než bolo neskoro.

Epilóg

Keď Lisa začula prvé tóny, trvalo jej pár sekúnd, kým spoznala tú netradičnú hudbu. Zamračene, zmätene sa pozrela na Willa. Žeby to organista poplietol? Will pokrčil plecami, aj on bol zmätený.

No keď zbadala, ako sa Camovi trasú plecia, stíska pery, a keď začula smiech z lavíc, kde sedeli pestro oblečené dámy rôzneho veku, uvedomila si, že tú dramatickú rockovú skladbu, ktorej rytmus sa teraz zrýchlil, vybrali úmyselne. Mohla vedieť, že skvelá organizátorka Laurie naplánovala všetko do posledného detailu.

Cam sa usiloval ovládnuť, zatiaľ čo hudba burácala rýchlym tempom. Bol to veľmi netradičný svadobný pochod. Sklonil hlavu, aby skryl pobavenie. Jason vedľa neho ho štuchol do rebier, akoby mu hovoril, aby sa dal dokopy.

Potom hudba prešla do pokojnejšej melódie, všetci sa zahniezdili a pozerali do zadnej časti kostola na Laurie, ktorá držala pod pazuchu Eddieho. S vážnym úsmevom na tvári vykročila uličkou. Laurie sa nešuchtala, každým krokom dávala najavo svoj úmysel, oči upierala na Cama vpredu.

Lise vhŕkli do očí slzy a pri pohľade na jeho tvár jej zvláštne poskočilo srdce. Predošlú veselosť rýchlo vystriedal precítený pohľad, ktorým svojej nastávajúcej hovoril, že jeho láska bude žiariť ako maják, ktorý ju privedie domov. Tváril sa, akoby v kostole nebol nikto iný.

Will jej stisol ruku a kútikom oka videla, že sťažka pregĺga. Zrazu ju zaplavil príval emócií a uvedomila si, že presne toto chce prežívať s Willom. Kým tých pár týždňov strávila v Merryview, veľmi jej chýbal, ale nechcela opustiť Cama a Laurie, keď bolo v dome toľko práce a chystali svadbu. Napriek tomu sa im podarilo stráviť spolu nejaký čas, Will ju pravidelne navštevoval, hoci chystal otvorenie svojej reštaurácie, a keď mala jeden víkend voľno, vybrala sa za ním, hoci väčšinu času strávili v jeho spálni.

Keď uprel modré oči do jej očí, zaliala ju horúčosť, dych sa jej zrýchlil a hlava sa jej krútila od šťastia.

Vtedy rozžiarená nevesta prechádzala okolo ich lavice, jej hodvábne šaty zašuchorili a Lisa sa usmiala. Typická Laurie. Tie šaty boli klasicky jednoduché, mali krásny strih. Vlasy mala stočené do uzla, posiate drobnými bielymi kvietkami a jej kytičku tvorili krásne upravené červené ruže, rovnakej farby ako ženíchova a družbova kravata a Sienine šaty.

Keď Eddie pustil Laurino rameno a postavila sa vedľa Cama, peknou kaplnkou sa niesol kolektívny vzdych. Siena vzala Laurinu kytičku, tvárila sa pritom ako anjel a jej zlaté vlasy kontrastovali s červenými šatami. Nevinný výraz jej vydržal len chvíľu, potom sa šibalsky usmiala na Jasona, ten na ňu rýchlo žmurkol a vážna tvár sa mu rozžiarila.

Po tom, čo doznela Meatloafova skladba *Bat Out of Hell*, zvyšok obradu bol tradičnejší, hoci Lisa si trochu robila starosti, čo si ľudia pomyslia o švédskych stoloch, ktoré ich čakali v Merryview. To vážne? Párky v cestíčku a cornwallské plnené pirôžky? Na svadobnej hostine čakala niečo fajnovejšie.

Keď vyšli z kostola a pripojili sa k šťastnému davu, veselé rozhovory preťalo burácanie motora auta, a keď sa vynorilo strieborné Ferrari, všetci stíchli. Cam so smiechom schytil Laurie do náručia a odniesol ju do auta. Eddie sa zrejme vykradol z kostola, aby auto pristavil, a teraz otvoril dvere na strane spolujazdca. Cam nebral ohľady na krásne svadobné šaty a natlačil ju aj so šatami na predné sedadlo. Keď prechádzal na stranu vodiča, čosi ústami naznačil Lise.

Prikývla, zdvihla palce a ukázala na kufor auta.

Laurie sa smiala a krútila hlavou, potom ju otočila na svojho ženícha, a keď Cam roztúroval motor, zakývala a malé strieborné Ferrari zmizlo z dohľadu, burácajúc ako drak.

Siena pribehla k Lise. „Vrátia sa?“

Lisa pokrútila hlavou. Cam ju požiadal, aby zbalila Laurine veci. „Nie, musia stihnúť vlak. Cam chcel byť v Paríži na večeru.“ A keď dnes všetci hostia odídu, odovzdá kľúče Norah a zajtra ráno sa vráti s Willom domov.

Jason a Will sa k nim pridali. „Osobne si myslím, že tak sa to patrí,“ vyhlásil Jason s vážnou tvárou a Siena prevrátila oči. „Nijaké dlhé reči, nijaké rozhovory s príbuznými.“

Siena urobila grimasu. „Niečo na tom bude.“ A potom sa zatvárila zdesene. „_Merde!_ To je celá Laurie! Pozvala mamu a teraz zmizla.“

Všetci sa rozosmiali a Jason ju odtiahol nabok. „Teda súhlasíš, že by sme sa aj my mali vypariť?“

Siena prudko zdvihla hlavu, vyvalila oči a spojila si ruky, dokonalý obraz neistoty, ktorý kontrastoval s jej inokedy drzým sebavedomím. „Že sa pýtaš.“

Lisa nepočula odpoveď, lebo ju Will odviedol do tieňa cédrov pri kaplnke.

„Aj tak sa to dá urobiť," vyhlásil. „Ale myslím, že my by sme sa mali uistiť, či starká užíva lieky."

Lisa sa nechápavo zamračila.

Pobozkal ju. „Tá by sa poriadne rozčertila, keby sme jednoducho utiekli. A hoci mám dosť zložitú rodinu, rád by som tam mal všetkých. Možno by ťa mohol odviesť k oltáru sir Robert."

„Myslím, že by sa mu to páčilo," odvetila priduseným hlasom.

Raz sa stretla so sirom Robertom pri večeri a bolo to emocionálne stretnutie. Rozplakal sa a to rozplakalo aj ju. Ešte bolo skoro a nevedela si predstaviť, že by mu hovorila „ocko", ale majú dosť času, aby sa lepšie spoznali.

Will ju so srdečným úsmevom chytil za ruku, stiahol jej prsteň z prostredníka a nastokol jej ho na prstenník na ľavej ruke. Bol jej trochu veľký, ale to jej bolo jedno.

„Tri týždne bez teba sa mi zdali hrozne dlhé. Chcem sa s tebou oženiť radšej skôr než neskôr. Čo myslíš?"

Lise sa rozbúšilo srdce v hrudi a jeho rytmus pripomínal auto s defektom. Hľadela mu do očí, starostlivo zvážila jeho otázku, potom rozochveným hlasom odpovedala: „Myslím, že áno."

„Hej, Ryan." Keď začuli Jasona, obaja sa obrátili. Jason sa uškŕňal a ukazoval palce dohora.

Will zastonal: „Dopekla, tie reči nebudú mať konca."

Jason naznačil popíjanie piva. „Tuším pomenujem svoje nové pivo na vašu počesť. Nazvem ho *Až po uši.*"

Will sa uškrnul a pritiahol si Lisu bližšie.

„Proti tomu nič nemám."

Poďakovanie

Túto knihu venujem všetkým milým čitateľkám, ktoré boli zvedavé na príbeh Willa a Lisy, aj tým, ktorí chceli vedieť viac o Laurie a Camovi.

Ďakujem svojim kolegyniam z kancelárie Gordane Sikorovej a Alison Headovej, ktoré ma vytrvalo podporujú, aj keď musia počúvať, ako mrmlem pri svojom stole vzadu o imaginárnych ľuďoch, redigovaní a termínoch.

Apartmán, v ktorom bývali Lisa a Will, bol inšpirovaný skutočným krásnym domom vklineným do starodávneho akvaduktu. Nachádza sa v areáli britského veľvyslanectva, volá sa Villa Wolkonsky a mala som šťastie, že som tam bola ubytovaná ako hosť úžasnej rodiny Briscoovcov – Neila, Olivie, Thea a Minny, ktorí tam v tom čase pôsobili. Boli fantastickí hostitelia, umožnili mi nazrieť do života Večného mesta a poučili ma, že sa nepatrí objednávať si *cappuccino* po jedenástej hodine!

A veľká vďaka geniálnemu tímu z HarperImpulse, najmä skvelej editorke Charlotte Ledgerovej, agentke Broo Dohertyovej a úžasnej priateľke Donne Ashcroftovej, s ktorou som vypila nejeden pohár prosecca. A v neposlednom rade srdečne ďakujem milej Lise za to, že som mohla v románe použiť jej meno.

Jules Wake
S láskou z Ríma

Prvé slovenské vydanie
Vydalo vydavateľstvo Lindeni
v spoločnosti Albatros Media Slovakia, s. r. o.,
so sídlom Mickiewiczova 9, Bratislava v roku 2024.
Číslo publikácie 3 136
Zodpovedná redaktorka Agáta Laczková
Technická redaktorka Sandra Friedrichová
Jazyková redaktorka Michaela Kratinová

Z anglického originálu *From Rome with Love*,
ktorý prvýkrát vydalo vydavateľstvo Harper*Impulse,*
značka HarperCollins*Publishers,*
1 London Bridge Street, London SE1 9GF, v roku 2017,
preložila Tamara Chovanová
Grafický návrh obálky Peter Považan
Grafická úprava a sadzba Lola
Tlač TBB, a. s., Banská Bystrica

Cena uvedená výrobcom predstavuje nezáväznú
odporúčanú spotrebiteľskú cenu.

Objednávky kníh:
www.albatrosmedia.sk

ALBATROS MEDIA